Weitere Titel des Autors:

Eddies Bastard

Titel in der Regel auch als Hörbuch erhältlich

Über den Autor:

William Kowalski ist preisgekrönter Bestseller-Autor. Sein erster Roman, EDDIES BASTARD, gewann 1999 den *Rosenstein Award* und 2001 den *Ama-Boeke Preis*. HUNDERT HERZEN ist sein fünfter Roman und wurde im September 2014 mit dem *Thomas H. Raddall Atlantic Fiction Award* ausgezeichnet. Kowalskis Bücher wurden in fünfzehn Sprachen übersetzt.

William Kowalski

HUNDERT HERZEN

Aus dem Englischen von
Jürgen Bürger

BASTEI LÜBBE TASCHENBUCH
Band 17 323

Dieser Titel ist auch als E-Book erschienen

Vollständige Taschenbuchausgabe

Deutsche Erstausgabe

Für die Originalausgabe:
Copyright © 2013 by William Kowalski
Titel der kanadischen Originalausgabe: »The Hundred Hearts«
Originalverlag: Thomas Allen Publishers, Markham, ON

Für die deutschsprachige Ausgabe:
Copyright © 2016 by Bastei Lübbe AG, Köln
Textredaktion: Ilona Jaeger
Titelillustration: Johannes Wiebel, punchdesign, München,
unter Verwendung von Motiven von © Shutterstock/Oleg Zabielin;
shutterstock/Nate Derrick; shutterstock/Zurijeta
Umschlaggestaltung: Johannes Wiebel, punchdesign, München
Satz: Urban SatzKonzept, Düsseldorf
Gesetzt aus der Garamond
Druck und Verarbeitung: GGP Media GmbH, Pößneck
Printed in Germany
ISBN 978-3-404-17323-5

5 4 3 2 1

Sie finden uns im Internet unter
www.luebbe.de
Bitte beachten Sie auch: www.lesejury.de

Ein verlagsneues Buch kostet in Deutschland und Österreich jeweils überall dasselbe.
Damit die kulturelle Vielfalt erhalten und für die Leser bezahlbar bleibt,
gibt es die gesetzliche Buchpreisbindung. Ob im Internet, in der Großbuchhandlung,
beim lokalen Buchhändler, im Dorf oder in der Großstadt – überall bekommen Sie Ihre
verlagsneuen Bücher zum selben Preis.

Für Alexandra

und ihr großes Herz

Aber dir bestimmt, o Geliebter von Zeus, Menelaos, nicht das Schicksal den Tod in der rossenährenden Argos; sondern die Götter führen dich einst an die Enden der Erde, in die elysische Flur, wo der bräunliche Held Radamanthus wohnt, und ruhiges Leben die Menschen immer beseligt: dort ist kein Schnee, kein Winterorkan, kein gießender Regen; ewig wehn die Gesäusel des leiseatmenden Westes, welche der Ocean sendet, die Menschen sanft zu kühlen.

– HOMER, Odyssee

Sie nennen es den Amerikanischen Traum, denn man muss schon schlafen, um's zu glauben.

– GEORGE CARLIN

Prolog:
Der Psychopomp

Helen Merkin verstarb am 3. August 2011 im Alter von sechsundsechzig Jahren, nachdem sie in ihrem ganzen Leben nur dreimal krank gewesen war – und niemals ernstlich. Die Frauen in ihrer Familie wurden nicht krank. Sie erreichten vielmehr alle ein beneidenswertes Alter. Ihre Mutter war vierundneunzig geworden, ihr Leben hatte am Ende der Ära von Pferd und Kutsche begonnen und dann die Zeitalter des Automobils, des Fliegens, eines Weltkriegs, des Radios, eines weiteren Weltkriegs, der Atombombe, der Mondlandung bis zu dem des Computers überdauert, um nur einige wenige zu nennen. Ihre Großmutter, die zu Zeiten von Präsident Garfield in einem Planwagen geboren worden war und als Kind zwei Angriffe von Kickapoo-Kriegern überlebt hatte, hatte die achtundneunzig erreicht. Das waren Helens Gene, starke Gene, Gene wie Betonsteine, die aber aus etwas noch Unnachgiebigerem gemacht waren – wie Quarz oder Obsidian oder Elementen, von denen sie noch nie etwas gehört hatte, Elementen, die äonenlang im Herzen eines eine Million Lichtjahre entfernten Sternes gebrodelt hatten und dann quer durchs Universum geflogen waren, um sich kurzzeitig in ihrem Wesen anzusammeln, wie es bei uns allen geschieht.

Doch auch wenn ihr Körper aus ewigem Sternenstaub gemacht war, am Ende ließ er sie im Stich wie eine billige Uhr vom Straßenhändler. Todesursache war eine schwere, chronische Schlafapnoe, unter der sie fast ihr gesamtes Leben lang gelitten hatte – besonders in den letzten Jahren, als sie zugenommen hatte, weil sie ihr eigenes Gebäck so sehr liebte. Normalerweise wachte Helen panisch und wild um sich schlagend auf, wenn das Schnarchen ihr die Luft raubte. Diesmal jedoch hörte sie einfach auf zu atmen. Daher war Helens letzter Gedanke eigentlich auch gar kein Gedanke. Es war ein Traum.

Es ist ein Traum von etwas, das wirklich passiert ist. Sie ist wieder neun Jahre alt, noch ohne Brüste und drahtig, und befindet sich wieder auf der Farm in den schroffen, smaragdgrünen Tehachapi Mountains, wo sie aufgewachsen war. Ihre Eltern sind Schafzüchter, genau wie im wirklichen Leben. Ihr Vater hat gerade ein mutterloses Lamm in ihre Obhut gegeben, ein süßes Weibchen, das sich auf Spinnenbeinen unterwürfig heranschiebt und an ihrem kleinen Finger saugt. Helen ist entzückt. In der Nähe leben keine anderen Kinder, und ihre Brüder sind erheblich älter: Ihre Spielkameraden sind entweder Tiere oder nur imaginär, und keiner davon braucht sie so wie dieses Lamm. Ohne sie wird es sterben. Noch nie zuvor hatte das Überleben eines Wesens von ihr abgehangen. Sie spürt, wie sich ihr Herz weitet, um es aufzunehmen, empfindet eine neue Wichtigkeit. Ihr Uterus beginnt zu erwachen, und sie verspürt ein winziges Ziehen an den Stellen, wo eines Tages ihre Brüste wachsen werden. Binnen Jahresfrist, in einem Schwall, der in diesem Augenblick seinen Anfang nimmt, wird sie beginnen zu menstruieren.

Sie tauft das Lamm auf den Namen Agnes. Agnes, Agnus, Agnus Dei, Lamm Gottes. Was ihre gläubige Mutter glücklich macht – der Grund für viele Dinge, die Helen tut.

Aber es ist nicht wirklich alles richtig. In diesem Traum hat Agnes irgendwie gelernt, zu gehen und zu sprechen wie ein Mensch, wenn auch mit schafhaften Neigungen. Sie sieht eigentlich wie ein kleines Mädchen mit einem Schafskopf aus.

Was Helen nicht wirklich beunruhigt, aber ihr Traum macht auf sich selbst aufmerksam, und das ist sie nicht gewohnt. Sie erinnert sich nur selten an ihre Träume, aber dieser hier ist so lebendig wie der IMAX-Film, in den sie 1990 in Los Angeles mit Al gegangen ist – der über die Wale.

Agnes begrüßt Helen voller Liebe. Als sie sie umarmt, spürt Helen ihr wollenes Gesicht auf ihren Wangen. Nach kurzem Zögern erwidert sie die Umarmung.

»Komm, lass uns spazieren gehen«, sagt Agnes, denn in diesem Traum kann sie sprechen. Ihr Atem ist grasig, die Schnauze deutlich abgesetzt und rosa, die feinen weißen Haare schimmern im Sonnenschein. »Ich muss dir was zeigen.«

»Wohin gehen wir denn?«

»Zum Fluss«, antwortet Agnes.

»Welcher Fluss? Hier gibt's keinen Fluss.«

»Jetzt schon«, sagt Agnes.

Sie gehen bis ans entfernte Ende der Ländereien ihres Vaters, bis sie schließlich eine Stelle erreichen, die Helen vertraut erscheint, obwohl sie sich nicht erinnern kann, wann sie schon einmal hier war. Der Weg endet tatsächlich an einem Fluss, einem breiten, sprudelnden Abschnitt gemächlich silbrig fließenden Wassers, wo eine uralte Pappel steht, deren Äste weit genug ausholen, dass ein ganzes Dorf darunter Schutz findet. Am anderen Ufer ragt ein grüner Bergrücken bis zum Himmel hinauf. Helen findet das sehr hübsch, und das sagt sie auch. Dann schlägt sie zaghaft vor, jetzt doch besser wieder zurückzukehren.

»Zurückkehren wohin? Wir sind angekommen«, sagt Agnes. »Dies ist der Ort, an den wir gehen.«

Erst da dämmert es Helen langsam, dass sie nicht träumt und dass Agnes sie mit Absicht hergeführt hat. Sie fühlt sich getäuscht. Und ihr gefällt nicht, was Agnes gesagt hat: Dies ist der Ort, an den wir gehen. Als wäre dies schon immer das Ziel gewesen.

»Ich will nach Hause«, sagt sie.

»Es gibt kein Zuhause.«

»Was meinst du damit?«

»Warte«, sagt Agnes. »Da kommt jemand.«

»Wer ist es?«

»Jemand, der dir wichtig ist. Du wirst es schon bald sehen«, erwidert Agnes.

Helen fühlt sich, als wäre sie sowohl neun als auch sechsundsechzig; sie hat wieder den Körper eines Kindes, doch sie erinnert sich an ihr gesamtes Leben, an das Aufwachsen, zu heiraten und dann zuerst Mutter und schließlich Großmutter zu werden. Wie kann das sein? Sie mag diesen Traum nicht, und außerdem beschleicht sie das Gefühl, dass dies auch nicht wirklich ein Traum ist. Furcht windet sich wie eine Schlange an ihren Knöcheln empor und legt sich um ihre Taille. Sie fühlt sich getäuscht und orientierungslos. Sie ist sicher, jeden Zentimeter dieser Farm zu kennen, und es gibt hier keinen Fluss. Jemand spielt ihr einen Streich. Nicht Agnes. Jemand, der noch rätselhafter ist.

»Warum bin ich wieder ein kleines Mädchen?«, fragt sie, den Blick auf ihren flachen Bauch, ihre dürren Beine gerichtet. »Ich war eine erwachsene Frau. Ich weiß, dass ich es war. Ich erinnere mich.«

»Wir sind alle so alt, wie wir sein wollen«, sagt Agnes.

»Mir gefällt es hier nicht. Ich will nach Hause«, sagt Helen wieder und beginnt zu weinen.

»Du ka-a-annst nicht einfach nach Hause gehen«, sagt Agnes. In ihrer Ungeduld fällt sie ins Schafhafte zurück. »Verstehst du denn nicht? Wir gehen hinüber. Du hast gar keine Wahl.«

Helen setzt sich auf den Boden und verschränkt die Arme vor der Brust. »Du gehst hinüber. Ich gehe nicht. Ich will meine Familie sehen.«

»Du wirst sie sehen.«

»Wann?«

»Jetzt. Aber sie werden dich nicht sehen.«

»Warum nicht?«

»Weil«, erklärt Agnes ihr wie einer sehr begriffsstutzigen Person, »du keinen Körper mehr besitzt.«

Diese Neuigkeit ist nicht so schockierend, wie sie hätte sein sollen. Tatsächlich empfindet Helen sogar eine gewisse Erleichterung. Seit jenem Tag, an dem sie den ersten Blutfleck in ihrem Höschen bemerkte, gefolgt von dem schmerzhaften Anschwellen hinter ihren Nippeln, durch die sie aufgebläht und unansehnlich wurden, hat sich ihr Körper wie eine stetig anwachsende Belastung angefühlt, wie eine zusätzliche Schicht, die sie mit sich herumschleppen musste und die ihr wirkliches Selbst verdeckt. Mit jedem verstreichenden Jahr wurde sie fülliger, ihre Brüste wurden schlaffer und ihr Hintern breiter, bis es ihr schließlich unangenehm war, sich im Spiegel anzusehen. Liebend gern würde sie das alles hinter sich lassen.

»Wie kann ich sie sehen?«, fragt sie.

»Schau«, sagt Agnes und deutet auf das Wasser. »Du siehst alles im Fluss.«

Also schaut Helen hinein.

Im Wasser sieht sie Al Merkin, ihren Ehemann, wie er sie grau und leblos vorfindet, steif wie eine Statue. Aus Gewohnheit kommt Al morgens als Erstes in ihr Zimmer, um sie zu wecken und seine Frühstückswünsche zu äußern. Zuerst wird er starr vor Schreck, dann zuckt er bei der Berührung des toten Körpers zurück, des ersten, den er seit vielen Jahren sieht. Schließlich nimmt er sie in die Arme und weint. Er schilt sich laut dafür, nicht gewusst zu haben, dass sie starb. Hatte sie nach ihm gerufen? Hatte sie nach seiner Hand gegriffen, auch wenn sie seit Jahren nicht mehr im gleichen Bett geschlafen hatten? Würde sie noch leben, wenn er nicht auf seinem eigenen Schlafzimmer bestanden hätte? Er wird es nie erfahren. Es quält ihn ungemein, dass er während ihrer letzten Augenblicke im Nachbarzimmer gelegen hat, wahrscheinlich von Theresa Talley-Graber träumend, die ihm bei einem Tanz auf der Highschool einmal erlaubt hatte, sie unzüchtig zu berühren, und die sich, auch wenn er sie gut und gern mehr als ein halbes Jahrhundert lang nicht gesehen hat, in letzter Zeit zurück in seine Gedanken geschlichen hatte.

Wie sie ihn so im Fluss beobachtet, ist Helen davon angetan, dass er Gefühle zeigt; es ist erst das zweite Mal, dass sie ihren Mann weinen sieht. Sie kann all seine Gedanken lesen, daher weiß sie ganz genau, dass er an Theresa Talley-Graber gedacht hat, doch sie verzeiht ihm. Sex war ihr schon seit langer Zeit blöd vorgekommen, und jetzt ist es fast schon skurril, die quetschenden, spritzenden Albereien Sterblicher, die letztendlich nicht besser sind als Hunde und Katzen, wenn es um die Beherrschung ihrer niederen Instinkte geht.

»Sieh ihn dir an«, sagt sie zu Agnes. »Er führt sich auf wie ein kleiner Junge.«

»Wir sind alle Kinder«, sagt Agnes. »Einfach nur alte Kinder, nichts weiter.«

»Bin ich deshalb wieder ein Kind?«

»Nein. Du hast diese Gestalt gewählt, ob du dich nun daran erinnerst oder nicht. So hast du dich selbst gesehen. Du hast dich immer als kleines Mädchen gefühlt, selbst als Erwachsene. Stimmt doch, oder?«

»Ja. Jetzt wo du es sagst, ja, das hab ich. Aber woher wusstest du das?«

»Hier weiß man alles«, sagt Agnes. »Jede noch so kleine Kleinigkeit, alles, was jemals war oder sein wird.«

Jetzt liegen sie auf dem Bauch im Gras, Helens Kinn auf den Händen abgestützt, Agnes' auf ihren Hufen, und starren ins Wasser. Dann hört Helen das Platschen von Wasser auf Ruderblättern. Sie schaut auf und sieht einen Mann, der in gemächlichem Tempo ein Boot rudert. Er ist noch ein gutes Stück flussabwärts, kommt aber näher. Er hat ihnen seinen breiten Rücken zugewandt, daher kann sie sein Gesicht nicht sehen. Er trägt ein olivbraunes T-Shirt und hat einen militärischen Haarschnitt. Es klingt, als würde er pfeifen. Die Melodie kommt ihr vertraut vor. Im Heck des Bootes steht ein Hund, dessen Zunge wie eine feuchte Flagge im Wind flattert und der mit seinem aufgestellten Schwanz wedelt. Auch der Hund kommt ihr vertraut vor.

»Hey, da ist Proton!«, sagt Helen und steht auf. »Jeremy hat ihn überall gesucht! Hier, Proton! Komm her, mein Junge!«

»Er wird schon bald hier sein«, sagt Agnes. »Hab einfach Geduld.«

Also setzt Helen sich wieder und wartet darauf, dass der Fährmann eintrifft.

1

Elysium, Kalifornien, liegt auf halber Strecke zwischen Barstow und Bakersfield am Highway 58, westlich der Mojave-Wüste. Die Trostlosigkeit der Mojave nimmt vielerlei Gestalten an, wie etwa blendend weiße Salzebenen, Bergzüge, die an Schneidezähne erinnern und höllische Täler. In diesem Teil ist es eine endlose Ebene aus rostbraunem Staub, Heimat übel riechender Kreosotbüsche und Josua-Palmlilien, aufragend wie die Fäuste von Gladiatoren und bevölkert von ernsten, sonnenverbrannten Menschen, die es gewohnt sind, sich so unbedeutend zu fühlen wie Insekten in der heulenden Einöde. Es ist so heiß, dass sich Knochen in Gummi verwandeln und an den falschen Stellen biegen. Zum Ausgleich entwickeln die Menschen eine Starrheit, einen großen Widerwillen, nachzugeben. Jesus ist der Herr. Der Staat hat's auf dich abgesehen. Das Recht, Waffen zu tragen, ist heilig. Das sind die Überzeugungen, die ihnen seit Generationen Kraft geben. Mit jedem Jahr, das verstreicht, verwurzeln sie nur noch fester.

Für Jeremy Merkin ist die Stadt Elysium nichts als ein eingetrockneter Pickel auf dem Arsch einer Hure. Ein ziemlich unanständiger Gedanke, aber so zu denken hat er in seiner Zeit bei der Army gelernt, und obwohl er heute seit fast fünf Jahren Zivilist ist, fällt es ihm schwer, mit dieser Angewohnheit zu brechen.

Der Bauunternehmer, der sich die Stadt ausgedacht hat, ein griechischer Einwanderer namens Ouranakis, war ein großer Freund der klassischen Mythologie. Das war noch bevor er selbst in eine Mythologie einging, die er selbst erschaffen hatte und die am Abendbrottisch in den Häusern älterer Elysianer, zu denen Jeremys Großvater zählt, von Zeit zu Zeit wieder heraufbeschworen wird. Das ursprüngliche Elysium war das ewige Paradies, von dem die alten Griechen glaubten, ihre Seelen würden nach dem Tod dorthin wandern. So wurde es auch auf einer Plakatwand an einem künstlichen See im Zentrum der Stadt dargestellt, auf der ein Mann in einer Toga vor endlosen grünen Feldern steht und einen stets vollen Kelch Wein erhebt, wobei seine munteren hellenischen Gesichtszüge stark von der kalifornischen Sonne mitgenommen wirken. Auf die Reklametafel hat ein Witzbold mit Sprayfarbe eine Sprechblase gesprüht, die sich aus dem Mundwinkel des Griechen löst und die Worte enthält: WILLKOMMEN IN DER HÖLLE.

Dank Ouranakis' geschickter Zurschaustellung und seines Talents, sich selbst ins rechte Licht zu rücken, war hier einst ein Immobilienboom erwartet worden. Die Leute redeten darüber, als wäre er etwas Gegenständliches, wie ein Zug beispielsweise, der jeden Moment auftauchen könnte. Ouranakis baute mehrere Wohnviertel und versprach hundert weitere. Er hatte sogar die Güte, Anzahlungen erwartungsvoller Hausbesitzer in Höhe von fast einer Million Dollar anzunehmen. Ein ausgedehntes Straßennetz war in die Wüste planiert und asphaltiert worden, so wie zusätzlich viele Meilen Bürgersteige und Hauszufahrten.

Der Boom kam nie. Jahrzehnte später enden die Straßen immer noch abrupt, ohne irgendwo hinzuführen. Bürgersteige verlaufen durch Viertel, in denen es keine Häuser gibt, nur leere Betonflächen. Es ist, als wäre ein riesiger Staubsauger gekommen und hätte alles aufgesaugt, was nicht fest mit der Erde verbunden war, Kinder und Hunde inbegriffen.

Und vielleicht auch Ouranakis selbst. Er verschwand eines Tages, als wäre er in die Wolken gesaugt worden, und man entdeckte ihn erst 1973 wieder, als er auf einer griechischen Insel starb, wo er wie ein Prinz gelebt hatte.

Hier ist Jeremy aufgewachsen, in einer Stadt, die aussieht, als wäre sie für eine Gemeinde von Geistern angelegt worden, zum Teil real, aber größtenteils imaginär. Amerikanische Flaggen flattern im tobenden Brausen der Santa-Ana-Winde und erinnern an die Peitschen der Fuhrmänner, die einst die mit Borax bepackten Maultierzüge aus den Bergen gelenkt hatten. Zwei-, dreimal am Tag wird die Gegend von einem Überschallknall von der nahegelegenen Edwards Air Force Base erschüttert. Gelegentlich schiebt sich ein dunkler Schatten unter der Sonne durch und wirft einen deltaförmigen Schatten. Es ist der Tarnkappenbomber, der bei der Durchführung von Übungseinsätzen ein dezentes Dröhnen von sich gibt, während die Besatzung so tut, als würden sie Bomben auf ihre nichts ahnenden Landsleute abwerfen. Die Seltsamkeit der Dinge erreicht hier ein extremes Ausmaß, genau wie die Temperatur, die ungeheure Weite und die Abgeschiedenheit. Amerika war schon immer groß und bizarr. Und nirgendwo ist es größer und bizarrer als in der Mojave-Wüste.

Einen Monat, nachdem sie die sterblichen Überreste seiner Großmutter Helen den Flammen des Krematoriums übergeben haben, sitzt Jeremy in seinem Wagen auf dem Parkplatz von Sam »The Patriot« Singhs Fortress of America Motel und hält einen zerknüllten Zettel in der Hand. Die Mitteilung ist heute in seinem Brieffach im Lehrerzimmer aufgetaucht. Sie ist mit Bleistift auf einem Blatt geschrieben, das aus einem Notizbuch herausgerissen wurde. Die Handschrift ist eindeutig weiblich. Er weiß, wem sie gehört. In nur wenigen Wochen hat er gelernt, die Handschriften der meisten seiner fast vierzig Schüler zu erkennen. Er hat mit sich gerungen, ob er ihn öffnen soll. Instinktiv spürte er, dass das, was immer darin stünde, ihn in Schwierigkeiten bringen würde. Aber im Kampf zwischen Neugier und Besonnenheit, der sich in seinem Kopf abspielte, hatte die Neugier über die Besonnenheit die Oberhand gewonnen.

Zimmer 358. Ich brauche dich, Jeremy.
Nur du kannst mir helfen.

Helfen wobei, das weiß er nicht. Allein schon der Besitz dieses Zettels macht Jeremy nervös. Er musste bereits einen Vortrag von Peter Porteus, Rektor der Elysium High School, über die Wichtigkeit von Anstand über sich ergehen lassen: Achten Sie um Himmels willen darauf, niemals mit einer Schülerin allein zu sein, und falls es sich doch einmal ergibt, halten Sie die Türen offen, behalten Sie Ihre Hände bei sich, und so weiter und so fort. Vorzugsweise wickeln Sie sich hermetisch in Plastikfolie ein und bleiben auf der anderen Seite des Raumes.

»Sie sind ein Mann, also sind Sie ein potentieller Verbrecher«, sagte Porteus. »So ist es heutzutage. Wir sind alle Vergewaltiger. Selbst wenn Sie niemals jemanden vergewaltigt haben. Unterlassen Sie einfach alles, was missgedeutet werden könnte. Behalten Sie Ihren Johannes in der Hose, halten sich von verfänglichen Situationen fern, und alles ist bestens.«

Jeremy glaubte nicht, dass dies ein Problem für ihn sein würde. Das einzige Mal, dass er seinen Johannes in einer beruflichen Umgebung aus der Hose geholt hatte, lag sieben

Jahre zurück, während seiner Zeit an der Eistheke des Freezie Squeeze, als er und Samantha Bayle, die rechte Hand des Inhabers, auf ihrem Schreibtisch Gas gegeben hatten – eine kleine akrobatische Meisterleistung, zu der er heute dank seiner Kriegsverletzung nicht mehr in der Lage war. Und wenn man es genau nahm, dann war sie diejenige, die ihm seinen Johannes aus der Hose geholt hatte, nicht er selbst.

Aber das war in einer anderen Zeit gewesen, vor dem Krieg, vor improvisierten selbst gebastelten Bomben, und es war eine Nummer, an deren Wiederholung er keinerlei Interesse hatte. Er hat sich größte Mühe gegeben, dies Porteus unmissverständlich zu versichern, und er hat ebenfalls versprochen, nicht in »schwierige Situationen« zu geraten. Porteus hat nichts darüber gesagt, ob man mit Schülern in Motelzimmer gehen sollte, was aber wahrscheinlich daran liegt, dass das mehr als offensichtlich ist.

Das hier, denkt Jeremy, ist ganz klar eine verfängliche Situation.

Der Wagen schaukelt von Seite zu Seite, während er von den Santa-Ana-Winden durchgerüttelt wird. Jeremy schaukelt im Rhythmus mit und lässt seinen Kopf locker wippen, während er die Tür des Motelzimmers betrachtet. Er kann sich nicht entscheiden. Reingehen oder nach Hause fahren? Er hat das deutliche Gefühl, dass sein Leben in diesem Moment an einem Scheideweg angelangt ist, und genau in solchen Momenten wird durch seine Unentschlossenheit jene Lähmung vervollständigt, die ihn seit dem 7. April 2007 heimsucht, seit dem Tag, an dem die Bombe hochging. Er sollte jetzt wirklich einfach fahren. Aber er muss feststellen, dass seine Hand dem Befehl des Gehirns, den Zündschlüssel zu drehen, nicht gehorcht. Also sitzt er da und wartet auf ein Zeichen.

Befindet man sich im Wartemodus, sieht man praktisch überall Zeichen: im Muster der Wolken, in den Spuren der Insekten, dem Ticken eines abkühlenden Pkw-Motors. Oder in der Nummerierung auf Motelzimmertüren.

358. Irgendetwas an diesen Zahlen kommt ihm bekannt vor. Nach einem Augenblick begreift er, was es ist: 358 war ebenfalls Protons Steuernummer. Nachdem Jeremy ihn 1999 aus einem Massenzuchtbetrieb für Hunde in Lancaster gerettet hatte, war er der dreihundertachtundfünfzigste Hund, der in jenem Jahr angemeldet worden war. Er hatte ihn für kleines Geld bekommen, nachdem ein Kojote in den Zwinger eingedrungen war und eine der Hündinnen geschwängert hatte. Kein Mensch wollte einen Hund, der einem womöglich im Schlaf den Kopf abriss. Wie sich herausstellte, hatte Proton auch nicht einen Funken Aggressivität im Leib. Als Wachhund war er daher nicht zu gebrauchen; er spielte einfach mit allen Leuten Ball.

Vor fünf Wochen, unmittelbar vor dem Tod seiner Großmutter, verschwand Proton. Jeremy suchte überall nach diesem dummen Hund, zumindest soweit seine zusammengeflickte Wirbelsäule es ihm erlaubte. Doch er war weg. Sein Großvater Al meinte, wahrscheinlich wäre Proton von einem Skorpion oder einer Klapperschlange gebissen worden und hätte sich danach zum Sterben in die Wüste verkrochen. Das war typisch Al; am meisten schien er sich darüber zu freuen, dass Proton ihm die sechzig Mäuse erspart hatte, die es gekostet hätte, ihn am Ende einschläfern zu lassen. Also entschied Jeremy, nicht zu erzählen, dass er sieben Tage hintereinander noch vor Tagesanbruch aufgestanden war und Proton vom Ende jeder in Sanddünen übergehenden Straße aus gerufen hatte und durch das hüfthohe Gestrüpp geirrt war, bis seine Wirbelsäule gedroht hatte, den Geist aufzugeben. Proton war sein Hund gewesen. Er hatte ihn von dem Geld gekauft, das er im Freezie Squeeze verdient hatte. Alles und jedes sonst hatte sich verändert, während er in Afghanistan war, die Menschen wurden älter und fetter, die Stadt irgendwie schmieriger und trauriger, doch als er schließlich als Zivilist wieder durch die Tür hereingekommen war, war Proton auf ihn zugesprungen gekommen und hatte ihm einen Tennisball vor die Füße gelegt, als wäre der ganze Krieg nichts anderes gewesen als nur eine übermäßig lange Unterbrechung ihres endlosen Spiels. Dafür hatte er tiefe Dankbarkeit empfunden. Am siebten Tag seiner Suche überraschte er sich, als er weinte und den Namen des Hundes nicht mal mit erstickter Stimme ausstoßen konnte. Als er an diesem Morgen nach Hause kam, war seine Großmutter im Schlaf gestorben und das ganze Haus war in Aufruhr. Danach hörte er auf, Proton zu suchen.

Da ist noch etwas an den Ziffern 3, 5 und 8, woran er sich erinnert. Als einzelne Ziffern genommen, sind sie Fibonacci-Zahlen. Eines Tages drehte sich Smarty, sein bester Freund in der Army, aus heiterem Himmel zu ihm um und sagte: »Falls es einen Gott gibt, und ich denke, es gibt einen, dann ist die Fibonacci-Folge ein Beweis seiner Existenz.«

Das war eine typische Behauptung, wie sie nur von Smarty kommen konnte. Sein richtiger Name war Ari P. Garfunkel, aber in der Army nannte nie irgendwer irgendwen beim richtigen Namen. Für die meisten Typen in ihrem Trupp war Smarty ein Rätsel, ein akademisch orientierter Anachronismus. Er kommentierte nahtlos alles – was sich für Uneingeweihte wie eine Aneinanderreihung unlogischer Aussagen anhörte. Jeremy war der Einzige, der verstand, dass dies lediglich der sprachliche Ausdruck der Gedankenströme war, die gerade durch Smartys absolut außergewöhnliches Hirn gerauscht waren.

Jeremy hatte noch nie von der Fibonacci-Folge gehört, andererseits hatte er aber auch mindestens die Hälfte all der anderen Dinge nie gehört, von denen Smarty redete. Während der Rest des Trupps in augenverdrehender Verwirrung zuhörte und sich anderen soldatischen Dingen widmete, durch die Verpflegungspakete verursachte Furze abließ, Witze riss und sich schier endlos die Eier zurechtrückte, erklärte Smarty in seiner ruhigen Stimme, die das einzige Normale in diesem irrsinnigen Land war, dass die Fibonacci-Folge aus einer Reihe von Zahlen bestand. Man fand sie überall in der Natur wieder, angefangen bei den Proportionen von Bäumen und Bergen bis hin zur Anordnung der Samen im Blütenstand einer Sonnenblume. Sie war ein kosmischer Code, eine seltene Offenbarung der Matrix, auf die durch die Haut der physischen Welt ein flüchtiger Blick fiel. Null, eins, eins, zwei, drei, fünf, acht, dreizehn, einundzwanzig… Man erhielt sie, indem man jeweils die letzte Zahl in der Reihe mit der vorangegangenen addierte. Mehr brauchte es nicht, um die Geheimnisse des Universums zu ergründen.

»Woher weißt du so was?«, wollte Jeremy wissen.

»Ich lese«, lautete Smartys Antwort. So war er auch an seinen Spitznamen gekommen: Er las die ganze Zeit. In seinem Musculus gluteus maximus steckte mehr Wissen als im Rest des ganzen Zugs zusammen. Jeremy bewunderte Smarty nicht einfach nur, er beneidete ihn. Denn das, begriff er, war das geheime Wissen, welches Smarty seine Gelassenheit angesichts all der Dinge verlieh, die sie wahnsinnig machten: der Staub, die Hitze des Tages, die Kälte der Nacht, der geistesgestörte Captain Woot, die schwirrenden Kugeln, die dröhnenden Mörser und die Tatsache, dass der Rest der Army sie offenbar komplett vergessen zu haben schien, sie bei schwindenden Vorräten an Nahrung und Munition in ihrem vorgeschobenen Posten gestrandet zurückließ. Das Einzige, wovon sie reichlich hatten, waren Leichensäcke. In kalten Nächten schliefen sie darin.

Und jetzt wieder diese Zahlen.

»Verdammt auch«, flüstert Jeremy leise. Er überlegt, den Kopf gegen das Lenkrad zu schlagen, beschließt dann jedoch, dass es zu wehtäte.

Schließlich steigt er aus dem Wagen. Die Santa-Anas sind wie ein Fön auf seinem Gesicht, schrubben den Schweiß von seiner Haut, bevor er Gelegenheit bekommt, sich abzusetzen. Er hat zu lange gesessen; seine Beine sind taub. Er humpelt zur Tür, dreht den Knauf und stellt fest, dass nicht abgeschlossen ist.

In den wenigen Momenten, bis sich seine Augen auf das Halbdunkel eingestellt haben, nimmt er ein halbes Dutzend Gerüche wahr, alle und ausnahmslos auf vertraute Weise unangenehm. Haarspray. Zigarettenqualm. Billiges Parfüm. Shampoo. Feuchte Handtücher. Schimmel vom Verdunstungskühler. Dieser undefinierbare Geruch nach Motelzimmer, der alles überlagert – vielleicht der Geruch nach flüchtiger Verzweiflung und ruinierten Familienurlauben. Diese Gerüche dringen nicht einfach in seine Nase ein, sondern rammen sich auch in seine Kehle. Motelzimmer konnte er noch nie leiden, obwohl er das bis zu diesem Moment vergessen hatte. Zögernd schließt er die Tür.

Er hatte recht, was die Handschrift betrifft. Er hat sie als Jennifer Moons Schrift identifiziert, und hier ist sie, sitzt auf der Kante eines der beiden Doppelbetten, die Hände auf dem Schoß. Sie ist siebzehn, klein für ihr Alter, mit einem rundlichen, aber dennoch elfenhaften Gesicht, das von strähnigen, schwarz gefärbten Haaren umrahmt ist. Ein Ohr ist bis oben hin gepierct und bildet einen glitzernden Halbmond, ein weiterer Stein funkelt auf ihrem Nasenflügel. In der Zunge hat sie, wie er weiß, eine silberne Miniaturhantel, die sie manchmal gedankenverloren gegen die Schneidezähne klackern lässt. Außerdem hat sie die Angewohnheit, langärmelige Hemden zu tragen, was in diesem Klima schon recht ungewöhnlich ist; normalerweise versuchen die Menschen in der Mojave, so wenig wie möglich anzuziehen.

Jennifer gehört zu seinen ruhigsten Schülern – höflich, ja, aber nicht übermäßig engagiert. Genau genommen hat sie bislang noch keinerlei Hausaufgaben abgegeben. Was nicht heißen soll, dass viele der ungefähr drei Dutzend Teenager, mit denen er jeden Tag zu tun hat, ein besonderes Interesse für die Naturgesetze gezeigt hätten. Warum sollten sie auch? Diese Gesetze beherrschen sie, ob sie nun aufpassen oder nicht, und hilfreich bei der endlosen Suche nach Bier, Popularität und Sex sind sie auch nicht. Kein pickeliger Teenager ist jemals flachgelegt worden, weil er ein megakrasses Vektordiagramm zeichnen konnte. Die meiste Zeit im Unterricht verbringt Jennifer damit, aus dem Fenster zu starren oder Männchen zu malen, und häufig starrt sie wie die meisten anderen konzentriert auf ihren Schoß. Sie glotzen auf ihre Genitalien, als wären sie eine der faszinierendsten Sachen der Welt. Diese Generation hat das heimliche Simsen perfektioniert. Jeremy hat es bereits am dritten Tag des Schuljahres aufgegeben, sie zu bitten, ihre Handys wegzulegen. Jetzt ist er bei Tag einundzwanzig angelangt. Der Rest seines Berufsweges sieht von hier aus betrachtet unglaublich lang und niederschmetternd aus.

»Jeremy«, sagt das Mädchen. »Sie sind gekommen. Sie sind voll geil.« Sie steht auf, und ihn beschleicht das ungute Gefühl, dass sie ihn gleich umarmen wird.

»Hi, Jennifer«, sagt Jeremy. Er wirft einen vorsichtigen Blick durch die zugezogenen Vorhänge nach draußen, lenkt so ihren Angriff um. Es wäre klug gewesen, sich zu vergewissern, dass niemand zuschaut, bevor er aus dem Wagen gestiegen ist. Er setzt einen weiteren auf die Liste der Berufe, in denen er eine Katastrophe wäre: Spion. »Hab deine Nachricht bekommen«, fügt er unnötigerweise hinzu. »Was ist los? Alles in Ordnung?«

»Nicht wirklich«, sagt sie. »Nennen Sie mich einfach Jenn, okay? So heiß ich für meine Freunde.«

»Was machst du überhaupt hier?«

»Ich ... na ja, ich bin weggelaufen«, antwortet Jenn.

Ihrer Kunstpause entnimmt er, dass sie erwartet, ihn würde das irgendwie beeindrucken, aber eine ganze Menge Leute haben Jeremy schon eine ganze Menge verrückter Scheiße erzählt, und wenn man das jetzt mal in größere Zusammenhänge setzt, dann rangiert die Neuigkeit ziemlich weit unten. Also steht er da und wartet.

»Okay«, sagt er. »Du bist also weggelaufen.«

»Ja. Ich habe auf Ihren Rat gehört.«

»Meinen Rat?« Jeremy schnappt nach Luft, versteht nur Bahnhof. »Ich erinnere mich nicht, gesagt zu haben –«

»Sie haben mich inspiriert, das meine ich. Sie haben mir Mut gemacht, es zu tun. Dieser tolle Vortrag, den Sie uns gehalten haben, dass man sich für seinen eigenen Scheiß selbst einsetzen muss, denn das nimmt einem keiner ab. Und Sie haben auch gesagt, der Überlebenskampf wäre etwas, wofür man keinen um Erlaubnis bitten muss. Man müsste es einfach tun. Es war, als hätten Sie in meinen Gedanken gelesen. Ich hätte echt geschworen, dass Sie nur zu mir gesprochen haben. Haben Sie auch, oder?«

Jeremy schließt die Augen, während er versucht, sich zu erinnern, wovon zum Teufel sie da quasselt. Vage erinnert er sich an eine improvisierte Rede, die er vor ein paar Tagen vor einem Raum gelangweilter Heranwachsender gehalten hat. Es war eines der immer häufiger werdenden Male, an denen die Unterrichtsvorbereitung, an der er stundenlang gearbeitet hatte, gerade mal für fünfzehn Minuten reichte, sodass sich vor ihm eine gähnende Kluft von dreißig Minuten auftat, die er irgendwie füllen musste. Etwas Merkwürdiges passierte mit der Zeit, wenn er vor der Klasse stand; sie dehnte sich aus, sodass mit einem Mal Sekunden zu Minuten wurden. Nichts hatte ihn in seinen Online-Fernkursen auf so etwas vorbereitet – allerdings hatten sie ihn ohnehin nicht auf sonderlich viel vorbereitet. Und außerdem hatte er ja sowieso nicht Lehrer werden wollen. Er hatte sich nur für den Job beworben, weil er gehört hatte, dass der Rektor der Elysium High jeden einstellen würde, selbst jemanden ohne die entsprechende Ausbildung. Es war quasi unmöglich, Leute in diesen Winkel der Welt zu locken. Was hatte er denn eigentlich vorgehabt, nachdem er seinen Abschluss gemacht und sein virtuelles Diplom erhalten hatte? Er kann sich nicht mal mehr erinnern.

»Okay, pass auf«, sagt er. »Das war nur Zeugs, das ich mal irgendwo in einem Film aufgeschnappt habe. Ich habe nicht gemeint, dass du weglaufen sollst. Ich meine … Warum machst du das überhaupt? Was ist los?«

»Ziemlich übel. Richtig übel. Ich hatte keine Wahl. Mein, äh … mein Stiefbruder …«

Im Geiste geht Jeremy das komplizierte Netz familiärer Verflechtungen durch, das diese Stadt zusammenschweißt. »Du meinst Lincoln?«, sagt er nach einem Augenblick.

»Ja. Den mein ich.«

»Was ist mit ihm?«

»Ich muss echt mit jemandem reden«, sagt Jenn.

»Um was geht's? Was ist los?«

Doch jetzt weicht sie seinem Blick aus. Sie kauert auf dem Bett, die Knie zur Brust hochgezogen, ein emotionales Gürteltier.

»Jenn, hör zu«, sagt Jeremy. »Wenn ich dir helfen soll, musst du mit mir reden. Ich sollte eigentlich gar nicht hier sein. Wenn uns jemand gesehen hat, müssen sie doch denken ... Na ja, ein paar überhaupt nicht gute Gedanken. Verstehst du das?«

Sie sieht ihn an, die Augen dunkel geschminkt. Ihre Finger wandern unbewusst auf die Innenseite ihres Handgelenks, heben den Ärmel leicht an. Jeremy weiß bereits, warum sie bei spätsommerlichem 38-Grad-Wetter mit langärmeligen Hemden rumläuft. Er kannte das feine Gitternetz aus Narben auf ihren Handgelenken; im Unterricht hat sie die Angewohnheit, sie mit einem Finger nachzuzeichnen, nicht wissend, dass sie damit ihr Geheimnis verrät. Man hatte ihn instruiert, solche Dinge zu melden, also hatte er es gegenüber der Sekretärin Mrs. Bekins erwähnt, die gleichzeitig als inoffizielle Schulkrankenschwester fungierte, zumindest insoweit, dass sie aus einer Schachtel, die sie in ihrem Schreibtisch aufbewahrte, Tampons an Bedürftige ausgab. Sie ist eine Ritzerin, hatte Mrs. Bekins ihm erklärt. Die Mutter ist vor einigen Jahren abgehauen. Der Vater war im ersten Golfkrieg dabei, ist verrückt zurückgekommen. Schlimmes Familienleben. Jeremy hatte leise genickt und ging später ins Internet, um nachzusehen, was ein Ritzer ist. Ein Ritzer ist jemand, der sich wiederholt und vorsätzlich Schnittwunden zufügt, häufig mit einer Rasierklinge. Ritzer sind fast ausnahmslos Mädchen.

»Oh ja«, sagt Jenn. »Ich verstehe.«

»Vielleicht brauchst du professionelle Hilfe«, sagt Jeremy. »Du weißt schon, einen Arzt oder so. Jemanden, mit dem du reden kannst.«

Was Jenn lustig zu finden scheint. Ihre Oberlippe hebt sich eine Nuance, dann atmet sie verächtlich aus. »Ich rede mit jemandem. Ich rede mit Ihnen.«

»Aber du ... du kennst mich doch gar nicht.«

»Ich sehe, dass Sie nicht so sind wie die anderen Lehrer. Wir dürfen Sie beim Vornamen nennen. Sie reden mit uns, als wären wir richtige Menschen. Von den anderen interessiert sich keiner auch nur die Bohne für uns. Es ist, als wären sie alle Zombies oder so. Aber Sie sind anders. Sie sind noch nicht hirnamputiert. Sie haben noch eine Seele.«

»Ich freue mich, dass du mir vertraust, Jenn. Echt. Ich möchte dir helfen. Aber du musst verstehen, dass ich nur ein ...«

Diverse mögliche Beschreibungen seiner selbst kommen ihm in den Sinn: ein Fünfundzwanzigjähriger, der bei seinem Großvater im Keller wohnt. Ein Krüppel mit Marihuana-Problem und einer heftigen Form von PTBS. Ein Kriegsveteran, dessen Invalidität prozentual nur ein kleines bisschen zu niedrig ist, um den Rest seines Lebens zu Hause zu bleiben und vor der Glotze zu hängen. Ein Loser, der seit Jahren keine Freundin mehr hatte.

»... Kerl bin«, sagt er schließlich. »Ich bin nur ich. Ich besitze keinerlei Fähigkeiten.«

»Aber Sie sind ein Lehrer«, sagt Jenn. »Sie sind eine Autoritätsperson. Sie können irgendwas unternehmen.«

»Was unternehmen wegen was? Geht's um Lincoln?«

Darauf will sie nicht antworten. Sie wandert weiter mit dem Finger über ihr Handgelenk.

»Ist es etwas, wegen dem du vielleicht besser zu den Cops gehen solltest?«

»Er ist ein Cop«, sagt Jenn.

»Lincoln ist Cop? Seit wann das denn?« Er erinnert sich an Lincoln noch aus der Schulzeit, obwohl er ein paar Jahre jünger ist. Er war ein kleiner Junge, der wie ein Engel aussah und dann zu einem coolen, selbstbewussten Teenager mit übergroßen braunen Augen und langen Wimpern und einem großen, langgliedrigen Körper heranwuchs. Seit seiner Rückkehr hat Jeremy ihn nicht gesehen, vielleicht hätte er ihn aber auch gar nicht wiedererkannt, wenn er ihm begegnet wäre. So viele seiner Klassenkameraden hatten sich bereits in nicht wiedererkennbare ältere Versionen derer verwandelt, die am Fliegenpapier seiner Erinnerung klebten. Aus Jungs waren Väter mit kahlen Stellen und Bierbäuchen geworden; aus Mädchen waren Mütter mit ausgelaugten Brüsten und Krampfadern geworden. Alle sahen aus wie vierzig, fünfzig, hundert. Als wäre Afghanistan ein schwarzes Loch gewesen, das für ihn die Zeit angehalten hatte, während sie sich weit weg vom Krieg zu Hause beschleunigt hatte.

»Er ist letztes Jahr Deputy Sheriff geworden. Also gehört er zu ihnen. Und die decken sich immer gegenseitig. Das hat er mir selbst gesagt. Ich so: ›Was ist mit mir? Wir sind doch praktisch zusammen aufgewachsen. Gehöre ich damit nicht auch zu dir?‹ Und er hat nur gelacht. Wissen Sie, was er gesagt hat? Die Cops sind jetzt seine Familie, hat er gesagt. Seine wichtigste, echte Familie. Das hat er zu mir gesagt.«

Sie beginnt zu weinen, ihre schmalen Schultern beben. Jeremy muss den Drang unterdrücken, seine Hände darauf zu legen. Fass sie nicht an, ermahnt er sich. Du willst deinen Job behalten, nicht im Knast landen? Dann wickle dich in Plastikfolie und bleib auf der anderen Seite des Raumes.

»Ich hab Geld gespart«, fährt sie mit einem Tremolo in der Stimme fort. »Ich hab vierhundert Mäuse. Ein bisschen davon hab ich für das Zimmer hier ausgegeben, aber ich hab immer noch genug, um irgendwohin zu fahren. Hier, sehen Sie.« Sie greift in ihre Handtasche und zieht ein Geldbündel heraus. Sie fängt an zu zählen. Die Verzweiflung in ihrer Stimme weckt in Jeremy den Wunsch, sich die Bauchspeicheldrüse herauszureißen. »Hundert, zweihundert, dreihundert, dreizwanzig, drei-fünfzig –«

»Warte, sag's nicht«, sagt Jeremy. »Du hast da noch dreihundertachtundfünfzig Dollar.«

Jenn starrt ihn mit großen Augen an. Sie hält einen Fünfer und drei Einer hoch. »Woher wussten Sie das?«

Jeremy reibt sich das Gesicht. Geist von Smarty, denkt er, aktiviere deine Zauberkräfte. Verwandle mich in einen Wirbelwind oder einen Superhelden oder sonst irgendeinen Kack.

»Ich hab von hier aus mitgezählt«, sagt er.

»Und wie viel würd's jetzt kosten?«

»Wie viel würde was kosten?«

»Dass Sie ihn umlegen«, sagte Jenn.

Jeremy schwankt zurück, wie eine Schießbudenente mit aufgemalter Zielscheibe, ein aufblasbarer Clown mit beschwertem Hintern. Die Unterhaltung hatte schon schräg begonnen und war jetzt innerhalb weniger Minuten völlig aus dem Ruder gelaufen.

»Jenn«, sagt er geschockt. »Scheiße, wofür hältst du mich eigentlich? Für einen Auftragskiller? Ich bin dein Physiklehrer!«

»Ja, klar, aber Sie waren doch im Krieg, stimmt's? Sie haben schon Leute umgelegt. Ich hab gehört, nach dem ersten Mal geht's erheblich leichter. Alle sagen, Sie sind so was wie ein großer Kriegsheld oder so. Für Sie wäre das doch ein Klacks!«

»Du verarschst mich, ja?«

»Bitte, Jeremy«, fleht sie ihn an. Das Make-up läuft ihr inzwischen übers Gesicht. »Ich würde Sie ja jetzt nicht darum bitten, wenn ich der Meinung gewesen wäre, es gebe noch eine andere Möglichkeit. Aber es gibt einfach keine.«

Plötzlich fühlt er sich ganz schwach, und ihm beginnt der

Kopf zu schwirren. Er erkennt dieses Gefühl wieder. Nein, nein, nicht jetzt, denkt er. Normalerweise wird es ausgelöst durch laute Geräusche oder durch Bilder im Fernsehen oder Artikel im Internet, die er besser nicht gelesen hätte. Aber er hat seit Monaten keinen dieser Anfälle mehr gehabt. Lola Linker, seine Beraterin, hatte angedeutet, dass er womöglich geheilt sein könnte. Aber er fühlt sich nicht geheilt. Das Mysterium dieses einen Tages, der in seinem Gedächtnis fehlt, jenes Tages, an dem die Bombe hochging, der Tag, an dem Smarty und zwei weitere in tausend Stücke gefetzt wurden, hatten sie immer noch nicht gelöst. Und in letzter Zeit leidet er auch immer öfter unter Kopfschmerzen. Üblen Kopfschmerzen. Sie entstehen irgendwo in seinem Schädel, wie eine Messerklinge, die mit der Spitze voran auftaucht. Und jedes Mal ist die Klinge ein wenig breiter, ein wenig schärfer; und jedes Mal macht sie die Kluft zwischen seinen beiden Hirnhälften noch ein bisschen breiter.

»Was ist los? Mit Ihnen alles in Ordnung?«, fragt Jenn.
»Ich ... weiß nicht.«
»Was ist denn?«
Ich fühle mich schwer, will er sagen. Ich fühle mich, als wäre ich auf dem Jupiter. Aber er findet nicht die richtigen Worte. Irgendetwas presst von innen seine Brust zusammen, versucht, sein Herz aufplatzen zu lassen. Er setzt sich auf das Bett ihr gegenüber, legt sich hin und versucht zu atmen.
»Alles in Ordnung?«, fragt sie. Sie klingt verängstigt. »Jeremy? Ist das jetzt ein Herzinfarkt oder so?«
»Schon okay«, keucht er. »Kein Herzinfarkt. Ist gleich vorbei.« Doch er weiß, dass es auch erheblich länger dauern könnte. Manchmal ziehen sich diese Anfälle stundenlang hin. Er legt die Stirn auf seine Knie und atmet tief durch. Wirre Gedanken schießen ihm durch den Kopf, ein Krähen-

schwarm krächzt die Neuigkeit seiner unmittelbar bevorstehenden Vernichtung hinaus. Einmal, während einer dieser Anfälle, war er zu der Überzeugung gelangt, dass ihn eine Rotte paschtunischer Stammesangehöriger in der Dusche erwartete, wild entschlossen, ihm die Kehle aufzuschlitzen, während er auf der Toilette saß. Das hatte zwei Tage lang angehalten, während derer er in einen Plastikbeutel kacken musste, weil er zu viel Angst hatte, ins Bad zu gehen. Er hatte es in der gleichen Dose versteckt, in der er auch Protons Hundescheiße aufbewahrte. Davon hat er nicht mal Lola Linker erzählt. Es gibt Sachen, die sind einfach zu abgedreht, um sie seinem Seelenklempner zu erzählen.

»Soll ich Ihnen irgendwas holen? Wollen Sie ein Glas Wasser?«

»Okay«, sagt er, denn was spricht dagegen?

Sie verschwindet ins Bad. Er hört das Wasser durch die Rohre laufen, die unter dem Fußboden knacken und rauschen, und einen Augenblick später kehrt sie mit einem Glas zurück, das eine wirbelnde, lauwarme, bräunliche Substanz enthält. Wüstenwasser, durch verrostete Rohre tief aus dem Boden hochgepumpt und gnadenlos behandelt, um es trinkbar zu machen. Sein Großvater hatte sein gesamtes Berufsleben im Pumpwerk damit zugebracht, dieses Wasser über die Berge zu bringen. Es sollte eigentlich in Mexiko ankommen, hatte Al Jeremy einmal erzählt. Aber Amerika bekam es zuerst, was auch Amerikas gutes Recht war. Indianerstämme südlich der Grenze mussten ihren Kram einpacken und weiterziehen, weil ihre Flüsse ausgetrocknet waren und als Swimmingpools in LA endeten, statt die historische Reise in die Heimat ihrer Ahnen anzutreten. Tja, scheiß auf sie. Wenn sie die Chance dazu hätten, hat Al erklärt, würden sie unser Wasser auch nehmen.

Jeremy nimmt das Glas mit gestohlenem indianischem Wasser und stellt es auf den Nachttisch. »Tut mir leid. Das passiert manchmal –«

Mit einem Mal weiß er, dass er – allen möglicherweise gegenteiligen Absichten seiner Beine zum Trotz – schleunigst auf die Toilette rennen muss. Er schafft es so gerade eben noch, die Tür hinter sich zu schließen, bevor ihm das Mittagessen in einem gewaltigen Schwall hochkommt.

In diesem Moment steigt eine Erinnerung in ihm auf. Überrascht begreift er, dass es eine der fehlenden ist, gerettet aus den Wirren seines Unterbewusstseins, ein einzelner Halm aus einem chaotischen Haufen. Er erinnert sich an lauten Rap aus einer Stereoanlage – wahrscheinlich die von Jefferson. Er schaltete das Ding nie aus. Und er erinnert sich an einen Mann, in dessen Hals ein Schlauch steckte, Arme und Beine mit Kabelbindern gefesselt, um ihn herum Soldaten, einer davon Jeremy, während Cap'n Woot mithilfe eines Trichters Wasser in den Schlauch schüttete. Der Bauch des Mannes schwoll sichtlich an. Dann trat Woot im Takt der Musik auf seinen Bauch. Wasser brach aus seinem Leib hervor, genauso wie Jeremy sich jetzt übergibt. Scheiß auf Waterboarding, sagte Woot. Genau darum nennt man mich auch den Schwedentrunk-Mann, Jungs! So machen wir das bei den Spitting Cobras!

Wer war der Mann? Keine Ahnung.

Warum machten sie das mit ihm? Auch daran kann er sich nicht mehr erinnern.

Er verharrt noch einige Minuten über der Kloschüssel, wartet, dass mehr kommt, aber nichts passiert. Die Musik hämmert immer noch in seinem Kopf. I's a mothafuckin' killah, yeah, a loony with a gun. I chase them raghead niggahs and I smoke they ass fo' fun. I'm a homicidal maniac, a baby-shootin' brainiac, a totally insaniac ...

Schließlich spült er sich so gut es geht den Mund aus. Ohne Zahnbürste, ohne Mundwasser, ohne alles muss er den beißenden Geschmack seiner eigenen Magensäure aushalten, bis er nach Hause kommt. Er sieht zum Fenster hinüber, und ihm kommt eine abstruse Idee: Er wird dort hinauskriechen, ums Haus herum zu seinem Auto gehen, nach Hause fahren und so tun, als wäre nichts von alledem jemals passiert. Aber das kann er nicht. Er kann sie nicht so sitzen lassen, wie er sitzen gelassen worden ist, so wie er viel zu viele andere Leute sitzen gelassen hat.

It's a mothafuckin' killah . . .

Er kehrt in das Zimmer zurück. Jenn kauert auf dem ersten Bett, starrt über ihre Kniescheiben ins Nichts. Sie rührt sich, als er die Tür öffnet.

»Mit Ihnen alles okay?«, fragt sie.

. . . a loony with a gun.

»Ja, alles bestens.« Er braucht seine Medikamente, mindestens drei oder vier Gramm Humboldt County Hybrid. Wenn er einen Joint dabeihätte, dann würde er das Ding jetzt anzünden, selbst in ihrer Gegenwart. Er muss unbedingt zu seinem Depot.

»Mein Dad kotzt auch dauernd«, sagt sie. »Er sagt, er kotzt jetzt schon seit zwanzig Jahren. Ausgebranntes Plutonium, sagt er. Scheiß Staat, häh?«

»Pass auf«, sagt Jeremy. Er setzt sich ihr gegenüber hin. »Wir müssen reden. Weil, äh... Ich glaube, du machst dir eine falsche Vorstellung von mir.«

»Tu ich das?«

»Ja. Weißt du, worum du mich gebeten hast? Ich kann nicht, ich meine, so bin ich nicht.« Nicht mehr, fügt er in Gedanken hinzu, und fast kann er das Gelächter des Trupps in seinem Kopf hören, der einzige Ort, an dem die meisten von ihnen noch existieren. »Ich glaube nicht, ähem ... ich glaube nicht an Gewalt.« Nicht mehr. »Ich finde, sie ist falsch.« Jetzt. »Und deine Probleme würde sie auch nicht lösen.« Bis auf eines.

»Dann haben Sie noch nie jemanden umgebracht?«, fragt Jenn.

Mit einem Mal möchte er den naiven Ausdruck aus ihrem Gesicht prügeln. Stattdessen jedoch steht er auf und schreitet den Raum auf und ab. I'm the niggah on the triggah and I see you in my sights. Gonna waste your mom and daddy, gonna fuck yo ass all night. Herr im Himmel. Er muss unbedingt diese Musik aus dem Kopf bekommen.

»Tut mir leid«, sagt Jenn. »Vielleicht geht mich das alles gar nichts an.«

»Ja, vielleicht ist das so«, sagt Jeremy. »Vielleicht solltest du nie wieder irgendwem diese bescheuerte Frage stellen.«

»Entschuldigung, tut mir leid«, wiederholt Jenn. »Hab mir nichts dabei gedacht.«

»Es tut dir leid? Du hast ja überhaupt keinen Schimmer, was das bedeutet! Willst du wissen, was Entschuldigung bedeutet, schön, das kann ich dir zeigen! Und vielleicht solltest du verdammt noch mal erst nachdenken, bevor du mit so einem Scheiß anfängst. Du ahnst ja gar nicht, was du da lostrittst.« Dann hört er abrupt auf und presst sich eine Hand auf den Mund, bevor er sie sich so richtig vorknöpft. So ist es immer nach einem Anfall. Er könnte vor Wut alles kurz und klein schlagen.

Wer war der Typ überhaupt? Warum kann er sich nicht an sein Gesicht erinnern?

Jetzt hat er ihr Angst eingejagt. Er atmet tief durch. Die Messerklinge schiebt sich wieder langsam nach vorn, schneidet durch die Sanftheit, die er noch in sich trägt. Viel ist an diesem Punkt nicht mehr übrig.

»Ich denke, ich gehe jetzt wohl besser nach Hause«, sagt Jeremy.

»Okay«, antwortet sie. Sie sieht erleichtert aus. Weil er geht. Scheiße. Er ist völlig durchgedreht. Immer noch.

»Jenn, tut mir leid. Ich wollte nicht, ähem ... Ich wollte dich nicht anbrüllen. Es tut mir leid. Echt.«

»Schon okay, Mr. Merkin«, erwidert Jenn. Ihre Haltung hat sich verändert. Sie ist ernst und zurückhaltend, sitzt gerade da, hat den Blick auf ihre Hände gesenkt. Versucht, ihn nicht aufzuregen. »Sie haben recht. Ich habe nicht nachgedacht.«

»Und? Was machst du jetzt?«, fragt er. Er versucht sein Bestes, völlig normal zu klingen. Zu wenig und zu spät, aber er will nicht, dass sein Name als ein weiterer auf der Liste von Teufeln in ihrem Leben steht. Verflucht. Warum ist er hergekommen? Er hätte den Zettel wegschmeißen sollen. Weil er dieses Arschloch Lincoln umlegen könnte, kein Problem. Er könnte sich an ihn heranschleichen, ihm ein Messer über die Kehle ziehen und ihm anschließend damit in die Niere ficken. So einfach wie Fahrrad fahren. Woher hatte sie es gewusst? Konnte sie es ihm einfach so angesehen haben? Konnte sie das Kainszeichen auf seiner Stirn erkennen?

»Hierbleiben, schätze ich«, sagt Jenn. »Heute Nacht. Hier bin ich wenigstens sicher.«

»Vielleicht solltest du es deinem Dad erzählen.«

»Ja, genau. Super Idee.«

»Wird er dir nicht helfen?«

»Mein Dad ist kein sonderlich gefestigter Mensch«, sagt sie.

»Hör zu, Jenn. Wenn du's nicht jemandem erzählst, muss ich es Porteus berichten. So sind die Vorschriften. Ich bin dein Lehrer, und du bist noch minderjährig. Wenn ich erst einmal so etwas höre, kann ich das nicht mehr ungehört machen.«

»Was?«, kreischt sie. »Nicht Porteus! Scheiße, Jeremy, dann weiß es innerhalb einer Stunde die ganze Schule!«

»Nein, wird sie nicht«, sagt Jeremy und weiß doch, dass sie recht hat, weiß aber gleichzeitig, dass er gar keine andere Wahl hat. »Außerdem wird es nicht aufhören, bis du es jemandem erzählst. Er wird nicht einfach so von sich aus aufhören.«

»Bitte, Jeremy, bitte, bitte, bitte. Ich blas Ihnen einen. Wie wär's?«

»Oh, scheiße, Jenn, nein, mach das nicht. Jetzt gehe ich wirklich. Sieh mich an. Ich gehe.« Er steht wieder auf, aber er versucht sich zu schnell zu bewegen, und ein stechender Schmerz dringt wie eine glühende Degenklinge in ihn ein und zwingt ihn in die Knie.

»Ich mach das echt gut!«, kreischt Jenn. »Ich hab jede Menge Übung!«

Sie steht auf dem Bett, das Gesicht puterrot, die Sehnen auf ihrem Hals treten so deutlich hervor, als würde sie von ihrer eigenen Wut erdrosselt. Sie hat nicht mal mitbekommen, dass er fast kollabiert wäre. Sie sieht aus, als stünde sie kurz davor, vollends auszurasten. Er hat schon Leute gesehen, die durchgedreht sind, erst kürzlich den Typen im Spiegel, und sein Gesichtsausdruck ist dem ihren verdammt ähnlich gewesen. Er hat keine Ahnung, was er sagen soll, also sagt er nichts. Jetzt ist er der Ruhige. Schmerz hat bei ihm diese Wirkung. Sie nivelliert ihn, relativiert die Dinge. Genau deshalb ist er manchmal dankbar dafür. Er wartet einfach ab.

»Okay«, sagt sie schließlich schwer atmend. »Okay. Ich hab's ja sowieso nie offen ausgesprochen. Oder? Also können Sie auch nichts melden, was ich nicht gesagt habe.«

»Ich schätze, nein«, antwortet Jeremy.

»Ich hab nur Andeutungen gemacht. Ist gut möglich, dass ich nur Scheiße labere. Sicher können Sie nicht sein.«

»Genau.«

»Gut möglich, dass ich mir alles nur ausgedacht hab. Sie wissen es nicht. Stimmt's? Stimmt's?«

»Okay«, sagt Jeremy. »Okay, ich werde nichts sagen.«

»Danke«, sagt Jenn, inzwischen völlig ruhig, und dann steigt sie vom Bett und setzt sich wieder hin, faltet wie zuvor die Hände sittsam auf dem Schoß. Sie wirkt erschöpft. »Jeremy.«

»Ja.«

»Es ... tut mir leid, was ich da gerade gesagt habe. Das mit dem Blowjob. Ich hab mich nicht bremsen können, es ist mit mir durchgegangen. Ich weiß doch, dass Sie nicht so ein Typ sind.«

Einen Moment lang denkt Jeremy, sie meint, er sei nicht der Typ, der auf Blowjobs steht, und will schon Einwände erheben, doch dann versteht er, was sie wirklich meint: dass er nicht aus dem gleichen Holz geschnitzt ist wie ihr Stiefbruder Lincoln Moon, der es voll verdient hätte, wenn ihm etwas ausgesprochen Fieses zustoßen würde – wenn schon nicht der Tod, was sowieso viel zu einfach wäre, dann doch zumindest etwas, das extrem schmerzhaft und von langer Dauer ist. Zu blöd, dass Woot nicht hier ist, denkt Jeremy. Er würde ihn den ganzen Tag lang foltern. Aber Jeremy hat nicht mehr die Nerven für so was. Dieser Teil seines Lebens ist vorbei.

»Gib mir dein Telefon«, sagt er.

Sie reicht es ihm. Er tippt seine Nummer ein und gibt es ihr zurück. »Ich sollte das nicht tun, aber falls du in Schwierigkeiten gerätst, schickst du mir 'ne SMS. Halt mich auf dem Laufenden, so oder so. Okay? Damit ich weiß, dass es dir gut geht.«

»Okay. Danke. Und es tut mir leid, falls ich Sie wütend gemacht habe mit dem, was ich gesagt habe.«

»Schon okay«, sagt Jeremy. »Vergiss es einfach. Ich ... hab ein paar Sachen, an denen ich arbeiten muss.«

»Jeremy?«

»Was?«

»Sie haben mir echt einen Augenblick lang 'ne Scheißangst eingejagt.«

»Tut mir leid«, sagt er und denkt: Entschuldigen wir uns jetzt immer weiter beieinander für alles Mögliche?

»Nein, nein«, sagt sie. »Es war sehr männlich.«

Sie steht auf und kommt zu ihm, nimmt sein Gesicht in die Hände und zieht es zu sich hin. Doch er stößt sie weg, macht sich gar nicht erst die Mühe, behutsam zu sein, denn wer ist diese blöde kleine Schlampe überhaupt, dass sie in seinem Kopf ein solches Chaos anrichtet? Fünf Jahre Therapie den Bach runter. Er wartet nicht mal ab, um zu sehen, ob sie auf den Arsch fällt. Er geht einfach zur Tür heraus.

Er fährt eine halbe Meile die Straße hinunter, bevor er rechts ranfahren muss. Er legt sich quer über die Vordersitze, damit niemand ihn sieht. Jetzt wühlt sich das Messer wie verrückt von einer Seite zur anderen. Als würde jemand in einem Topf rühren.

Er bohrt sich die Finger in den Kopf, als könnte er sein ganzes Gehirn rausziehen, es dann einfach so an den Straßenrand schmeißen und wegfahren. Er hat Angst vor dem, was er tun wird, falls jemand an seine Scheiben klopft. Wenigstens ist keiner in der Nähe, der die Geräusche hört, die er von sich gibt. Da ist nur der Wind, und dem ist es scheißegal.

2

Al Merkin sitzt in seinem Wohnzimmer und wartet darauf, dass jemand nach Hause kommt und Abendessen macht. Auf der anderen Seite des Raumes lümmelt Henry gemütlich in seinem Fernsehsessel, wie eine Muschel in ihrer Schale, die Augenmaske fest auf dem Gesicht, und hört zu, was da gerade im Fernsehen gesagt wird. Seine Hände ruhen auf dem gewaltigen Bauch, und sein Teddybär, Smitty, sitzt auf dem Schoß.

Es ist 16:35. Das Abendessen muss um 17:30 fertig sein, allerdings wird daraus wohl nichts, sofern nicht Henry eine psychische Metamorphose durchmacht und mit einem Mal in der Lage ist, tatsächlich etwas zu tun. Al hat bereits beschlossen, dass er bei der ersten Person, die durch die Tür hereinkommt, vor moralischer Entrüstung explodieren wird, wobei er jedoch beabsichtigt, den Ausbruch völlig spontan aussehen zu lassen. Es sieht so aus, als hätte Helens Tod das präzise Zeitbewusstsein abgestellt, das er benötigt hatte, um seine Familie zusammenzuhalten. Bis vor fünf Wochen war alles noch in einem vorhersehbaren, wenn auch bisweilen abgehackten Rhythmus verlaufen. Sie alle waren Planeten in Helens Umlaufbahn gewesen. Nachdem sie nun nicht mehr von ihrer Anziehungskraft gehalten wurden, war plötzlich jeder wie entfesselt – beinahe vergnügt, so kommt es Al vor, als hätten alle nur auf einen Vorwand gewartet, um sich schnellstmöglich vom Zentrum zu entfernen. Er ist sich bewusst, dass manche Menschen, zum Beispiel Hippies, lieber im Chaos der Achronizität leben, aber für Al ist das kaum besser, als sich zu den Schweinen zu legen. Uhren wurden aus gutem Grund erfunden. Also, verdammt noch mal, wo stecken alle?

Er weiß, er kann versuchen, seine Leute auf dem Handy zu erreichen, doch Al ist überzeugt davon, dass jeder Handys genau so erschreckend findet wie er selbst. Rita ist wahrscheinlich im Restaurant. Man stelle sich das nur mal vor: Ihr Telefon klingelt, während sie gerade ein Tablett mit schmutzigem Geschirr durch die Gegend wuchtet – die Hölle würde losbrechen, überall zerbrochenes Geschirr, erzürnte Gäste mit der Tagessuppe auf dem Schoß oder siedend heißem Kaffee im Gesicht. Die Welt ist voller Unfälle, die nur darauf warten zu passieren, potentielle Energie, aufgestaut und bereit, sich genau in dem Moment zu entladen, wenn man mal eine Sekunde nicht aufpasst. Jeremy könnte im Auto sitzen und dann womöglich mit einem anderen Fahrzeug zusammenstoßen. Dann ist da noch Jeanie Rae, die irgendwo unterwegs ist, wer weiß, wo, und Gott weiß was tut. Sie ist ihm ein Rätsel seit jenem Tag vor neunzehn Jahren, als sie verkündete, schwanger zu sein, aber nicht die Absicht hatte zu verraten, wer er Vater war, also frag nicht, niemals. Seine größte Angst, wenn er sie anrief, war, dass sie eventuell rangehen würde.

Derweil ist die Tiefkühltruhe vollgepackt mit steinharten Hühnchen, Braten und Koteletts. Er ist derjenige, der gearbeitet hat, um all diese Sachen bereitzustellen. Er wird den Teufel tun, das Zeug auch noch selbst zuzubereiten. So lautete die Vereinbarung, die er mit Helen getroffen hatte: Er sorgte für den Lebensunterhalt, und sie machte das Beste daraus. Er sieht keinerlei Veranlassung, warum sich an dieser Vereinbarung etwas ändern sollte, nur weil sie tot ist. Es gibt eine freie Stelle im Haushalt, und sie gähnt ihn an, wie eine Zahnlücke, wie ein Film, der in einem menschenleeren Kino vor sich hin flackert.

»Daboo«, sagt Henry.

»Was?«, erwidert Al.

»Ich willn Eisamstiel«, sagt Henry.

»Steh auf und hol's dir selbst. Du bist nicht total hilflos.«

»Nein, ich willn Eisamstiel«, wiederholt Henry, als hätte Al ihn nicht richtig verstanden. »Lobet den Herrn.«

»Der Herr hat nichts mit Eis am Stiel zu tun«, meint Al. Oder mit sonst irgendwas, fügt er innerlich hinzu. Die Religion ist Helens große Schwäche gewesen. Das, und Zuckerzeug. Wo Helen jetzt nicht mehr da ist, um dem Jungen alles Mögliche ins Maul zu stopfen, fängt er vielleicht mal an, ein bisschen abzunehmen. Es ist wirklich eine Schande. Fette Kids, wohin man auch blickt. Wenn ein Kind früher zu fett war, hänselte man es so lange, bis es endlich abnahm. Das Mobben besitzt einen evolutionären Zweck. Heutzutage wird man deswegen ins Gefängnis geschickt, weswegen die menschliche Rasse im Allgemeinen und die amerikanische Rasse im Besonderen sich auch nicht mehr weiterentwickelt und jetzt stattdessen lahm vor sich hin eiert, bis zum Hals im eigenen Fett versunken.

Resolut setzt Al sich auf, spürt sein Haus wie einen schützenden Panzer um sich herum. Er wird sich nie an diese schleichende Stille gewöhnen. Helen hatte Stille gehasst. Sie machte immer irgendwelche Geräusche, summte eine Melodie, führte Selbstgespräche oder schwatzte mit ihm, ob er nun zuhörte oder nicht. Die Hälfte der Zeit über machte ihn das wahnsinnig. Jetzt ist es trotz des permanenten Geplappers aus dem Fernseher so still, dass die Wände seinen Tinnitus reflektieren.

Al wandert in Gedanken zurück zu ihrem Einzug vor dreiundzwanzig Jahren. Sie hatten das Haus wegen seiner vier Schlafzimmer gekauft. Rita war damals bereits ausgezogen, und er hatte angenommen, dass auch Jeanie bald fortgehen würde. Ein Schlafzimmer sollte für Al sein und das andere für Helen, da das Teilen eines gemeinsamen Bettes einer Form von ehelicher Folter gleichkam. Al drosch sich förmlich durch die Nacht, wehrte einen nicht enden wollenden Strom imaginärer Angreifer ab wie eine Art schlafwandelnder Kung-Fu-Meister, während Helens Nase ein Geräusch entwich, das klang wie eine Schaufel, die über nackten Beton schrammte. Kein Mensch glaubte ihm das mit Helens Schnarcherei, am wenigsten Helen selbst, bis er sie schließlich eines Nachts aufnahm und es ihr dann morgens vorspielte. Sie beschuldigte ihn, die Aufnahme manipuliert zu haben, also griff er zu der außergewöhnlichen Maßnahme, eine nagelneue Videokamera von Sony zu erwerben und diese auf einem Stativ in ihrem Schlafzimmer aufzubauen. Nun ließ sich nichts mehr bestreiten: Da lag sie, im geblümten Nachthemd und allem, den Kopf zurückgeworfen, und ein unmenschliches Geräusch brach aus ihrer Kehle hervor. Zu seinem Erstaunen war die ganze Geschichte irgendwie seine Schuld. Sie war tagelang mit gekränkter Miene herumgelaufen, aber Wahrheit blieb Wahrheit, und Al hatte gewonnen. Er bekam sein eigenes Zimmer und war froh darüber.

Das dritte Schlafzimmer sollte Als Büro sein, und das vierte sollte Helen für ihre Basteleien nutzen. Sie stellte Herzen her. Sie nahm die Balsaholzherzen, die Al mit seiner Laubsäge aussägte, malte sie in einem dunklen Arterienblutrot an, und klebte kleine Schriftrollen mit klugen Sprichwörtern darauf, geschrieben in Kalligrafie, die sie Jahrzehnte zuvor im Hauswirtschaftskurs gelernt hatte. Auf manchen stand Wo mein Herz ist, da bin ich zu Hause und auf anderen Ein Traum ist ein Wunsch Deines Herzens und auf wieder anderen stand einfach nur Von Herz zu Herz. Sie versuchte ständig, sich etwas

Gescheiteres einfallen zu lassen, das sie aufschreiben könnte, aber stets ohne Erfolg. Es war ihr gleichgültig, was auf den Zetteln stand, solange nur das Wort Herz dabei war. Sie verkaufte sie für drei Dollar fünfzig das Stück. Die Herzen gab es auch als Weihnachtsbaumschmuck, wofür man einfach oben einen Ösenhaken einschraubte und anschließend eine Schleife aus buntem Band daran befestigte. Dafür berechnete sie einen Dollar extra.

Sie war aber auch bekannt dafür, die Herzen bei jeder sich bietenden Gelegenheit zu verschenken. Jeder einzelne ihrer Bekannten besaß eine kleine Sammlung. Manche stellten ihre das ganze Jahr über aus, andere nur dann, wenn man wusste, dass sie zu Besuch kommen würde. Fand ein Kunsthandwerkermarkt oder ein Flohmarkt irgendwo im Umkreis von zwanzig Meilen statt, konnte man sicher sein, Helen an einem der Tische anzutreffen, wo ihr Geschäft zwar ruhig, aber stetig lief. Wenn sie ihre Kosten und ihre Zeit kalkulierte, hätte sie alles in allem die Gewinnzone erreichen können. Andererseits war es ihr bei der Herstellung von Herzen jedoch nie ums Geld gegangen. Vielmehr ging es um dieses kleine bisschen Wärme, das sie empfand, wenn sie verfolgte, wie jedes Herz ein neues Zuhause fand. Helen hatte geglaubt, dass niemals jemand ein Herz für böse Zwecke benutzen könnte, noch könnte jemand eines sehen, ohne daran erinnert zu werden, dass er geliebt wurde. Je mehr Herzen es auf der Welt gäbe, desto besser. Als sie einmal mitbekam, wie sie als Herz-Dame tituliert wurde, erzählte sie Al, sei ihr vor Stolz das Herz übergegangen.

Nun besitzt Al einen Schrank voller Herzen in unterschiedlichen Graden der Fertigstellung. Sie verspotten ihn, wann immer er seine Schuhe sucht. Irgendetwas muss mit ihnen passieren; er erträgt es einfach nicht, sie anzusehen. Was macht man mit solchen Sachen? Sie in den Müll zu schmeißen kommt jedenfalls nicht infrage. Keine Wohlfahrtsorganisation wird sie haben wollen. Er ist nicht bereit, auf einem Kunsthandwerkermarkt oder so etwas einen Tisch aufzustellen; schon allein bei dem Wort »Kunsthandwerkermarkt« kräuseln sich seine Zehennägel. Vielleicht wäre ein Garagenverkauf die Lösung. Keller und Garage sind voll mit anderem Kram, der auch rausmuss, Krempel aus dreiundzwanzig Jahren, der sich wie Treibgut nach einer Flut angesammelt hat.

Aber allein der Gedanke daran ist ermüdend. Derzeit bringt er kaum die Energie auf, sich aus seinem LongLax-Liegesessel zu erheben. Er kann sich nicht vorstellen, Horden wildfremder Menschen auf sein Grundstück zu lassen, nur damit sie dann auf der Suche nach einem Schnäppchen seinen ganzen Kram durchwühlen können. So wie er sich momentan fühlt, dumm, alt und dick, würde er am Ende versehentlich einem Schwindler das ganze Haus für fünf Mäuse verticken und dann auf der Straße sitzen. Und dieses Haus ist alles, was er hat.

Al hat es niemandem erzählt, aber sein Pensionsfond wurde plattgemacht, als Lehman Brothers vor die Hunde ging: fast sechshunderttausend Dollar. Es war ihm gelungen, das vor Helen zu verheimlichen, denn Geld machte sie immer nervös, was bedeutete, dass es seine Aufgabe war, sich jeden Monat die Kontoauszüge anzusehen und ihre Ausgaben entsprechend zu planen. Das war vor drei Jahren. Nach dem Zusammenbruch waren ihm noch rund hunderttausend geblieben, doch davon waren jetzt, nach verschiedenen Ausgaben, grob gerechnet noch dreißig übrig. Er weiß, das wird nicht ausreichen. Nicht mal annähernd.

Und aus diesem Grund beabsichtigt er, sich umzubringen, sobald er den erforderlichen Mut dazu aufbringt.

Helen hat sich tausend kleinere Tode erspart, indem sie viel zu früh starb; mitansehen zu müssen, wie ihre Familie in Armut versinkt, hätte ihr das Herz gebrochen. Und die Aussicht auf seinen eigenen Tod erscheint ihm jetzt erheblich erträglicher, nachdem sie als erste gegangen war. Er freut sich darauf, genau wie er sich auf den Schlaf freut. Die Zeit naht. Er spürt es. Das Einzige, was ihn in Wahrheit noch zurückhält, ist der Papierkram. Er will vorher noch alles Rita überschreiben, damit es keine Probleme mit dem Testament oder Erbschaftssteuern oder sonst irgendeinem Unsinn gibt. Seine Abscheu vor der Bürokratie ist so groß, dass ihm vor dem Papierkram mehr graut als vor dem Selbstmord an sich, auch wenn er sich noch entscheiden muss, wie er es tun will. Eines weiß er allerdings ganz sicher: Auf gar keinen Fall wird er es im Haus tun.

Als sie dieses Haus kauften, war ihnen versichert worden, dass Elysium schon sehr bald das nächste LA werden würde. Das war die Vision, die dieser krumme Hund Ouranakis gehabt hatte, ein LA für den richtigen Menschenschlag, und auch wenn Ouranakis bereits seit Jahrzehnten tot war, machte seine zwar kleine, aber treu ergebene Clique von Immobilienmaklern unermüdlich weiter – eine zweite Generation habgieriger Gefolgsleute, darauf spezialisiert, Leichtgläubige davon zu überzeugen, dass Elysium eine fantastische und vorausschauende Investition war. Anscheinend reichte es nicht aus, in Elysium einfach etwas zu kaufen, nein, man musste an Elysium glauben.

Tja, die Gelackmeierten waren sie. Al hatte nie wirklich daran geglaubt, auch wenn er nach außen hin so getan hatte. Wenn er in so etwas wie LA hätte leben wollen, dann wäre er einfach ins richtige LA gezogen. Al kaufte, weil er genau wusste, dass Ouranakis' Traum scheitern würde. Und es war seine lebenslange Arbeit, mit Wasser, aus der er dieses geheime Wissen ableitete – weil er genau wusste, wie aussichtslos es war, jemals genug Wasser für fünfzigtausend Menschen hierhergepumpt zu bekommen, geschweige denn für Millionen. Niemand denkt jemals ans Wasser, sinniert Al manchmal selbstgefällig, weil alle nur dumm sind. Aufgrund von Ouranakis' Ignoranz, die typisch war für so viele Ausländer, strahlt die leere Stadt eine gewisse Exklusivität aus, die er ungemein genießt. Wenn er die Straßen entlangfährt, bis sie sich einfach in der Wüste verlieren, hat er das Gefühl, einer der wenigen gewesen zu sein, die ein wohlgehütetes Geheimnis herausgefunden haben – vielleicht eine Spur zu gut gehütet für Ouranakis' Geschmack, aber für Als genau richtig. Hier gibt es keinen Verkehr und wird es auch nie welchen geben. Keinen Straßenraub, keine Vergewaltigungen, keine Autodiebstähle, überhaupt keine Kriminalität, abgesehen von ein wenig Vandalismus. Er und Helen hatten vorgehabt, jeden einzelnen thermonuklearen Mojave-Tag in Ruhe und Frieden zu genießen.

Aber nichts davon ist je eingetreten, denn Rita zog wieder bei ihnen ein und belegte nun das Schlafzimmer, das eigentlich Helens Bastelzimmer hätte werden sollen. Sie brachte Jeremy mit, und kurz darauf kam Henry. Er belegte nun das Schlafzimmer, das eigentlich Jeanie gehört hatte. Dann brach der Markt zusammen, und Al hatte allen Grund zu bedauern, ein Haus gekauft zu haben, dessen Wert niemals steigen würde.

In diesem Augenblick hält draußen ein Auto mit quietschenden Reifen. Es ist Jeremy, der den Saturn fährt. Al kann hören, dass jetzt mehr Staub auf den Bremsbelägen liegt als noch am Morgen. Das Auto hört sich immer schlimmer an, wenn Jeremy damit gefahren ist.

Al steht auf, als sein ältester Enkelsohn die Tür öffnet. »Wo bist du gewesen?«

Jeremy zuckt die Achseln. »Personalversammlung.«

Die Ansprache, die Al vorbereitet hat, löst sich in Luft auf. Er hasst es zu sehen, wie verkrüppelt der Junge ist. Al selbst hat zwei Einsätze unverletzt überstanden. Nicht mal ein Kratzer. Es war ein Dauerscherz unter seinen Kumpeln: An seinem ersten Tag zurück in der Welt würde er wahrscheinlich von einem Bus überfahren. Doch sein Krieg hat ihn nicht berührt, nicht so wie die anderen Jungs. Wären da nicht seine Träume, er würde sich fragen, ob das alles überhaupt wirklich passiert ist.

»Oh«, macht Al.

»Hallo Jeremy«, sagt Henry feierlich. »Wo warst du?«

»Ich war bei meiner Arbeit, Henry«, antwortet Jeremy. »Weißt du noch? Ich bin jetzt Lehrer.«

»Darf ich morgen mit dir gehen?«

»Nein, Henry, das geht nicht. Tut mir leid.«

»Warum denn nicht?«

»Darum, Kumpel. Was würdest du denn den ganzen Tag machen?«

»Ich würde dir helfen, die bösen Kids zum Nachsitzen zu schicken.«

»Jetzt will er zur Schule«, sagt Al.

Jeremy schließt die Tür hinter sich und durchquert das Wohnzimmer. »Hat Henry seine Nachmittagspille genommen?«

»Keine Ahnung«, sagt Al.

»Henry, hast du deine Nachmittagspille genommen?«

»Keine Ahnung«, sagt Henry in einer perfekten Imitation von Als unbeteiligtem Tonfall.

Jeremy seufzt. »Grandpa. Wir müssen die Sache hier im Griff behalten. Sonst bekommt er einen Anfall.«

»Weil ich nämlich elektrisch bin«, kommentiert Henry.

»Epileptisch«, korrigiert Jeremy. »Wo ist Mom?«
»Im Restaurant«, sagt Al.
»Und was ist mit Jeanie Rae?«
»Weg«, brummt Henry traurig.
»Ich weiß nicht, wo sie ist«, sagt Al.
»Hat schon irgendwer was fürs Abendbrot vorbereitet?«, erkundigt sich Jeremy.
»Nee«, sagt Al.

Jeremy steht da, wiegt sich von einer Seite auf die andere, so wie er es tut, wenn sein Rücken ihm mal wieder zu schaffen macht. »Hör zu, Grandpa, du musst hier auch ein bisschen einspringen. Mom kann nicht alles tun. Es wäre nett, wenn sie nach Hause käme und wenigstens ab und zu würde schon das Scheißessen auf dem Tisch stehen, was meinst du? Genügt es denn nicht, dass sie sich den ganzen Tag lang den Arsch aufreißen muss, um andere Leute zu bedienen?«

»Hör zu«, sagt Al. Er weiß nicht, wie der Junge dazu kommt, in diesem Ton mit ihm zu reden, ohne sich auch nur im Geringsten zu schämen. Es ist beängstigend. Er ist nicht immer so gewesen. Erst seit er nach Hause zurückgekehrt ist. Weigert sich einfach kategorisch, Als naturgegebene Autorität als Familienoberhaupt anzuerkennen. Hätte Al so mit seinem eigenen Großvater gesprochen, wäre er unter dem Beifall der gesamten Familie nach draußen befördert worden und hätte eine ordentliche Tracht Prügel bekommen. Wenn heute ein Mann nur Anstalten macht, einen Finger zu heben, um die Leute daran zu erinnern, wer der Chef ist, landet er sofort mitsamt Foto in der Zeitung und vor Gericht. Sie standen knöcheltief in den Scherben jener Überzeugungen, die das Land durch seine ersten Jahrhunderte gebracht hatten. So fühlt es sich also an, wenn das Ende der Welt längst da ist, die Leute jedoch zu stur sind, um sich das einzugestehen.

»Ja, ich höre zu«, erwidert Jeremy, was aber offensichtlich eine Lüge ist, denn er ist bereits auf dem Weg in den Keller, wo er wohnt.

»Jermy, ich willn Eisamstiel«, sagt Henry.

»Du kannst dir dein Eis am Stiel selbst holen, Henry«, antwortet Jeremy. »Du weißt ja, wo sie sind. Du weißt auch, wie man sie aufmacht. Du bist kein Baby mehr.«

»Jepp. Ich bin ein erwachsener Mann. Ich bin achtzehn Jahre alt«, verkündet Henry. Er sitzt auf seinem Liegesessel und fixiert Al mit überheblicher Selbstgefälligkeit, als wäre gerade eben ein wichtiger Punkt klargestellt worden. Beide lauschen Jeremys Schritten auf der erzitternden Treppe.

»Ich bin so müde«, sagt Al.

»Gelobt sei der Herr«, ergänzt Henry.

»Okay«, sagt Al. »Was soll's.« Er geht in die Küche, nimmt ein Hühnchen aus dem Eisschrank und wendet sich dann der Mikrowelle zu.

3

Seit seinem fünften Lebensjahr hatte Jeremy immer mal wieder im Keller dieses Haus gelebt. Er haust in einer Unterwelt, in die sich Menschen aus der oberen Sphäre nur hineinwagen, um die Wäsche zu waschen oder nach Haushaltsgegenständen zu suchen, die sich immer vor einem verstecken: Pinsel, Schraubenzieher, Ölkannen und solcherlei Dinge. Früher mal, vor langer, langer Zeit, hatte der Keller etwas von einem geheimen Clubhaus, heute jedoch fühlt er sich wie begraben unter einer radioaktiven Dunstwolke und mehreren Metern toter Wüstenerde. Er ist verwandt mit den Sklaven des Altertums, die mitsamt ihren Herren lebendig begraben wurden, damit sie diesen auch noch im Jenseits dienen könnten. So fühlt er sich, auch wenn er als Amerikaner angeblich frei sein soll. Die Lage ist nicht gerade toll, denkt er, aber man stelle sich nur mal vor, um wie viel schlimmer es sein könnte, wäre er woanders geboren worden. Das würde zumindest Al sagen.

Jeremy geht an das Waschbecken, pinkelt hinein und füllt dann seinen Wasserkocher am Hahn auf. Als das Wasser kocht, wirft er einen fetten Brocken Northern Lights in seine Teekanne und lässt das Ganze ziehen. Dann legt er sich aufs Bett und starrt zur Decke. Ein weiterer ereignisreicher Freitagabend in Elysium. Oben Fußgetrappel, das Knarren und Sich-Durchbiegen der Sperrholzdecke. Je nachdem wie sehr das Holz nachgibt, kann er sagen, wer es ist. Al hat den leichtesten Schritt und ist der Kleinste von allen. Seiner Bewegung haftet immer noch die gleiche Heimlichkeit an, mit der er vierzig Jahre zuvor durch den vietnamesischen Dschungel geschlichen ist. Heute weiß Jeremy, dass man solche Gewohnheiten innerhalb weniger Stunden erlernen kann, sie dann aber für den Rest des Lebens nicht wieder loswird. Rita und Helen waren schwer auseinanderzuhalten, weil sie in etwa gleich viel wogen, aber Rita war jünger und bewegte sich schneller. Henry ist der Schwerste und Langsamste von ihnen, auch wenn er gleichzeitig der Jüngste ist, und wenn er von einem Raum in den nächsten geht, bewegt sich das ganze Haus, um sich ihm anzupassen. Eines Tages, davon ist Jeremy überzeugt, wird Henry durch die Decke krachen. Bei seinem Glück wird er genau auf Jeremys Gesicht landen, und wenn er ihn nicht direkt erschlägt, dann wird er ihn langsam ersticken.

Von oben hört er jetzt Henrys matte Stimme: Ich willn Eisamstiel. Dann Als leere Proteste, wieder Schritte, das Geräusch der sich öffnenden und schließenden Tür des Gefrierschranks.

Henry und sein verfluchtes Eis am Stiel.

Einmal hatte ein Kriegsberichterstatter, der ihre Einheit begleitete, Jeremy gefragt, für was er kämpfe. Es war die blödeste Frage, die jemand stellen konnte. Sie war noch blöder als blöd. Natürlich kämpften sie hier nicht für etwas. Das wusste doch jeder. Sie kämpften, weil sie, wenn sie nicht kämpften, von den Arschlöchern umgebracht würden, die sich immer wieder an ihren vorgeschobenen Außenposten heranschlichen und versuchten, ihnen den Kopf abzuschneiden. Was konnte es für einen besseren Grund geben?

Doch dann tauchte Henrys rundliches Gesicht verschwommen vor Jeremys Augen auf, und allein durch den Gedanken an Henry gelang es Jeremy, cool zu bleiben und den Fragesteller davon in Kenntnis zu setzen, dass, sollte er je wieder so etwas

Dummes fragen, er ihm die Eier in den Körper prügeln und sie ihm durch sein Arschloch wieder herausreißen würde. Der ganze Trupp hatte daraufhin zustimmend gegrölt. Sie waren begeistert. Go Merkin, go Merkin! Dann fingen sie mit ihrem Stammestanz an, so wie sie es auch machten, wenn Woot sie zur Ekstase trieb, und Jeremy tat so, als wolle er den Reporter bei den Eiern packen. Er hatte noch nie einen Mann so schnell laufen sehen. Am gleichen Abend erhielt er einen Tadel vom Colonel, aber Woot gab ihm Rückendeckung. Woot war gut darin, sich Lügen einfallen zu lassen, um ein Fehlverhalten zu vertuschen.

Aber nur weil er dem Reporter Angst eingejagt hatte, fühlte er sich noch lange nicht besser. Den Rest des Tages und noch viele Tage danach sah er einfach überall weiter Henrys Gesicht vor sich, und er fragte sich, warum das wohl so war. Schließlich hatte er beschlossen, mit Smarty darüber zu reden.

Und Smarty hatte erklärt:

»Du denkst an Henry, weil er nämlich das ist, wofür du kämpfst. Du siehst ständig Henrys Gesicht, weil du ihn schon dein Leben lang beschützt hast. Stimmt's?«

»Scheiße, woher weißt du das?«, fragte Jeremy verblüfft.

»Weil du es mir schon ungefähr fünfzigmal erzählt hast«, erwiderte Smarty geduldig. »Wenn du ans Kämpfen denkst, dann denkst du an Henry. Auch wenn er nicht hier ist. Es ist eine Assoziation. Kapiert?«

»Ja, kapiert«, sagte Jeremy. Wieder einmal war ihm seine Dummheit peinlich. So fühlte er sich immer bei einem Smarty-Talk. Cool bei Smarty war, dass er nie darauf herumritt. Deshalb wurde er auch von allen so gemocht. Er hatte eine Art, Dinge zu erklären, dass jeder meinte, er wäre so was wie ein weiser alter Onkel, obwohl er gar nicht älter war als alle anderen. Sogar Cap'n Woot verstummte nickend, wenn Smarty mit einer Erklärung von diesem oder jenem loslegte, und vergaß dabei für einen Augenblick, dass er – Woot – ein blutrünstiges Arschloch war. Smarty hatte keine Angst vor Woot. Er hatte keine Angst vor irgendwas.

Woot. Jeremy dachte, er hätte ihn völlig vergessen. Aber Woot lauert immer noch dicht unter der Oberfläche und taucht aus seinen Erinnerungen auf, sobald er sich wegen irgendwas aufregt. Er vermutet, dass Veteranen im Laufe der Geschichte schon immer Albträume über den Feind hatten. Nur sehr wenige jedoch, so glaubt er, hatten Albträume über ihre eigenen befehlshabenden Offiziere. Aber wenn Jeremy seinen Panikattacken nachgibt und sich vorstellt, sie kommen ihn holen, dann sieht er nicht einfach nur einen Haufen zerlumpter, dreckiger Männer mit Turban, die russische Gewehre und Panzerfäuste herumschleppen. Manchmal ist es Woot, mit einer Zigarre im Mundwinkel und schräg sitzender Feldmütze auf dem Kopf, ein dämonisches Grinsen im Gesicht; und es sind nicht die Dinge, die er tun würde, die Jeremy Angst machen, sondern die Dinge, die er Jeremy befehlen würde zu tun. Und die Tatsache, dass Jeremy genau weiß, er würde gehorchen.

Sein Tee ist schon lange fertig und jetzt in der Kanne kalt geworden. Jeremy hebt sie hoch und trinkt in gierigen Zügen direkt aus der Tülle. Dann legt er sich wieder hin, verschränkt die Hände hinter dem Kopf und wartet darauf, dass die schmerzlindernde Wirkung des Grases einsetzt. In diesem Augenblick meldet sein Telefon, dass er eine neue SMS erhalten hat. Sie kommt von Jenn:

DU DREKSKÄRL!!!

Jeremy betrachtet die Nachricht einen Moment lang ausdruckslos. Jenns Arbeit ist normalerweise schlampig und oft genug fehlerhaft, sofern sie sich überhaupt dazu herablässt, etwas abzugeben, aber die Rechtschreibung zählt nicht zu ihren Schwächen.

Er simst zurück: WIE BITTE?

Er wartet darauf, dass eine Antwort kommt. Doch zurück kommt nur seine eigene, als unzustellbar gekennzeichnete Nachricht.

Als er das nächste Mal wieder etwas bewusst registriert, weiß er, dass er wieder diesen leeren Albtraum hatte: keine Bilder, nur Rauch und brennendes Fleisch. Dies ist die einzige Möglichkeit, wie er sich auch nur an einen Bruchteil dessen erinnern kann, was passiert ist: Bruchstücke von Erinnerungen, die er aus den abklingenden Träumen bergen konnte. An die Explosion selbst hat er keinerlei Erinnerung.

Der Geruch ist immer noch da, als er sich in eine sitzende Position hochgewuchtet hat, und so begreift er nach einem Augenblick, dass er eingeschlafen ist und jemand oben in der Küche irgendwas hat anbrennen lassen. Er ist nicht wieder in Afghanistan.

Automatisch wirft er einen Blick auf sein Telefon. Keine neuen SMS, keine E-Mails. Oben trifft er auf Rita, die sich durch die Spüle voll schmutzigen Geschirrs wühlt, wie ein Archäologe, der die verschütteten Relikte einer uralten vorstädtischen Gesellschaft durchkämmt. Auf dem Schneidebrett liegen die Überreste einer Pizza. Die Ziffern der Mikrowelle teilen ihm mit, dass es fast sieben Uhr ist.

»Scheiße, wonach stinkt es hier?«, fragt er.

Rita seufzt. »Würdest du bitte mit dem Scheiße aufhören? Ich bin deine Mutter!«

»Entschuldigung.«

»Dein Großvater hat beschlossen, ein Hühnchen eine Stunde lang auf der höchsten Stufe zu atomisieren«, sagte Rita. »Wir haben jetzt was bestellt.« Sie deutet mit dem Kopf auf den Mülleimer. Jeremy hebt den Deckel und sieht einen Kadaver, der aussieht, als sei er zuerst explodiert und anschließend mumifiziert. Er bindet die Plastikschlaufen des Beutels zusammen und bringt ihn dann hinaus in die Garage. Fliegen erheben sich summend von den Eingeweiden einer Tonne, die bereits vor Müll überquillt. Er hat den letzten Abholtermin verpasst. Es stinkt in der Garage. Er stopft den Beutel in die Tonne, balanciert den Deckel obendrauf und öffnet das elektrische Garagentor, damit der Gestank abzieht. Dann kehrt er in die Küche zurück.

»Ich wollte dich nicht wecken«, sagt Rita. »Du hast ausgesehen, als bräuchtest du den Schlaf. Ich vermute, du musst wohl müde gewesen sein, bei all der Arbeit, die du heute bewältigt hast.« Sie lächelt ihn spitzbübisch an.

»Was willst du damit sagen?«, fragt Jeremy vorsichtig, da er spürt, dass er in Schwierigkeiten steckt.

»Ich hab dich vor dem Motel gesehen.«

»Was?« Jeremy erschrickt. »Wie?«

»Weil ich dort war.«

»Warum warst du dort?«

»Ich war bei Sam«, sagt sie.

»Oh.«

»Was meinst du mit oh?«

»Nichts. Darf man nicht mal oh sagen, ohne gleich ins Kreuzverhör genommen zu werden?«

»Du magst Sam nicht.«

»Du weißt, was die Leute über ihn sagen.«

»Was?«

»Er sei ein Terrorist.«

»Ach, mein Gott, Jeremy, er ist kein Terrorist. Er ist ein Sikh.«

»Weiß ich«, sagt Jeremy. »Aber wer sonst kennt hier bei uns den Unterschied? Die wissen doch nur, dass er eine Windel auf dem Kopf trägt.«

»Das ist ein Turban. Er ist ein Symbol seines Glaubens.«

»Auch – das – weiß – ich«, sagt Jeremy mit übertriebener Geduld. »Ich rede nicht von mir. Ich rede von den Leute dieser Stadt. Von denen rede ich hier.«

»Und seit wann interessiert es dich, was andere Leute denken?«

»Es interessiert mich nicht. Ich weiß ja nicht mal, warum wir diese bescheuerte Unterhaltung führen. Ich will nichts hören von deinem Liebesleben. Ich könnte kotzen dabei.« Er schnappt sich ein Stück Pizza, fängt an, die Champignons runterzuklauben, und wirft sie einen nach dem anderen in die Spüle.

»Tja, und was meinst du wohl, wie ich mich dabei fühle zu sehen, wie du dort vorfährst und in das Zimmer von diesem Mädchen gehst?«

»Woher hast du gewusst, wessen Zimmer es war?«

»Ich habe Augen, Jeremy. Ich habe gesehen, wie sie reingegangen ist.«

»Toll. Wer hat sie noch gesehen?«

»Sam. Er hat ihr nur das verfluchte Zimmer vermietet.«

»Au Backe.«

»Und dann ist noch jemand aufgetaucht«, sagt sie.

»Was? Wann?«

»Ungefähr zwanzig Minuten nachdem du gegangen bist. Ein Typ mit einem Pick-up. Er hatte einen Pferdeschwanz. Alt genug, um ihr Vater zu sein.«

»Oh super«, sagte Jeremy. »Was ist dann passiert?«

Rita zuckt die Achseln. »Er ist rein, und ich hab nicht mehr hingesehen. Ich hab auch was Besseres zu tun, als den lieben langen Tag am Fenster zu sitzen. Aber du solltest nicht mit ihr rummachen, Jeremy. Sie sieht nach Ärger aus.«

»Ich mache nicht mit ihr rum«, sagt Jeremy. »Ich bin dort gewesen, um mit ihr zu reden.«

»Oh ja, klar. Wie ist die Unterhaltung denn so gelaufen?«

»Es ist mein Ernst. Sie hat richtig üble Probleme.«

»Was für Probleme?«

»Ich kann nicht drüber reden. Ich hab's versprochen.«

»Was immer es ist, lass dich in nichts hineinziehen.«

»Ich bin aber schon mittendrin. Das Mädchen steckt in Schwierigkeiten, Mom.«

»Kann sie denn nicht zu jemand anderem gehen? Du kannst dieses Drama nicht gebrauchen, egal, was es ist.«

»Sie hat Angst.«

»Kannst du nicht zu jemand anderem gehen?«

Darauf antwortet Jeremy nicht. Er entfernt die letzten Pilze und fängt an zu essen. Rita schnappt sich einen Teller aus dem Schrank und hält ihm den unter die Nase. Jeremy nimmt ihn und geht hinaus zum Tisch. Rita folgt ihm und wirft eine Serviette, die auf seinem Kopf landet.

»Mach schon, Jeremy, bitte«, sagt sie. »Deine Manieren.«

Er gibt sich große Mühe, die Serviette mit Würde vom Kopf zu nehmen. Al hat wieder im Wohnzimmer seinen Platz vor dem Fernseher eingenommen. Jeremy wirft einen Blick auf den Bildschirm, wo zum millionsten Male amerikanische Panzer durch Paris rollen. Jubelnde Franzosen winken. Es ist schon komisch, eine Menge von Tausenden Menschen zu betrachten und dabei zu wissen, dass heute alle davon tot sind, auch die Kinder. Sie müssen gedacht haben, ihre Befreiung würde ewig sein, aber am Ende stirbt jeder, und davon konnte man sie nicht befreien. Dieser Gedanke unterstreicht die absolute Sinnlosigkeit von allem, von Hitlers Einmarsch in Frankreich bis zum Verspeisen dieser Pizza, und doch mahlen seine Kiefer weiter, und er schluckt weiter, bis dieser irritierende Augenblick vergeht. Er muss etwas tun, um Jenn zu helfen. Aber was?

Henry sitzt am anderen Ende des Tischs und trägt einen altertümlichen Walkman, der früher Rita gehört hatte. Aus den Kopfhörern sickert Frank Sinatra. Henry singt mit: New York, New York ... a hell of a town. Nur dass Henry nicht hell sagt, er sagt eitsch ieeee dabbl hockey sticks. Helen hat ihm beigebracht, dass Fluchen schlecht ist. Er ist in ein schwarzes, in Leder gebundenes Buch vertieft. Jeremy erkennt Ritas Adressbuch.

»Was mit dir los?«, fragt Jeremy mit dem Mund voll Pizza.

»Meine Mom ist weg«, antwortet Henry.

»Mom«, ruft Jeremy durch die offene Tür.

Aus der Küche: »Ja-haa?«

»Ist Jeanie noch nicht zurück?«

»Nein, ist sie nicht«, sagt Al.

Rita taucht in der Küchentür auf und sieht Jeremy wieder mit hochgezogenen Augenbrauen an. Jeremy steht auf und kehrt in die Küche zurück. Sie lässt an der Spüle das Wasser laufen, um ihre Stimme zu überdecken.

»Wohin ist sie denn?«, fragt er mit gedämpftem Ton.

»Ihr Zeug ist weg«, erklärt sie Jeremy. »Sie ist einfach wieder abgehauen.«

»Scheißendreck«, sagt Jeremy. Er reibt sich das Gesicht, vergisst für den Augenblick, dass seine Hände voller Pizzafett sind. »Sie hat nichts gesagt?«

»Nee.« Rita schüttelt ihre Hände halb trocken und schnappt sich dann einen Zipfel ihrer Schürze. Sie leckt daran und hält auf Jeremys Gesicht zu. Er duckt sich schnell weg und hebt schützend seine Arme.

»Lass das«, sagt er.

»Ich bin deine Mutter.«

»Genau das meine ich ja.« Sie hört auf. Jeremy richtet sich misstrauisch auf.

»In Ordnung. Ich gebe auf. Wisch dir das Gesicht ab.«

Was er bereitwillig tut.

»Sie wär ja sowieso nicht für immer geblieben«, sagt er. »Sie war nur wegen des Gedenkgottesdienstes zu Hause.«

»Darum geht es nicht, Jeremy. Sie macht das jedes Jahr aufs Neue. Sie kommt zurück, sie macht Versprechungen, sie geht wieder. Sie verabschiedet sich nicht mal. Das ist ganz schön hart für den kleinen Burschen.«

»Klein? Er wiegt 136 Kilo«, sagt Jeremy.

»Jetzt wird er wieder tagelang den Kopf hängen lassen«, fährt Rita fort, als hätte sie nichts gehört. »Gut möglich, dass ich mit ihm wieder zum Arzt muss, wenn er so weitermacht. So was kann neue Anfälle auslösen.«

»Henry hat doch keine Anfälle mehr.«

»Weil er seine Medizin nimmt. Und er vermeidet Stress.«

»Er vermeidet Stress, das kann man laut sagen«, meint Jeremy. »Hast du es mit ihrem Handy versucht?«

»Schaltet sofort auf die Mailbox. Wahrscheinlich sitzt sie in einem Flieger.«

»Oder guckt, wer anruft«, sagt er.

»Und das macht mich richtig sauer. Wer sind wir denn? Ne Kreditkartenfirma vielleicht? Ich bin ihre Schwester. Könnte doch sein, dass ich anrufe, weil ich noch mehr schlechte Nachrichten habe.«

»Ja, bist du. Es gibt uns. Das ist die schlechte Nachricht.«

»Ja, toll«, sagte Rita. »Ich weiß nicht, wieso ich geglaubt

habe, alles würde jetzt anders werden, nur weil Mom gestorben ist. Ich schätze, ich hab wohl gedacht, sie würde jetzt endlich erwachsen. Oder es würde sie daran erinnern, dass Henry ihr Junge ist. Aber sie konnte gar nicht schnell genug hier wegkommen. Und sich nicht mal anständig verabschieden? Hey, ich bitte dich.«

Jeremy wirft einen Blick über die Schulter zu Henry. Seine Augenmaske sitzt weit oben auf seiner Stirn. Er starrt auf das Buch runter. Nicht mal der Herr im Himmel kann ihn vor diesen Stimmungen bewahren.

»Ich werde mit ihm reden«, sagt Jeremy.

»Bitte mach das«, sagt Rita. »Du bist der Einzige, der das kann.«

Zur Schlafenszeit setzt Jeremy sich zu Henry auf die Bettkante. Henry hat sich das Laken bis zum Kinn hochgezogen, rundum gut zugedeckt, ein perfektes Schutzschild gegen Geister und Monster. In den Jahren, die Jeremy fort war, hatte ihn niemand abends richtig eingepackt, wie Henry ihm wiederholt erzählt hatte. Nicht mal Nanny. Niemand packte ihn ein wie Jeremy. Smitty liegt neben ihm, starrt mit einer ruhigen, einäugigen Allwissenheit zur Decke.

»Worüber denkst du nach?«, fragt Jeremy.

»Nichts«, antwortet Henry.

»So gar nichts?«

»Hmmm.«

»Ziemlich schwer, so an überhaupt gar nichts zu denken.«

Normalerweise würde Henry auf seine ganz eigene Art bei diesem Köder anbeißen. Unterhaltungen mit Henry sind nicht wirklich Unterhaltungen, nicht mal, wenn er in Höchstform ist; es ist eher so, als würde man einen Softball in die

Höhe werfen und dann zusehen, wie er zurück zur Erde fällt. Aber jetzt liegt er einfach nur da und starrt die Decke an.

»Sei nicht traurig, Champ. Du musst stark sein.«

»Ich vermisse Nanny.«

»Ich weiß. Mir fehlt sie auch. Uns allen.«

»Sie ist im Himmel.«

Nur wenn er mit Henry redet, kann Jeremy bei dieser Lüge mitspielen.

»Jepp. Sie ist im Himmel.«

Henry nickt. »Mit einem Lamm.«

»Gibt's im Himmel Lämmer?«

Henry nickt wieder. »Proton ist auch da. Gelobt sei der Herr.«

»Proton ist auch im Himmel? Bei Nanny?«

»Oh ja«, sagt Henry. »Ganz klar.« Er runzelt die Stirn, denkt über etwas nach. »Wie weit weg ist New York New York? Liegt es auf demselben Kontinent wie wir?«

»Es ist zu weit, Henry. Irrsinnig weit.«

»Muss man ein Flugzeug nehmen, wenn man dorthin will?«

»Ja.«

»Kann man auch hinfahren?«

»Ja, aber das würde sehr lange dauern.«

»Können wir den Bus nehmen?«

»Du kannst nicht nach New York, Henry. Das ist viel zu weit weg. Und viel zu groß. Dort gibt es schrecklich viele Menschen, und die haben es alle schrecklich eilig. Dort gibt es alle möglichen lauten Geräusche, und das magst du nicht. Deine Mom weiß genau, dass es dir dort nicht gefallen würde. Und wenn du in New York wohnen würdest, würdest du uns nie mehr sehen, nicht Daboo oder Rita oder mich oder Nan–«

Er unterbricht sich, hofft, dass es noch nicht zu spät ist. Die Litanei an Namen ist so vertraut, dass er weiß, es wird Jahre dauern, falls überhaupt, bis er sich daran erinnert, die Sache abzukürzen. Aber Henry scheint nichts mitbekommen zu haben. Er hat diesen verträumten Blick.

»Henry?«

»Was?«

»Was geht dir gerade durch den Kopf?«

»Die böse grüne Hexe, die Green Witch«, sagte Henry.

»Welche böse Hexe denn?«

»Die böse Hexe hat meine Mom.«

»Es gibt keine Hexen, Alter«, sagt Jeremy. »Hexen sind nicht real.« Er versucht dahinterzukommen, wo Henry das wohl aufgeschnappt hat. Als er seinen gedanklichen Hexenkatalog durchgeht, fällt ihm eine ganz besonders ins Auge: die Böse Hexe des Westens. Der Zauberer von Oz muss wohl an einem der rund viertausend Fernsehkanäle herumgespielt haben, die über Als illegal aufgeschaltete Satellitenschüssel reinkommen.

»Du hast ferngesehen«, sagt Jeremy vorwurfsvoll. »Henry, das kannst du nicht machen. Du musst deine Augenmaske anbehalten.« Er wird wohl mit Al sprechen müssen, dass er nicht den ganzen Tag lang die Glotze laufen lassen kann, denkt er. Aber Al wird nur mit den Achseln zucken und sagen, er könne schlecht jede gottverdammte Minute lang auf den Jungen aufpassen. Das war Helens Job gewesen. Vielleicht würde er einfach ein Passwort für den elterlichen Software-Kontrollmechanismus einrichten, nur dass dies wiederum Henry und Al durcheinanderbringen würde.

»Hör auf, dir wegen Hexen Gedanken zu machen«, sagt Jeremy zu ihm. »Hexen sind nur Fantasiewesen. Deiner Mom geht's gut. Vertraust du mir?«

Henry sieht ihn ernst an und nickt. »Ja, Jermy. Ich vertraue dir.«

»Deiner Mom geht's gut. Und jetzt schlaf.«

»Okay. Jermy?«

»Was?«

»Ich liebe dich.«

»Das ist aber nett, du Homo.«

»Jermy. Sag es.«

»Nein, ich sage es nicht.«

»Sag es, Jermy. Sag es. Bitte.«

»Okay, okay«, antwortet Jeremy. Er macht viel Wirbel darum, über beide Schultern hinter sich zu sehen, um sich zu vergewissern, dass auch nur ja sonst keiner etwas mitbekommt. »Henry ist mein Kumpel. Henry ist ein cooler Typ. Henry ist einsame Weltspitze.«

»Henry ist mein bester Freund«, schlägt Henry vor.

»Ja. Henry ist mein bester Freund. Und wenn er jetzt nicht schleunigst schläft, breche ich ihm die Arme und Beine mithilfe eines Vorschlaghammers. Yeiiii, Henry.«

»Du hast es immer noch nicht gesagt, Jermy.«

Jeremy seufzt. »Ich liebe dich, Henry.«

Henry kichert. Er dreht sich um und ist bereits fest eingeschlafen, als Jeremy die Tür erreicht hat. Er merkt das an seinen Atemgeräuschen.

4

Spät an diesem Abend sitzt Al auf seinem LongLax-Liegesessel und tut, als würde er schlafen. Nur so erfährt er überhaupt irgendetwas. Niemand erzählt ihm etwas; er kann nur hoffen, die Leute vergessen, dass er da ist, und unterhalten sich ungestört über seinen Kopf hinweg. Er sieht Rita durch ein zu einem Viertel geöffnetes Auge, wie sie allein am Küchentisch sitzt und ihr Adressbuch betrachtet. Er weiß bereits, dass es auf der Seite mit Jeanies Adresse in Greenwich Village und ihrer Mobilnummer aufgeschlagen ist, die jetzt auch noch Henrys Daumenabdruck in Pizzasoße ziert. Sie hat sie bereits dreimal angerufen, aber Jeanie geht immer noch nicht ran. Rita hat sich nicht damit aufgehalten, eine Nachricht zu hinterlassen. Al weiß, dass sie es alle halbe Stunde wieder versuchen wird, bis sie schließlich rangeht.

Dann wird sie zu Sam gehen, wo sie weiß der Himmel was anstellen. Das Beunruhigende an Rita ist die Tatsache, dass sie eine Frau ist, und Al weiß, Frauen müssen regelmäßig gevögelt werden, andernfalls kriegen sie einen Rappel. Er ist jedoch nicht bereit, solche Dinge auch bezüglich seiner eigenen Töchter zuzulassen. Er meint, er könne nicht gleichzeitig diese Tatsache hinnehmen und dennoch glauben, sie wären seine Mädchen, denn soweit es Frauen betrifft, empfindet er die natürliche Verachtung desjenigen, der fickt, gegenüber demjenigen, der gefickt wird. Er hatte gehofft, seine Mädchen würden sich irgendwie anders entwickeln. Über all das erhaben, irgendwie. Besser als er. Er ist sich nicht sicher, ob er Rita verzeihen kann, dass sie auch nur ein Mensch ist. Sie hat es ihm ganz sicher nicht verziehen. Jeanie hat er schon vor langer Zeit abgeschrieben.

Er muss wissen, wie er sie anzupacken hat, dieser Sam. Wahrscheinlich streichelt er ihr Gesicht, kitzelt sie am Rücken, liebkost ihren Körper. Wahrscheinlich wickelt er seinen Turban ab und zeigt ihr sein tollstes Geheimnis: sein Haar. Jeder hält Al für einen ungebildeten Narren, aber er weiß, dass Sikhs lange, wallende Locken haben unter diesen Windeln, die sie auf dem Kopf tragen. Tagsüber hält Sam sein Haar verborgen, aber nachts und nur für sie, da geht Al jede Wette ein, lässt er sie über seine Schultern fallen. Bestimmt sitzt er dann nackt vor ihr und bürstet sich die Haare, während sie dabei zusieht und so tut, als sei er ein exotischer indischer Prinz und sie seine Konkubine.

Al stellt sich vor, dass Sams Schlafzimmer eine goldblättrige Tapete hat, wie in einem indischen Restaurant, und einen goldenen Teppich, so dick wie ein fetter Rasen in Ohio. Bilder heiliger Stätten und uralter Tempel zieren die Wände. Räucherwerk schwelt in Messinghaltern auf seinem Nachttisch. Er verehrt seltsame Götter und isst mit bloßen Händen. Es ist ja nicht so, dass Al diese fremdartigen ausländischen Religionen verachtet, er verachtet alle Religionen. Sie sind lächerlich, jede einzelne von ihnen. Das Land ist schon lange überlaufen von rechten Fanatikern, aus deren Stimmen die Scheinheiligkeit trieft wie Blut von einer Klinge. Er kann sie genau so wenig verteidigen wie er die liberalen Idioten verteidigen kann, die glauben, Amerika sei an allem schuld, was in der Welt nicht in Ordnung ist. Das ist der Grund, warum er die Libertarian Party wählt. Jeder, der einer Religion angehört, ist ein ausgemachter Idiot. Es gibt keinen Gott.

Mit schweren Lidern sieht er, wie Rita ihn ansieht. Er kneift schnell die Augen zu und fingiert ein Schnarchen.

Dann ist Jeanie also wieder fort. Was gibt's sonst noch Neues? Es wäre einfacher gewesen, wenn sie nie mehr nach Hause gekommen wäre. Nach Henrys Geburt ist irgendetwas in ihr zerbrochen. Man sah es in ihren Augen. Mit der Schwangerschaft hatte es schon angefangen, und die Geburt hatte die Sache zu Ende gebracht. Danach war sie nicht mehr dieselbe.

Rita ist acht Jahre älter als Jeanie, was manchmal wie eine ganze Generation erscheint. Jeanie hatte ganz klar eine völlig andere Kindheit. Al wusste, wenn eine der beiden einen echten Grund hatte zu gehen, dann war das Rita und nicht Jeanie Rae. Früher kam Al häufig nicht vor zehn Uhr von der Arbeit nach Hause, und dann war es Rita und nicht Jeanie – die schließlich erst ein Baby war –, die aus dem Bett geholt wurde, um für schlechte Zeugnisse oder für ein in der Küche hinterlassenes Chaos Rede und Antwort zu stehen oder um zu erklären, warum ein Junge angerufen hatte, ohne seinen Namen zu hinterlassen. Zum millionsten Mal zuckt er innerlich zusammen. Er hat keine einzige Gelegenheit ausgelassen. Er sieht, wie sein Finger vor ihrer Nase herumfuchtelt, sieht die Speichelspritzer, die auf ihren Wangen landen. Einmal hatte sie ihn herausgefordert, ihr doch einfach eine Ohrfeige zu geben und fertig. Er fragte sich viele Jahre lang, warum sie das gesagt hatte. Jetzt glaubt er es zu wissen: weil sie dann wenigstens in der Lage gewesen wäre, dem Schmerz einen Namen zu geben, den sie empfand. Damit sie endlich einen wirklichen Grund hatte, warum sie ihn hasste. Er wusste, sie hoffte, dass er eines Tages einfach nicht mehr von der Arbeit nach Hause kommen würde. Sie tobte vor Wut, weil er mit Helen stritt. Sie sei seine Ausreden so leid, sagte sie, aber es waren keine Ausreden, es war alles die reine Wahrheit: Es war ein langer Arbeitsweg; er arbeitete hart; wenn er anhielt, um ein Sixpack zu kaufen, und es auf dem Parkplatz der Legion mit seinen Freunden trank, musste er niemandem Rechenschaft ablegen.

Wenn er sie morgens am Frühstückstisch sah, wirkte sie so erschöpft, wie er sich fühlte, voll Angst vor einem weiteren Tag in der Schule, die Augen trüb und das Gesicht ein sturmgepeitschter Strand. Ganz die Tochter ihres Vaters. Wieder keine Hausaufgaben gemacht, weil die Hölle in ihrem Unterleib Bruchrechnen und Rechtschreibung nicht nur erschwerte, sondern völlig bedeutungslos machte. Das alles sah er in ihr, und noch mehr. Helen wurde ständig in die Schule zitiert, um mit Ritas Lehrern zu reden; er war viel zu sehr mit Arbeit oder Schlafen beschäftigt, um auch nur daran zu denken, diese Termine wahrzunehmen. Er konnte es nicht ertragen, Frauen beim Reden zuzuhören. Sie hörten einander niemals zu, sie schnatterten einfach unaufhörlich. Aber später erhielt er stets einen umfassenden Bericht. Rita hört im Unterricht nicht zu. Rita kommt nicht mit anderen Kindern aus. Rita verhält sich antisozial. Rita ist nicht aus dem Holz, aus dem Akademiker geschnitzt werden.

Ritas Vater ist Alkoholiker, hätte Al oft gern betont. Aber man benutzt dieses Wort nicht, um sich selbst zu beschreiben; man wartet, dass jemand anderer es tut. Und niemand hatte je den Mumm gehabt, das zu ihm zu sagen. Also war es nicht seine Schuld.

Jeanie schaffte es, seinen schlimmsten Jahren zu entgehen. Bis auf zwei geradezu spektakuläre Rückfälle hatte Al mit dem Trinken aufgehört, als sie noch ein Kind war. Sie kannte nicht den Al, den Rita gekannt hatte. War Rita darüber glücklich oder traurig? Al wusste es nicht. Was er aber wusste, war, dass Rita hin- und hergerissen war zwischen Liebe und Hass ihrer Schwester gegenüber. Jeanie war eine Prinzessin, und Rita eine Statue. Er hatte seine ältere Tochter aus Stein gehauen.

Es tut mir leid, möchte er gern sagen. Aber er tut weiter so, als würde er schlafen.

In ihrer Familie hatten alle Probleme mit dem Schlafen: Helen krächzte, Al hatte seine Albträume, Rita schlief nie vor ein oder zwei Uhr morgens ein. Jeanie wurde Schlafwandlerin. Manchmal, erzählte Helen ihm, wachte sie auf und Jeanie stand neben ihrem Bett, starrte sie ganz gruselig an. Helen führte sie dann zurück auf ihr Zimmer und brachte sie wieder ins Bett, völlig fertig vom Aussehen des Mädchens, als ob sie in einem dieser Filme über Besessenheit von Dämonen gelandet wäre. Andere Male hörte man sie im Haus herumpoltern, und dann fanden sie sie in der Küche, wo sie bizarre Gebräue aus Kopfsalat und Eiern mixte oder den Teppich im Wohnzimmer absaugte, wobei allerdings der Staubsauger gar nicht angeschlossen war. Eines Nachts hörte Al, wie die Haustür geöffnet und geschlossen wurde. Er lief in Unterwäsche hinaus, in der Hand seine .357er Magnum, und sah Jeanie auf irgendeiner Mission im Tiefschlaf die Straße hinuntergehen. Nach diesem Zwischenfall waren alle ziemlich besorgt.

»Ihr teilt euch ein Zimmer. Es ist deine Aufgabe, dafür zu sorgen, dass sie so etwas nicht wieder tut«, sagte Al zu Rita, denn das war noch in dem alten Haus in Lancaster, bevor sie nach Elysium umgezogen waren. »Wenn sie das Haus verlässt, ist es deine Schuld.«

Nichts durfte der Prinzessin zustoßen.

Und dann fanden sie sie einmal auf dem Weg zum See, Baby Henry in den Armen. Besser nicht daran denken, beschloss er. Er täuschte einen weiteren Schnarcher vor.

Rita konnte die Highschool gar nicht schnell genug hinter sich bringen. Anscheinend benötigte ihr Leben eine Schnellvorlauftaste. Am Abend der Abschlussfeier ging sie mit einer Gruppe von Freunden aus. Al lag wach im Bett und machte sich Sorgen. Er wusste genau, was los war, aber da war sie längst außerhalb seiner Kontrolle. Bier wurde getrunken. Erbrochenes schoss durch die Gegend. Man hatte Sex. Wie kam es, dass ausgerechnet Jeanie diejenige war, die schwanger wurde? Er hörte, wie sie um drei Uhr morgens hereingestolpert kam und dort von der zehnjährigen Jeanie Rae bereits erwartet wurde.

»Ich verpetz dich«, hatte Jeanie gesagt.
»Du schläfst doch, Jeanie«, antwortete Rita.
»Echt?«
»Ja. Ist alles nur ein Traum. Geh wieder ins Bett.«
Dieses Kind glaubte einfach alles.

Im nächsten Jahr spulte Rita, nun 19 Jahre alt, schnell vor ins Erwachsenenalter. College war ausgeschlossen. Al betete, dass sie einem reichen Mann begegnen würde. Stattdessen zog sie nach San Francisco zu Wilkins, dem manisch-depressiven Künstler, den sie bei einem Konzert in der Wüste kennengelernt hatte – ein Konzert von der Sorte, zu dem man nicht einfach nur ging, sondern bei dem man Teil einer Gemeinschaft wurde, für ein kurzes, aber lebensveränderndes Wochenende. Jeanie und Helen schluchzten, als Rita Lebewohl sagte. Al lehnte am Kofferraum seines Autos, die Arme verschränkt, und wusste nicht, wie er das leere Gefühl in seiner Brust ausdrücken oder erklären sollte.

»Ich will auch so erwachsen und schön sein wie du«, sagte Jeanie zu Rita.

Rita schloss Jeanie in die Arme und versprach, sie werde oft zu Besuch kommen, sobald sie sich loseisen könnte. Die gleiche Umarmung gab sie Helen. Von Al ließ sie sich auch umarmen, aber nur kurz, stocksteif und mit hängenden Armen, während er auf ihre Schulterblätter klopfte, dabei unbeholfen zur Seite gedreht, um nur ja nicht die Brüste seiner Tochter an sich gedrückt zu spüren. Das verstand sie nicht bei seinen Umarmungen; sie glaubte, er hasste sie. Das versteht er heute. Er versuchte doch nur, korrekt zu sein. Niemand verstand irgendwas von dem, was er tat. Man versucht, das Richtige zu tun, und jeder vermutet, man macht es aus den falschen Gründen.

Rita kam nicht zurück, solange es mit Wilkins gut lief, also das erste Jahr lang. Wie sich dann herausstellte, sollte es auch das einzige Jahr bleiben.

Jeremy kam schnell zur Welt. Rita kam mit ihm zu Besuch. Wilkins, dem die große Reise in den Süden nicht zugemutet werden konnte, brachte sie nicht mit. Al wusste, dass er ihn und Helen verachtete, was auf Gegenseitigkeit beruhte, zumindest soweit es Al betraf. Tja, die Tochter hast du verloren, dachte er. Vielleicht gibt es noch Hoffnung für die andere.

Aber dem war nicht so. Eines Tages wachte er auf und merkte, dass Jeanie keine schlaksige, spindeldürre Heranwachsende mehr war, sondern eine wunderschöne Halbgöttin, ein Teenager mit dem Körper einer 25-Jährigen. Es gab keinerlei Hinweis darauf, dass Jeanie mit einer Schönheit von der Art geschlagen war, die Verkehrsunfälle verursachte, bis sie quasi über Nacht wie aus dem Nichts auftauchte. Dann war ihre Zukunft praktisch klar; Al sah es an der Form ihres Gesichts, an der sanften Rundung ihrer Hüfte und Brüste, wie kleine Wellen, die eine große Störung draußen auf dem offenen Meer ankündigten. Sie hatte in einer Art genetischer Lotterie gewonnen, bei der Rita die Niete gezogen hatte.

Rita war kein unattraktives Mädchen, dunkelhäutig, ein hübsches Gesicht, aber er wusste, sie fand ihren Hintern zu groß, ihre Titten zu klein, ihre Augen zu weit auseinander, die Nase zu breit. So lautete ihre Selbsteinschätzung, die sie Helen als Teenager anzuvertrauen pflegte, wenn sie mal wieder in Selbstmitleid versank, was Helen ihm dann bei einer seiner sporadischen Erkundigungen über den Zustand seiner sogenannten Familie weitererzählt hatte.

»Sie hat doch genug Jungs abgekriegt«, meinte Al zu Helen. »Was beschwert sie sich?« Was er ihr nicht sagte, war, dass Rita die eigentlich Glückliche war, nicht Jeanie Rae.

»Für ein Mädchen ist das eben hart«, sagte Helen.

»Was ist nicht hart für Mädchen? Jede kleinste Kleinigkeit ist eine persönliche Krise. Das Drama in diesem Haus ist endlos.«

Als Jeanie Rae sechzehn wurde, hatte ihre Schönheit ein Niveau erreicht, dass Leute sich am liebsten auspeitschen wollten. Sie verfügte über ein Aussehen, für das andere Frauen Tausende bezahlten und das sie doch nie ganz erreichten: dickes, fast blondes Haar, eine üppige Oberweite, eine schmale Taille, Arsch und Beine so perfekt, als hätte sie sie in einem Katalog ausgesucht. Ihre Wangenknochen waren hoch und markant, ihr Unterkiefer klar definiert, ihre sanft geschwungene Nase klein und keck. Ihr einziger Makel war eine Lücke zwischen den beiden Schneidezähnen, doch als Kind hatte sie sich dies zunutze gemacht, indem sie lernte, Wasser dadurch zu spritzen, und nachdem sie aus ihrem Kokon geschlüpft war, hatte es die gleiche Wirkung wie ein Schönheitsmal, eine winzige Unregelmäßigkeit, die den ganzen Rest nur noch unterstrich.

Manchmal konnte Al es kaum ertragen, sie anzusehen. Es erstaunte ihn immer wieder, dass er an der Erschaffung dieser Person beteiligt gewesen war. Früher hatte er den Eindruck gehabt, dass schöne Frauen etwas Unerreichbares hatten, etwas Göttliches, Geheimnisvolles und Unerkennbares, und es war ein merkwürdiger Gedanke, dass dies nicht nur falsch war, sondern dass er schon immer der Mann hinter den Kulissen war, dass sie überhaupt erst durch jemanden wie ihn ins

Leben getreten war. Während er sich dem Ende seines Lebens näherte, erkannte er, dass alles, woran er am Anfang dieses Lebens geglaubt hatte, vollkommen falsch war. Das war schon ein großer Witz, oder? Nur, dass niemand außer ihm selbst ihn verstand.

Wegen der Blicke anderer Männer ertrug es nicht, mit seiner jüngeren Tochter in die Öffentlichkeit zu gehen. Er ballte so oft die Fäuste, dass seine Knöchel schmerzten. Er fing an, selbst die zwanglosesten Familienausflüge zu meiden, womit er ja durchaus seine Erfahrung hatte noch aus der Zeit, als der Alkohol vor allem anderen kam. Helen wurde anders mit dieser Art sexueller Musterung fertig. So ist das in der Natur, erklärte sie. Einer musste derjenige sein, der schöne Augen machte, und dem anderen wurden schöne Augen gemacht. Al sagte bei mehr als einer Gelegenheit, jetzt verstünde er auch, warum die Windelköppe ihre Frauen von Kopf bis Fuß einpackten und ihnen untersagten, ohne männliche Begleitung das Haus zu verlassen. Er hatte das immer für sehr rückschrittlich gehalten, doch als Jeanie aufblühte, beschlich ihn das Gefühl, dass dieses Verhüllen der Frauen eine verdammt gute Idee war.

Rita wiederholte Als Klagen, wann immer sie Jeanies permanenten Bitten nachgab, mit ihr an interessante Orte zu gehen, ins Kino oder ins Einkaufszentrum in Lancaster oder auch bis runter nach LA, wenn sie mehr erleben wollten. Sie und Jeremy waren damals wieder nach Elysium zurückgekehrt, nachdem Rita von Wilkins die Nase voll gehabt hatte: von den Streitereien darüber, ob sie Geld für seine Drogen ausgaben oder für Essen und Kleidung für Jeremy, von seinen Heulanfällen, seiner allgemeinen Nutzlosigkeit. Sie ließ den Hosenmatz bei Helen, und dann gingen sie und Jeanie Rae auf dem Strip Promis gucken oder sie schlenderten über die Promenade in Santa Monica. Jeanie hatte diese Ausflüge mit ihrer älteren Schwester geliebt, aber von dem letzten kam sie in Tränen aufgelöst zurück. Egal, wohin sie auch gingen, sagte sie, immer tauchten die Männer auf und umschwärmten sie wie Insekten, die nur ihre Eier ablegen wollten. Rita sagte, sie hätte sie gewaltsam wegschieben müssen. Sie hasste es, wie glitschig sich ihre Muskeln anfühlten, sagte sie, und Al stellte sich vor, wie sie sich unter der mit Sonnenschutz eingeriebenen Haut wie lebendige Dinge bewegten.

Helen horchte Jeanie darüber aus, was passiert war. Schließlich gestand Jeanie, dass Rita vor Wut und Angst am ganzen Leib gezittert hatte, als sie wieder im Auto saßen. Sie selbst hatte gedacht, es sei alles nur ein Spiel, also hatte Rita es auf sich genommen zu erklären: Die wollen dich ficken, hatte sie gesagt. Sie wollen dich vögeln und anschließend allen ihren Freunden davon erzählen, und dann wollen sie dich abservieren. Weil sie Männer sind, und so machen Männer das.

Tja, dachte Al, nachdem er diesen letzten Bericht erhalten hatte. So ist es nun mal, oder? Diese Welt ist ein Drecksloch. Die Leute wollen meine Tochter ficken.

Allein die Vorstellung machte ihn ganz verrückt. Noch verrückter machte ihn aber die Tatsache, dass es ihr womöglich gefallen könnte. Er hatte die Tatsache nie wirklich kapiert, dass Frauen das Verlangen der Männer begrüßten. Es kam ihm wie der reinste Hohn vor. Er kannte die Gedanken der Männer, weil er sie ja selbst auch gehabt hatte. Er hatte den größten Teil seiner Jugend über geglaubt, dass die Frauen nichts von diesen Gelüsten ahnten, dass sie tatsächlich auf die Verschleierungstaktiken hereinfielen, mit denen die Männer ihre permanente Anmache zu kaschieren suchten. Es war eine überwältigende und entmutigende Offenbarung gewesen zu erkennen, dass sie es nicht nur die ganze Zeit über wussten, sondern es auch noch willkommen hießen. Sie waren Huren, jede einzelne von ihnen. Sogar seine Frau. Selbst seine Töchter. Wegen dieser Gedanken wollte er sich umbringen. Doch er konnte sie nicht ungedacht machen, und er sah auch nicht, an welcher Stelle er falschlag.

Rita schien mit ihrer Erklärung, wie die Dinge waren, ein bisschen zu weit gegangen zu sein. Danach bat Jeanie sie nicht mehr, mit ihr Ausflüge zu unternehmen, stattdessen fing sie an, in die Kirche zu gehen. Was jeden überraschte. Allerdings ergab es auch einen Sinn. Die Kirche war sicher, es war eine sexfreie Zone. Rita sagte, sie fühle sich schuldig. Sie hoffte, ihre kleine Schwester nicht so sehr traumatisiert zu haben, dass sie jetzt eine christliche Fundamentalistin wurde oder vielleicht sogar Nonne.

Al war erfreut. Er glaubte nicht, dass Jeanie Rae das Zeug hatte, wirklich fromm zu werden, nichtsdestoweniger war er froh, dass sie vielleicht versuchen könnte, den natürlichen Unglauben ihres Geschlechts zu überwinden. Und außerdem, je mehr Zeit sie in der Kirche verbrachte, desto weniger würde sie der schmutzigen Welt schwingender Schwänze ausgesetzt sein, die ja ein ganz und gar ekelhafter Ort war. Denn das war die andere Sache, die Al in Bezug auf Frauen glaubte, aber nicht aussprach: Sie konnten wirklich von Glück reden, keine Männer zu sein.

Jeanies Wandlung entfachte in Helen eine Erneuerung ihres eigenen Glaubens, der ihr die Kraft gegeben hatte, ihre Kindheit durchzustehen und die Anfangszeit ihrer Ehe, als Al in Vietnam war. Vielleicht würde Jeanie jetzt diesen lächerlichen Traum vergessen, Model zu werden, der sich irgendwie in ihrem Kopf eingenistet hatte, und sie würde stattdessen mit beiden Beinen auf dem Boden der Wirklichkeit ankommen.

Helen und Jeanie fingen an, gemeinsam zur Kirche zu gehen. Sie besuchten ein gedrungenes Gebäude mit Flachdach, das eher wie das Bürogebäude eines öffentlichen Versorgungsbetriebs aussah denn wie ein Sprungbrett ins Paradies. Es war eine harmlose, wenig anspruchsvolle Konfession, die sich mit vagen Ermahnungen befasste, nett zueinander zu sein, ohne diese grausigen Darstellungen der orthodoxeren Versionen des Christentums – keine hängenden Leichname, kein Gerede von Kannibalismus oder ewiger Verdammnis. Der Pastor, ein ehemaliger Double-A Quarterback namens Reverend Till, nahm sie beide freudig auf. Er behandelte Jeanie, als wäre sie ein völlig normaler Mensch, was nach Als Überzeugung daran lag, dass der Reverend praktisch blind war, die Folge einer scheußlichen Kopfverletzung, die zum vorzeitigen Ende seiner College-Karriere geführt hatte. Der Reverend ließ sich nicht in die Irre leiten beim Anblick von Jeanies Körper, der schon so viele andere Gedankengänge zum Entgleisen gebracht hatte.

Aber Jeanie wurde trotzdem flachgelegt.

Es passierte am Ende der neunten Klasse auf der Highschool. Als sie nachgerechnet hatte, sagte Helen zu Al, dass es wohl auf einer Wochenend-Kirchenfreizeit passiert sein musste, bei der man es Jungs und Mädchen erlaubt hatte, im gleichen Areal zu schlafen – anscheinend ohne angemessene Aufsicht eines Erwachsenen.

Vielleicht wären ihre eigenen Warnungen ein bisschen zu dezent gewesen, sagte Helen. Vielleicht hätte sie sich einfach mit Jeanie hinsetzen und sie eindringlich über die Gefahren von Penissen aufklären sollen. Aber Rita sagte, sie erinnerte sich noch gut an ihre eigenen Unterhaltungen über solche Dinge mit ihrer Mutter, bei denen Helen um das Thema Eier in Gebärmüttern, die von schwimmenden Samen befruchtet wurden, vorsichtig herumlaviert war, so als wäre Fortpflanzung eine Art vornehme Unterwasser-Landwirtschaft.

»Ich hab's ihr selbst gesagt, Mom«, sagte Rita. »Weil dein

Rat im Grunde nutzlos war. Also habe ich ihr genau erklärt, was passieren könnte.«

»Nutzlos?«, sagte Helen.

»Du hast was von Pollen und Blumen gefaselt. Das ist doch ein Witz. Schwänze und Muschis, Mom. Nur darum geht's.«

»Rita!«, empörte sich Helen.

»Herr im Himmel!«, sagte Al. »Wer ist der Vater? Mehr will ich gar nicht wissen.« Denn er hatte Pläne für diesen kleinen Bastard, wer immer es auch war.

»Das sagt sie nicht«, entgegnete Helen. »Das behält sie für sich.«

»Ach, Scheiße«, sagte Rita. »Ich krieg's schon aus ihr raus.«

»Ja«, sagte Al. »Hol's aus ihr raus.« Er war nicht ganz sicher, ob er damit die Wahrheit oder das Baby meinte. Seine fast schon schicksalsergebene Haltung bezüglich dieser ganzen Schwangerschaftssache überraschte ihn selbst. Aber er hatte sich so vorbereitet, wie sich jeder Vater von Töchtern vorbereitet: Er hatte die ganze Zeit über gewusst, dass alles nur eine Frage der Zeit war.

Doch Jeanie verriet auch Rita nichts, egal, welche Drohungen sie aussprach oder welche Versprechungen sie machte.

Also stattete Al Reverend Till einen Besuch ab, der eine ziemlich erbärmliche Figur machte mit seinen Entschuldigungen. Er nahm jeden einzelnen Jungen in die Mangel, der bei der Pyjamaparty dabei war, aber keiner von ihnen gestand. Jeanie selbst schwieg, so als hätte sie einen Eid geleistet. Al stand kurz davor, jedes männliche Gemeindemitglied zu zwingen, sich einem Vaterschaftstest zu unterziehen. Gern hätte er das aus eigener Tasche bezahlt. Es ging ihm nicht um Rache, er wollte vielmehr, dass jemand Verantwortung übernahm. Er dachte ja nicht daran, für den verdammten Fehler von jemand anderem zu zahlen. Babys waren teuer.

»Verdammt, was haben wir uns nur dabei gedacht?«, sagte er zu Helen. »Sie wegzuschicken und ihre Aufsicht einem Blinden zu überlassen? Genauso gut hätten wir ihr ein Schild um den Hals hängen und sie an den Straßenrand stellen können.«

»So etwas passiert«, sagte Helen. »Manchmal muss man sich einfach damit abfinden.«

»Nichts passiert einfach so«, erwiderte Al. Er hatte Helens Sicht der Welt noch nie gut gefunden, als wären Ereignisse stets völlig unkontrollierbar und die Menschen könnten nur reagieren. Genau das verkörperte für ihn den schlechtesten Aspekt der Weiblichkeit: das Unvermögen, Einfluss auf das Geschehen zu nehmen. »Irgendwer ist immer verantwortlich.«

»Tja, es ist jedenfalls passiert«, sagte Helen, »und es hat überhaupt keinen Sinn, sich jetzt darüber aufzuregen. Wir müssen ihr helfen. Nur darauf kommt es an.«

»Warum sagt sie denn nicht, wer es war?«, meinte Al stöhnend. »Was soll diese ganze Geheimniskrämerei?«

»Vielleicht hat sie Angst, dass du ihn umbringst«, sagte Rita.

»Rita, sei still«, sagte Helen.

»Tja, ist aber so«, meinte Rita. »Ist ja nicht so, als hättest du es noch nie getan.«

Al spürte, wie der Boden unter seinen Füßen wegbrach. Er war nicht mal wütend; er dachte einfach, er würde ohnmächtig werden.

»Rita! Es reicht!«, sagte Helen.

»Was weißt du davon?«, flüsterte Al.

»Du warst in einem Krieg, stimmt's?«, fragte Rita.

»Rita«, sagte Helen. »Du hältst jetzt einfach den Mund.«

»Na, wieso muss es denn so ein großes Geheimnis sein? So sind Kriege eben.«

Also kannte Rita doch nicht die Wahrheit über ihn. Sie mutmaßte nur. Dennoch musste er in seinen Arbeitsraum in der Garage gehen, um die Panikattacke zu verbergen, die aus heiterem Himmel anmarschiert kam, ihm auf die Schulter tippte, um ihn dann mit einem Kinnhaken bewusstlos zu schlagen, wie ein unerwarteter Hieb in einer Kneipe. All die Jahre war es ihm gelungen, nicht mehr an diese Dinge zu denken, er hatte sogar gedacht, es sei ihm geglückt, sie so weit in sich zu vergraben, dass sie nie wieder ans Tageslicht kommen würden – und doch reichte eine flapsige Bemerkung seiner Tochter, die nicht einmal wusste, wovon sie redete, und alles kam wieder hoch.

Al und Helen hatten wegen der Albträume nicht mehr im gleichen Bett schlafen können, die er praktisch jede Nacht gehabt hatte. Sie wachte immer auf und zeigte ihm, wo sie schwarz und blau an Schienbeinen und Armen war von den Schlägen, die sie von seinen Hacken und Ellbogen einstecken musste. In einer schrecklichen Nacht, behauptete sie, sei er auf sie geklettert und hätte sie am Hals gepackt, hätte in einer Sprache geredet, die klang wie fauchende Ratten, und er hatte mit offenen, aber völlig ausdruckslosen Augen ihre Luftröhre zugedrückt, bis sie überzeugt war, dass sie sterben würde. Allein die Tatsache, dass er von sich aus aufgewacht war, hatte ihr das Leben gerettet. Dann war er ins Bad geschlichen und hatte geheult; es war das erste Mal, dass er in ihrer Gegenwart geweint hatte. Noch Monate später hatte sie Angst vor ihm, und damals stellte sie ihm das Ultimatum: Er musste aufhören zu trinken oder gehen. Am Ende hatte er aufgehört, doch warum ausgerechnet dieses eine Ereignis schließlich den Ausschlag gegeben hatte, blieb ein Rätsel. Vielleicht hatte er es einfach nur gründlich satt. Nach einer Weile begann er insgesamt sanfter zu werden, obwohl in seinem Inneren immer noch ein Vulkan tobte.

Während Al sich in der Garage sammelte, zog Helen Rita am Arm fort, um ihr ins Gewissen zu reden. Allerdings hatte Helen anscheinend nie begriffen, dass es in diesem Haus keine Geheimnisse geben konnte; das Geflecht von Öffnungen des Verdunstungskühlers verhinderte das.

»Sag so etwas nie wieder zu ihm«, hörte er durch den Lüftungsschlitz.

»Aber was ist denn so schlimm daran?«, fragte Rita.

»Er soll nicht darüber nachdenken müssen, das ist alles«, antwortete Helen. »Er hat nie darüber geredet. Noch nie. Und du solltest es nicht erwähnen. Und schon gar nicht so, als wär alles nur ein Witz.«

»Ich mache keine Witze. Jeanie glaubt wirklich, dass Dad ihn töten wird, wer immer es ist.«

»Rita«, sagte Helen in einem Tonfall, den Al weder vorher noch nachher je wieder aus ihrem Mund gehört hatte. »Lass es einfach bleiben.«

Jeder dachte, er wäre schwerhörig und dumm. Er wusste, dass Rita sich nicht freute, wieder zu Hause zu sein. Er wusste, dass ihr allein der Klang seiner Stimme auf die Nerven ging. Aber sie hatte keine andere Wahl. Und sie litt immer noch unter dem Scheitern der Beziehung mit Wilkins, die ihre gewalttätigen Momente gehabt hatte – obwohl Wilkins anscheinend mehr auf Acid denn aufs Saufen stand, und er war eher das Opfer ihrer fliegenden Fäuste gewesen als umgekehrt.

»Es ist, als wäre er aus Glas oder so«, sagte Rita. »Warum müssen wir alle in seiner Nähe so vorsichtig sein?«

»Er war nicht immer so. Bevor er wegging, war er ein total lockerer, lustiger Typ. Der Al, den ich geheiratet habe, ging nach Vietnam und kam nie zurück.«

»Dad war lustig und locker? Fällt mir schwer zu glauben.«

Al schaltete seine Kreissäge an, nur um sie zu übertönen.

Für seine Frau gab es also zwei Ausgaben von ihm: den gegenwärtigen Al, der ein Arschloch war, und eine jüngere, coolere Version, die es nie geschafft hatte, das Transportflugzeug nach Hause zu besteigen, sondern immer noch im Dschungel feststeckte, wo sie verloren und wie ein Geist durch die Hitze und den Nebel irrte.

Tut mir leid, Rita, dachte er. Vietnam hat deinen Vater kaputt gemacht.

Und jetzt hatte Afghanistan ihren Sohn erledigt, dachte er. Der kleine Jeremy war freundlich, neugierig, kontaktfreudig, lieb und herzlich gewesen. Jetzt schien er nur noch zwei Zustände zu kennen: wütend oder stumm. Wenigstens war Henry sicher vor den Fängen des Militärs. Vielleicht war seine geistige Behinderung das Beste, was ihm hatte passieren können. Vielleicht, denkt Al, wird Amerika erst sicher vor sich selbst sein, wenn jeder einzelne Bewohner des Landes lobotomisiert wurde.

Er hört, wie Rita sich ein Glas Wein einschenkt. Wieder wählt sie Jeanies Nummer und erreicht anscheinend doch nur wieder den Anrufbeantworter. Sie zögert kurz nach dem Piepton und versucht, ihre komplizierte Gemütslage auf ein oder zwei prägnante kurze Sätze zu verdichten. Doch die Worte türmen sich viel zu schnell in ihrem Kopf, also legt sie wieder auf.

Al täuscht einen weiteren Schnarcher vor.

Es gab auch zwei Versionen von Jeanie: pränatal und postnatal. Henry hätte es um ein Haar nicht geschafft, seinen Eintritt in diese Welt zu überleben, der sich langwierig und schwierig gestaltete. Jeanie hatte bis auf Helen niemandem der Familie im Kreißsaal dabeihaben wollen. Was natürlich für Al in Ordnung gewesen war. Er hatte seine Töchter nicht mehr nackt gesehen, seit sie noch sehr klein gewesen waren, und hatte sich sogar die größte Mühe gegeben, dass so etwas nicht versehentlich passierte. Seine Jüngste mit ausgestreckten Armen und Beinen auf einem Entbindungstisch zu sehen, war so ziemlich das Letzte, was er sich wünschte. Die Nabelschnur hatte sich dreimal um Henrys Hals geschlungen. Später würde Helen dann sagen, dass ihre abergläubische Farmer-Mutter, die nach einem komplexen Kodex aus Vorahnungen und Omen lebte, darin ein sicheres Zeichen von diesem oder jenem gesehen hätte, obwohl Helen sich nicht mehr erinnern konnte, von was – und er hatte nicht zu atmen begonnen, nachdem er aus dem jugendlichen Schoß seiner Mutter geworfen worden war. Nach einiger fiebriger Betriebsamkeit seitens der Krankenschwestern wurde er langsam rosa, obwohl er nicht so weinte wie ein normales Baby, und auch bei seinem Reflextest scheiterte er kläglich. Die Zeichen waren alle da. Sie wussten immer noch nicht, wer der Vater war.

Das war im Spätsommer 1993. Jeanie lag monatelang im Bett, lange nachdem die körperlichen Wunden der Geburt verheilt waren. Sie weigerte sich, das Baby zu stillen, also übernahm Helen und gab ihm alle paar Stunden ein Fläschchen mit warmem Muttermilchersatz, und unterwarf sich so, mit achtundvierzig Jahren, erneut dem Schlafrhythmus einer frischgebackenen Mutter. Rita half, so gut sie konnte, aber sie musste sich um Jeremy kümmern. Helen sagte, Al sei überhaupt keine Hilfe, doch er verteidigte sich protestierend: Wenn sie der Meinung sei, der Lohnscheck, den er nach Hause brachte, sei keine Hilfe, dann möge sie doch bitte sehr mal versuchen, eine Weile ohne ihn auszukommen und zu sehen, wie sie klarkam.

Jetzt hatte Helen das Haus voller Kinder; zwei davon waren Enkel, was sie fast sprachlos vor Freude machte, auch wenn einer davon einfältig war.

Jeanie hingegen schien im Leerlauf hängen geblieben. Als

ihr letztes Schuljahr begann, blieb sie im Bett. Sie zeigte keinerlei Neigung, jemals wieder in die Schule zu gehen. Was sowohl Helen als auch Al maßlos ärgerte, aber weil Jeanie Rae Mutter geworden war, meinte Al, sie befände sich außerhalb seiner Zuständigkeit. Sie war Rita in diese geheimnisvoll weibliche Zone gefolgt, wo von seinem Einfluss nichts zu spüren war. Es war ihm völlig unmöglich geworden, mit ihr zu reden. Sie war jetzt eine von denen.

Helen bat Rita, mit ihrer Schwester zu sprechen, aber aus für Rita unerfindlichen Gründen redete Jeanie nicht mit ihr. Genau genommen sprach sie mit überhaupt niemandem. Als sie dann doch schließlich geruhte, ihr Schlafgemach zu verlassen, geschah dies allein, weil sie wie magisch vom neuen Familiencomputer angezogen wurde, der jetzt auf eine Weise, die Al nicht ganz verstand, mit der Telefonleitung verbunden war. Die Zukunft schien begonnen zu haben, auch wenn es immer noch keine Raketenrucksäcke, keine Unterwasserstädte und auch keine Mahlzeiten in Pillenform gab. Die ganze Nacht hindurch hörte die Familie das Geklacker der Plastiktastatur und Jeanies unterdrücktes Kichern. Sie hatten auch nicht die geringste Idee, mit wem sie kommunizierte oder worüber, und hätten sie einen kurzen Blick über ihre Schulter geworfen, dann hätten sie lediglich eine merkwürdige Sprache aus Symbolen und Abkürzungen gesehen. Die Mühen einer Unterhaltung nahm sie allein für ihre Cyberfreunde auf sich, nicht für ihre Familie. Und erst recht nicht für ihr eigenes Kind.

Für Al war es sonnenklar, dass Jeanie sich wünschte, Henry wäre nie passiert. Er war das bedauernswerte Resultat eines dummen Fehlers: ein Ringkampf im Keller der Kirche vielleicht, der ausgeartet war, ein hinterhältiges Pyjamaparty-Spermium, das nachts quer durch den Raum gesprungen und sich in sie hineingeschlichen hatte, eine Klosettbrille, auf die ein widerwärtiger Junge seinen Samen geträpfelt hatte, in der teuflischen Absicht, das nächstbeste Mädchen zu befruchten, das sich dorthin setzte. Jeanie hatte nie so gewirkt, als würde sie sich besonders für Jungs interessieren. Wie auch immer Henry in dieser Welt angekommen war, auf normale Art und Weise war er nicht empfangen worden.

Und dann verkündete Jeanie eines schönen Tages, dass sie nach New York ginge. Niemand glaubte ihr, aber am nächsten Tag war sie fort und hatte Henry zurückgelassen. Es sah nicht danach aus, als hätte sie auch nur ansatzweise in Erwägung gezogen, ihn mitzunehmen. Und sie verabschiedete sich auch nicht. Später gestand Helen Al, sie habe schon recht früh gewusst, dass Jeanie gehen würde. Auf Als Frage, warum sie ihm nichts gesagt hatte, erwiderte sie:

»Du hättest nichts tun können. Sie wäre so oder so gegangen.«

»Wetten doch?«, sagte Al. »Ich hätte sie in ihrem Zimmer einsperren können.«

»Ach, hör doch auf, Al. Sie ist eine erwachsene Frau. Du kannst sie nicht mehr wie ein kleines Kind behandeln.«

»Ich kann schon, wenn sie sich wie eines benimmt«, erwiderte Al.

»Du redest, als wäre sie noch hier. Aber sie ist weg, und wir werden sie auch nicht mehr zurückholen können«, sagte Helen zu ihm.

»Schön, und was werden wir wegen Henry unternehmen?«, fragte Rita.

»Wir werden uns natürlich um ihn kümmern«, sagte Helen. »Er gehört zur Familie.«

»Falls ich auch beschließen sollte, meinen Pflichten einfach nicht mehr nachzukommen, und euch mein Kind zur

Aufzucht überlasse, erledigt ihr das dann auch für mich?«, feixte Rita.

»Das solltest du verdammt noch mal besser nicht tun«, antwortete Al.

Danach sagte eine ganze Weile lang keiner mehr irgendwas zu irgendwem, aber am Ende, angesichts zweier Kinder, um die man sich kümmern musste, wurde die Kommunikation doch wieder aufgenommen, zunächst eher gestelzt und bemüht, später dann allmählich wieder auf einem normalen Niveau. Die nun um ein Familienmitglied ärmeren Merkins verspürten ein Loch in ihrer Mitte, wo zuvor Jeanie gewesen war. Aber ein Haus mit Kindern ist immer quirlig und laut, und genau deshalb konnte sich mit der Zeit das Loch schließen, bis sie sich schließlich einfach an ein Leben ohne Jeanie Ray gewöhnt hatten.

Rita wählt ein weiteres Mal. Immer noch keine Antwort. Diesmal wartet sie nicht einmal ab, bis die Bandansage mit dem aufgesetzt fröhlichen Gezwitscher zu Ende ist. Sie unterbricht die Verbindung und knallt das Telefon auf den Tisch.

»Rita, es tut mir leid«, sagt Al. Nur dass er es nicht wirklich sagt. Die Worte bleiben ihm im Hals stecken. Er nuschelt zusammenhangloses Zeug. Seine Augen sind nicht mal geöffnet. Es klingt, als würde er im Schlaf reden.

Was sie dann sagt, schockiert ihn.

»Ach, du kannst mich mal, Dad«, sagt Rita.

Dann stürmt sie aus dem Haus, lässt ihren Ford Escort an und fährt los.

5

Samstagmorgen. Jeremy steht auf und pinkelt ins Spülbecken. Der Rand ist vielleicht gerade mal zwei, drei Zentimeter zu hoch, um ein bequemes Stehen zu ermöglichen, aber den Feuerwehrschlauch zu dehnen ist immer noch einfacher, als mit voller Blase die Treppe hinaufzugehen. Zum tausendsten Mal erwägt er, sich einen niedrigen Schemel zu bauen, um sich daraufzustellen. Dann verwirft er diese Idee sofort wieder. Wenn man in diesem Haus etwas bauen will, muss man die heilige Werkstatt betreten, doch bevor das geschehen kann, muss Al ein längeres, vorbereitendes Gespräch führen, um herauszufinden, was genau man bauen möchte, warum man es bauen möchte, wie man es bauen möchte, warum man beabsichtigt, es genau so zu bauen und nicht auf eine andere, praktischere und lang erprobte Weise, und welches Material man zu benutzen beabsichtigt, und dann kommt am Ende eine kategorische Ablehnung, die Werkstatt zu benutzen, was bedeutet, dass am Schluss Al sagt, er werde das Ding selbst bauen, was immer es ist, nur dass er es nie tut, weil er nämlich Besseres zu tun hat und weder eine Fabrik noch ein Angestellter ist. Also pinkelt Jeremy auf Zehenspitzen.

Dann geht er nach oben, macht sich eine Schüssel Cornflakes und ist damit schon wieder auf dem Rückweg in den Keller, als Al in der Küche auftaucht.

»Ich hoffe, du pinkelst da unten nicht ins Waschbecken«, sagt Al. »Neulich war mir, als hätte ich so einen komischen Geruch wahrgenommen.«

»Nee, mach ich nicht.«

»Gut. Denn für so etwas gibt es Toiletten.«

»Ich weiß auch, wozu Toiletten da sind, Al«, sagt Jeremy.

»Meine Freunde nennen mich Al. Mein Enkel nennt mich Grandpa. Oder vielleicht sogar Sir.«

»Oder Daboo«, sagt Jeremy.

»Bist du geistig zurückgeblieben?«

»Nein, nicht, dass ich wüsste.«

»Dann kannst du mich auch nicht Daboo nennen.«

»Ich aber!«, sagt Henry aus dem Wohnzimmer. »Ich bin geistig zurückgeblieben, Daboo!«

»Nein, bist du nicht, Henry«, ruft Rita aus ihrem Zimmer den Flur hinunter. »Du bist ein ganz besonderer Bursche, hörst du mich?«

»Und da ist noch etwas. Auf dich wartet eine Aufgabenliste, sobald es Eurer Durchlaucht beliebt«, sagt Al zu Jeremy.

»Ich dachte, wir hätten uns darauf verständigt, dass wir dieses Wort in diesem Haus nicht mehr benutzen«, sagt Rita. Sie war jetzt ebenfalls in der Tür aufgetaucht, in Tanktop und Jogginghose, die Nippel beunruhigend hervorstehend, die Haare wild durcheinander.

»Ich werde mich drum kümmern«, presst Jeremy mit zusammengebissenen Zähnen heraus.

»Das will ich aber auch hoffen«, sagt Al. »Denn andernfalls werden alle Privilegien bezüglich Autoausleihen zurückgenommen werden müssen.«

»Hört ihr zwei mir zu?«, fragt Rita.

»Ich zahle hier Miete, weißt du«, sagt Jeremy. »Ich schnorre hier nicht rum. Die meisten Mieter haben keine Aufgabenlisten.«

»Streiten wir uns etwa?«, fragt Henry aus dem Wohnzimmer.

»Die meisten Mieter dürfen sich auch nicht die Autos ihrer Vermieter ausleihen. Das gäb's nur gegen besondere Gebühr. Vielleicht sollten wir ernsthaft darüber sprechen. Das Finanzamt erlaubt mir, jährlich einen gewissen Betrag für Abschreibung und Laufleistung anzusetzen, und ich denke, vielleicht solltest du einen gleichwertigen Beitrag leisten –«

»Was dagegen, wenn ich in Ruhe mein Frühstück esse, Al?«

»Strei-ten! Strei-ten! Strei-ten!«, singt Henry.

»Meine Güte, es ist, als würde man gegen zwei Wände reden!«, sagt Rita und verschwindet wieder in ihr Zimmer.

»Ein erwachsener Mann sitzt im Bett, isst Cornflakes und sieht sich auf seinem verfluchten Computer Cartoons an wie ein fünfjähriges Kind«, sagt Al. »Ich dachte immer, diese Dinger sollten die Welt fortschrittlich und zukunftsorientiert machen.«

»Tun sie ja auch«, erwidert Jeremy. »Und ich sehe mir auch keine Cartoons an.«

»Ach, nein? Wie nennst du sie denn dann?«

»Kurze Animationsfilme«, sagt Jeremy.

Unten macht er es sich auf seiner Matratze bequem und verspeist seine doppelt glasierten Zuckerbomben, während er sich den neuesten Anime-Klassiker ansieht, den Rico ihm in die Dropbox gelegt hat. Dann schenkt er sich eine Tasse Tee ein. Seitdem er einen Job hat, ist das latente schlechte Gewissen verblasst, das ihn morgens immer beschlichen hat. Mit einem ausgesprochen wohligen, zufriedenen Gefühl lehnt er sich in die Kissen zurück. Nirgendwo hinmüssen, nirgendwo sein müssen, nichts tun müssen. Montag ist ein Lichtjahr entfernt. Wäre er ein wirklich engagierter Lehrer, was er nicht ist, würde er jetzt bereits darüber nachdenken, was er in der nächsten Woche unterrichten wird. Morgen Abend wird er mal auf Google suchen und sehen, was es da draußen so an Lehrplänen gibt, die er klauen könnte.

Die letzten drei Wochen waren ziemlich beunruhigend. Er hat nicht unterrichtet, er hat, so gut er konnte, einen Lehrer imitiert. Porteus wusste, dass er keinerlei Erfahrung besaß, als er ihn einstellte, hatte ihm jedoch versichert, alles würde bestens laufen, er könne erkennen, dass Jeremy vor einer Klasse ein Naturtalent sein würde. Jetzt sieht er, dass dies eine unverfrorene Lüge war – Porteus brauchte schlicht und einfach ganz dringend Frischfleisch.

In seiner Naivität hatte Jeremy geglaubt, er könnte seine Schüler einfach in sokratische Dialoge verwickeln, wie er und Smarty sie immer geführt hatten, und gemeinsam würden sie dann schon durch die Welt des Wissens fliegen und sich an den Rätseln des Universums erfreuen. Vielleicht könnte er ihnen sogar etwas über die Fibonacci-Folge beibringen. Irgendwie hatte er die gewaltige Menge an niederschmetternder Langeweile vergessen, die Highschool-Schüler überallhin mit sich herumschleppten, die ausdruckslos starren Blicke, den feindseligen Widerstand, überhaupt irgendwas zu tun. Er hatte gehofft herauszubekommen, was sie interessierte, und darauf aufbauend dann so was wie ein Curriculum zu entwickeln, aber schon nach den ersten zwei Minuten hatte er begriffen, dass sie sich für gar nichts interessierten, zumindest für nichts, worüber ihm zu sprechen erlaubt war.

Auch hatte er – aus irgendeinem geisteskranken Grund – geglaubt, dass die Schüler ihn respektieren würden, weil er jung war. Stattdessen schienen sie aber zu denken, das bedeute, sie könnten mit allem ungestraft davonkommen. Am ersten Tag in der Schule hatten sie sich in Gruppen aufgeteilt, die Jungs auf der einen Seite, die Mädels auf der anderen, coole Kids hinten, Streber vorne, und hatten angefangen sich zu unterhalten, als wäre er gar nicht da. Sorgen Sie dafür, dass sie immer beschäftigt sind, hatte Porteus gesagt; Unterricht ist Infotainment. Aber Jeremy war kein Alleinunterhalter. In Jeremys Vokabular bedeutete beschäftigt halten, den Gegner unter schweren Beschuss zu nehmen, zu schießen, um zu töten. Während seiner allerersten Unterrichtsstunde hatte er gespürt, wie eine Panikattacke anrollte, und er hatte sie nur verhindern können, indem er tat, als sei es ein echtes Ziel, das Ende der Stunde zu erreichen, und dass sein Job darin bestünde, anzugreifen und dieses Ziel zu halten, bis Verstärkung eintraf. Er ist sich immer noch nicht sicher, wie er es so weit geschafft hat. Manchmal betrachtet er ihre ausdruckslosen Gesichter und denkt: Wenn ihr nur sehen könntet, was ich gesehen habe. Aber er war dazu ausgebildet worden, diese Dinge zu sehen, damit andere Menschen sie nicht sehen mussten. Das war die Aufgabe der Army: nicht für die Freiheit zu kämpfen, was immer dieser Unsinn bedeutete, sondern das Unsichtbare zu sehen, das Unschaffbare zu tun und später zu versuchen, das Unvergessliche zu vergessen. Und irgendwie zu versuchen, sich wieder in eine Gesellschaft einzufügen, die davon keine Ahnung hatte.

Sein Telefon summt. Er sieht auf den Bildschirm.
DU BIS JA SWASVON TOD, IS ECHT KAIN SPAAAS!!!!!!!!!!!!!!
Hilfreich, denkt Jeremy, dass, wer immer das jetzt ist, all die vielen Ausrufezeichen benutzt hat, denn andernfalls wäre ich vielleicht nicht drauf gekommen, dass er es ernst meint. Denn an diesem Punkt ist er ziemlich sicher, dass es nicht Jenn ist.

Dieser Quatsch dauert jetzt schon lange genug. Wichtiger noch, er hat fast keinen Pot mehr. Höchste Zeit, Rico zu besuchen.

Eine halbe Stunde später, geduscht, aber nicht rasiert, hält er vor einem gepflegten kleinen Bungalow, dessen Vorgarten mit Kies ausgestreut ist. Exakt in der Mitte wächst eine riesige Yuccapalme. Ein gepimpter, knallgrüner Honda Civic mit protzigen Felgen steht in der Einfahrt. Das Auto gehört Rico, aber er fährt praktisch nie damit, nur einmal im Monat, wenn er zur Bio-Marihuanafarm seines Onkels im Humboldt County fährt, um eine neue Lieferung abzuholen. Ihm genügt es, den Wagen von Zeit zu Zeit anzustarren und mit einem Schaffell-Imitat liebevoll zu polieren.

An der Tür befindet sich ein Schild, auf dem auf Englisch und Spanisch steht:

APOTHEKE, LEBENSPLANUNG,
LIEBESTHERAPIE
NUR NACH VEREINBARUNG

Wie in den letzten vierzehn Jahren tritt er ohne anzuklopfen ein. Das Wohnzimmer ist zu einem Wartebereich umgewandelt worden, zwei Kunstledersofas vor den Wänden, ein Couchtisch mit stapelweise Illustrierten in der Mitte. Ruhige, inspirierende Synthesizermusik perlt aus unsichtbaren Boxen, schmiegt sich in Jeremys Ohren in einem beruhigenden Strom, der ihn auf einer Schwingungsebene berühren soll. An einer Wand hängen verschiedene gerahmte Poster: ein deutlich mexikanisch aussehender Jesus, der die Kranken heilt, die Erde aus dem Weltraum gesehen, dazu die Bildunterschrift LIEBE DEINE MUTTER, das Foto einer überdimensionalen, in Flammen aufgehenden Statue inmitten Tausender brüllender Hippies in unterschiedlichen Stadien des Rausches und der Entkleidung, und dann noch Unsere Liebe

Frau von Guadalupe, die über einem völlig entgeisterten Bauern am Himmel erscheint. An einer anderen Wand befinden sich vielleicht ein Dutzend kleinerer Fotos von Menschen wie etwa Padre Pio, dem Dalai Lama, Thich Nhat Hanh und Mutter Teresa. Es gibt auch noch Bilder von mehreren anderen Männern und Frauen, deren Berufungen, nach der Ehrlichkeit ihrer Porträts zu urteilen, erheblich prosaischer waren, von denen Jeremy aber zufällig wusste, dass sie sich allesamt durch die Tatsache auszeichneten, tot zu sein. Unter ihnen Ricos Vater Enrique, der zwanzig Jahre zuvor ums Leben gekommen war, als eine Demonstration für die Rechte von Wanderarbeitern außer Kontrolle geraten war. Auf einem kleinen Fernseher auf einem Ecktisch läuft leise eine Telenovela: eine wunderschöne, hysterische Latina streitet mit einem geheimnisvollen, grüblerischen Mann, der, um seinen Standpunkt deutlich zu machen, dazu neigt, sie an den Schultern zu packen und zu schütteln.

Der Klang eines Vibrafons ertönte, als er die Tür aufmachte, und aus dem hinteren Teil des Hauses ruft es eine mollige, kleine Latina von etwa fünfzig Jahren herbei, die sich in eine knackenge Jeans gezwängt hat. Eine durchscheinende, knallrote Bluse fließt weich bis zu ihrer Taille, und er kann die Röllchen um ihren Bauch sehen.

»Buenos días, Yeremy«, sagt Ricos Mutter Elizabeta. »Cómo estás?«

»Buenas días, señora«, sagt Jeremy. »Rico aquí?«

»Er ist in die Keller«, antwortet Señora Bustamante. »Wie geht's dir, Süßer?«

»Gut. Prima. Super.«

»Mhm, nein«, sagt sie nüchtern.

»Nein? Nicht super?«

»Du hast Sorgen. Deine Aura ist anders.«

»Ist das so?«

»Heute wieder sind Leuten bei dir«, sagt Elizabeta. »Sind mit dir reingekommen. Ich sehe vier, fünf Leuten. Wer ist das? Möchtest du, dass ich mit sie spreche?«

»Señora, nichts für ungut, aber mit läuft's eiskalt den Rücken runter, wenn Sie so was sagen.« Schon seit Wochen sagt Elizabeta immer wieder dasselbe zu Jeremy: Geister folgen ihm wie geduldige Hunde.

»Aaah, du glaubst immer noch nicht. Wissenschaft, Computer, an solche Dinge glaubst du. Aber diese Sachen nicht sind wirklich. An die wirkliche Welt glaubst du nicht.« Sie lächelt. »Vielleicht muss was Größeres passieren, damit du siehst. Wird nicht aufhören, Yeremy.«

»Was wird nicht aufhören?«

»Die Botschaften«, sagt sie.

»Señora, welche Botschaften? Meinen Sie ... die auf meinem Handy?«

»Ay, Dios mío. Nein, nicht deine Handy. Egal. Schon okay. Hast du Honger?«

»Honger? Nein, ich ... also, was haben Sie denn?«

Sie gibt ihm ein Zeichen, und Jeremy folgt Elizabeta in ihre von der Vorsehung stets gut bestückte Küche, in der immer ein Teller mit warmen Weizentortillas auf dem Herd steht und daneben ein Topf Carne adovada, der in all der Zeit, die Jeremy nun mit Rico befreundet ist, noch nie leer geworden ist. Mit dem Geschick und Können einer Imbissköchin bereitet Elizabeta zwei kleine weiche Tacos zu und drückt ihm den Teller in die Hand. Er nimmt einen und beißt hinein. Das Schweinefleisch zergeht in seinem Mund wie Sonnenschein und lindert ein wenig seinen Heißhunger.

»Du fett geworden«, sagt sie und knufft ihm in den Bauch. »Du und Rico, ihr musst bisschen trainieren.«

»Ja, ja, ich weiß«, sagt er.

»Warum gehst du nicht Yogging?«

»Ich kann nicht mehr laufen.«

»Oh«, macht Elizabeta. »'tschuldigung, Yeremy. Manchmal ich vergesse das.«

»Ja, schön, hab's ja selbst auch vergessen, also kein Problem.«

Elizabeta nickt. »Weißt du, du solltest mich helfen lassen. Vielleicht du brauchst eine Sitzung.«

»Eine Sitzung?«

»Eine Therapiesitzung. Merk dir, ich kann helfen.«

»Wie würden Sie das denn anstellen?«

»Mit die Schwingungen.«

»Schwingungen?«

»Ich schließe die Augen. Ich lausche. Ich sie spüre.«

Sie, weiß Jeremy, bezieht sich wieder einmal auf die Geisterwelt, durch die Elizabeta sich allem Anschein nach bewegt wie ein Pendler zur Rushhour.

»Ha, ha«, macht Jeremy. »Sie müssten Ihre eigene Fernsehshow bekommen.«

»Mhm, nein«, erwidert Elizabeta. »Ich viel zu fett für Fernsehen. Wer ist sie?«

»Wer ist wer?«

»Das Mädchen, um das du dich Sorgen machst.«

Jeremy hatte sich nie zu weit in diesen Teil von Ricos Leben hineinwagen wollen, nicht mehr seit dieser ersten Unterhaltung, in deren Verlauf Rico erklärt hatte, und zwar ohne jede Spur von Ironie, dass seine Mutter ein spirituelles Medium war, die nebenbei Dope verkaufte. Jeremy hatte ihm nicht geglaubt, aber genau an diesem Tag hatte Elizabeta den Jungs ein Glas Kool-Aid angeboten, und Jeremy hatte es aus Höflichkeit angenommen, aber Fakt war, er mochte Kool-Aid nicht, weil er davon Kopfschmerzen bekam, und dann hatte sie ihn ganz merkwürdig angesehen und gesagt: »Warum sagst du Ja, wenn du Kool-Aid doch gar nicht magst?« Seitdem war er tief beeindruckt von der Tatsache, dass sie einen völlig anderen Draht zu den Dingen hatte als die meisten anderen Leute, weil aber Rico keine große Sache daraus machte, tat er das auch nicht. Ihm war es auch lieber, von ihrem übersinnlichen Radar gar nicht erst erfasst zu werden. Es gab zu viele Dinge, über die er nicht gern nachdachte. Und die Vorstellung, dass jemand anderer von ihnen wissen könnte, war verstörend.

»Okay, Señora, wir haben doch schon mal darüber gesprochen«, sagt Jeremy. »Wissen Sie noch? Sie sollen ohne meine ausdrückliche Erlaubnis nicht in meinen Gedanken lesen. Das ist nicht cool.«

»Tut mich leid, Yeremy«, sagt sie. »Ich sehe nur gerade, dass du große Schmerzen hast.«

»Ja, schön, der Stoff, den Ihr Bruder anbaut, hilft wirklich gut dagegen. Viel besser als alle Pillen, die ich je genommen habe.«

»Diese Sorten Schmerz meine ich aber nicht, Süßer.« Sie seufzt, nimmt einen Lappen, wischt irgendeinen nicht vorhandenen Schmutz von der Arbeitsfläche, faltet den Lappen ordentlich zusammen und hängt ihn an die Ofentür. »Wenn du bereit, muss ich dir ein paar Dinge sagen. Okay? Wenn du bereit.«

»Was für Sachen?«, fragt Jeremy.

»Egal. Du noch nicht bereit. Du gehst schon mal runter und sagst dem faulen Jungen da unten, ich sage, er soll aufstehen. Ist bald Zeit fürs Lonch, und dabei hatte er noch nicht mal Frühstück.«

Rico ist ein weiterer Kellerbewohner. Am Fußende der Treppe zieht Jeremy einen Plastikvorhang zur Seite und betritt einen Raum, in dem mittelamerikanisches Klima herrscht, das mithilfe von Luftbefeuchtern und Ventilatoren kontrolliert und von mehreren Halogen-Stehlampen beleuchtet wird. Das alles ausschließlich zum Wohle des Erzeugnisses von Tío Adelmos Humboldt County Farm, dessen einziger Händler für das Kern County Rico ist. Alles völlig legal – oder auch total illegal, je nachdem, welche Behörde man fragt, die kalifornische oder die des Bundes. Rico und Elizabeta leben in der leichten Gefahr, dass die DEA jeden Tag einfallen könnte. Auf ihren Appetit hatte das bislang keinen negativen Einfluss.

Wasser rieselt in einer Ecke in einem Brunnen, stürzt über künstliche Flussfelsen, um dann sanft in einen winzigen Teich zu platschen, in dem ein einzelner, einsamer Kampffisch glotzt. Rico hat ihn Columbine getauft. Auf Jeremys Vorschlag hin hatte Rico mal einen Freund für Columbine gekauft, einen weiteren Kampffisch, aber den hatte er aufgefressen. Und die Lektion daraus, sagte Rico zu ihm, lautete: Leg dich nicht mit einem Einzelgänger an. In der Mitte des Raumes steht ein runder Konferenztisch, von dessen Mitte wiederum ein Dope-Vesuv aufragt. Rico schläft leise schnarchend auf seinem zerwühlten Bett, eine Hand in seiner Boxershorts.

Jeremy denkt über diesen erschreckenden Anblick nach und fragt sich, wie er sich ihm am besten nähert. Man käme nicht im Traum drauf, denkt er, während er angewidert beobachtet, wie Rico seine Morgenlatte streichelt, dass Rico eine bescheidene Berühmtheit besitzt, zumindest im Internet. Er betreibt einen Blog, in dem er Artikel gegen den Krieg, die Regierung und die Korruption postet. Er ist gegen alles, was gegen das Leben und die Freiheit ist. Er postet auch Bilder, und für die ist er vor allem bekannt: Familien, getötet von fehlgeleiteten Drohnen, die Folgen von Autobomben in Bagdad, Videos von Polizeibrutalität. Diese Fotos werden ihm von Augenzeugen auf der ganzen Welt zugemailt, und er veröffentlicht sie zusammen mit den Berichten derjenigen, die dabei waren und alles gesehen haben. Er hat jeden Tag Tausende von Hits, und die Einnahmen durch die Anzeigen auf seiner Site haben sich allmählich zu einem ansehnlichen Batzen Kleingeld summiert. Aber Rico ist gezwungen, den Löwenanteil davon für die Dienste einer Gruppe von Anti-Hackern auszugeben, die so was wie eine Firewall hochgezogen haben, um ihn vor den geheimnisvollen Mächten zu schützen, die seine Seite ständig umkreisen wie Haie einen verletzten Surfer und versuchen, sie durch Denial-of-Service-Attacken vom Netz zu nehmen. Rico ist überzeugt davon, dass die meisten dieser bösen Hacker für die eine oder andere Regierung arbeiten, und normalerweise kann er sich zusammenreimen, welche aktuell gerade hinter ihm her ist, je nachdem welches Land durch seine jüngsten Beiträge in einem schlechten Licht dasteht. Manchmal ist es China, manchmal der Iran, manchmal auch Mexiko. Aber die meisten Angriffe, da ist Rico sich ganz sicher, gehen von den USA aus.

Ein Bild, denkt Jeremy. Das ist es. Er stöbert herum, bis er Ricos Handy findet. Dann schleicht er sich dichter ans Bett heran und schießt ein Foto. Schnaubend kämpft Rico sich in den Wachzustand.

»Scheiße, was?«, grunzt er.

»Netter Schnappschuss«, sagt Jeremy und bewundert das Foto auf dem kleinen Bildschirm. »Solltest du posten.«

»Leck mich«, sagt Rico und rappelt sich auf. Sein Bauch lugt unter dem Hemd hervor. »Und so weckst du mich?«

»Alter, deine Mama hat gesagt, du sollst aufstehen.«

»Scheiße«, meint Rico. »Die brutale Wirklichkeit.«

»Es ist Mittagszeit.«

»Fuck«, sagt Rico. »Wen interessiert's? Ich lebe nur nach meiner eigenen Uhr, Mann.«

»Sag das mal deiner Mama. Das traust du dich nicht.«

Rico steht auf und schiebt sich an ihm vorbei ins Bad. Er schließt die Tür, und kurz darauf hört Jeremy die Dusche. Er begnügt sich unterdessen damit, seine Nase über den Mount Mary Jane zu schieben und tief zu inhalieren. Er wagt es nicht, die Ware anzufassen, aus Furcht, sie zu verunreinigen. Man darf den Pot nur mit Handschuhen anfassen. Sein Rücken protestiert angesichts seiner momentanen Haltung, also lässt er sich auf einer muffig riechenden Couch nieder, die inzwischen durch Kondenswasser mit der Porenbetonwand verklebt ist. Ihm wird ganz schwummerig vom THC in der Luft.

Nach einer Weile kommt Rico wieder raus und trägt seine Arbeitskleidung: T-Shirt, Jogginghose und Bademantel.

»Was geht?«, sagt er.

»Sieh dir das an«, meint Jeremy und hält sein Telefon hoch. Gerade ist wieder eine SMS reingekommen:

I MACH DAIN LEEEM KAPUT!

»Was zum Geier isn ein Leeem?«, fragt Rico.

»Ich glaube, der meint Leben. Die krieg ich jetzt schon seit gestern.«

Rico schnappt sich das Telefon und scrollt durch die Nachrichten. »Von wem kommen die?«

»Von diesem Mädchen«, sagt Jeremy. »Aber sie sind nicht von ihr.«

»Von wem sind sie dann, von ihrem Lover?«

»Glaub ich nicht. Ich glaube, die sind von ihrem Bruder.«

»Was hat er gegen dich?«

»Mann, ey, gestern ist was wirklich total Abgefucktes passiert.«

»Was denn?«

»Sie hat gesagt, ich soll's niemandem erzählen.«

»Ich bin Rico, Bro. Leute erzählen mir jeden Scheiß.«

Also erzählt Jeremy es ihm.

»Leck mich«, sagt Rico und gibt das Telefon zurück. »Das ist krass.«

»Wem sagst du das?«, meint Jeremy.

»Weißt du was?«

»Was?«

»Du bist completamente gefickt, Mann.«

»Und warum bin ich gefickt?«

»Weil, Alter ... Wenn ihr Bruder ein Cop ist, und wenn er es auf dich abgesehen hat, dann steckst du echt in der Kacke. Du musst ihn erwischen, bevor er dich erwischt.«

»Ich dachte, du wärest ein glühender Verfechter der Gewaltlosigkeit.«

Rico sieht ihn an und kneift die Augen missbilligend zusammen. »Ich rede nicht davon, ihn umzulegen, Bro. Mann, auf was für eine Scheiße ihr weißen Typen doch immer kommt. Ich meine, an die Öffentlichkeit gehen. Den Vorgesetzten was stecken.«

»Aber ich kann nichts beweisen«, sagt Jeremy.

»Diese Nachrichten da beweisen doch was. Sie beweisen, dass er dich belästigt. Richtig? Das ist kein Spaß, Mann. Ich weiß, wie diese Typen denken. Er hat dich auf dem Kieker, und er wird nicht aufhören, bis er dich erwischt hat.«

Das ist anscheinend alles, was die nächste Panikattacke hören muss, um sich munter auf ihn zuzubewegen. Sie beginnt immer wie eine merkwürdige Art der Selbstwahrnehmung, es ist weniger ein Gefühl als vielmehr eine Vorstellung – der merkwürdige Eindruck, dass er sich außerhalb seines Körpers befindet, sich selbst beobachtet und nicht besonders mag, was er da sieht. Dann wird sein Gesicht heiß. Kurz darauf setzt die Hyperventilation ein.

Er legt sich auf die Couch, schnappt sich ein Kissen und drückt es sich aufs Gesicht. Doch Rico nimmt ihm das Kissen wieder weg. Er sitzt auf seinem Bürosessel, auf dem er herangerollt ist, seine Miene erinnert an einen Psychiater.

»Mira«, sagt er. »Entspann dich. Alles okay bei dir?«

»Nein«, keucht Jeremy. »Gar nicht okay.«

»Komm schon, Alter. Ganz ruhig durchatmen. Das wird schon wieder. Komm. Ich red mit dir, bis du da raus kommst.«

Jeremy setzt sich auf. Voller Scham bemerkt er, dass er heult. Er reibt sich die Augen und schnieft. Er holt mehrmals tief Luft. Manchmal hilft ihm tiefes Durchatmen aus diesen Attacken raus. Zwei in zwei Tagen. Es geht eindeutig bergab. Rico tätschelt ihm unbeholfen das Knie.

»Ich wollte dir keine Angst machen, Bro«, sagt er. »Ich hätte dran denken müssen, was dann bei dir abgeht.«

»Ist nicht deine Schuld«, sagt Jeremy. Er atmet. Noch ein paarmal tief ein- und ausatmen und sein Puls geht wieder runter. Er seufzt einmal tief auf. Er hat noch nie vor Rico geheult. Er hat das Gefühl, dass er bald vor so ziemlich jedem geheult hat, den er kennt.

»Geht's wieder?«, fragt Rico.

»Was soll ich machen? Jetzt hab ich einen Bullen an der Backe. Scheiße.«

»Komm schon, Mann. So was haut den alten Jeremy doch nicht um.«

Am liebsten hätte Jeremy lauthals gelacht, denn den alten Jeremy gibt es nicht mehr. Manchmal ist er nicht sicher, ob

Rico das wirklich versteht. Er selbst hatte irrtümlicherweise gedacht, er sei der Einzige, der sich geändert hatte, während alle anderen dieselben geblieben waren; aber während seiner Abwesenheit war irgendwas mit Rico passiert, das auch ihn verändert hatte. Er hatte immer eine gewisse Härte und einen Zorn in sich getragen, der teils der bittere Kern eines gemobbten fetten Jungen war und teilweise auf das zurückzuführen war, was seinem Vater zugestoßen war. Enrique Estevez war in einer Gefängniszelle in San Diego aufgefunden worden, die Hände gefesselt, der Kopf eingeschlagen; sein Tod war als Selbstmord eingestuft worden. Rico konnte sich kaum an seinen Vater erinnern, aber diese Geschichte war der Grund für seine Schweigsamkeit, seine ernste Haltung, und es war ebenfalls das, was ihn auf seine momentane Spur im Leben gesetzt hatte, die der Bloßstellung der Schattenseiten des Establishments gewidmet war, wann immer sich dazu die Gelegenheit bot.

In den letzten Jahren hatte er allerdings einen neuen Fatalismus entwickelt, der inzwischen seine ganze Persönlichkeit beherrscht. Rico ist schwer besorgt über den Lauf der Dinge auf dieser Welt. Am deutlichsten zeigt sich das in den Beiträgen seines Blogs, in denen er das ganze System in den düstersten Farben beschreibt: Auf den Armen würde immer herumgetrampelt, dem Staat sei das scheißegal, und der einzige Ausweg bestünde in der Revolution. Wenn er in der letzten Zeit mit Rico sprach, hatte Jeremy immer öfter das Gefühl, als wäre ihm der Krieg nach Hause gefolgt. Es ist das gleiche Gefühl, das er immer bekam, wenn er eine Leiche sah, dass es genau das ist, was unter dem Strich bleibt: Am Ende sind wir nicht mehr als ein Haufen Fleisch, und die Menschen, die um uns weinen, sind auch nur Fleisch.

»Ich habe die Lösung«, sagt Rico. »Ziehen wir einen durch.«

»Das ist deine Lösung für alles.«

»Weil es nämlich die Lösung für alles ist!«

Rico stopft summend eine total riesige Bong, deren Kessel aussieht wie Darth Vaders Kopf. Er zündet den Kopf an und inhaliert. Dann reicht er sie Jeremy weiter, der kurz überlegt abzulehnen und dann beschließt, dass es unter den gegebenen Umständen im höchsten Maß dumm wäre. Er hält den kühlen Rauch in der Lunge und atmet langsam aus. Er wird schlagartig und unbestreitbar high. Langsam beginnt die Panikattacke abzuebben.

»Siehst du?«, sagt Rico. »Gegen deinen Anfall hilft mein Hanfball.«

»Danke, Alter«, sagt Jeremy.

»Hör zu, ich muss ein paar Sachen auf meiner Site machen. In letzter Zeit kriege ich massig Bilder aus Syrien. Üble Scheiße, Mann. Ich muss sie hochladen.«

»Soll ich gehen?«

»Nee, Mann. Bleib hier und chill was. Aber sieh dir diese Bilder nicht an. Die bringen dich um den Verstand, Alter. Wenn ich fertig bin, können wir uns ein paar Filme reinziehen.« Er rollt zurück an seinen Arbeitstisch, auf dem das MacBook Air wartet, und steckt sich Ohrhörer rein. Schon bald erreichen die pathetischen Klänge seiner geliebten Mariachi-Musik Jeremys Ohren.

Jeremy legt sich auf die Couch und starrt die Decke an, wo ein Schimmelpilz, eindeutig nicht bio, angefangen hat, ein Muster zu bilden. Er sinniert über die Form des Schimmels, der Ringe aufweist wie ein Baumstamm, vermisst ihn beiläufig mit den Augen. Die Fibonacci-Folge, das wird ihm jetzt klar, könnte auch darauf angewendet werden. Das obere Ende des Musters ist dreimal länger als die Seiten. Der mittlere Ring ist fünfmal größer als der innere Ring, und der größte hat einen achtmal größeren Durchmesser. Vielleicht wird seine gesamte Existenz von dieser Zahlenfolge beherrscht. Vielleicht sind die Dimensionen des Universums nach dieser Blaupause konstruiert. Vielleicht verläuft alles nach irgendeinem Plan. Und vielleicht auch gar nichts.

Oder vielleicht ist er auch einfach nur eingeschlafen. Langsam registriert Jeremy, dass Rico irgendetwas sagt.

»Was?«, sagt er und erhebt sich.

»Ich sagte, ich habe gerade eine E-Mail von Mama bekommen. Sie möchte, dass du hochkommst.«

»Wieso?«

»Sie möchte dich im Besprechungszimmer sehen.«

»Echt jetzt? Warum?«

»Sie sagt, sie hat dir was zu sagen«, sagt Rico, und wie zur Betonung seiner Worte setzt nun ein leises, aber hartnäckiges Klopfen von der Decke ein. Jeremy erkennt das Geräusch. Rico ebenfalls.

»Oh, oh«, sagt Rico. »Das ist der Besenstiel.«

Man ignoriert den Besensiel nicht. Jeremy beginnt aufzustehen, doch der abrupte Blutstrom in seinen Kopf – oder aus ihm raus, da ist er nicht sicher – zwingt ihn, diesen Plan vorübergehend aufzugeben.

»Wow«, sagt er. »Ich bin total stoned.«

»So wirkt Star Wars«, sagt Rico stolz. »Eine neue Züchtung meines Onkels. Hab ihr den Namen selbst gegeben.«

»Man sieht sich, Alter«, sagt Jeremy.

»Bis die Tage«, erwidert Rico.

»Hey, fast hätte ich's vergessen«, sagt Jeremy. »Ich hab fast kein herbo bueno mehr.«

Rico greift in eine Schublade und zieht einen dicken Beutel heraus. Er wirft ihn Jeremy zu, der ihn fängt und sich in die Tasche stopft.

»Reicht das?«, fragt Rico.

»Ungefähr 'ne Woche. Was schulde ich dir?«

»Merry Christmas«, sagt Rico.

»Und Gott segne uns«, antwortet Jeremy, »alle zusammen.«

6

Jeremy hat sich nicht mehr ins Besprechungszimmer getraut, seit er elf war und es mit der Toilette verwechselte. Bei dieser Gelegenheit war er zu Elizabeta hereingestolpert, die in eine innige Umarmung mit jemandem versunken war, der auf den ersten Blick wie ein zehnjähriges Kind aussah, bis Jeremy erkannte, dass das Gesicht, welches glückselig in Elizabetas bescheidenem Busen vergraben war, einen Bart trug. Der Mann war ein Zwerg, und er war ausgehungert nach Liebe, die Elizabeta freudig jedem schenkte, der sie brauchte.

»Jeder muss mal geknuddelt werden«, hatte sie damals zu Jeremy gesagt, und der Zwerg, in dessen Augen Freudentränen standen, hatte zustimmend genickt. Elizabeta bot ihre Zuneigung auf einer rein emotionalen Ebene an, und es war Teil ihrer beratenden Dienste, die ebenfalls Astrologie, das Legen von Tarotkarten, das I Ging und das Kommunizieren mit toten Freunden oder Verwandten umfassten, um Botschaften und Nachrichten zu übermitteln.

Jeremy stellt erleichtert fest, dass Elizabeta diesmal allein ist, oder doch zumindest ohne Zwerg. Sie ist nie richtig allein, sagt sie häufig; die Geistwelt folgt ihr überallhin, selbst auf die Toilette. Sie erwartet ihn in ihrem Ohrensessel mit einem beruhigenden gelben Stoffüberzug, der mit Yin-Yang-Symbolen bestickt ist. Ein zweiter, sehr ähnlicher Sessel steht ihr gegenüber, und dazwischen ein Tisch mit einer tibetanischen Klangschale. Der Raum ist abgedunkelt, es duftet nach Weihrauch.

»Komm rein, Yeremy«, sagt sie. »Setz dich.« Sie deutet auf den leeren Sessel.

Jeremy ist im Begriff zu gehorchen, hält aber nach einem Schritt inne. »Hören Sie, ich –«

Sie hebt eine Hand. »Spielt keine Rolle, wenn du nicht glaubst. Ungefähr dreißig Leute sind mit dir reingekommen, Yeremy. Und werden immer mehr. Ist wie eine Parade. Etwas Großes ist hier im Gange. Deshalb macht gar nichts, ob das jetzt dein Ding ist oder nicht. Ist ihr Ding. Setz dich. Komm. Ich werde schon nicht beißen.«

Jeremy überlegt, ob er sich einfach umdrehen und gehen soll, aber Fakt ist, er vertraut Elizabeta, die Umarmungen so beiläufig verteilt wie andere Leute Flüche austeilen. Also wird er sie bei Laune halten. Er setzt sich.

»Kay«, sagt sie. »Dann wirst du also dein Dad besuchen.«

»Meinen ... Dad? Sie meinen, meinen Vater?«

Auf diese ziemlich dumme Frage gibt sie ihm keine Antwort. Stattdessen lächelt sie nur, beugt sich vor, mit geradem Rücken, die Hände auf den Knien gefaltet.

»Wieso?«, fragt Jeremy.

»Weil er dir was sagen wird. Es gibt etwas, das du musst wissen, aber noch nicht weißt. Er weiß es. Er wird es dir sagen.«

»Aber ich spreche nicht mit meinem Vater«, erwidert Jeremy rundheraus. »Er ist verrückt. Ich meine, ich weiß, eine Menge Leute sagen genau das über ihre Eltern, aber in seinem Fall gibt es Papiere, die das schwarz auf weiß belegen. Er hat meine Familie kaputt gemacht.«

Wieder schüttelt Elizabeta den Kopf. Jeremy spürt, wie er ungeduldig wird.

»Ich weiß, er hat Probleme«, sagt sie. »Das liegt auf der Hand. Aber er kann selbst nicht dagegen tun. Seine Probleme sind innen. Er hat sich nicht ausgesucht, so zu sein, wie er ist. Zumindest soweit er sich erinnert«, fügt sie hinzu. »Wir suchen uns unsere Leben aus, wenn wir noch auf die andere Seite sind, bevor wir eintreten, denn wir wissen, was wir lernen müssen.«

»Sie meinen, ich hab mir dieses Leben selbst ausgesucht?«

»Mhm-hm.«

»Und was muss ich lernen?«

»Yeremy«, sagt Elizabeta, »das versuch ich dir doch gerade sagen.«

»Oh.«

»Jedenfalls, du musst vergessen, dass du sauer auf ihn bist, und gehst einfach zu ihm und sprichst mit ihm. Okay? Denn er nicht hat deine Familie kaputt gemacht. Du bist längst auf diesem Weg gewesen, als er deine Mutter kennengelernt. Ist nicht seine Schuld, was passiert ist. Du wirst das sobald wie möglich tun.«

»Und was, wenn ich's nicht tue?« Er kämpft gegen das starke Bedürfnis, einen Blick über die Schulter zu werfen, um zu sehen, wer da steht. Er weiß, er wird nichts sehen außer der Tür.

Elizabeta betrachtet ihn lange. »Escuchame, hijo. Ich kenne dich schon lange, stimmt's? Du warst schon mit meine Sohn befreundet, als niemand anderer mit ihm reden wollte, und dafür liebe ich dich. Das werde ich immer. So etwas bedeutet eine Mutter mehr, als ich dir kann erklären. Du bist für mich wie mein eigene Sohn. Aber seit du zurück bist aus du-weißt-schon-wo, du bist nicht mehr derselbe. Ich sehe doch, dich beschäftigt was. Etwas muss sich ändern. Wenn du einen siehst, der mit Pfeil durch Kopf rumläuft, dann du ihm das bestimmt sagst, oder? Würdest du ihn nicht rausziehen?«

»Wie? Aus meinem Kopf ragt ein Pfeil?«, fragt Jeremy.

»Ist Redensart. Was ich meine, du musst dir von mir helfen lassen, Yeremy. Ich kann nicht mehr still sein. Es gibt noch Menge andere Sachen, die ich sehe, über die ich aber im Moment nichts sage. Du bist noch nicht bereit dafür. Du bist viel zu verschlossen. Du bist wie eine –« Sie sucht nach dem richtigen Wort, dann legt sie die Handflächen vertikal aneinander. »Wie heißt dieses kleine Tier mit Schale drumherum?«

»Muschel?«, schlägt Jeremy vor.

»Muschi«, sagt Elisabeta und nickt.

»Musch-el«, korrigiert Jeremy.

»Muschel. Aber so viel kann ich dir sagen: Geh und besuch deine Vater. Bitte. Du machst das so bald wie möglich, hörst du? Okay?«

»Aber warum?«

Sie schüttelt den Kopf. »Das wirst du nicht von mir hören. Das wirst du von ihm hören. Du hast Wahl, hijo. Ich kann dich nicht zwingen. Ich dir nur sagen, was beste Wahl. Du würdest es nicht wissen, wenn ich dir nicht sage. Ich spare dir hier und jetzt etwas Zeit. Vielleicht paar Jahre.«

»Jahre von was?«, fragt Jeremy.

»Jahre von Wandern«, sagt sie, aber es könnte auch Wundern gewesen sein. Manchmal ist ihr Akzent sehr schwer zu verstehen. Aber ehe er sie bitten kann, sich klarer auszudrücken, ertönen die Vibrafon-Klänge und sie steht auf.

»Da ist jemand für mich«, sagt sie. »Also muss ich jetzt los.«

Was, wie Jeremy sehr wohl weiß, in Wahrheit bedeutet, dass er derjenige ist, der jetzt losmuss. Also steht er auf, doch bevor er sich zur Tür umdrehen kann, breitet Elizabeta die Arme aus, und Jeremy lässt sich von ihnen umfangen, auch wenn er sich dazu bücken muss. Diese Haltung ist allerdings völlig inakzeptabel für Lendenwirbel L1 bis L5, doch er spürt, wie Elizabetas Hand auf sein Kreuz wandert und ihn dort zu massieren beginnt. Und wie von Zauberhand verschwindet der Schmerz unter ihrer Berührung, zumindest für den Augenblick. Seit Jahren hat er nicht mehr eine solche Erleichterung verspürt.

Ihre an eine Tomate erinnernde Gestalt strahlt eine Hitze aus, die völlig anders ist als das, was ihn draußen erwartet, als er zu seinem Saturn zurückgeht und, ohne noch eine lange innere Diskussion führen zu müssen, bereits weiß, dass er natürlich auf sie hören wird, denn er hat sich noch nie so verloren und verwirrt gefühlt, und auch weil sie Ricos Mom ist und er sie liebt wie eine Mom, auch wenn ihm gewisse Gedanken eher sexueller Natur durch den Kopf gehuscht waren, als er ihre Titten auf seinem Bauch spürte – aber auch nur, weil es schon so lange her ist, seit ihm Titten über den Weg gelaufen sind –, obwohl es ihm schrecklich peinlich war, solche Gedanken zu haben, und dann, dass er darüber nachdachte, solche Gedanken zu haben, und dann, als ihm klar wurde, dass sie wahrscheinlich wusste, dass er darüber nachdachte darüber nachzudenken, diese Gedanken zu haben – aber am Ende beruhigte ihn die ruhige Gewissheit, dass es ihr schlicht und einfach piepegal war.

7

Jeremy geht nach Hause, verbringt den restlichen Tag im Bett und denkt: Ich bin eine Muschel mit einem Pfeil durch den Kopf. Was immer das in der Sprache der Geisterwelt bedeutet, besonders gut klingt es nicht. Glücklicherweise vertreibt ein Star-Wars-Tee diese Gedanken aus seinem Kopf. Vielleicht sollte er sich eine Weile von Rico fernhalten, denkt er. Die Scheiße da wird langsam zu real.

Das Abendessen ist eine triste Angelegenheit. Henry lässt den Kopf hängen. Al führt Selbstgespräche. Rita ist wütend. Jeder ist wegen irgendwas sauer. Jeremy isst so schnell er kann und geht zu Bett.

Am nächsten Morgen wacht er früh auf. Er hört Rita in der Küche rumoren, also geht er hinauf und lässt sich von ihr das Frühstück machen. Die entsetzliche Anspannung eines Sonntags hängt über dem Haus.

»Wie geht's dir eigentlich momentan?«, erkundigt sich Rita.

»Warum willst du das wissen?«

»Weil ich deine Mutter bin. Geh doch nicht gleich wieder in die Defensive. Du wirkst irgendwie gedankenverloren auf mich. Als ob dich was bedrückt.«

»Mir geht's gut. Mich bedrückt auch nichts. Alles ist voll im grünen Bereich.«

»Schon eine ganze Weile her seit deiner letzten Attacke«, äußert sie vorsichtig.

Er schenkt sich Kaffee ein und beschließt, es ihr zu sagen. »Ich hatte neulich eine. Eigentlich sogar zwei.«

»Was? Warum?« Ihre Hand berührt unwillkürlich seine Stirn, als hätten seine Panikattacken irgendwas mit Fieber zu tun. Jeremy schiebt sie beiseite.

»Die erste hatte ich in diesem Motelzimmer«, sagt er. »Das Zimmer, in dem nichts passiert ist. Als ich mich mit diesem Mädchen getroffen habe.«

»Warum? Wodurch wurde sie ausgelöst?«

»Ich weiß nie, was sie auslöst. Aber ich glaube, diesmal war es der Geruch.«

»Welcher Geruch?«

»Der Geruch dieses Zimmers. Irgendwie ... ist er mir komisch vorgekommen. Mir ist in dem Augenblick schlecht geworden, als ich da reingegangen bin.«

»Sam hält diese Zimmer ziemlich sauber«, sagt Rita. »Bislang hat sich noch nie jemand darüber beschwert.«

»Es hat ja auch nicht unbedingt schlecht gerochen. Es hat einfach nur ... so komisch gerochen. Vertraut. Als hätte es mich an was erinnert.«

»Wahrscheinlich an deinen Vater«, sagt Rita.

Jeremy blickt von seinem Teller mit dem Toast auf. Sein Vater wird in diesem Haus nur äußerst selten erwähnt.

»Warum sagst du das?«

»Wegen damals, als du noch ganz klein warst.«

»Was ist passiert, als ich noch ganz klein war?«

»Als er dich mitgenommen hat. Erinnerst du dich nicht mehr?«

»Als er ... mich mitgenommen hat? Wovon redest du da?«

Rita setzt sich ihm gegenüber an den Tisch. Sie kneift die Augen zusammen, als glaubte sie, er wolle sie auf den Arm nehmen. »Du erinnerst dich wirklich nicht mehr?«

»Mom, an was soll ich mich erinnern?«

»Vielleicht warst du noch zu klein. Du warst ja erst ungefähr fünf. Nein, noch nicht mal. Viereinhalb. Das war kurz bevor wir wieder nach Hause zogen. Eigentlich hat es damit angefangen. Das war der Punkt, an dem er endgültig durchgedreht ist.«

»Ich habe nicht die geringste Ahnung, wovon du da redest«, sagt Jeremy. »Was ist passiert?«

Rita seufzt, lehnt sich zurück, schlägt die Beine übereinander. Sie bereitet sich auf eine Geschichte vor.

»Dein Vater hat dich aus der Vorschule abgeholt, an einem Tag, an dem du eigentlich den Bus nehmen solltest. Obwohl man den verfluchten Lehrern und den gottverdammten Bushelfern und sogar dem Scheißdirektor ausdrücklich mitgeteilt hat, dass er unter gar keinen Umständen auch nur in die Nähe der verdammten Schule kommen darf. Diese Idioten. Ich hatte sogar eine einstweilige Verfügung.« Rita hält inne, um sich wieder in den Griff zu bekommen. »Und er ist fast einen Monat lang mit dir verschwunden.«

»Was? Einfach so?«

»Ja, du bist einfach von der Bildfläche verschwunden. Ich dachte, ich verliere den Verstand. Er hat dich entführt, Jeremy. Ist in die Schule gekommen, als gehöre ihm der Laden, und hat dich mitgenommen, als dürfe er dich mitnehmen. Du warst in den Nachrichten. Du warst auf einem verfluchten Milchkarton.«

»Was?«

»Du warst wochenlang weg. Und ich bin wirklich durchgedreht. Ich habe nicht mehr geschlafen und nichts mehr gegessen. Und als du zu mir zurückgekommen bist, da hattest du ein T-Shirt an mit dem Aufdruck #1 Kid, und auf dem Rücken hattest du eine Schnittverletzung, von der du sagtest, du hättest sie bekommen, als du versucht hast zu fliegen.« Rita bekam feuchte Augen. »Weißt du das nicht mehr?«

»Nein, ich erinnere mich überhaupt nicht mehr an all das.«

»Tja, ich werd's jedenfalls nie vergessen. Anscheinend hast du in Motels in ganz Südkalifornien gelebt. Da hat man dich gefunden – in einem Motelzimmer. Die Cops sagten, der Boden sei mit Fast-Food-Verpackungen übersät gewesen, und dieser Dreckskerl lag auf dem Bett und hat ferngesehen, hat dich überhaupt nicht beachtet. Deshalb denke ich, das wird es wohl gewesen sein, du hast den Geruch dieses Motelzimmers wahrgenommen und hast dich erinnert, auch wenn du glaubst, das wär nicht so. Ich gehe jede Wette ein, dass es so gewesen ist. Du hast mir gesagt –« Sie hält sich einen Augenblick lang die Hände vor den Mund, um sich wieder in den Griff zu bekommen. »Du hast mir erzählt, du hättest jeden Abend gebetet, ich würde kommen und dich finden und mit zurück nach Hause nehmen, weil du deinen Goldfisch vermisst hättest.«

»Mr. Chips«, sagt Jeremy.

»Du erinnerst dich an den verfluchten Mr. Chips, aber du erinnerst dich nicht, entführt worden zu sein.«

»Schätze nicht, nein«, antwortet Jeremy. Er fragt sich, ob er vielleicht einfach ein besonderes Talent dafür hätte, Dinge zu verdrängen. Es wäre doch nett, denkt er, wenn ich wenigstens dieses eine Mal etwas über mich herausfinde, das ich in einen Lebenslauf schreiben könnte. Stattdessen kommt nur ein beschissenes verrücktes Ding nach dem anderen.

»Tja«, sagt Rita, »auf eine Art ist das ein Segen.«

»Was haben wir denn die ganze Zeit gemacht?«

»Das habe ich nie erfahren.« Rita reibt sich die Augen. »Wilkins hat nie jemandem was erzählt. Und du warst zu klein, um etwas zu erklären. Aber ich glaube nicht, dass ihr überhaupt irgendwas gemacht habt. Er wusste nicht, was er tat. Es ist ja nicht so, dass er einen Plan gehabt hätte oder so. Er hätte dir nichts angetan, zumindest nicht vorsätzlich. Er hatte seine Tabletten abgesetzt. Den Cops sagte er, er wolle dich allein großziehen. In einem Motelzimmer. Weil er niemand anderem zutraute, wirklich gut für dich zu sorgen. Und er hat gesagt, die CIA wäre dir ständig auf den Fersen, weil du das Ergebnis eines Experiments warst, das außer Kontrolle geraten war. Das war dann der Punkt, an dem sie ihn wieder einsperrten. Und seitdem ist er dort.«

»Ich wurde entführt?«, sagt Jeremy. Das ist ein Merkmal, das so elementar ist wie ein Tattoo, von dem er nichts gewusst hat, oder so, als wäre er in Wahrheit Armenier. Er probiert dieses neue Bild von sich an, um zu sehen, ob es passt, das Bild eines Entführungsopfers. Es passt nicht.

»Ja«, sagt Rita. »Und ich hatte das Gefühl, ich hätte nur einmal geblinzelt, und schon warst du in der Army. Und die ganze Zeit, die du dort drüben warst, habe ich mich genau so gefühlt wie damals, als du verschwunden warst. So als hätte man dich mir entrissen.« Sie legt eine Hand auf seinen Arm, und ausnahmsweise schüttelt er sie nicht ab. »Pass auf, dass du wegen diesem Mädchen keine Schwierigkeiten bekommst. Ich könnte es nicht ertragen, wenn dir wegen ihr irgendetwas zustoßen würde. Du hast auch so schon mehr als genug mitgemacht.«

»Wie kommst du darauf, dass mir was zustoßen könnte?«

»Du könntest verhaftet werden. Du könntest ins Gefängnis wandern.«

»Mein Gott, Mutter, sie ist siebzehn, nicht zwölf. Und ich sage dir immer wieder, es ist nichts passiert. Du reagierst über«, sagt er, steht langsam wie ein alter Mann auf und humpelt in Richtung Toilette.

»Jeremy«, sagt Rita.

»Was?«

»Ich möchte, dass du weiter zu dieser Therapeutin gehst. Zu dieser Lola. Sie hat dir gut getan. Ich hatte den Eindruck, als würde sie dir wirklich helfen.«

»Ich kann nicht. Sie nimmt keine Kassenpatienten mehr.«

»Ich werd's bezahlen«, sagt Rita.

»Wovon denn? Mit den Tüten voller Geld, die du aus dem Coffee Mug mit nach Hause bringst?«

»Ich habe ein wenig Geld zurückgelegt«, antwortet Rita. »Das macht mir nichts aus. Wofür soll ich's denn sonst ausgeben? Haute Couture vielleicht? Ich bin nicht Jeanie Rae.«

Jeremy verharrt zwischen Küche und Esszimmer, lehnt sich an den Türrahmen. Er kann sie in diesem Augenblick nicht ansehen. Seine Mutter liebt ihn so sehr, dass er sich unwohl fühlt.

»Nein, Mom«, sagt er. »Heb's lieber für etwas Wichtiges auf.«

»Aber sie hat gesagt, wenn du dich nur daran erinnern könntest, was passiert ist –«

»Ich will mich nicht erinnern. Ich will nur, dass diese Attacken endlich aufhören.«

»Aber wenn sie so verschwinden –«

»Nein«, sagt Jeremy. »Ich werde mich ganz allein erinnern.«

Er duscht, zieht sich an. Unter dem Wasserstrahl denkt er über Elizabeta, über Rita, über sich selbst auf der Rückseite eines Milchkartons nach, und ein Plan nimmt in ihm Gestalt an. Er findet Al in der Garage.

»Ich brauche den Wagen«, sagt er.

»Bringst du den Müll hier raus?«, fragt Al und deutet mit dem Kinn auf den überquellenden Mülleimer.

»Abholtag ist morgen. Wenn ich ihn heute Abend rausstelle, werden sich nur die Kojoten darüber hermachen.«

»Kipp etwas Benzin dazu«, grunzt Al, der in irgendetwas auf seiner Werkbank vertieft ist. »Ich bin kein Millionär.«

Auf die gleiche unbestimmte Art, wie er immer Gerüchte darüber gehört hat, dass Gott im Himmel lebt, hat Jeremy immer gewusst, dass sein Vater an einem Ort lebt, der mindestens genauso abstrakt und unbeschreiblich ist – ein Ort namens LaFingous Institute, auch bekannt als die Klapsmühle, wo er den Großteil der letzten zwanzig Jahre eingesperrt war. Jeremy ist noch nie dort gewesen, daher benutzt er nun zum ersten Mal Als Navi, macht zuerst das Institute auf der Karte ausfindig und lässt dann die beste Route in die Außenbezirke von Bakersfield errechnen, etwas länger als eine Stunde Fahrt. Dass es so nah ist, kommt Jeremy irgendwie komisch vor; er hat die Entfernung zwischen sich und seinem Vater immer für unüberwindbar gehalten. Die echte Geografie entspricht nicht seinem inneren Gefühl für Topografie, nach dem Wilkins sich nicht an einem konkreten Ort, sondern in einer komplett anderen Dimension befindet, die nicht zugänglich ist für diejenigen, die sich als normal definieren.

In Wirklichkeit lebt Wilkins in einem Gebäudekomplex von beruhigend wirkender Bauweise, die überzeugend suggeriert, dass am Ende schon alles wieder gut wird, dazu eine klimafreundliche Landschaftsgestaltung, die andeutet, dass keines der Probleme des Lebens wirklich so bedeutend ist, und sorgfältig platzierte Gartenmöbel vermitteln den Eindruck, als kümmere sich ein Orden wohlmeinender Lichtgestalten mit Masterabschluss in Feng-Shui um die Patienten.

Selbst der Parkplatz ist friedlich. Statt einer einzigen riesigen Asphaltfläche ist er aufgeteilt in emotional beherrschbare Parzellen von jeweils vielleicht zwanzig Autos. Dafür ist Jeremy dankbar: Große Parkplätze sind für ihn ein erheblicher Angstfaktor und haben in der Vergangenheit verschiedentlich Panikattacken bei ihm ausgelöst. Warum das so ist, weiß er nicht. Lola Linker vermutet, es hat etwas mit dem Tag zu tun, der aus seiner Erinnerung getilgt ist. Sie war sogar so weit gegangen, eine Abschrift des Berichtes über die Explosion anzufordern, bei der Jeremy verwundet wurde, doch die Army lehnte den Antrag ab, da sie Sicherheitserwägungen Vorrang über die seelische Gesundheit ihres Patienten gaben. Was schon okay ist: Jeremy glaubt nicht, dass er es ertragen könnte, in dem leidenschaftslosen Ton militärischer Berichte darüber zu lesen, was ihm und den anderen widerfahren ist. Außerdem weiß er bereits, wie diese Geschichte ausgeht.

Es gibt einen Empfangsbereich, wo Jeremy seinen Namen nennt, und weil er unangemeldet kommt, muss er sich dann mit niemand Geringerem als dem Chef der Einrichtung, einem gewissen Dr. Irgendwem, unterhalten, der einen widerborstigen Oberlippenbart trägt, welcher ihm eine gewisse Ähnlichkeit mit Groucho Marx verleiht. Dr. Groucho scheint sich sehr dafür zu interessieren, wer zum Teufel er ist, und dann, nachdem das geklärt ist, was er hier will. Nachdem Jeremy diese Frage so präzise beantwortet hat, wie es der Doktor wünscht, aber dennoch so allgemein, wie er kann, da er selbst sich immer noch nicht sicher ist, geht das Gespräch über in eine endlose Aufzählung von Verhaltensweisen, die hier – natürlich ganz sanft – missbilligt werden beziehungsweise erwünscht sind, als würde das Personal lautlos applaudierend dabeistehen, wenn er seine Sache gut machte. Vorwürfe, Schuldzuweisungen, bohrende Fragen und alles, was auch nur entfernt konfliktbehaftet wirken könnte, lässt man am besten am Eingang zurück, so erläutert der Arzt. Was die Patienten am meisten schätzen, ist, wenn man ihnen das Gefühl vermittelt dazuzugehören, geliebt zu werden, dass sie sich für ihren Zustand nicht zu schämen brauchen. Jeremy erklärt sich bereitwillig mit allem einverstanden und wünscht sich inzwischen, er hätte jemanden wie den Doktor, der in seinem eigenen Leben für ihn die Hindernisse aus dem Weg räumt. Nachdem er eine Erklärung für was auch immer unterzeichnet hat, mit der er vermutlich den Direktor der Klapsmühle von jeder Verantwortung entbindet für den Fall, dass der Patient ihm einen Löffel ins Auge rammt, wird er in einen Besuchsraum geführt, wo er sich neben einen Blumenstrauß setzt, der eher in ein Beerdigungsinstitut gepasst hätte, und wartet.

Drei oder vier Minuten später wird Wilkins von einer Pflegerin mittleren Alters hereingeführt, die ihn zu einem Stuhl begleitet und dann in der Nähe der Tür bleibt. Jeremy ist nicht sicher, was er erwartet hat, jedenfalls nicht diese vollkommene Emotionslosigkeit, die er jetzt empfindet, als er seinen Vater nach all der Zeit wiedersieht. Andererseits ist er sich bewusst, dass es in den letzten fünf Jahren viele Augenblicke gegeben hat, an denen er etwas hätte empfinden sollen und doch nichts gespürt hat. Und viele Momente, wo es genau andersherum war.

Wilkins hat stark abgenommen, seit Jeremy ihn das letzte Mal gesehen hat, was, sofern er sich nicht verrechnet hat, vor etwa vierzehn Jahren war. Er wirkt so zart wie eine Rauchsäule und trägt heute einen gepflegten Kinnbart. Das Haar ist zu einem ordentlichen Pferdeschwanz zurückgebunden, kürzer als Jeremy es in Erinnerung hat, wodurch seine vorstehenden Augen betont werden. Er sieht viel älter aus als einundfünfzig. Er trägt einen viktorianisch anmutenden Bademantel mit tiefen, ausgebeulten Taschen, die unter dem Gewicht ihres Inhalts durchhängen.

Wilkins nickt Jeremy höflich zu, als warteten sie bloß auf denselben Zahnarzt, dann packt er den Inhalt seiner Taschen auf den Tisch neben seinem Stuhl: einen Block, eine Reihe von Stiften, ein hellviolettes Kristall, eine Digitalkamera, eine Kerze und schließlich – und zwangsläufig, wie Jeremy meint – einen Kerzenhalter. Wilkins platziert die Kerze im Kerzenhalter, dann dreht er sich um und sieht erwartungsvoll über seine Schulter. Die Pflegerin kommt, zieht ein Feuerzeug hervor und zündet sie für ihn an. Dann kehrt sie zur Tür zurück, wo sie einen Dimmer berührt und das Licht auf das Level eines Vier-Sterne-Menüs dämpft.

»Ich hoffe, es stört dich nicht«, sagt Wilkins. »Wenn das Licht zu hell ist, kann es eine Panikattacke auslösen.«

Oh super, denkt Jeremy. Das bin ich aus der Zukunft.

»Kein Problem«, sagt er. »Wie geht's denn so ... Wilk- äh, Da- äh, Wilkins?«

»Gut«, antwortet Wilkins. Er räuspert sich. »Jeremy. Sohn. Mein Sohn. Frucht meiner Lenden. Teil meiner Familie, Erbe der Stammesführung. Bevor wir anfangen, möchte ich dir gern eine Frage stellen. Bist du bei Facebook?« Er hebt die Kamera und macht ein Foto von Jeremy, dann legt er die Kamera beiseite und nimmt stattdessen Stift und Block zur Hand und wartet. Als Jeremy nicht sofort antwortet, hauptsächlich weil er bereits völlig baff ist, zieht Wilkins die Augenbrauen hoch. »Es handelt sich hier um ein künstlerisches Projekt«, erklärt er. »Ich bin Konzeptkünstler. Weißt du, was das ist?«

»Du ... machst Fotos von Menschen.«

»Ich stelle Paradigmen infrage. Ich erschaffe neue Räume innerhalb bestehender Wahrnehmungssysteme. Außerdem zerschmettere ich Konventionen.«

»Oh«, macht Jeremy. »Du zerschmetterst Konventionen. Wie zum Beispiel ... die Elks Lodge?«

»Wie zum Beispiel gesellschaftliche Konventionen.«

»Oh. Kapiert.«

»Du siehst genauso aus wie deine Mutter«, sagt Wilkins.

»Wirklich? Dann bin ich also Teil deines Projekts?«

»Nur mit deiner Zustimmung. Bei dieser speziellen Arbeit schieße ich ein Foto vom Gesicht der Menschen exakt in dem Augenblick, in dem ich Facebook sage. Dann lasse ich mir das vom Personal hier ausdrucken und klebe es in ein Buch. Kapiert? Es ist ein Buch der Gesichter über Facebook.«

»Oh ... ja, ich verstehe.«

»Worte verändern die Gesichter der Menschen, verstehst du? Das ist eine Beobachtung, die ich gemacht habe. Republikanisch. Lunar. Fruchtwasser. Ich sage diese Dinge, und sie erscheinen in deinen Gesichtszügen, oder besser gesagt, ihre Rückstände erscheinen. Es ist wie eine Diashow. Wirklich ziemlich erstaunlich. Unter dein Bild werde ich das schreiben, was du sagst, als Beschriftung quasi. Und? Biste bei Facebook?«

»Ja, ich bin bei Facebook«, antwortet Jeremy. »Obwohl ich nicht sehr oft auf die Seite gehe.«

Wilkins macht sich Notizen. Dann klappt er sein Notizbuch zufrieden zu. »Alle sagen immer das Gleiche: Sie haben einen Facebook-Account, aber sie nutzen ihn kaum. Aber ich vermute, man ist nicht völlig ehrlich zu mir. Ich denke, Facebook ist den Menschen ein kleines bisschen peinlich. Stimmst du mir zu?«

»Da könntest du durchaus recht haben«, sagt Jeremy.

»Eine sehr diplomatische Antwort. Ich vermute, sie haben dir wahrscheinlich erklärt, dass du mich nicht aufregen sollst. Das sagen sie jedem. Du hast keine Sonderbehandlung bekommen.«

»Dachte ich mir schon«, erwidert Jeremy. »Aber ich bin auch nicht hergekommen, um dich aufzuregen.«

Wilkins zuckt die Achseln. »Ich reg mich nicht mehr so schnell auf wie früher. Um ehrlich zu sein, und ich habe gehofft, eines Tages die Gelegenheit zu bekommen, es dir zu sagen, bedaure ich eine ganze Menge von dem, was ich früher gemacht habe. Ich habe keine Entschuldigung dafür, außer dass ich zu viele Drogen genommen habe, als ich noch jünger war. Ich habe schrecklich viel LSD genommen. Viel, viel, viel zu viel. Daher kommen die meisten meiner Probleme. Um es mal umgangssprachlich auszudrücken: Ich hab mir das Hirn weggebrutzelt.«

»Das tut mir leid.«

»Muss es nicht. Ich habe meine Grenzen ausgetestet, habe die Randbereiche meiner ganz eigenen Kosmologie erforscht. Ich war mein eigenes Konzeptkunstwerk. Aber ich bin leider von dem Podest gefallen, auf das ich mich selbst gestellt hatte, und bin dann auf dem Boden zerbrochen. In eine Million Teile zersplittert. Du bist übrigens gezeugt worden, als ich gerade auf einem Trip war. Wusstest du das?«

»Nein«, sagt Jeremy und stellt sich ein psychedelisches Spermium vor, das Ritas Ei mit mega-krassen Sprüchen verführt. »Das wusste ich nicht.«

»Nein, ich wüsste auch nicht, woher. Ich muss mich nochmals entschuldigen. Ich war damals ein unglaublich zügelloser Mensch. Aber das wirst du inzwischen wahrscheinlich selbst herausbekommen haben.«

Jeremy hat keinen Schimmer, was er darauf antworten soll,

denn eine Bestätigung könnte die Bedingungen des Friedlichbleibens verletzen, unter denen er überhaupt hier sein darf, also nickt er nur.

»In Wirklichkeit ist auch meine Anwesenheit hier nur eine Form der Zügellosigkeit«, fährt Wilkins fort. »Ich bin hier zwangseingewiesen, allerdings freiwillig. Ich denke, deine Mutter wird das lustig finden, auf eine makabre Weise, denn sie hat früher immer zu mir gesagt, ich hätte ein Problem mit Verpflichtungen. Tja... jetzt nicht mehr.« Er breitet die Arme weit aus und lächelt. »Egal. Ich habe dich lange nicht gesehen, und um ehrlich zu sein, ich hätte nie damit gerechnet, dich überhaupt noch mal zu sehen. Ich schaffe es nicht rauszugehen, und ich hab einfach angenommen, du würdest nicht hierherkommen wollen, also ist das jetzt wirklich eine sehr angenehme Überraschung.«

»Du klingst völlig normal«, sagt Jeremy, bevor er sich bremsen kann. Er rechnet schon halb damit, dass die Pflegerin ihn wegen dieser Übertretung sofort aus dem Raum bringt, aber sie reagiert nicht.

Wilkins lächelt wieder. »Hier drinnen bin ich das auch. Aber wenn ich rausginge, wäre ich's nicht mehr. Ich habe diese Einrichtung seit gut zwanzig Jahren nicht verlassen, mal abgesehen von diesem einen ziemlich misslungenen Versuch, als ich mich selbst entlassen habe und zur Feier deines elften Geburtstags gegangen bin. Aber du warst noch ein ziemlich kleiner Kerl, als ich weggegangen bin. Wäre ich nicht zu deiner Party gekommen, würdest du dich sicher nicht mal mehr an mich erinnern. Es war bestimmt schwer für dich, ohne Vater aufzuwachsen.«

Jeremy erinnert sich klar und deutlich an diese Geburtstagsparty. Misslungen ist eine sehr freundliche Umschreibung. Wilkins war aus heiterem Himmel und uneingeladen aufgekreuzt, seine Anwesenheit hatte alle fertiggemacht – vor allem Rita. Sein Geburtstagsgeschenk für Jeremy war ein Stein gewesen. Kein besonders hübscher oder interessanter Stein, einfach nur ein Stein, wie man ihn überall finden konnte, aber allem Anschein nach hatte er für Wilkins irgendeine symbolische Bedeutung. Er hatte mehrere Minuten lang versucht, sie Jeremy zu erklären, allerdings ohne Erfolg. Dann hatte er sich in ein Bettlaken gehüllt und den weiteren Nachmittag in einer Ecke verbracht, von wo aus er die übrigen Partygäste finster anfunkelte, alles Jungs, die pausenlos Süßkram in sich reinstopften, daher völlig außer Rand und Band gerieten und ein Höllenspektakel veranstalteten. Als sie gefragt hatten, wer Wilkins war, hatte Jeremy so getan, als wüsste er es nicht. Der absolute Höhepunkt der Party war, als die Polizei kam. Wie sich herausstellte, hatte Al sie gerufen, und sie führten den schluchzenden Wilkins ab. Der daraus resultierende Imagegewinn für Jeremy war gewaltig, denn kein anderer hatte schon mal eine Geburtstagsparty mit Polizeieinsatz gehabt.

»Schon okay«, sagt Jeremy. »Hat sowieso kaum noch jemand einen Vater.«

»Traurig, aber wahr. Bist du nicht sauer?«

»Ich schätze, wahrscheinlich wäre ich's, wenn nicht so viel andere Schei- äh, Sachen passiert wären ... Tja, alles ist relativ, weißt du?«

»Dann bist du nicht hier, um mich zur Rede zu stellen?«

»Dich zur Rede stellen? Nein. Warum sollte ich so was tun?«

»Du weißt schon. Sohn beschuldigt Vater, ein schlechter Vater zu sein. Nie anwesend, ausfällig, egozentrisch. All dessen bekenne ich mich schuldig. Vater bereut, bittet um Vergebung. Vater und Sohn umarmen sich. Emotionale Geigenmusik als Soundtrack. Das Publikum schnieft und geht mit einem Gefühl der Erlösung nach Hause.«

Vielleicht hat Jeremy in einem anderen vergessenen Abschnitt seines Lebens solche Gedanken gehegt. Vielleicht gab es mal eine Zeit, in der er wütend auf seinen Vater war, weil er kein Vater war. Doch all das liegt so weit zurück, dass er sich nicht einmal mehr daran erinnert. Es hat alles schon vor langer Zeit aufgehört, eine Rolle zu spielen.

»Nein, wegen so etwas bin ich nicht hier«, sagt Jeremy.

»Erinnerst du dich gut an mich?«, fragt Wilkins.

»Nein, da ist nicht viel. Hier und da ein paar Dinge.« Tatsächlich kommen ihm mehrere Bilder in den Sinn, aber er kann nicht sagen, ob er sich wirklich an sie erinnert oder ob er sie aus dem Album mit Schnappschüssen hat, das er mal unter dem Bett seiner Mutter entdeckt hat und das er sich über einen Zeitraum von drei oder vier Jahren viele Male ansah, bis sie bemerkte, dass er es gefunden hatte, und es daraufhin woanders versteckte. In anderen Familien versteckte man Pornos oder Drogen; in seiner versteckte man Erinnerungen. »Ich erinnere mich an etwas mit einem Motel«, fährt er fort und fragt sich dabei, ob er das Gespräch in die richtige Richtung lenkt.

»Wirklich? Ein Motel?«

»Ja. Also, ich habe nicht wirklich eine klare Erinnerung daran. Aber gestern ist etwas passiert, das mich irgendwie an etwas erinnert hat, aber ich könnte nicht genau sagen, was es ist. Und Mom hat mir erzählt, dass du und ich eine Zeit lang in einem Motel gelebt haben, als ich noch klein war.«

»Und da bist du hergekommen, weil du mich fragen willst, warum«, sagt Wilkins. Er entspannt sich auf seinem Stuhl und nickt. »Eine absolut berechtigte Frage.«

»Hast du mich wirklich entführt?«

»Ach ... nun, Worte«, sagt Wilkins und lacht hilflos. »Entführung. Befreiung. Ist es wirklich wichtig, wie ich es nenne?

Das Gesetz hat eine Entscheidung getroffen, daher vermute ich, sie haben hier die Deutungshoheit. Sie sagen, ich hätte dich entführt, und ich war offensichtlich völlig weggetreten, daher vermute ich, genau das habe ich wohl getan. Aber ich habe es nicht als Entführung gesehen, denn du bist mein Sohn, und ich habe versucht, dich zu retten. Kidnapper, weißt du, die stehen normalerweise auf Lösegeld oder Enthauptungen, oder was für 'ne kranke Scheiße auch immer in deren Kopf rumspukt. Dir wehzutun ist so ziemlich das Allerletzte, was ich je wollte, Jeremy. Tatsächlich habe ich nur versucht, dich zu beschützen.«

»Vor ...«

»Vor der Familie deiner Mutter«, erklärt Wilkins. »Ich muss dich vorab um Entschuldigung bitten. Ich bin ziemlich sicher, dass diese Unterhaltung eine Panikattacke auslösen wird. Wir haben wahrscheinlich etwa zwei Minuten, bevor es losgeht. Ich werde versuchen, mich so lange wie nur möglich zusammenzureißen, aber dann werde ich gehen müssen.«

Das hat die Pflegerin definitiv gehört. Sie reckt die Schultern und hebt das Kinn, bereit für alles, was da kommen mag.

»Tut mir leid«, sagt Jeremy. »Ich bekomme auch welche. Manchmal. Panikattacken. Deshalb weiß ich genau, wie du dich fühlst.«

»Echt?« Wilkins scheint interessiert. »Wie fühlen sie sich an?«

»Keine Ahnung. Sie sind so ... also, sie fangen immer mit diesem komischen Gefühl an, so wie ›Ich glaub's einfach nicht, dass mir das jetzt passiert.‹ Manchmal weiß ich nicht mal, was sie auslöst. Urplötzlich fühle ich mich, als wäre ich –«

»In der dritten Person?«, unterbricht Wilkins.

Jeremy nickt. »Ja. So ungefähr. Als würde ich das Ganze beobachten. Diese merkwürdige Distanziertheit. Als wäre ich –«

»Abgetrieben worden? Sozusagen?«, sagt Wilkins. »Aus deinem Körper gerissen?«

Jeremy nickt wieder. »Ja.«

»Ja«, sagt Wilkins. »So ist es bei mir auch.«

»Wow. Und bekommst du dann auch so ein ganz heißes Gesicht?«

»Heißer als 'ne Herdplatte«, meint Wilkins. »Und Hyperventilation. Kriegst du das auch?«

»Oh ja. Und manchmal kriege ich auch diese Kopfschmerzen. Ziemlich übel, als ob ... mein Gehirn in zwei Teile geschnitten wird oder so.«

Wilkins runzelt die Stirn. »Kopfschmerzen?«

»Aber das Allerschlimmste«, fährt Jeremy fort, der jetzt von einem seltsamen Kameradschaftsgeist ergriffen wird, »ist ja, dass ich nie weiß, was sie auslösen wird. Also, manchmal sind es laute Geräusche oder schlimme Gedanken. Und dann ist es wieder was total Willkürliches. Ich schaff's sogar, mich selbst in eine reinzudenken. Vor einer ganzen Weile haben sie dann aufgehört. Aber jetzt kommen sie zurück. Erst gestern hatte ich eine ziemlich üble.«

»Warum?«

»Ich habe etwas Ärger auf der Arbeit.« Plötzlich verspürt er das Bedürfnis, es zu bagatellisieren. »Nichts Großes. Ich komme schon damit klar.«

»Was machst du denn beruflich?«

»Ich bin Lehrer.«

»Ah, ein Lehrer. Sehr schön.« Wilkins nickt. »College?«

»Highschool.«

»Interessant. Mein Vater war auch Highschoollehrer. Du

hast ihn nie kennengelernt, auch meine Mutter nicht. Beide sind gestorben, als ich noch ziemlich jung war.«

»Ich glaube, ich erinnere mich, dass Mom mal so was erzählt hat.«

»Ja, deine Mutter hat alle möglichen Theorien, warum ich verrückt bin. Das war eine ihrer Lieblingstheorien – weil ich Waise bin. Vielleicht hat sie recht. Ich war gerade mal vierzehn. Beide hatten Krebs, und beide sind innerhalb desselben Jahres gestorben. Ich könnte mir vorstellen, das wirft die meisten Leute aus der Bahn. Ich wurde damals zu meinem Onkel nach San Francisco geschickt. Da lebte ich immer noch, als ich deine Mutter kennenlernte.« Wilkins nimmt ein Päckchen Zigaretten aus seinem Bademantel und steckt sich eine an der Kerze an. »Kippe?«

»Hab aufgehört, als ich aus der Army entlassen wurde«, sagt Jeremy.

»Ja, hab gehört, dass du in der Army warst. Und du warst in Afghanistan.«

»Ja. Woher weißt du das alles?«

»Alle paar Jahre kommuniziere ich mit deiner Mutter, obwohl ich sicher bin, dass sie dir nie davon erzählt hat. Weißt du, dein Gesichtsausdruck hat sich gerade vollkommen verändert, als ich das Wort Afghanistan sagte«, sagt Wilkins.

Darauf antwortet Jeremy nichts. Wilkins beugt sich vor.

»Jeremy«, sagt er. »Der Grund, warum ich dich entführt habe, oder dich gerettet habe, was auch immer, ist, dass ich wusste, wenn ich es nicht täte oder wenn es mir nicht gelänge, dich zu beschützen, dann würdest du beim Militär landen. Und weißt du was? Ich habe versagt, und ich hatte recht.«

Jeremy beugt sich vor. »Was? Woher wusstest du das?« Hat eigentlich jeder außer ihm übersinnliche Fähigkeiten?

»Ganz einfach. Wegen Al, diesem Arschloch.«

»Was meinst du damit?«

»Nachdem deine Mom und ich uns getrennt hatten, du warst damals noch ziemlich klein und sie war wieder zurück nach Hause gezogen, hat er dich großgezogen, als wärest du sein eigener Sohn. Und ich wusste, wie das ausgehen würde. Al und seine Hurra-Streitlust. Al und seine unglaubliche Vernageltheit. Seine dumme, pro-amerikanische, scheiß-auf-die-anderen-, tötet-sie-alle-der-Herr-wird-die-Seinen-schon-erkennen-Einstellung. Ich hatte Angst, dass du dich zu genau so einem blöden Redneck entwickelst, wie er selbst einer ist, wenn er dich erst mal in die Finger bekommt.«

»Tja... Al ist kein Redneck«, wendet Jeremy ein und denkt dabei an Pick-ups fahrende Inzuchttypen, die bei Partys ganze Schweine am Spieß grillen und sich dabei hirnverbrannte Autorennen in der Glotze reinziehen. »Also, im eigentlichen Sinn, meine ich.«

»Im übertragenen Sinn ist sein Nacken aber mindestens so rot wie der Mars«, sagt Wilkins, lehnt sich zurück und klopft seine Asche auf den Sockel des Kerzenleuchters. »Mars, der Gott des Krieges. Mars ist Als persönliche Gottheit. Er hat leidenschaftlich an den Vietnamkrieg geglaubt. Jeder Krieg, in den Amerika verwickelt war, war per definitionem schon ein guter Krieg. Und genau davor wollte ich dich retten. Er hat mich vom ersten Augenblick an gehasst, als er mich sah, weil ich lange Haare hatte. Was für ein Kriterium ist das denn, um einen anderen Menschen zu beurteilen? Das ergibt doch keinen Sinn. Aber für ihn war ich eine Bedrohung. Ich bedrohte alles, woran er glaubte, jeden zusammengeschusterten Glaubenssatz dieser Farce von Männlichkeit, die er aus tiefstem Herzen liebt. Okay, ich geb's zu, ich hab meine Fehler. Aber ein Mörder zu sein gehört mit Sicherheit nicht dazu.«

Jeremy senkt den Blick. Er hört Wilkins atmen.

»Wie ist es dir dort drüben ergangen?«, fragt Wilkins.

Jeremy zuckt die Achseln. »Ganz okay, schätze ich. Nicht toll. Nicht schlimmer als allen anderen.«

»Warst du im Kampfeinsatz?«

Ich bin ein verschissener Mörder, ja, ein Irrer mit einer Kanone.

»Ja«, sagt Jeremy.

»Tut mir leid. Ich wollte keine schlechten Erinnerungen wecken. Ich bin sicher, dein Päckchen ist auch so schon schwer genug. Bist du verwundet worden? Hab ich gehört. Du hast mir sehr leidgetan, als ich das hörte. Ich bete nicht, aber an dem Tag habe ich gebetet. Menschlicher Instinkt.«

Jeremy nickt.

»Wie ist es passiert?«

»Ich weiß nicht mehr«, sagt Jeremy. »Ich meine, irgendwie weiß ich's schon durch das, was man mir später erzählt hat. Eine Bombe ist unmittelbar neben unserem Hummer hochgegangen. Es war einer der alten – von unten keine Panzerung. Wir hätten nicht damit fahren dürfen. Aber ich kann mich nicht mehr daran erinnern. Mir fehlt ein großer Teil meiner Erinnerungen. An diesen Tag und den Tag davor. Die sagen, das hätte die Detonation ausgelöst. Ich weiß nur, im einen Augenblick kümmere ich mich um meine Aufgaben, und im nächsten wache ich in einem Krankenhaus in Deutschland auf. Ich lag eine ganze Weile im Koma. Die sagten mir, ich würde nie mehr gehen können. Aber dann bin ich operiert worden, und sie haben meine Wirbelsäule wieder zusammengeflickt. Ich schätze, ich hatte einfach Glück.«

»Das ist ja schrecklich. Weißt du, Jeremy, das ist es, was ich wirklich bedaure. Ich bedaure, dass ich dir ein so schlechter Vater war. Wenn ich nicht so durchgeknallt gewesen wäre, wäre mir auch ein richtiger Plan eingefallen. Ich wäre nicht so dumm gewesen zu glauben, du wärest schon in Sicherheit, wenn ich dich denen einfach wegnehme. Kinder brauchen klare Strukturen. Sie brauchen Menschen, auf die sie sich verlassen können. Ich hätte die Geistesgegenwart besitzen müssen, irgendwo anders neu anzufangen, unsere Namen ändern, mir einen Job suchen und ein neues Leben anfangen müssen, damit du nicht geglaubt hättest, die Army sei eine realistische Option. Dann wäre dir das nämlich nie zugestoßen. Dafür gebe ich mir allein die Verantwortung.«

»Für mich war's die beste Wahl.«

»Die Army ist nie die beste Wahl«, sagt Wilkins. »Es ist die denkbar schlechteste Wahl, die es gibt. Du bist ein Tagelöhner in einer Firma, deren Geschäft der Tod ist. Die Army schützt die Interessen der wahnsinnigen Plutokratie, die dieses Land beherrscht. Sie besitzen das Geld, also legen sie auch die Regeln fest. Und sie unterziehen dich mit ihrem sogenannten Patriotismus einer Gehirnwäsche. Verarsch dich nicht selbst, indem du denkst, wir lebten in einer Demokratie.«

Wilkins fängt an, sich wie Rico anzuhören, denkt Jeremy. Rico hatte ebenfalls versucht, ihm die Army auszureden. Das hatte er bis gerade eben völlig vergessen.

»Warum bist du überhaupt hingegangen?«

»Keine Ahnung«, antwortet Jeremy. »Ich schätze, anfangs hab ich noch geglaubt, es wäre das Richtige. Ich wollte dem Land helfen. Und ich habe an das geglaubt, was wir dort tun. Wir haben wirklich den Menschen geholfen, weißt du, haben die Taliban vertrieben, damit normale Menschen dort leben konnten. Und die Army übernahm die Kosten fürs College. Ich hatte ja selbst kein Geld. Gute Jobs gab's auch keine. Ich dachte, es wäre ein Abenteuer.«

»Und? War's ein Abenteuer?«

»Ja, zu Anfang. Die Menschen waren erstaunlich. Sie waren

wirklich dankbar, und ich hatte ein echt gutes Gefühl dabei, ihnen helfen zu können. Aber nach einer Weile wurde es wie diese Campingfahrt in die Hölle. Unser Captain wurde getötet, und wir bekamen einen Ersatzmann. Und er war ... anders. Das war dann der Punkt, an dem es übel wurde. Ich habe versucht rauszukommen. Ich meine, es war der reinste Wahnsinn. Wir haben im Dreck gelebt. Wir hatten keine Duschen. Beschissenes Essen. Fast wäre uns die Munition ausgegangen. Es war, als hätte man uns dort abgesetzt und dann vergessen. Wenn jemand verletzt oder getötet wurde, tauchte ein Chopper auf und transportierte ihn ab. Das waren für mich immer die schlimmsten Momente«, sagt er und erinnert sich wieder an die dröhnende Stille im Kielwasser der Transportvögel, wie die Rotoren noch Stunden, nachdem sie längst weg waren, in seinem Kopf nachhallten, während er nichts zu tun hatte, als die Wände anzustarren und darauf zu warten, dass etwas passierte. Die ewigen Streitereien untereinander. Der auf- und abschreitende Woot, der sie dauernd angiftete und irrsinnige Tiraden vom Stapel ließ. Ich finde die Windelkopfnigger, und dann knall ich sie ab, weil's mir Spaß macht. So wird man, wenn man in einem Scheißvorposten stationiert ist. »Ich fing an durchzudrehen. Aber sie haben gesagt, sie würden mir alle Vergünstigungen streichen. Und mein neuer befehlshabender Offizier hat gedroht, mich umzulegen.«

»Hast du das gemeldet?«

»Willst du mich verarschen? Wem sollte ich das melden? Wir waren eine Million Meilen von irgendwo entfernt. Er war verrückt. Wir waren alle verrückt.«

»Kein Wunder«, sagt Wilkins. »Das passiert mit Menschen, wenn sie in eine unmenschliche Situation geworfen werden. Machst du eine Therapie?«

»Hab ich, eine Zeit lang.«

»Gut. Dann brauchst du keine Angst zu haben, dass du an einem Ort wie diesem hier enden wirst.«

»So schlimm scheint's hier aber gar nicht zu sein«, meint Jeremy.

»Ist es auch nicht. Das Personal ist freundlich und gut ausgebildet. Die anderen Menschen, die Patienten, die sind manchmal schwer zu ertragen. Aber eigentlich schaffe ich es, eine Menge Arbeit zu erledigen.«

»Was für eine Arbeit?«

»Ich lese, ich schreibe, ich denke«, sagt Wilkins. »Ich erschaffe Konzeptkunst. Ich leiste einen Beitrag zur Wirtschaft, indem ich Leuten wie Mrs. Slobodka hier einen Job verschaffe.« Mit einem Kopfnicken nach hinten deutet er auf die Frau neben der Tür. »Ich handle sogar mit Aktien. So finanziere ich meinen Aufenthalt hier. Du wirst sie erben. Sind ein paar ganz gute dabei. Du wirst zwar nicht reich sein, aber es wird helfen. Ich habe ein paar von Google gekauft, ein paar von Apple. Ich glaube an die Technologie, auch wenn ich sie selbst nicht benutzen darf. Aber das macht mir nichts. Nachrichten sind nicht gut für mich. Sehr stressig. Darf ich dich was fragen?«

»Klar.«

»Warum bist du heute hergekommen? War's nur, weil du mich nach dem Motel fragen wolltest?«

»Ich schätze, ich war einfach neugierig«, sagt Jeremy. »Nach allem, was Mom mir erzählt hat, wollte ich mehr wissen. Ich wollte einfach wissen, was du mit mir gemacht hast, nachdem du mich mitgenommen hattest. Wo wir waren.«

»Meistens haben wir vor der Glotze gehangen, während ich versucht habe, keinen Nervenzusammenbruch zu bekommen«, sagt Wilkins. »Ich hörte auf, meine Medikamente zu nehmen, was ein Fehler war. Auch ich brauche eine klare

Struktur, was mich dann vermutlich selbst zu so was wie einem Kind macht. Ich bin mit dir allerdings in einem Vergnügungspark gewesen.«

»Echt? In welchem denn?«

»Magic Mountain. Wir hatten eine Menge Spaß. In die größeren Attraktionen konnten wir natürlich nicht reingehen, dafür warst du zu klein. Nicht, dass ich es bedauert hätte. Da war eine Achterbahn, die hatte sechs Loopings. Die Panikattacken lassen grüßen. Du hast darum gebettelt, dass wir da mitfahren, aber wir sind bei den Attraktionen für kleine Kinder geblieben, was mir nur recht war. Ich hab dir Popcorn und Zuckerwatte gekauft. Wir haben uns prächtig amüsiert. Das war ein Tag, an dem ich das Gefühl hatte, wir wären ein ganz normales Vater-Sohn-Duo. Eigentlich war's der einzige Tag. Ich wünschte, wir hätten mehr solcher Tage zusammen gehabt.«

»Schätze, ich auch«, sagt Jeremy.

»Trinkt Al noch?«

»Nein. Er hat schon vor langer Zeit aufgehört.«

»Gott sei Dank. Der Mann hat mächtige Dämonen. Das Saufen hilft da nicht weiter. Wie geht's Helen?«

»Sie ist vor ein paar Wochen gestorben«, antwortet Jeremy.

»Wie schade. Ich hab sie immer gemocht. Sie hat mich nicht so besonders gemocht, aber sie war erheblich toleranter als Al. Woran ist sie gestorben?«

»Sie hat im Schlaf einfach aufgehört zu atmen. Sie sagen, es war Apnoe.«

»Mein Beileid«, sagt Wilkins. »Muss für Rita ziemlich hart gewesen sein. Hat sie je wieder geheiratet?«

»Nein.«

»Was macht sie denn heute so beruflich?«

»Sie arbeitet als Kellnerin im Coffee Mug«, erwidert Jeremy.

»Als Kellnerin? Immer noch? Mein Gott. Sie hätte zur Schule gehen sollen. Ich dachte immer, das würde sie tun. Die Frau hat einen brillanten Verstand, weißt du.«

»Hat sie das?« Jeremy hat noch nie gehört, dass seine Mutter so beschrieben wurde. Es war, als spräche Wilkins von einer anderen Person.

»Oh ja. Das war es, was mich ganz am Anfang an ihr so fasziniert hat. Sie ist eine hervorragende Analytikerin. Sie hätte in die Wirtschaft gehen sollen.«

»Und warum hat sie es nicht gemacht?«, fragt Jeremy.

Wilkins zuckt die Achseln. »Wahrscheinlich weil sie nie unterstützt und gefördert wurde. Ich hoffe, du bist mir nicht böse, dass ich das jetzt sage, Jeremy, aber du kommst aus einer ziemlich kaputten Familie. Und das hat sehr viel mit dem zu tun, wovor ich dich beschützen wollte: diese militärische Mentalität, von der ich gesprochen habe. Als Dämonen. Hat er mit dir je über den Krieg geredet?«

»Nie.«

»Zwei Veteranen leben unter einem Dach zusammen, und doch reden sie nie über die Ursache ihrer größten Schmerzen. Wie traurig.«

»Ja. Vermutlich.«

Wilkins seufzt. »Tja, war toll, dich zu sehen, Jeremy. Ich denke, wahrscheinlich sollte ich jetzt besser wieder auf mein Zimmer gehen. Ich bekomme nicht viele Anregungen hier, und diese Unterhaltung hat mir für lange Zeit genug Stoff zum Nachdenken gegeben. Ich übertreibe es gern. Ich sollte jetzt ein Nickerchen halten. Aber ich hoffe sehr, du kommst mich wieder besuchen. Du kannst jederzeit kommen, weißt du.«

»Okay«, sagt Jeremy. »Ich möchte nur...«

Wilkins wartet und betrachtet ihn aufmerksam über den

Rand seiner Bifokalbrille hinweg. »Ja, ich sehe, dass du noch etwas auf dem Herzen hast. Schieß los. Egal, was es ist. Frag mich.«

»Es ist nur – ich hab mich gefragt, ob du wohl jemals so was denkst wie ich. Zum Beispiel ... Was für ein Sinn hinter allem steckt. Wenn wir alle sowieso sterben werden, meine ich. Denkst du auch schon mal so was? Zum Beispiel, wir tun uns gegenseitig allen möglichen schrecklichen Scheiß an, und wenn man lebt, dann glaubt man, man wäre unsterblich, bis einem eines Tages klar wird, dass das nicht stimmt, und dass es auch einfach scheißegal ist. Hast du so was auch schon mal gedacht?«

Wilkins antwortet nicht. Er hört einfach zu, und deshalb fährt Jeremy fort.

»All diese Menschen, es sind Milliarden und Abermilliarden. Alle Menschen, die je gelebt haben. Die meisten von uns, verstehst du, werden einfach sterben, ohne jemals irgendwas wirklich Wichtiges getan zu haben, und niemand wird sich daran erinnern, dass wir überhaupt hier waren. Niemand. Und ich vermute, was ich mich frage, ist, warum nie mal jemand innehält, um über solche Dinge nachzudenken, bevor er oder sie irgendwas tut. Selbst wenn es so etwas Großes ist, wie einen Wolkenkratzer zu bauen oder ein neues Land zu gründen oder was weiß ich. Oder einen Krieg anzufangen. Oder auch nur in einem zu kämpfen«, sagt er und erkennt, dass er vielleicht erst jetzt auf das zu sprechen kommt, was er zu sagen versucht. »Man legt los und denkt, es gibt irgendeinen großen Sinn hinter allem, aber den gibt es nicht. Es ist einfach nur immer wieder ein und dasselbe. So viele Menschen werden verwundet und sterben, aber am Ende vergeht so viel Zeit, dass nicht mal mehr ihr Leiden noch irgendeine Rolle spielt. Es ist, als hätte es sie nie gegeben. Alles wird einfach ausgelöscht wie ...«

»Wie eine Sanddüne«, sagt Wilkins.

»Ja.«

»Ja. Ich habe über diese Dinge nachgedacht.«

»Und? Also ... wie lautet die Antwort?«

»Das kann ich dir wirklich nicht sagen«, sagt Wilkins. Er blickt zur Decke auf, als befänden sich dort oben die Worte, die er wählen muss. »Teils, weil ich nicht wirklich sicher bin, wie ich die Frage formulieren soll. Ich weiß, dass die Menschheit auf die Hilfe einiger weniger Menschen angewiesen ist, um insgesamt weiterzukommen. Einige ganz besondere Menschen, welche die Dinge so sehen wie du. Menschen, die die richtigen Fragen stellen. Auf jeden Menschen, der eine große Idee hat, kommen Millionen andere, die aufschreien werden, man ruiniere alles, man sei verrückt, man mache alles nur noch schlimmer. Also treten wir irgendwie auf der Stelle, bis schließlich eine Veränderung stattfindet, und plötzlich haben wir uns zwei, drei Zentimeter vorwärtsbewegt. In einem gewissen Sinn lautet die Antwort, du hast recht, nichts spielt eine Rolle, zumindest nicht über den Augenblick hinaus, in dem es stattfindet. Aber der Augenblick, der Moment ist alles. Nichts existiert außer dem Jetzt. Und du stellst die richtigen Fragen, Jeremy, denn wenn du so denkst, fängst du an, die Dinge in einem neuem Licht zu sehen, auf eine gewissenhafte Weise. Ich wünschte, ich könnte dir definitiv sagen, wie dein Schmerz zu lindern ist und wie du dich besser fühlen kannst. Aber ich kann dir nur so viel sagen, dass wir uns vorwärtsbewegen, Stück für Stück. Verzweifle noch nicht an der Menschheit, Jeremy. Menschen tun auch eine Menge ganz wundervoller Dinge.«

Mrs. Slobodka räuspert sich. Wilkins steht auf. Jeremy folgt seinem Beispiel, und dann streckt Wilkins eine Hand aus. Sie geben sich die Hand, die Hand seines Vaters ist wie ein knochiger Vogel. Wilkins verstaut seine Siebensachen wieder in seinen Taschen, bläst die Kerze aus, die er rauchend auf dem Tisch zurücklässt, und wendet sich zur Tür. Dann dreht er sich noch einmal um.

»Jeremy, interessierst du dich wirklich für das Streben nach Wahrheit?«

»Äh ... klar. Ich denk schon.«

»Wenn du Al das nächste Mal siehst, gibt es zwei Worte, die du zu ihm sagen solltest. My Lai.«

»Was? Du lügst?«

»Nein. Nicht das Englische ›me lie‹.« Wilkins zieht seinen Block noch einmal aus der Tasche und schreibt etwas darauf. Dann reißt er das Blatt ab und reicht es Jeremy. Der starrt es an. Auf dem Blatt steht gekritzelt: MY LAI.

»Frag ihn danach«, sagt Wilkins. »Das heißt, nur wenn du es wissen willst. Wenn nicht, dann tu's nicht. Du solltest dir nur darüber im Klaren sein, dass es eine Büchse der Pandora ist. Wenn es erst einmal heraus ist, kriegt man es nie wieder dahin zurück.«

»Was bedeutet es?«

»Sieh's nach. Es ist ein Ort in Vietnam. Ein Dorf. Er wird wissen, was es bedeutet. Sei nur darauf vorbereitet, dass es keine besonders angenehme Unterhaltung werden wird. Nicht annähernd so angenehm, wie diese es gewesen ist.« Er schlurft ein paar weitere Schritte auf Mrs. Slobodka zu, dreht sich dann erneut um. »Viel Glück bei allem, Jeremy. Und danke. Komm mich irgendwann wieder besuchen«, sagt Wilkins, und dann verschwinden er und Mrs. Slobodka durch die Tür.

Er zögert es so lange wie möglich hinaus, nach Hause zurückzukehren. Als es sich schließlich nicht länger aufzuschieben lässt, tut er so, als ob er im Keller zu arbeiten hat. Rita hat Abendessen gemacht und es für ihn auf der Arbeitsplatte stehen lassen. Sie ist zu Sam gegangen. Jeremy isst allein im Keller. Ihm ist wieder eingefallen, dass morgen eine wichtige Versammlung in der Schule ist. Die scheiß Einweihungsfeier. Er wusste, dass da etwas war, vor dem er ganz besonders Angst hatte, aber er hatte es verdrängt. Wenigstens wird der Unterricht kürzer ausfallen. Gott sei Dank.

»Jermy«, ertönt Henrys Stimme vom oberen Ende der Treppe. »Kommst du mit mir abhängen?«

»Lass mich in Ruhe, Henry«, sagt Jeremy. »Ich fühl mich nicht so besonders.«

»Kann ich dann bei dir abhängen?«

»Nein, Henry. Lass mich in Ruhe, hab ich gesagt.«

»Sind wir noch Freunde?«

»Ja, Henry. Wir sind noch Freunde.«

»Bin ich noch cool?«

»Ja, du bist noch cool.«

»Bist du immer noch richtig müde vom Krieg?«

»Henry«, sagt Jeremy, »lass mich in Ruhe.«

»Okay«, sagt Henry.

Jeremy schläft. Denn die Wahrheit ist, auch wenn er seit fünf Jahren wieder zu Hause ist, er ist immer noch richtig müde vom Krieg.

8

Montagmorgen, dem Tag der Einweihungszeremonie, wird Jeremy wie üblich von seinem Wecker geweckt. Morgens schmerzt sein Rücken besonders. Er hat gelernt, den Wecker auf zwanzig Minuten früher zu stellen, damit er sich ohne Hast in eine sitzende Stellung hocharbeiten kann. Wenn er meint, dass er und seine Wirbelsäule wieder zu einer Einigung gekommen sind – eine Verhandlung, die er jeden Tag aufs Neue führen muss –, steht er auf und pinkelt ins Waschbecken. Dann füllt er seinen Wasserkocher. Als das Wasser kocht, wirft er eine größere Knospe in eine Teekanne und überbrüht sie mit kochendem Wasser, lässt es mehrere Minuten ziehen, um es dann langsam und schlückchenweise zu trinken. Vor dem Unterricht kann er nicht rauchen, denn das würde man riechen. Davon abgesehen hat er den Geschmack von Marihuana-Rauch noch nie wirklich gemocht. Er kratzt in seinem Hals und verklebt seine Zunge, und er muss anschließend literweise Wasser trinken. Auf die Idee mit dem Tee hat ihn Rico gebracht, sein Retter, ohne den er mit Sicherheit abhängig wäre von Vicodin oder Oxycodon oder irgendeinem anderen Scheißzeug. Es schmeckt wie Wasser mit Heuaroma, aber es ist besser als ein tränentreibender, fünf Minuten dauernder Hustenanfall. Und mit ein bisschen Honig ist es gar nicht mal so übel.

Er hört, wie die Haustür geöffnet und wieder geschlossen wird, dann oben Schritte. Rita ist zurück von ihrer jüngsten Tollerei mit dem turbantragenden Sam Singh. Welche Verrücktheiten sie wohl dort drüben anstellen? Das zu fragen hat er sich nie erlaubt, oder besser gesagt, er verbannt diese Gedanken sofort aus seinem Kopf, sobald sie sich regen. Genauso wenig wie er je aufgehört hat darüber nachzudenken, was sie wohl an ihm findet. Nicht dass Sam nicht auch seine guten Seiten hätte. Für ihre Verhältnisse ist er ein echtes Goldstück. Hat ein eigenes Geschäft. Trinkt nicht und nimmt auch keine Drogen. Ist nicht in einer Klapsmühle eingesperrt. Diese letzte Eigenschaft ist ein echter Pluspunkt.

Er geht nach oben und setzt sich an den Tisch, während seine Mutter ihm das Frühstück zubereitet.

»Wirst du heute deine Uniform anziehen?«, fragt sie.

Jeremy schnaubt. »Scheiße, nein.«

Er erwähnt nicht, dass er sie insgeheim anprobiert und dabei festgestellt hat, dass sie ihm um die Hüften herum nicht mehr passt; sieht ganz so aus, als zeigten die appetitanregenden Nebenwirkungen des Dopes ihre Folgen. Zunächst war das ganz okay gewesen. Die Medikamente, die er nehmen musste, hatten ihm jedes Bedürfnis zu essen genommen, und sein Gewicht war gefährlich niedrig geworden. Als er das Krankenhaus zum ersten Mal verließ, wog er gerade mal fünfzig Kilo. Inzwischen jedoch hat er kräftig zugelegt und marschiert strammer auf die 75 Kilo zu, als ihm lieb ist. Egal. Nichts, was sich mit ein paar Tausend Sit-ups nicht wieder in den Griff bekommen ließe. Unglücklicherweise kann er bei dem momentanen Zustand seines Rückens keine Sit-ups machen. Vielleicht würde einer dieser elektrischen Gürtel seinen Zweck erfüllen, so ein Ding, das den Bauchmuskeln den ganzen Tag über kleine Elektroschocks verpasst. Er muss sich mal darum kümmern, sich so ein Ding zu besorgen. Er macht sich im Geiste eine entsprechende Notiz und hofft, dass sein Kurzzeitgedächtnis es irgendwie abspeichert.

»Ich dachte nur, es wäre vielleicht nett, wenn du gut aussiehst«, sagt Rita.

»Es geht ja sowieso nicht um mich«, bemerkt Jeremy. »Es geht um Thomas.«

»Der arme Thomas.«

»Arme alle«, sagt Jeremy.

Sie wirft ihm einen schrägen Blick zu. »Bist du sicher, dass du das heute packst?«

»Warum sollte ich nicht?«

»Ich dachte gerade nur, es könnte dich vielleicht zu sehr mitnehmen. Du weißt schon. Weitere Attacken auslösen.«

»Nee«, sagt Jeremy und zwingt sich zu einer tapferen Miene, obwohl ihm der Gedanke kommt, dass sie recht haben könnte. Was, wenn er sich vor der ganzen Schule in ein zitterndes Häufchen Elend verwandelt? Das wäre eine Blamage, die für immer an ihm hängen bleiben würde. »Wird schon werden«, sagt er.

»Wenn du es sagst. Ich muss jetzt zur Arbeit. Kannst du Henry das Frühstück machen? Ich bin in Eile.«

»Warum kann Al das nicht machen?«, sagt Jeremy.

Rita seufzt.

Eine Stunde später rollt er in Als Saturn durch den Hexenkessel des Straßennetzes von Elysium, riecht durch die Lüftung den pulvrigen Staub und den stechend scharfen Geruch der Kreosotbüsche. Es ist erst zehn nach sieben Uhr morgens, aber er muss bereits die Klimaanlage einschalten, um es im Wagen aushalten zu können. Bei einer solchen Hitze hangelt man sich von Minute zu Minute. Und bei diesem Tempo wird es ein verdammt langer Tag. Eine endlose Abfolge von Minuten erstreckt sich bis zum Horizont, jede einzelne voller

Schmerz und Trägheit und Frustration – und Hitze –, unterbrochen lediglich von einem staatlich bezuschussten Mittagessen in der Cafeteria, dann die Aussicht, im Bett zu liegen und ein paar Stunden an die Decke zu starren, bevor man schließlich wieder einschläft. Dazwischen Teenager. Eine Menschenmenge, die ihn mit großen Augen anstarrt. Irgendwer wird ihn zweifelsohne einen Helden nennen, sich für seinen Einsatz bedanken, ihm die Hand schütteln, irgendein gefühlsduseliges Zeug labern, weitere dumme Fragen stellen und ihm erzählen, man wünsche sich, die eigenen Kinder würden seinem Vorbild nacheifern. Scheiß auf sie alle. Danke für Ihre Bemühungen, das sagt man zu einem Kellner. Zu einem Soldaten sagt man gar nichts, denn sofern man nicht mit ihm zusammen dort war, gibt es wirklich nichts, was man sagen kann. Und wenn man mit ihm zusammen dort war, dann ist das höchstwahrscheinlich mit Abstand das Letzte, worüber man würde reden wollen.

Mit einem Mal wird Jeremy klar, dass er sehr gern aus dieser Zeremonie aussteigen würde. Aber wie? Im Grunde hat er gar keine Wahl. Er wird einer der Ehrengäste sein. Das ist himmelschreiend ungerecht. Bei solchen Dingen sollte man immer eine Wahl haben. Vielleicht wäre eine vorgetäuschte Verletzung die Lösung. Er spürt die große Versuchung, den Wagen gegen die Mauer des Kozy Kart zu lenken, des libanesischen Gemischtwarenladens, an dem er in diesem Moment zufällig vorbeifährt. Nicht fest genug, um sich dabei zu verletzen – vielleicht gerade genug, um den Morgen zur Untersuchung in der Notaufnahme zu verbringen. Wenn er jedoch in die Notaufnahme käme, müsste er andere Menschen sehen, die krank oder verletzt sind. Was wiederum zu einer weiteren Attacke führen könnte. Und er könnte dabei auch jemand anderen verletzen, Kazar zum Beispiel, den einsamen Typen aus Beirut, der immer an der Kasse steht, oder seine Großmutter, bei der er wohnt. Und er hat sich geschworen, nie wieder einen Menschen zu verletzen.

Dann, sagt er sich, hättest du Jenn nicht wegstoßen sollen.

Aber sie hat versucht, mich zu küssen.

Denk doch mal einen Moment lang nach, du Arsch. Ein Kuss. Was ist schon ein Kuss?

Etwas Nettes.

Und du hast ihr etwas Bekacktes zurückgegeben.

Ja, aber ich bin Lehrer, und sie ist Schülerin.

Ja und? Wen interessiert's? Babys sind tot und Gliedmaßen sind abgerissen und ganze Dörfer sind verwüstet, und du machst so eine Welle, nur weil ein Mädchen versucht hat, dich zu küssen.

Ich bin ein verkorkster Arsch.

Ja. Du bist ein verkorkster Arsch.

Nach seiner Ankunft auf dem Parkplatz braucht er ein paar Minuten, um genug Kraft dafür zu sammeln, die Beine aus dem Wagen zu schwingen. Er geht durch die Tür des Gebäudes, das am Ende des Tages offiziell den Namen Thomas Sarty Memorial High School tragen wird, und sieht in sein Fach. Eine weitere handschriftliche Nachricht. Man könnte meinen, die Leute hätten noch nie etwas von E-Mail gehört.

Kommen Sie als Erstes zu mir, damit wir über den Ablauf es Tages sprechen können.
Peter Porteus

Er wirft den Zettel in den Mülleimer. Noch ist niemand hier außer dem Hausmeister Jesús, dessen Abfalleimer auf Rädern er irgendwo draußen auf dem Campus herumrollen hört, ein Geräusch, das von den Ziegelwänden der Gebäude aus den Sechzigerjahren zurückgeworfen wird und das dem Lärm eines Panzers verblüffend ähnelt. Er geht durch einen Nebeneingang hinaus und betritt den Innenhof, ist wieder im Freien. In einer Highschool in der Wüste gibt es nur wenig Flure. Alles ist weitgehend offen, damit der Verstand der Schüler keine Grenzen erfährt.

Jeremy hat die Highschool hier besucht, und wann immer er sein Klassenzimmer aufschließt, beschleicht ihn das Gefühl, dass entweder seine Kindheit ein schlechter Traum war oder aber sein Erwachsenendasein einer ist, allerdings kann er nicht sagen, was davon zutrifft. Die Nostalgie, die seine sogenannten Facebook-Freunde für diese Zeit zu empfinden scheinen, ist ihm ein komplettes Rätsel. Für ihn war die Highschool weder eine schlechte noch eine gute Zeit; es war einfach eine Zeit, eine Spanne, die er hinter sich brachte, eine Strafe, die er zur Zufriedenheit seiner Gefängniswärter beendete. Verglichen mit dem, was darauf folgte, war es schnell bedeutungslos geworden. Als er jetzt denselben Raum betritt, in den er einst als Schüler zum Unterricht ging, von welchem er kaum etwas aufgenommen hat, wundert er sich zum wiederholten Mal über die Zeitlosigkeit von Gebäuden und Räumen, darüber, wie er im einen Moment in seinen Converse All Stars über den schmuddeligen Linoleumboden geht, den Kopf voller Gedanken, die ihm heute oberflächlich und belanglos erscheinen, auch wenn er sich gar nicht mehr erinnern kann, welche es genau waren, und im nächsten Moment betritt er sie mit seinen zugegebenermaßen schäbigen, aber dennoch erheblich erwachseneren Halbschuhen, sieben oder mehr Jahre später, und es wird noch schlimmer durch das Wissen, dass in sieben Jahren wiederum der momentane Inhalt seines Kopfes ganz genauso lächerlich erscheinen wird. Und Gebäude haben überhaupt nichts Zeitloses; sie sind genauso vergänglich wie alles andere, zerstörbar und brennbar, obwohl mit stillschweigendem Einvernehmen jeder beizupflichten scheint, dass man über solche Dinge besser nicht nachdenken oder sprechen sollte. Eines Tages wird es dieses Gebäude nicht mehr geben, und jeder darin wird lange tot sein, und nichts davon wird auch nur die geringste Rolle spielen. Es gibt nur diesen Augenblick, in dem er seinen dampfenden Becher auf den schwarzen Stein des Labortisches stellt, in dem er den Whiteboard-Marker aus der Ablage nimmt, in dem er die Kappe des Stifts mit dem Ploppen eines Champagnerkorkens entfernt und zu schreiben beginnt.

Er schreibt das Datum auf die Tafel, gefolgt von einem unausgegorenen Unterrichtsplan, der ihm auf der Fahrt hierher in den Kopf kam. Jeremys Physikkenntnisse beschränken sich weitgehend auf das Prinzip des was hoch geht, kommt auch wieder herunter. Während der letzten paar Monate haben seine Abende weitgehend aus intensiven Internet-Lernsessions bestanden, und zusätzlich zu all den anderen Dingen, die mit ihm nicht in Ordnung sind, hat er auch noch einen fortgeschrittenen Fall von Schwindler-Syndrom entwickelt. Jeden Augenblick rechnet er damit, dass ihm jemand auf die Schulter klopft und davon in Kenntnis setzt, dass leider ein schrecklicher Irrtum passiert ist, dass er eigentlich nichts in einem Klassenzimmer zu suchen hat, und wenn er ohne viel Aufhebens ginge, sofort, wäre man bereit, so zu tun, als sei die ganze Geschichte nie passiert.

Was, wie er denkt, auch eine große Erleichterung wäre. Fast so super, wie letzte Nacht wach zu werden und zu Hause zu sein und nicht wieder in der alten Schule, die sie als Stellung benutzt hatten. Man stelle sich das mal vor. Soldaten, hier im Paradies stationiert, kacken in Bombenlöcher im Linoleumboden, schlafen in den Ecken der Klassenzimmer, die Fenster abgeklebt und mit Brettern vernagelt, Porteus' Büro zur Kommandozentrale umfunktioniert, ein schweres MG auf dem Dach hinter Sandsäcken positioniert. So etwas passiert täglich, in anderen Teilen der Welt. Es kann auch hier passieren. Irgendwie würde er das gern den Menschen bewusst machen, aber niemand wird ihm glauben. In der amerikanischen Bevölkerung, oder doch zumindest der ihm bekannten amerikanischen Bevölkerung, herrscht die stillschweigende Überzeugung vor, dass Scheiße lediglich Menschen in anderen Gegenden der Welt passiert, und zwar schlicht und einfach deshalb, weil sie nicht das Glück hatten, in Amerika geboren zu sein. Dass Leute, die in Lehmhütten wohnen und auf Eseln reiten und lange Trachten tragen, auch wenn sie Menschen sind, doch irgendwie keine richtigen Leute sind. Das hatte er selbst auch einmal geglaubt, doch jetzt weiß er, dass es nicht stimmt. Krieg war für die Menschen in Afghanistan früher mal genau so unvorstellbar gewesen, wie er es heute für die Menschen in Elysium ist. Das ist eines der Dinge, die er wirklich verdammt genau weiß, aber die Dinge, die er wirklich verdammt genau weiß, sind Dinge, die sonst niemand hören will.

Sie halten eine Unterrichtseinheit über Kraft gleich Masse mal Beschleunigung ab. Also sucht er nach einigen Beispielen. Das ist leicht. Ein Geschoss vom Kaliber .50 schlägt in einen menschlichen Körper mit einer Kraft ein, die seiner Masse von 94,99 Gramm multipliziert mit der unglaublichen Geschwindigkeit von rund 900 Metern pro Sekunde entspricht, was er nicht im Kopf ausrechnen kann, aber was mit Sicherheit ausreicht, um einen Kopf vom Hals abzutrennen oder einen Unterleib von einem Oberkörper. Oder eine Mutter von einem Kind.

Er schließt die Augen, bis dieses Bild verschwindet. Es gibt Bilder wie dieses, die er nicht als wirkliche Erinnerungen einordnet. Richtige Erinnerungen leben und atmen und besitzen sogar Bewegung und Gefühl, als bestünden sie tatsächlich aus Zellen und nicht aus elektrischen Impulsen. Dieses Bild jedoch, der Anblick einer toten Mutter, die ein totes Kind umklammert, existiert stattdessen in einer Art eingefrorenem Zustand. Es flammt zu unregelmäßigen Zeiten auf wie ein Scheinwerfer, der ihn mit seinem ruhigen Auge fixiert, ihn herausfordert, doch direkt hineinzuschauen. Er weiß nicht, wer diese Frau erschossen hat. Vielleicht er. Es war sicher ein Irrtum. Er hatte sie nach einem üblen Feuergefecht gefunden, gerade in dem Augenblick, als das Baby zum letzten Mal atmete. Die Mutter war bereits tot. Die Wucht des Geschosses hatte den oberen Teil ihres Kleides weggerissen, und er hatte ihre Brüste gesehen, lang und schlaff und grau, Milchtropfen hingen immer noch an einem Nippel. Und er hatte nach dem Sanitäter geschrien. Doch aus seinem Mund kam kein Laut. Es kam lediglich ein Schwall heiße Luft heraus.

Nein, nein, nein. Nein, nein, nein.

Nicht heute. Bitte. Nicht heute.

Es ist möglich, dass er mehrere Minuten lang dasteht, den Arm erhoben, den Marker schreibbereit in der Hand. Er weiß es nicht. Er neigt dazu, Zeit zu verlieren, wie diese Leute, die behaupten, von Außerirdischen entführt worden zu sein. Wenigstens scheinen ihm diese Episoden nur zu passieren, wenn er allein ist, wenn es nichts gibt, das ihn von seinen Gedanken ablenkt. Er fragt sich, ob er wohl aussieht wie Henry während dieser Petit-Mal-Anfälle, die er früher gelegentlich hatte, wenn er einfach ins Leere starrte, als lausche er auf eine geheime innere Stimme. Wenn dies während des Unterrichts passieren würde, könnten die Schüler ihm Papierkügelchen gegen die Stirn schießen, ohne dass er überhaupt etwas davon mitbekäme.

Doch als er hört, wie andere Leute das Gebäude betreten, reißt er sich zusammen. Er schnappt sich seinen Becher und schließt die Klassenzimmertür ab. Dann geht er zum Verwaltungstrakt, um sich eine weitere Tasse Kaffee zu holen und zu hören, was der Direktor von ihm will.

Porteus ist ein pummeliger Mann mit silbergrauen Haaren, der, wie alle Funktionäre des Schulsystems, mehr ehrgeiziger Politiker als Pädagoge ist und für den Eltern, Schüler und Lehrer allesamt nichts als lästige Hindernisse darstellen. Zumindest scheint er Jeremy aufrichtig zu mögen. Er hat ihn bei mehreren Gelegenheiten mit vertraulichen Geschichten aus seiner eigenen Zeit bei der Army unterhalten, die er offensichtlich damit verbracht hatte, während des Kalten Krieges mit einem Cabrio voller deutscher Flittchen durch Europa zu kurven. Die meisten dieser Geschichten endeten mit einer Variante von »und mein Schwanz war so hart, ich dachte, er würde explodieren«.

Jeremy findet Porteus summend hinter seinem Schreibtisch vor. Irgendetwas scheint ihn zu freuen. Auf seinem Terminkalender steht mit gespreizten Beinen ein flauschiger neuer Elysium Trojaner, das Maskottchen der Footballmannschaft, auf dem Kopf ein Filzhelm und in der Hand einen erschlafften Speer aus Stoff. Vor der Wand steht eine Kiste mit weiteren Trojanern, die Jeremy mit großen Augen hilflos anflehen, sie doch bitte zu befreien.

»Hey, Merkin«, sagt Porteus. »Sehen Sie sich den Kerl hier an. Der neue Spendenbeschaffer. Haben Sie mal zwanzig Mäuse?«

Jeremy klopft übertrieben deutlich seine Taschen ab. »Nö«, sagte er.

»Tja, ziehen Sie was am Automaten, dann können Sie in der Mittagspause vielleicht einen kaufen. Die Cheerleader werden sie verkaufen. Wäre toll, wenn das Kollegium sie ein bisschen unterstützt.«

»Dafür zwanzig Mäuse?«

»Ich weiß, super Geschäft, stimmt's? Hey, ich dachte, Sie würden Ihre Uniform anziehen.«

»Ist in der Reinigung«, erwidert Jeremy.

»Haben Sie denen nicht gesagt, dass Sie sie heute zurück haben müssen?«

»Die haben sie verschlampt. Ist anscheinend hinter irgendwas gerutscht.«

»Blöd. Hätte ziemlich Eindruck gemacht.«

»Tut mir leid«, sagt Jeremy. »Was steht überhaupt für heute an, Sir?«

»Ich liebe es, wenn Sie mich Sir nennen. Das verleiht dem Laden hier ein bisschen Anstand und Etikette, woran es hier traurigerweise ziemlich fehlt.« Porteus sieht auf seine Uhr. »Superintendent Gonzalez ist gerade noch auf dem Scheißhaus. Der Senator trifft in einer Stunde ein. Wir fangen an, sobald er hier ist. Er wird zu spät kommen.«

»Der Senator? Sie meinen Commander Quickly?«

»Ja, ganz richtig.«

»Früher hab ich immer Commander Quickly geguckt«, sagt Jeremy. Mit einigem Erstaunen stellt er fest, dass er bei der Aussicht, das alte Idol seiner Kindheit zu treffen, eine gewisse Erregung verspürt. »Er hat allen seinen Marionetten eine Stimme gegeben. Und er ist in jeder Folge in eine große Pfütze gefallen.«

»Ja, das war sein Gag. Mein Gott, sind Sie noch so jung?«

»Ich vermute mal, ja«, sagt Jeremy.

»Nun, das ist eine gute Gelegenheit für ihn. Er kann Unterstützung für die Streitkräfte zeigen und einen guten Eindruck im Bildungswesen hinterlassen. Verdammt klasse ist das. Zwei Fliegen mit einer Klappe. Er will übrigens ein Foto mit Ihnen. Deshalb hatte ich gehofft, Sie kämen in Uniform.«

»Commander Quickly will ein Foto mit mir?«

»Hören Sie, tun Sie mir bitte einen großen Gefallen und sprechen Sie ihn nicht mit Commander Quickly an, okay?«

Am liebsten hätte Jeremy jetzt mit der linken Hand Porteus am Revers gepackt und dann seine rechte Faust mit hoher Geschwindigkeit auf die Nase des Mannes krachen lassen. Angenommen, seine Faust wiegt 700 Gramm. Weiter angenommen, er beschleunigt diese Masse auf 50 Kilometer die Stunde. Doch stattdessen sagt er: »Keine Angst, Sir, das würde ich nie tun.«

»Sie, äh, wissen nicht zufällig, wie Ihre Reinigung heißt, oder?«, fragt Porteus hoffnungsvoll. »Ich könnte sie anrufen und darum bitten, dass sie noch mal suchen. Schwer vorstellbar, dass sie so etwas wie eine komplette Uniform einfach verlieren.«

»Nein«, sagt Jeremy. »Ich glaube sogar, dass sie das Geschäft aufgegeben haben.«

»Echt«, sagt Porteus trocken. »Ich frage mich, warum wohl.«

»Sie, äh ... haben wegen irgendwas Schwierigkeiten bekommen.«

»Hmh. Irgendeine Idee, was das sein könnte?«

»Geldwäsche«, antwortet Jeremy, und dann wünscht er

sich sofort, er könnte seine Zunge herausnehmen, bis wieder Verlass darauf ist, dass er sie vernünftig gebraucht.

»Echt«, sagt Porteus. »Eine chemische Reinigung bekommt Schwierigkeiten wegen Geldwäsche.«

»Ich weiß, ist schon 'ne Ironie, stimmt's?«, sagt Jeremy.

»He, Leute«, erklingt eine Stimme hinter ihm, und Porteus erhebt sich. Jeremy tut es ihm gleich, so schnell es seine angesengte Wirbelsäule erlaubt, und als er sich umdreht, sieht er Gonzalez, den Chef der kalifornischen Schulbehörde, einen kleinen Mann von mittelamerikanischem Aussehen, mit einem Schnurrbart dünn wie ein Zahnstocher und in einem wunderschönen maßgeschneiderten Dreiteiler. Den Absatz seines linken Schuhs ziert ein Flatterband aus Toilettenpapier, das er einen halben Meter hinter sich herzieht. Gonzalez streckt die Hand aus. Jeremy ergreift sie. Trocken und warm. Dann hat es sich die herausgeputzte kleine Drecksau geschenkt, sich die Hände zu waschen. »Hätte gedacht, Sie heute in Uniform zu sehen, Soldat«, sagt Gonzalez zu Jeremy.

»Ich auch«, sagt Porteus. »Anscheinend wurde sie von Geldwäschern gestohlen.«

»Also, genau genommen haben die sie ja nicht gestohlen«, nuschelt Jeremy.

»Der Senator wird enttäuscht sein«, sagt Gonzalez. »Er hatte auf ein Foto mit Ihnen gehofft, mit all Ihren Orden und so weiter. Besonders, wo doch dieser andere Bursche – na, wie heißt er noch schnell?«

»Wer?«, fragt Porteus.

»Der Bursche, nach dem die Schule benannt wird.«

»Sarty. Thomas Sarty«, sagt Porteus.

»Ja, genau der. Wo der doch tot ist. Deshalb müssen Sie heute unser Held sein«, sagt Gonzalez.

»Ich bin kein Held«, sagt Jeremy vielleicht zum neunhundertsten Mal in seinem Leben. Und Thomas war auch keiner, denkt er. Als Jeremy ihn kannte, war Thomas Sarty ganz eindeutig nicht heldenhaft gewesen, allerdings kannte er ihn nur flüchtig. Er war ein paar Jahre älter als Jeremy, was bedeutete, dass ihre Interaktion sich im Wesentlichen darauf beschränkt hatte, dass er Jeremy gelegentlich in der Schlange bei der Essensausgabe aus dem Weg gedrängt hatte. Man ließ Jeremy wissen, dass sich in späteren Jahren an seinem Status nicht viel geändert hatte, heldenmäßig gesehen. Er war bei einem Jeep-Unfall im Irak gestorben, was, wie Jeremy fand, für einen glücklosen Kerl wie ihn die perfekte Art zu sterben war: als Opfer der Dummheit eines anderen. Aber er war der einzige Bürger von Elysium, der in jüngster Zeit in Uniform gestorben war, und die Stadt brauchte jemanden, den sie heiligsprechen konnte.

»Natürlich sind Sie das«, sagt Porteus gedankenverloren. »Ihr seid alle Helden.«

»Ja, jeder einzelne von euch«, sagt Gonzalez mit einem Blick auf sein iPhone.

Die ersten Schüler sind am Fenster des Büros vorbeimarschiert, das auf den Innenhof führt. Sie sehen heute erheblich jünger aus, fällt Jeremy auf. Die diesjährigen Neuntklässler sind so klein und schüchtern, dass er nicht glauben kann, dass nicht irgendwo eine Fünftklässler-Lehrerin gequält die Hände ringt und sich fragt, wohin ihre Klasse wohl gegangen ist. Nur die flaumigen Bärtchen der Jungs und die knospenden Brüste der Mädchen belegen, dass sie tatsächlich am richtigen Ort sind. Dann klackert ein Frauentrio vorbei, das aussieht, als kämen sie gerade aus einem Nachtclub mit ihren engen Röcken und ihrer Schminke, virtuos auf Stöckelschuhen balancierend, ihr Parfum zieht durchs Fenster herein, das einen Spaltbreit offen steht. Das sind Zwölftklässler, eine völlig andere Spezies. Man hatte alle angewiesen, sich für den heutigen Anlass herauszuputzen. Jeremy sieht, wie ein Junge mit Krawatte zu einem anderen Jungen mit Krawatte rennt und verwundert auf sich zeigt, wobei er wahrscheinlich etwas sagt wie: Sieh mal, ich trag 'ne Krawatte. Wann immer er die Schülerschaft aus der Perspektive von Porteus' Fenster sieht, hat er das Gefühl, eine Art Zoo für Jugendliche zu besuchen, sicher hinter Glas geborgen, während die gefährlichen Bestien in ihrem natürlichen Element umherlaufen.

»Wenn diese Röcke noch kürzer wären, könnte man glatt ihre Muschis riechen«, sinniert Gonzalez.

»Ha, ha!«, lacht Porteus viel zu laut. »Sie machen natürlich Witze.«

»Mr. Porteus, der Senator ist jetzt hier«, sagt Mrs. Bekins, die ihren Kopf durch die Tür hereinsteckt.

Genau in diesem Moment kommt Commander Quickly hereinmarschiert, ein großer Mann mit anmutigen Gesichtszügen und glänzendem Haar, das wie durch ein Wunder in den Jahren, seitdem Jeremy das letzte Mal seine Sendung einschaltete, dunkler geworden ist. Ihm folgt eine Korona, die aus Beratern und Sicherheitsmitarbeitern zu bestehen scheint. Erst jetzt erinnert sich Jeremy, dass Commander Quickly sich in den letzten Jahren als strammer Konservativer zu erkennen gegeben hat. Liberalere Blogger wie Rico können ihn auf den Tod nicht ausstehen; sie stellen ihn bei jeder sich bietenden Gelegenheit an den Pranger. Aber etwas Merkwürdiges passiert. Wie er den Commander jetzt so anstarrt, bringt er es nicht über sich, die Abneigung zu empfinden, die er, wie er weiß, empfinden sollte, den schnöden Abscheu, den er empfindet, wenn er von seinen Plänen liest, noch mehr Menschen wegen des Besitzes von Marihuana ins Gefängnis zu stecken, die Mittel für die Schulen zusammenzustreichen oder neue

Kriege in weit entfernten Ländern zu beginnen. Stattdessen empfindet er das diffuse, aber stärker werdende Bedürfnis, den Commander in den Arm zu nehmen und zu knuddeln und den Kopf an seine Brust zu legen. Moment mal. Was geht hier eigentlich ab?

»Senator, es ist mir eine große Freude, Sie wiederzusehen«, sagt Gonzalez.

»Tachchen, Senator«, sagt Porteus.

»Hey, was geht, Jungs?«, sagt Commander Quickly. »Gonzo, du hast Klopapier an der Hacke. Also, wer ist jetzt hier wer?«

Gonzalez sieht nach unten und macht ein paar drollige Ausfallschritte, bis sich das Toilettenpapier vom Absatz seines Schuhs löst. Dann sieht er Jeremy an – anklagend, denkt Jeremy zunächst, doch dann begreift er, dass er lediglich vorgestellt werden soll.

»Senator, begrüßen Sie ganz besonders herzlich einen echten amerikanischen Helden«, sagt Gonzalez. »Einer unserer ausgezeichneten Lehrer hier in Elysium und zugleich ehemaliger Soldat. Jimmy ...« Erwartungsvoll dreht er sich zu Porteus um.

»Jeremy Merkin«, korrigiert Porteus.

»Ein Held im Kampf gegen den Terror«, sagt Gonzalez.

»Ausgezeichnet. Hervorragend. Mit so einer Vita sollten Sie für ein öffentliches Amt kandidieren«, sagt Commander Quickly und schüttelt Jeremy die Hand. Das Charisma verdunstet. Jeremy spürt, wie die nützlichen Bakterien auf seiner Haut bei seiner schwefligen Berührung erstarren. Wenigstens hat er damit Gonzalez' E.coli-Bakterien abgetötet, denkt Jeremy. »Haben Sie viele von diesen Dreckskerlen erwischt?«

Einen Moment lang hat Jeremy keine Ahnung, von welchen Dreckskerlen der Commander spricht. Dann begreift er, dass er wohl die Terroristen meint. Commander Quickly redet gern und viel über Terroristen. Während seiner Zeit in Afghanistan hat Jeremy keinen echten Terroristen gesehen. Er hat eine Menge ganz unterschiedlicher Menschen gesehen, und manche davon waren nicht besonders nett, und wieder andere wollten ihn töten, wenn man es allerdings so definiert, vermutet Jeremy, macht ihn das auch zu einem Terroristen. Aber die meisten von ihnen waren einfach nur normale Menschen. Nicht viel anders als die Leute, die man jeden Tag in Kalifornien sieht, wenn man mal von Oberflächlichkeiten wie Kleidung, Sprache oder Religion absieht. Er bemerkt, wie Porteus besorgt scharf einatmet. Ihm wird klar, dass der Direktor Angst vor dem hat, was er sagen könnte. Keine Panik, fetter Mann, denkt Jeremy. Ich weiß, wie ich das hier durchziehen muss.

»Ja, klar«, sagt er. »Jede Menge.«

Porteus strahlt.

»Wunderbar, ganz wunderbar«, meint Commander Quickly. »Wie wär's, wenn wir die Sache hier jetzt über die Bühne bringen? Ich hab rund fünfzehn Minuten Zeit.« Er wirft einen Blick auf seine Uhr und sieht dann Porteus an, der wirkt, als würde er gleich in Ohnmacht fallen.

»Fünfzehn Minuten?«, wiederholt er. »Ich glaube, wir haben die Zeremonie angesetzt für –«

»Ich fliege in ungefähr einer halben Stunde mit dem Heli nach Sacramento«, sagt der Commander. »Ach ja, und er wird auf eurem Football-Platz hier laden. Deshalb müssen wir jetzt mal in die Hufe kommen.«

»Sicher, klar, kein Problem. Wir können die Sache ein bisschen beschleunigen«, sagt Gonzalez. »Der Senator ist hier, richtig? Das ist doch alles, was zählt.« Er erspäht die Lautsprecheranlage auf einem Tisch mit Rädern in der Ecke und geht hinüber. »Mal sehen, ob ich noch weiß, wie man diese Dinger hier bedient. Nicht dass ich das jemals selbst gemacht hätte. Als ich noch Direktor war, hab ich so was immer von meiner Sekretärin erledigen lassen.«

»Brauchen Sie Hilfe?«, fragt Porteus.

»Nein, nein, es geht schon«, sagt Gonzalez. Er legt wahllos ein paar Schalter um. Rückkopplungen gefährden das Hörvermögen einer ganzen Generation von Elysianern. Porteus springt an Jeremy vorbei und schwimmt durch die Luft hinüber zu Gonzalez' Seite. Er stellt das Gekreische ab und gibt Gonzalez das Mikrofon.

»Alle mal herhören, alle mal herhören«, sagt Gonzalez. »Hier spricht Superintendent Gonzalez. Alle Schüler und das Kollegium finden sich umgehend im Innenhof zur feierlichen Umwidmung ein. Und zwar sofort. Alle. Auf geht's. Der Senator ist hier.«

»Nun, das klang Respekt einflößend«, sagt Porteus strahlend und schaltet die Anlage aus. »Normalerweise versuche ich, das eine oder andere ›bitte‹ einzuwerfen. Geben wir ihnen ein paar Minuten, um sich einzufinden, ja?«

»Was gibt's da draußen, so was wie einen Grundstein oder so?«, fragt Commander Quickly. »Zerdepper ich eine Pulle Schampus an irgendwas? Enthülle ich ein neues Schild?«

»Nein, kein Champagner, ha, ha, wie schade, und auch kein Schild, Senator«, sagt Porteus. »Wir haben eins bestellt, aber da gibt's anscheinend einen Lieferrückstand. Hätte eigentlich schon letzte Woche hier sein sollen, aber jetzt heißt es, es könnte durchaus noch einen Monat dauern. Das ist wegen, äh –« Er nuschelt sich durch etwas, das sich wie Haushaltskürzungen anhört. »Heute machen wir nur die Umwidmung. Und die Eltern des Jungen kommen auch.«

»Wessen Eltern?«

»Des jungen Mannes, nach dem wir die Schule benennen wollen. Ein ehemaliger Schüler. Er ist im Kampfeinsatz gefallen.«

Wenn man das Fahren in einem Jeep Kampfeinsatz nennen kann, denkt Jeremy.

»Ah«, macht der Commander. »Genau. Seine Eltern. Sie sind wahrscheinlich super, super traurig deswegen.«

Einen Augenblick lang legt sich tiefes Schweigen über das Büro.

»Weil sie ihn ja großgezogen haben und alles«, fügt der Commander hinzu. »Wie ihren eigenen Sohn.«

»Er war ihr eigener Sohn«, sagt Jeremy.

»Das meine ich doch«, sagt Commander Quickly.

»Ja, der Senator hat völlig recht«, sagt Porteus. »Sie sind super, super traurig.«

»Das sind sie ganz bestimmt«, sagt Gonzalez und sieht wieder auf sein Telefon.

»Und wir auch«, fügt Porteus hinzu.

»Keine Frage«, sagt der Commander, der angemessen ernst dreinschaut. Dann hellt sich seine Miene schlagartig auf, als er die Kiste mit den Trojanern an der Wand erspäht. »Sieh sich einer diese süßen kleinen Burschen an. Hey, will jemand einen Zaubertrick sehen?«

»Klar!«, meint Gonzalez viel zu fröhlich.

Der Senator räuspert sich und spitzt die Lippen. »Hey, Jungs, lasst uns hier raus!«, sagt er mit hoher Stimme, die sich – fast – anhört, als käme sie aus der Kiste. »Was haben wir denn gemacht? Kommt schon, Jungs, seid keine Unmenschen!«

Gegen seinen Willen spürt Jeremy, wie er innerlich vor lauter Liebe zu dem Commander dahinschmilzt. Dann schüttelt er den Kopf. Porteus und Gonzalez lachen. Jeremy zwingt sich ein Lächeln ab.

»Oje, ich bin eingerostet. Okay, genug gescherzt. Wo sind die Medien?«, fragt der Commander.

»Die treffen gerade ein«, sagt Porteus nach einem erneuten Blick aus dem Fenster. Ein Teil des Parkplatzes ist von hieraus einsehbar, und Jeremy sieht, dass in diesem Moment zwei Fahrzeuge von Fernsehsendern eingetroffen sind. Mehrere Techniker mit neonfarbenen Turnschuhen springen heraus und fangen sofort an, Kabel zu verlegen, ihnen folgt ein Moderatoren-Duo in gebügelten Klamotten, ein Mann und eine Frau wie eineiige Zwillinge aus demselben Reagenzglas, die Frisuren einfach perfekt. Durch das Fenster kann er sehen, dass Schüler und Lehrer sich allmählich an einer mehr oder weniger zentralen Stelle des Innenhofs einfinden. Jeremy sucht die Menge mit den Augen ab. Keine Spur von Jenn. Er fragt sich, ob sie wohl immer noch in diesem Motelzimmer ist.

»Also schön, auf geht's«, sagt Porteus, als auf dem Innenhof ein verunsichert wirkendes Paar eintrifft, das sich aneinanderklammert. Thomas Sartys Eltern.

Es ist schon eine ganze Weile her, seit Jeremy das letzte Mal in Habachtstellung gestanden hat. Eigentlich ist es sogar schon eine ganze Weile her, seit er überhaupt versucht hat, über einen längeren Zeitraum zu stehen. Selbst beim Unterrichten bewegt er sich ständig zwischen Weißwandtafel, Stuhl und Schreibtisch hin und her. Außer in Rückenlage kann er kaum längere Zeit in einer Position verharren. Als er jetzt versucht, seine Schultern zu recken, muss er sich sehr zusammenreißen, um nicht laut aufzuschreien.

»... ausgezeichnet für Tapferkeit und Mut unter Feuer«, hört er Porteus sagen. Er spricht von Jeremy. Als kleiner

Junge hatte er immer gedacht, der Ausdruck »unter Feuer«, bedeutete so etwas wie unter einem Lagerfeuer herzuflitzen, so ähnlich wie Limbo getanzt wird. Er konnte sich beim besten Willen nicht vorstellen, warum irgendwer so was tun könnte. Nachdem er jetzt weiß, was der Ausdruck wirklich bedeutet, findet er, die ursprüngliche Erklärung wäre eine erheblich vernünftigere Übung gewesen. Menschen, die sich gegenseitig durch lange Rohre mit Metallstückchen beschossen – wie geisteskrank war das denn? Hoch entwickelte Affen ohne einen Funken Verstand.

Porteus stellt den Superintendent vor. Gonzalez hält eine Rede, die von einem Überschnallknall unterbrochen wird, der nahe genug ist, dass ihn alle in der Brust spüren können. Niemand zuckt mit der Wimper, bis auf Commander Quickly, der im Gegensatz zu den schallknallerfahrenen Einwohnern Elysiums noch keine Überschallschläue entwickelt hat. Mit wildem Blick schaut er sich hektisch um und scheint bereit zu sein, unter dem nächstbesten Objekt Schutz zu suchen. Die Schüler kichern über seine Bestürzung. Jeremy wendet Lola Linkers Trick an: Nicht vergessen, es ist keine große Kanone, es sind nur Schallwellen. Gonzalez beendet seine Rede und stellt den Commander vor. Der Commander geht zu Thomas Sartys Eltern hinüber und spricht ein paar Worte zu ihnen, schüttelt ihnen mit beiden Händen die Hand, dreimal schütteln und auf die Schulter klopfen für Dad, viermal schütteln und etwas länger in den Arm nehmen für Mom, und dann geht's weiter zum Mikrofon.

»An Tagen wie diesem bin ich stolz darauf, Amerikaner zu sein«, beginnt er. »Genau genommen, jeden Tag. Denn Amerika ist groß wegen junger Männer wie Thomas, die ihr Leben hingegeben haben, um die Größe unseres Landes zu bewahren und es vor Terroristen zu schützen.« Er wartet auf den

Applaus, der dann nach ein paar Augenblicken kleckerweise einsetzt. »Sie sind überall. An unseren Flughäfen, auf unseren Autobahnen, in unseren Eisenbahnen, in den diversen liberalen Schulen und Universitäten überall im Land. Sie müssen zu Hause aufgespürt und vernichtet werden, genau wie in Afghanistan, dem Irak, in Frankreich und überall sonst. Wir müssen unter jedes Bett sehen, hinter jeden Vorhang, in jeden Schrank. Man weiß nie, wo sie stecken. Ja, wir haben sogar ein paar von denen in unserer eigenen Regierung.« Jede Menge zustimmendes Nicken, zwei oder drei Leute stöhnen mitfühlend auf. »Aber habt keine Angst, denn am Ende werden wir sie alle erwischen. Und dank junger Männer wie Thomas sind wir der Erfüllung dieses Zieles einen Schritt näher gekommen.«

»Vergewaltiger!«, brüllt jemand.

Das Wort ist klar und deutlich zu hören, genau abgestimmt, dass es zwischen die Worte des Commanders fällt. Es ist so fehl am Platz, dass niemand es zu hören scheint. Zumindest reagiert niemand darauf, mit Ausnahme der Sicherheitsleute des Commanders, die plötzlich die Witterung aufnehmen. Sie beginnen, sich wenig subtil zum hinteren Teil der Zuhörer vorzuarbeiten, eine Hand an die Ohren gelegt. Der Commander selbst bleibt völlig unbeeindruckt. Vielleicht, denkt Jeremy, ist er so etwas ja gewohnt. Er fragt sich, wen Commander Quickly wohl vergewaltigt hat und wann. Er kann sich nicht erinnern, davon schon mal etwas gehört zu haben. Wenn diese Information erst einmal im Internet landet, wird es eine große Sache. Er sieht zu den Fernsehleuten hinüber, die neben ihren Kameraleuten bereitstehen. Unglaublich, aber auch sie scheinen nichts bemerkt zu haben. Zumindest gab es keinerlei Veränderung in der Wattleistung ihres Strahlens.

»Wir haben uns heute nun hier versammelt, um diesen herrlichen Ort des Lernens PFC Thomas Sarty, Elysium High, Jahrgang 2000, neu einzuweihen«, sagt der Commander. »Um mir bei der Einweihung dieses Gebäudes zu helfen, haben wir hier unseren eigenen Helden, Lance Corporal Jeremy Merkin. Elysium, schenk uns weitere Helden! Wie viele von denen haben Sie noch einmal erwischt, Jeremy? Ha, ha! Nein, er ist ein bescheidener Bursche. Redet nicht gern über sich. Guter Junge, mein Sohn.« Er droht Jeremy auf freundliche Art mit der Faust. Die Menge kichert. Jeremy schwört, dass er für einen kurzen Moment Smartys Stimme in seinem Kopf hören kann, der ihn anstachelt, etwas Dummes und Rebellisches zu tun. Nur was das wohl sein könnte, das bekommt er nicht so richtig mit. Aber Smartys Geist ist damit endgültig geweckt.

»Vergewaltiger!«, brüllt der Schreier wieder, diesmal ist es nicht so weit weg.

Dann kommt es zu Unruhe in der Menge, und ein Mann drängt sich nach vorn. Er ist groß und korpulent, das Haar in einem Pferdeschwanz zurückgebunden. Er trägt eine dunkle, olivfarbene Jacke, übersät mit militärischen Abzeichen. Auf dem Kopf hat er eine Baseballmütze mit einem weiteren Aufnäher. Ein Veteran, und er will, dass es jeder sieht. Nur ein weiterer Kerl, dessen Leben an dem Tag zerbrach, als er das erste Mal im Kampfeinsatz war, und dem es bislang nicht gelungen ist, die Scherben wieder einzusammeln und zusammenzusetzen. Die Leute vom Sicherheitsdienst haben ihn bereits aufs Korn genommen, aber die Hand, die einer von ihnen ihm auf den Mund legt, ist nicht schnell genug. Die Worte kommen trotzdem heraus. Und schließlich richten sich auch die Kameras auf ihn.

»Dieser Scheißkerl hat meine Tochter vergewaltigt! Mein

kleines Mädchen!«, schreit der Mann, schüttelt die Hand über seinem Mund ab und streckt den Arm aus. Aber nicht in Richtung Commander Quickly. Er zeigt auf Jeremy. »JEREMY MERKIN HAT MEINE TOCHTER VERGEWALTIGT!«, schreit er.

Die Zeit stellt neuerdings wirklich ein paar ausgesprochen merkwürdige Dinge an. Jeremy spürt, wie jeder Augenblick an ihm vorbeizieht, so wie die Entfernungsmarkierungen einer Autobahn. Und doch scheint er keinem Ziel näher zu kommen, als würde er genau so für immer weiterexistieren – auf der Stelle verharrend vor einer Menge von vielleicht vierhundert Menschen plus zwei Fernsehkameras, die ihn allesamt anstarren, ihn und Jennifers Vater, der immer noch schreit und jetzt von vier stämmigen Männer weggeschleift wird.

»Oh, mein Gott«, raunt Porteus links neben Jeremy.

»Was zum Teufel?«, raunt Gonzalez rechts von Jeremy.

Beide drehen sich um und sehen Jeremy an. Er hebt die Hände zur Demonstration seiner Hilflosigkeit und Verständnislosigkeit. Sein Mund bewegt sich, aber kein Ton kommt heraus. Angewidert wenden sie sich ab. Porteus sieht ihn noch einmal ungläubig an. In der Ferne hört er einen sich nähernden Helikopter. Apache-Kampfhubschrauber, die den Innenhof unter Beschuss nehmen werden? Nein. Commander Quicklys Taxi ist da.

»Nichts passiert!«, krächzt Jeremy.

»Oh, mein Gott«, sagt Porteus.

Commander Quickly steht genau vor ihm, und jetzt geht er zwei Schritte zurück und dreht sich zur Seite, um eine Bemerkung über seine Schulter zu machen, wobei seine Lippen wieder zucken.

»Ich mag dich, Kumpel, deshalb hör auf meinen Rat«, flüstert er und schleudert Jeremy seine Stimme ins Ohr. »Streite alles ab. Auch noch, wenn sie es bewiesen haben. Streite alles ab, egal was passiert. Abstreiten, abstreiten, abstreiten.« Er zwinkert, und dann tritt er von Jeremy zurück, als wären bei ihm plötzlich Pestbeulen ausgebrochen.

Was auch, wie Jeremy vermutet, in gewisser Hinsicht der Fall ist.

»Gehen wir«, sagt der Commander zu seinen Lakaien.

Alle verschwinden von der Bühne in einer Dunstwolke Richtung Football-Feld, wo der Hubschrauber inzwischen zur Landung angesetzt hat. Sand und Staub werden in einer mächtigen Wolke zum Himmel aufgewirbelt. Röcke und Krawatten beginnen in der von den Rotorblättern aufgewirbelten Luft flatternd zu schlagen wie Fische auf dem Trockenen. Der Superintendent eilt schnell zum Verwaltungsgebäude, das Telefon in den Händen, die Daumen in hektischer Bewegung. Die Schülerschaft bleibt stehen, manche von ihnen lachen schockiert, andere spöttisch, ein paar sind fassungslos und stumm, und wieder andere sehen sich um, als würden sie sich fragen, wo die Mistgabeln und Fackeln aufbewahrt werden. Niemand hört irgendetwas über den Lärm der Rotorblätter hinweg. Die Fernsehjournalisten haben Jeremy anvisiert und nähern sich jetzt. Er richtet sich auf und bereut es sofort wieder, als die Muskeln seines Rückens zu krampfen beginnen.

»Alle zurück in die Klassen!«, bellt Porteus. »Machen Sie mit Ihrem normalen Stundenplan weiter. Merkin! In mein Büro, sofort!« Dann folgt er dem Superintendent.

Jeremy sieht auf und beobachtet den Hubschrauber, der sich jetzt von der Erde zu lösen beginnt. Darin besteht der große Unterschied zwischen seinem aktuellen Ich und seinem achtzehnjährigen Ich: Mit achtzehn hätte er es noch rechtzeitig von hier nach da rüber geschafft, um eine der Landungsstreben zu packen und sich am aufsteigenden Hubschrauber festzuhalten, das Hinterteil voran in Richtung Horizont. Und das wäre dann das Letzte gewesen, was irgendwer von ihm gesehen hätte.

9

Am Montagmorgen wacht Al mit einem Vorsatz auf: Heute ist der Tag. Nicht der Tag, an dem er es tatsächlich tut, aber der Tag, an dem er schließlich den Aufgaben ins Auge blickt, die vorher erledigt werden müssen. Denn die Nacht zuvor hat er von Helen geträumt, die am Ufer eines Flusses stand, und er wusste, dass sie ihn nach Hause rief. Traumdeutung war nicht sein Ding, aber es war das erste Mal, dass Helen seit ihrem Tod zu ihm gekommen war, und er weiß, was das bedeutet. Es ist Zeit, sich bereit zu machen.

Etwa nach der Hälfte seines Morgenkaffees erinnert er sich, dass er Helen am Ufer eines breiten, träge fließenden Stroms stehen sah, ins Wasser blickend, ein Lamm an ihrer Seite. Er hatte versucht, sie zu rufen, aber sie konnte ihn nicht hören. Sie sah jung aus, viel jünger als bei ihrer ersten Begegnung – eigentlich noch ein kleines Mädchen. Damals hatte er sie noch nicht gekannt; er hatte Helen erst kennengelernt, als sie bereits siebzehn war. Das war mal eine Frau. Solche wie sie gab es heute nicht mehr. Damals hatte ihre üppige Schönheit auf eine beachtliche Zeugungsfähigkeit schließen lassen. Die großen Brüste eines Mädchens vom Lande, reif wie Wassermelonen, ausladende Hüften, ein netter Hintern, der förmlich nach einem Klaps rief. In der Antike hatten Männer Statuen mit Körpern wie ihrem geformt und sie als Fruchtbarkeitssymbole verehrt. Es war 1961, das Jahr, in dem er zwanzig wurde, und auch wenn man Al bereits eingezogen hatte – damals gab es eine Wehrpflicht, das schienen die Leute heute gern zu vergessen, doch wenn man sie wieder einführen würde, wäre es womöglich das Beste, was dieser Republik von faulen Fettsäcken passieren konnte –, planten sie beide, in die Landwirtschaft zu gehen, wenn er ein Jahr später entlassen würde, oder vielleicht auch erst in vier Jahren, falls er sich für eine Verlängerung entscheiden sollte. In jener Zeit, die so herrlich war, allein aufgrund der Tatsache, dass sie viel zu jung waren, um von irgendwas eine große Ahnung zu haben, kicherten sie angesichts der Möglichkeit, ein Dutzend Kinder zu bekommen, ja sogar zwei Dutzend. Verzehrt von dem glücklichen Versprechen auf unbegrenzte Fortpflanzung.

Das war noch bevor die Knoblauch-Farm seines Vaters den Bach runtergegangen war. Seine Eltern gingen pleite und zerschmetterten damit Als Hoffnungen, eine Farm zu erben. Und das war auch noch bevor das Militär glücklicherweise einen Krieg in Aussicht gestellt hatte, in dem man kämpfen konnte, was ein regelmäßiges festes Einkommen bedeutete. Es gab wenig andere Möglichkeiten. Helens ältere Brüder erhielten die Farm, auf der sie aufgewachsen war – und verloren sie prompt, weil sie sich permanent gegenseitig bekriegten. Es gab damals keine Jobs, jedenfalls nicht für Jungs ohne Farm und Ausbildung.

Und es war auch noch vor den beiden Kindern, die gestorben waren, das zwischen Rita und Jeanie und das andere, das nach Jeanie kam. Er wusste immer noch nicht, ob es richtig war, sie sich als Kinder vorzustellen oder nicht. Helen hatte darauf bestanden, sie auszutragen, auch wenn sie vorzeitig wusste, dass sie es nicht schaffen würden. Die Medizintechnik hatte damals einen Stand erreicht, an dem einem sein Elend vorhergesagt werden konnte, noch bevor man es zu erleben begann. Die Babys verdienten es zu erfahren, wie es war, im Mutterleib zu leben, sagte sie. Zumindest so viel Liebe konnte sie ihnen geben. Wenn sie denn dieses Leben verlassen mussten und nur diese eine Sache kannten, dann wäre das genug.

Nach dem Tod des zweiten Babys ließ Al sich die Eier beschnippeln. Er hatte den Verdacht, dass sein Sperma durch Agent Orange verunreinigt worden war. Er machte der Regierung keinen Vorwurf. Er würde nie eines dieser weinerlichen Berufsopfer sein, die nur versuchten, Kasse zu machen. Das Leben hielt für jeden harte Schläge bereit. Er machte die Vietcong verantwortlich, weil sie den Einsatz von Agent Orange erforderlich gemacht hatten. Diese kleinen Wichser griffen ihn immer noch an. Helen erzählte er nie etwas von der Vasektomie. Er hatte gesagt, er ginge ins Krankenhaus, um sich einen Bruch operieren zu lassen. Natürlich wusste sie es dennoch. Sie musste es gewusst haben. Sie hatten nur nie darüber gesprochen, genau wie sie über viele andere Dinge einfach nie gesprochen hatten.

In der Privatsphäre seines Zimmers ruft er seinen Anwalt an und vereinbart einen Termin. Er muss in Erfahrung bringen, was er tun muss, um Rita das Haus zu übertragen. Außerdem möchte er ein neues Testament aufsetzen, sagt er dem Winkeladvokaten, um Jeremy als Begünstigten seiner Lebensversicherungspolice einzusetzen. Er hofft, das klingt vernünftig, auch im Hinblick auf den kürzlichen Tod seiner Frau. Al ist sich sehr wohl bewusst, dass er dafür Sorge tragen muss, seinen eigenen Tod wie einen Unfall aussehen zu lassen, denn andernfalls wird die Versicherung nicht bezahlen; das weiß er aus dem Fernsehen. Betrug in dieser Größenordnung ist er nicht gewöhnt. Er ist überzeugt, dass der Anwalt hören kann, wie die Lügen aus seiner Stimme sickern. Aber falls der Anwalt etwas vermutet, lässt er es sich zumindest nicht anmerken. Was sollte es ihn auch kümmern? Solange er bezahlt wird, ist es ihm einerlei. Deshalb gibt es Anwälte: Um Stundenhonorare für das Entwirren der verworrenen juristischen Konstrukte zu kassieren, die sie selbst ausgeheckt haben.

Dann ist da noch die Sache mit Helens Herzen. Sie haben ihm schwer zu schaffen gemacht, aber jetzt weiß er, was er tun sollte. Zuerst muss er eine Bestandsaufnahme durchführen. Er wird sie zählen, katalogisieren und ordnen. Dann wird er mit Jeremy darüber sprechen, sie im Internet zum Verkauf anzubieten. Er ist sich jetzt ganz sicher, dass es genau das ist, was Helen sich gewünscht hätte. Immerhin ist es ja der eigentliche Grund, warum sie sie überhaupt gemacht hat. Die Herzen waren dazu bestimmt, über die Welt verteilt zu werden. Sie waren codierte Nachrichten. Was sagten sie? Vielleicht dass das Leben mehr war als deformierte Kinder im Mutterleib und trunksüchtige Ehemänner, die im Schlaf um sich traten und schlugen. Es machte nichts, dass Al immer gemurrt hatte, wenn sie ihn bat, einen weiteren Schwung auf seiner Werkbank in der Garage zu sägen, eine mit Farbe und Leim beschmierte und mit Werkzeugen übersäte Ebene, die der letzte Ort im Haus war, den er wirklich sein Eigen nennen konnte. Und es machte auch nichts, dass ihn diese wöchentlichen Fahrten zu den Kunsthandwerkermärkten von Kern County und den umliegenden Gegenden angewidert hatten, wo unzählige Frauen mittleren Alters mit hektarweise billigem Plunder zusammentrafen und dabei einen Lärm veranstalteten wie tausend gurrende Tauben. Es gab kein Entkommen vor Kunsthandwerkermärkten. Sie waren seine Strafe. Sie verlangte, dass er sie zu jedem einzelnen fuhr. Helen hasste es zu fahren. Sie glaubte, das sei Männersache, während es ihre Aufgabe war, laut über verpasste Ausfahrten und frei erfundene Zeitpläne zu meckern und panisch aufzuschreien, wenn ein Lastwagen fünfhundert Meter vor ihnen abbog. Wenn sie angekommen waren, befahl sie ihm, die Kisten reinzuschleppen, während sie viel Wirbel um ihr rosa Plastiktischtuch machte und, basierend auf allein ihr bekannten Kriterien, jedes einzelne Herz präzise an seinen Platz legte. Es gab dünnen Kaffee in Styroporbechern und Plastikteller mit labberigem Gebäck und Keksen, wovon er pochende Kopfschmerzen bekam vor lauter Zucker und Verzweiflung. Und er wusste außerdem, dass es Stunden dauern würde, bevor dieses Fegefeuer zu Ende ging und er zu seinem automatisch verstellbaren Liegesessel und seinem wunderschönen neuen Zweiundfünfzig-Zoll-Flachbildfernseher zurückkehren konnte. Frauen hatten Al schon immer völlig fertiggemacht – die Energie, die sie stupiden Details widmeten, das Geld, das sie für nutzlose Dinge ausgaben. Er hatte Helen gegenüber einmal, in einem seiner ungehobelteren Augenblicke, angedeutet, dass eine Frau sogar Hundedünnschiss kaufen würde, wenn man ihn nur richtig verpackte, in eine kurvenreiche rosa Flasche füllte, ein Schleifchen darum band und dem Ganzen einen niedlichen Namen gab. Er wollte damit witzig sein, aber ihr ätzender Blick ließ ihn wissen, dass sie nicht im Geringsten amüsiert war.

Es ist schon lange her, seit Al sich einer Sache so sicher war. Er begreift, dass er zwar nicht mehr Antworten hat, als zu dem Zeitpunkt, als er ins Bett ging, aber nun zumindest weiß, was der nächste Schritt ist: eBay. Das ist die Lösung, mit der er aus den Tiefen seines Unterbewusstseins aufgetaucht ist wie ein Taucher, der ein Prachtexemplar von einem Hummer emporhält.

Wenn Jeremy hier wäre und Al den Mut fände, sich seinen augenrollenden Seufzern auszusetzen, könnte er ihn fragen, wie diese eBay-Sache funktioniert. Er hat die Seite selbst viele Male studiert, fasziniert von der schieren Vielfalt der angebotenen Dinge. Doch er hat noch nie etwas gekauft, da er es nicht wagt, seine Kreditkarte dem Cyberspace anzuvertrauen, in dem es, laut Time Magazine, von Perversen und Betrügern nur so wimmelt, und erst recht hat er dort noch nie etwas verkauft. Dennoch weiß er, dass man ein Foto von dem machen muss, was man verkaufen möchte, und dieses dann irgendwie auf die Seite bringen muss, damit die Leute sehen, was sie kaufen. Also muss er als Erstes die Herzen fotografieren. So isst man nämlich einen Elefanten: immer einen Happen nach dem anderen.

Er schleppt jeden Schuhkarton mit Herzen, den er finden kann, in die Garage, wo er dann eines nach dem anderen herausholt und auf Zeitungspapier ausbreitet. Zuerst sortiert er sie danach, ob sie fertig sind oder nicht; diejenigen, die noch nicht angemalt oder mit Sprüchen beklebt sind, wandern zurück in den Karton. Der Rest, exakt einhundert Herzen, liegt glitzernd auf dem Boden ausgebreitet. In den letzten Monaten durchlebte Helen eine weitere künstlerische Metamorphose und hatte begonnen, eine neue Sorte Farbe zu benutzen. Sie enthielt Glitzer oder Flitter oder gemahlene Feenscheiße oder sonst irgend einen Kack, und nun fängt jedes Herz das Licht ein und strahlt auf eine Art, die Al kitschig findet, sie jedoch entzückt hatte.

Irgendwo im Haus liegt eine Digitalkamera, die allerdings Rita gehört, und er wagt es nicht, sie anzufassen. Stattdessen sucht er nach der Sony, die er gekauft hatte, um Helen ein für alle Mal zu beweisen, dass sie schnarchte. Die Kamera war inzwischen quasi antik und so groß, dass er sie sich auf eine

Schulter wuchten musste. Vielleicht weiß Jeremy, wie man Videos bei eBay einstellt.

Ursprünglich hatte er diese Kamera oft benutzen wollen, doch nachdem er mit seinem Video Helen den schlagenden Beweis geliefert hatte, hatte sie unberührt in einer Ecke gelegen. Wodurch sie zu einem seltenen Luxusgut wurde. Die Kategorie »Geräte« war quasi heilig und umfasste alles, vom kleinsten Schraubenzieher bis zu dem Saturn, vielleicht sogar das Haus selbst; und einer der entscheidenden Grundsätze, was Geräte anging, war, dass sie oft genug benutzt werden mussten, um ihre Anschaffung zu rechtfertigen. Er hatte beabsichtigt, Jeremys zukünftige Starauftritte im Football-Team auf Video zu bannen, doch zu seiner unendlichen Enttäuschung hatte sich Jeremy zum Football-Verächter entwickelt; er wollte nur noch Videospiele mit diesem fetten, kleinen Mexikaner spielen. Er hätte vermutlich Videos von Henry drehen können, aber wer wollte sich schon Filme von einem geistig zurückgebliebenen Kind ansehen? Das wäre ja nur deprimierend. Kein einziges Mal hat er Henry angesehen, ohne sich vorzustellen, was wohl aus ihm geworden wäre, hätte sich diese Nabelschnur nicht um seinen Hals gewickelt. Davon abgesehen war Rita die Fotografin der Familie. Wenigstens hatte er die Sony wieder ordentlich in ihrer Originalverpackung mit dem angepassten Styroporbett verstaut. Der Deckel der Schachtel war zwar verstaubt, aber das war dann auch schon die einzige Spur, die der Zahn der Zeit hinterlassen hatte.

In der Kamera findet Al die Videokassette, auf die er vor über zwei Jahrzehnten Helen aufgenommen hatte. Er weiß, das Schnarchen wird nicht mehr drauf sein. Zutiefst gekränkt und beschämt hatte sie ihn damals gezwungen, das Band zu löschen. Nun wünscht er sich, er hätte es nicht getan. Er würde viel Geld dafür zahlen, sie nur noch ein einziges Mal schnarchen zu hören. Er stöpselt die Kamera ein und freut sich, als sie surrend zum Leben erwacht. Diese Japsen haben einen guten Apparat gebaut, was sie, wie er annimmt, den Milliarden von Yankee-Dollars zu verdanken hatten, die ihr Land geflutet hatten wie Wasser ein Reisfeld, nachdem sie es zuvor erforderlich gemacht hatten, dass man sie mit Atomwaffen zur Kapitulation zwang. Alle haben die gleiche Nummer abgezogen, die Japsen, die Koreaner, die Schlitzaugen: Zuerst lassen sie sich von uns gehörig in den Arsch treten, und anschließend lassen sie sich all unsere Arbeitsplätze in der Industrie rüberschicken. Schon bald wird Vietnam an der Reihe sein, nimmt er an, aber wenn das passiert, ist er längst tot.

Nachdem er eine ganze Minute lang an der Kamera herumgefummelt hat, findet er heraus, wie das Teil aufnimmt. Er richtet das Objektiv auf die Herzen und macht einen Schwenk. Plötzlich kommt ihm in den Sinn, dass er vielleicht was dazu sagen sollte, denn er möchte ja, dass die Leute wirklich verstehen, was sie da sehen. Er räuspert sich und beginnt.

»Hier spricht Alvin Merkin. Heute ist der 5. September 2011, und ich stehe hier in meiner Garage in meinem Haus in der Jacaranda Street in Elysium, Kalifornien, USA. Wir wohnen hier seit 1988. Ich bin 2002 in Rente gegangen, nachdem ich dreiunddreißig Jahre lang in der Edmonston Pumping Plant gearbeitet habe, die meiste Zeit in leitender Position.« Wie viel sollte er über sich erzählen? So wenig wie möglich, entscheidet er. Die Leute, die sich das im Internet ansehen, kaufen ja schließlich nicht ihn. Trotzdem findet er, dass sie es wahrscheinlich schon gut finden, wenn sie ein bisschen was zum Hintergrund erfahren. Also lässt er die Kamera über die Einfahrt schwenken und gewährt ihnen einen Blick auf den

Vorgarten und das Haus auf der gegenüberliegenden Straßenseite. Die Leute sind immer daran interessiert, wie Amerika aussieht.

»Das da drüben ist das Haus von Mr. Richard Belton, einem unserer Nachbarn«, sagt er. »Mr. Belton arbeitet für den Staat Kalifornien. Er pendelt dreimal pro Woche nach Sacramento. Das ist eine Akazie dort in unserem Vorgarten. Ich habe sie nicht gepflanzt. Sie war schon da, als wir eingezogen sind. Wie Sie sehen, ist das Wetter heute klar, wie immer. Die Temperatur beträgt ungefähr fünfundneunzig Grad. In Fahrenheit«, ergänzt er für seine europäischen Zuschauer. »Wir erwarten heute keinen Niederschlag.«

Genug Hintergrundinfo. Er kehrt wieder zu den Herzen zurück, die ihn im schräg durch das offene Garagentor einfallenden Licht anfunkeln.

»Bei diesem Angebot geht es um mehrere Dutzend Herzen, die von meiner verstorbenen Frau, Mrs. Helen Merkin, hergestellt wurden. Sie ist letzten Monat im Alter von sechsundsechzig Jahren von uns gegangen. Helen und ich waren siebenundvierzig Jahre lang verheiratet. Als wir uns kennenlernten, war sie noch auf der Highschool und ich war ein einfacher Soldat bei der U. S. Army, in der ich meinem Land fast zehn Jahre lang stolz gedient habe. Unsere Väter hatten geschäftlich miteinander zu tun, und so wurden wir miteinander bekannt. Wir haben uns zwei Jahre lang den Hof gemacht und schließlich 1964 geheiratet. Schon damals ist Helen mit viel Freude ihrem Kunsthandwerk nachgegangen. Man könnte sagen, es war ihr Hobby. Schon in diesen frühen Jahren hat sie immer allen möglichen Schmuck und Dekorationen gebastelt.«

Eine Erinnerung steigt in ihm hoch, und er beschließt, sein Publikum teilhaben zu lassen.

»Als ich sie kennenlernte, hat sie immer alle möglichen Puppenkleider gestrickt. Kleine Hemden und Hosen und Röcke und hastenichgesehn. Sie war sehr geschickt dabei. Das hatte ich völlig vergessen. Danach hat sie Bilderrahmen gemacht und danach Weihnachtsbaumschmuck. Sie hat sie selbst angemalt und immer verschenkt. Danach kam die Scrapbooking-Phase. Wir haben im Haus eine ganze Kiste mit solchen Erinnerungsbüchern.« Er zieht in Betracht, die Bücher herauszuholen, um sie vor der Kamera vorzuführen, entscheidet sich dann jedoch dagegen. Er ist ja nicht mal sicher, was überhaupt darin steht. »Ich schätze, dass sie etwa 1995 damit angefangen hat, Herzen herzustellen. Demzufolge hat sie über die Jahre ein recht großes handwerkliches Geschick dabei entwickelt. Man würde es nicht ahnen, wenn man sie ansieht, aber in jedem einzelnen steckt ziemlich viel Arbeit. Ich würde sagen, dass sie mindestens eine halbe Stunde für jedes benötigt hat.

Die Herzen sind aus qualitativ hochwertigem Balsaholz hergestellt, das ich hier im Baumarkt erworben und anschließend für sie mit meiner Stichsäge ausgesägt habe.« Al schwenkt die Kamera, um die fragliche Stichsäge zu zeigen; zweifellos werden seine männlichen Zuschauer ihre Freude daran haben. »Ich verwende eine Black & Decker. Sie schneidet sehr präzise und sauber. Ich habe sie natürlich auch gut gepflegt, wie ich es im Übrigen mit all meinen Geräten halte. Ich tausche die Sägeblätter jedes Jahr aus. Die beweglichen Teile sind herstellerseitig mit Schmiermittel versiegelt, daher musste ich diese Teile nicht auseinandernehmen. Alles in allem denke ich, ist das Gerät seinen Preis wert, der, wenn ich mich recht entsinne, vor ein paar Jahren bei etwa zweihundert Dollar lag.«

Zurück zu den Herzen. »Wie auch immer, diese Herzen wurden dann mit einer roten, glitzernden Farbe bemalt und mit handbeschrifteten Schriftrollen verziert. Das alles hat Helen selbst gemacht. Sie hatte eine sehr ruhige Hand. Sie war häufig als Verkäuferin auf Kunsthandwerkermärkten in unserer Region unterwegs. Falls Sie im Kern County wohnen und schon einmal einen Kunsthandwerkermarkt besucht haben, werden sie dabei höchstwahrscheinlich Helen auch an ihrem Tisch gesehen haben. Sie hat es natürlich nicht des Geldes wegen gemacht, sondern aus schierer Freude am Handwerk. Wenn jemand gern ein Herz haben wollte, aber nicht mehr genug Geld hatte, dann hat sie dem- oder derjenigen eines geschenkt, besonders am Ende des Tages, wenn sie bereits einpackte. Es machte sie glücklich zu sehen, dass die Herzen ein Zuhause fanden, das ist alles. Sie heitern jeden Raum auf. Nun, sie sollten das Innere unseres Hauses sehen. Überall Herzen. Man kann sie an die Wand hängen, man kann sie an den Weihnachtsbaum hängen. Manche Leute haben sie sogar an ihren Haustüren angebracht. Andere stellen sie im Wohnzimmer aus. Es ist ein sehr vielseitiger Gegenstand. Sie kosten drei Dollar und fünfzig Cents das Stück. Aber«, sagt er in einem Aufblitzen unternehmerischer Eingebung, »falls jemand daran interessiert wäre, alle Herzen auf einmal zu erwerben, wäre ich bereit, über einen Preisnachlass zu verhandeln.«

Das ist alles, was er sagen muss, vermutet er, aber irgendwie kommt es ihm immer noch unvollständig vor. Er räuspert sich und fährt fort, richtet dabei die Kamera immer noch auf die Herzen.

»Helen war eine tolle Frau. Sie hat all ihre Zeit und Energie in ihr Kunsthandwerk gesteckt, wenn sie sich nicht gerade um Henry gekümmert hat. Das ist unser Enkelsohn, der geistig zurückgeblieben geboren wurde. Sie wissen es vielleicht nicht, aber es ist sehr viel Talent nötig, um diese Herzen herzustellen. Ich schätze, in ihnen spiegelt sich ein gutes Stück weit wider, wie Helen die Welt sah.« Al macht eine Pause. Er spürt, wie er einen heißen Kopf bekommt, und er macht schnell weiter, um sich abzulenken. »Sie war sehr geschickt mit ihren Händen. Hatte immer sehr viel Geduld für die feinen Details. Sie hat auch sehr gern gebacken. Sie hat Kekse, Torten und Kuchen gemacht, und nach Möglichkeit hat sie stets frisches Obst der Saison verarbeitet. Für uns hier in Kalifornien ist es kein Problem, eine Menge frisches Obst und Gemüse zu bekommen.

Ich muss sagen«, fährt er fort, zwar etwas unsicher jetzt, aber er macht weiter, »dass Helens bedeutendste Eigenschaft die sehr, sehr große Sorgfalt war, die sie bei allem, was sie machte, an den Tag legte. Und für ihre Familie hat sie einfach alles getan. An sich selbst hat sie kaum gedacht. Wenn sie einmal etwas Zeit übrig hatte, was nicht oft der Fall war, hat sie immer versucht, sie darauf zu verwenden, das Haus ein wenig hübscher zu machen oder etwas für eines der Enkelkinder zu tun. Wir haben noch einen zweiten Enkelsohn, Jeremy, der dieses Jahr fünfundzwanzig wird. Er hat auch in der Army gedient. Er wurde in Afghanistan schwer verwundet, aber ich bin glücklich, berichten zu können, dass er sich so weit gut erholt hat. Ich erinnere mich gut an den Tag, an dem wir erfahren haben, dass er verwundet wurde –«

An diesem Punkt reißt Al sich zusammen, denn er hat plötzlich einen Kloß im Hals. Er kaschiert es mit einem Husten.

»– Helen war ganz außer sich. Sie hat nicht mehr gegessen, hat nicht mehr geschlafen. Sie hat einfach nur tagelang neben dem Telefon gesessen. Man konnte sie nicht mal überreden, einen Schluck Wasser zu trinken. ›Al‹, sagte sie, ›ich weiß wirklich nicht, was ich tun werde, wenn wir diesen Jungen verloren haben.‹ Das hat sie wortwörtlich so gesagt. Wir haben Jeremy ebenfalls großgezogen, wissen Sie, denn er hat keinen richtigen Vater, und seine Mutter hat viel gearbeitet. Wenn Helen nicht neben dem Telefon wartete, dann betete sie in ihrem Schlafzimmer. Ich selbst bin kein frommer Mensch, aber eines der großartigen Dinge an diesem Land ist unsere Religionsfreiheit. Man entscheidet ganz allein, ob man da mitmacht oder nicht. Niemand hält einem eine verschissene Kanone an den Kopf.

Jedenfalls«, fährt er fort, »Helen ist entschlafen, wie ich schon sagte, vor etwas mehr als einem Monat. Es war der 3. August 2011. Sie ist im Schlaf gestorben, ohne Vorwarnung. Ich war derjenige, der –«

Diesmal kann er sich nicht mit Husten retten. Al hickst, versucht durchzuatmen und beschließt dann, dass genug genug ist. Er sucht verzweifelt nach dem Ausschalter an der Kamera, aber als er ihn nicht finden kann, reißt er den Stecker am Netzkabel aus der Steckdose und verstößt damit gegen seinen eigenen langjährigen Grundsatz, indem er nicht, wie es sich gehört, ordentlich am Stecker anfasst. Dann nimmt er die Kassette aus der Kamera und verstaut die Sony wieder in ihrer Verpackung.

Er sieht es sich auf dem Recorder im Wohnzimmer an, ist ein bisschen verlegen, aber doch auch irgendwie stolz. Er ist entsetzt darüber, wie seine Hand zittert, wie seine Welt auf einen körnigen Film in ausgewaschenen Farben reduziert wird, aber er glaubt, dass Helen sein Selbstzeugnis gut gefunden hätte. Er hatte es ursprünglich nicht so beabsichtigt, aber nachdem es sich so entwickelt hat, ist er ganz zufrieden. Vielleicht weiß ja Jeremy, wie man die unwichtigen Abschnitte rausschneiden kann. Er möchte nicht bei seinen Kunden den Eindruck hinterlassen, sie hätten es mit einem gefühlsduseligen Trottel zu tun. Unordnung dieser Art fördert nicht unbedingt das Vertrauen in die Geschäftsbeziehung.

Der nächste Schritt besteht darin, herauszufinden, wie man das hier auf den Computer bekommt. Dafür benötigt er definitiv Jeremys Hilfe. Al tut nicht so, als verstünde er was von Computern. Sie haben zum einen keine beweglichen Teile, und zum anderen ist es ihm peinlich zuzugeben, dass er nie geglaubt hat, sie würden sich auch nur ansatzweise als nützlich erweisen. Er ist erstaunt, dass heutzutage scheinbar nichts mehr ohne Computer geht. Im Time Magazine hat er gelesen, dass der durchschnittliche Teenager heute mehr Technologie in der Tasche trägt, als sich im Steuermodul des ersten Mondlandefahrzeugs befand. Und trotzdem machen sie nichts anderes, als Drogen zu nehmen und Sex zu haben. Amerika wird an die falschen Leute verschwendet, denkt er.

Aber er weiß, wie man im Internet surft, und mit einem Mal kommt ihm eine Idee. Man kann heute so ziemlich alles über jede Sache herausbekommen, also warum soll er sich weiter den Kopf zerbrechen. Er öffnet ein Browserfenster und ruft Google auf, wo er dann eingibt: Wie überträgt man Video von einer Sony-Kamera, circa 1991, problemlos auf den Computer?

Die Ergebnisse sind enttäuschend, sie ergeben nicht viel Sinn. Es kommt nur selten vor, dass ihn das Internet im Stich lässt. Vielleicht muss er seinen Suchbegriff verfeinern. Aber plötzlich ist er müde. Er wird die verfluchte Kiste ausschalten, vielleicht ein Nickerchen machen oder so.

Dann kommt ihm noch eine Idee. Wenn er Dinge über Video-Kameras nachsehen kann, vielleicht kann er dann auch ein anderes Problem lösen.

Er öffnet eine neue Seite bei Google und gibt ein: Methoden Selbstmord zu begehen. Diesmal funktioniert das Internet so, wie es soll. Wie er erwartet hatte, gibt es eine Unzahl von Methoden. Aber er ist schockiert über die große Zahl von Leuten, die anscheinend einen Großteil ihrer Energie auf dieses Thema verwendet haben. Bei fast sieben Milliarden Menschen auf diesem Planeten leuchtet es ein, dass ein gewisser Prozentsatz davon darüber nachdenkt, genau wie er es ja auch tut. Aber wer würde sich die Mühe machen, Websites mit Anleitungen zu erstellen? Menschen, die Aufmerksamkeit erregen wollen, und kranke Schnösel, entscheidet er. Niemand, der es wirklich ernst meint. Wen man es tun will, dann rennt man doch nicht durch die Gegend und erzählt der ganzen verfluchten Welt davon. Man tut es einfach.

Al fühlt sich jetzt beklommen. Es will nicht mit diesen makabren Typen in Verbindung gebracht werden. Er hat ein gutes Leben gehabt, mit Ausnahme von ein paar Abschnitten, und er wird traurig sein, es zu verlassen, aber wenn er geht, dann wird es keine Tragödie sein. Er ist siebzig Jahre alt. Auch wenn die Zeit im Handumdrehen vergangen ist, war es gerade eben lang genug, um es als ein erfülltes Leben anzusehen. Er hätte nichts dagegen gehabt, noch weitere zehn oder zwanzig Jahre herauszuschlagen, aber es wäre nur ein egoistischer Wunsch, der am Ende nur alle zerstören würde. Wenn er sich nicht bald beseitigt, landet er noch in irgendeinem Pflegeheim, verplempert seine Zeit und verbraucht den Rest seines materiellen Besitzes, während er in ein Lätzchen sabbert und seine Erwachsenenunterwäsche, auch bekannt als Windeln, beschmutzt, und am Ende wird er niemandem mehr etwas hinterlassen können. Trotz seiner Abneigung versieht er die Seite mit einem Lesezeichen, damit er sie später noch einmal aufrufen kann.

Dann erinnert er sich wieder an die Kamera und den Film, der irgendwie ins Internet kommen muss. Während er so darüber nachdenkt, wird er wieder müde. Das wird Jeremy für ihn tun müssen.

Er wirft einen Blick auf seine Uhr. Es ist 9:18 Uhr. Jeremy wird erst in sechs Stunden nach Hause kommen.

Moment. 9:18 Uhr. Warum ist Henry noch nicht aufgestanden? Er ist um diese Uhrzeit doch immer schon auf.

Al stapft den Flur hinunter. Henrys Tür ist geschlossen. Er macht sie auf. Das Bett ist leer.

»Henry?«, ruft er trotzdem. Vielleicht ist das wieder eines seiner Versteckspielchen. Aber es ist schon lange her, seit er klein genug war, um unters Bett zu passen. Er kniet sich dennoch hin, schnappt nach Luft und sieht nach. Nichts. Er ist ebenfalls nicht im Kleiderschrank. Al verlässt das Zimmer und macht eine Runde durchs ganze Haus, ruft in jedem Zimmer seinen Namen. Er sieht im Garten hinter dem Haus nach, dann vorne. Er blickt die Straße hinauf und hinunter. Dann geht er ans obere Ende der Kellertreppe.

»Henry?«, ruft er hinunter.

Natürlich bekommt er keine Antwort. Henry geht nie in den Keller. Er hat Angst vor Spinnen.

Dennoch steigt Al die bebenden Bretter der Treppe hinab, hält sich dabei sorgfältig am Geländer fest. Auf gar keinen Fall will er hier stürzen und sich die Hüfte brechen. Er blinzelt, bis sich seine Augen genug an die Dunkelheit gewöhnt haben, um den Lichtschalter zu finden. Es ist ihm unbegreiflich, wie Jeremy hier unten wie ein Höhlenfisch leben kann. Vielleicht sucht er sich ja jetzt irgendwo eine Wohnung oder ein Haus, nachdem er einen Abschluss und einen Job hat. Und ein Auto, damit Al endlich seinen scheiß Saturn zurückhaben kann. Es wird höchste Zeit für ihn, darüber nachzudenken, sich eine

Frau zu suchen und eine eigene Familie zu gründen, statt in dieser immerwährenden Nachkriegs-Jugendphase zu verharren.

Ganz offensichtlich ist niemand hier, aber es ist schon eine ganze Weile her, seit Al sich in seinem eigenen Keller umgesehen hat. Plötzlich hat er das Bedürfnis herauszufinden, was hier unten in seinem Eigentum los ist. Er sieht Jeremys ungemachtes Bett, die Kleidung liegt über den Boden verstreut, sein Laptop mit aufgeklapptem Bildschirm surrt emsig, während er eine unsichtbare Aufgabe erledigt. In einem Plastikbehälter auf dem Tisch neben dem Bett befindet sich etwas Pflanzliches. Al nimmt es in die Hand und riecht daran. Es ist ein voller, grasartiger Geruch, und nach einem Augenblick begreift er, dass es Marihuana sein muss. Cannabis sativa. Tja, vermutlich besitzt Jeremy dafür ein Rezept, aber wie man einfach losgehen und etwas kaufen kann, von dem die Regierung ganz klar gesagt hat, dass es illegal ist, geht über seinen Horizont hinaus. Wenn er Medikamente benötigt, soll er doch um Himmels willen Pillen nehmen wie alle anderen auch.

Al nimmt den Behälter mit nach oben und kippt den Inhalt in die Toilette. Er muss viermal abziehen, bevor die letzten Reste, schließlich wasserdurchtränkt, weggespült werden. Den Plastikbehälter wirft er in den Müll.

Nachdem nun Recht und Ordnung wiederhergestellt ist, erinnert sich Al, dass es ein ernsteres Problem gibt. Henry darf das Haus eigentlich nicht allein verlassen.

Er kehrt zurück in die Küche und öffnet eine Schranktür, an deren Innenseite die Telefonnummern aufgeklebt sind. Er wird Rita anrufen. Al weiß, wo sie ist und was sie tun, sie und ihr dunkelhäutiger kleiner Freund. Er wählt ihre Mobilnummer.

»Hallo?«, meldet sich Rita.

»Ist Henry bei dir in diesem Hindu-Sex-Palast?«, will Al wissen.

»Was? Wie meinst du das, ob Henry bei mir ist?«, fragt Rita.

»Ich glaube, die Frage war doch ziemlich unkompliziert«, entgegnet Al. »Henry ist nicht hier. Deshalb rufe ich jetzt an, um mich zu erkundigen, ob er wohl bei dir ist.«

»Nein, er ist nicht bei mir. Ist er weg?«

»Normalerweise ist das die Bedeutung von ›nicht hier‹, ja«, sagt Al.

»Dad ... Was redest du da? Wie kann er einfach weg sein? Ist er gegangen? Ist er mit jemandem gegangen?«

»Ich weiß es nicht. Ich wollte ihn vorhin aufwecken und er lag nicht in seinem Bett. Und ich kann ihn nirgends finden.«

»Oh, mein Gott«, sagt Rita. »Okay. Warte. Ich komme sofort nach Hause.«

»Sollte ich die Polizei verständigen?«, fragt Al. Aber da hat sie bereits aufgelegt.

Al hält den Knopf einen Moment lang gedrückt, dann lässt er ihn los. Als er wieder ein Freizeichen hat, wählt er 911. Die werden schnell reagieren, denkt er mit einiger Befriedigung. Nicht wie in manchen Ländern, in denen die Cops alle so korrupt sind, dass man sie erst bestechen muss, bevor sie was tun.

10

Porteus hatte es nicht »gefeuert werden« genannt. Die Formulierung, die er benutzte, lautete »langfristige Freistellung«. Es war eine äußerst kurze Unterhaltung.

»Man ist natürlich so lange unschuldig, bis die Schuld bewiesen ist«, hatte Porteus gesagt, »außer in Fällen wie diesem, wo Sie einfach nur schuldig sind. So wird es zumindest der Schulausschuss sehen. Ich muss Sie gehen lassen, Merkin. Kann Sie hier nicht gebrauchen, solange diese Sache noch über Ihrem Kopf schwebt. Das stiftet mir zu viel Unruhe. Es gibt ein formelles Prozedere dafür. Es wird auch eine Sitzung des Schulausschusses geben. Die werden dann offiziell über Ihren Job entscheiden. Aber ich kann Ihnen jetzt schon verraten, dass denen völlig egal ist, was Sie sagen. Hat man erst mal so eine Beschuldigung an der Backe, dann war's das. Ich hab ja versucht, Sie zu warnen.« Habe ich Ihnen nicht gesagt, Sie sollen die Finger von den verdammten Schülern lassen?«

»Ich habe sie nicht angefasst«, sagt Jeremy.

»Sicher, ist klar«, meinte Porteus leutselig. »Mhm-hm.«

»Ich meine es ernst. Ich gebe zu, dass ich mit ihr in einem Motelzimmer war. Aber ich habe sie nicht vergewaltigt.«

»Warum behauptet sie dann, Sie hätten?«

»Sie hat gar nichts gesagt«, betonte Jeremy. »Es war ihr Vater, der das gesagt hat. Und sie hat mir selbst gesagt, er hätte nicht alle Tassen im Schrank.«

»Was zum Teufel hatten Sie überhaupt in diesem Motelzimmer zu suchen?«

»Sie brauchte Hilfe.«

»Hilfe wobei? Bei ihren Physikhausaufgaben?«, fragte Porteus. »Nein, erzählen Sie's mir nicht, ich will's gar nicht wissen. Sie dürften nicht mal mit mir reden. Ich habe zwei gute Ratschläge für Sie, Merkin. Nummer eins: Halten Sie Ihren Mund, und zweitens: Nehmen Sie sich einen Anwalt. Ich muss jetzt einen Ersatzmann für Sie finden. Sie kennen nicht zufällig jemanden, der gut in Physik ist?«

»Nein, Sir. Kennen Sie irgendwelche Anwälte?«

»Touché«, sagte Porteus. »Also denn, Merkin, passen Sie gut auf sich auf. Sie rufen uns nicht an, wir rufen Sie nicht an. Abgemacht?«

Es hatte keinen Sinn, Porteus die Wahrheit zu erzählen. Er konnte seine Unschuld nicht beweisen, und Porteus war nur daran interessiert, seinen eigenen Arsch zu retten, die Hauptsorge, die Leute in öffentlichen Ämtern eben umtreibt. Er hoffte wahrscheinlich, selbst eines Tages die Schulbehörde zu leiten. Als Jeremy jetzt über den Parkplatz zurück zu dem Saturn geht, macht der Wurm der Qual, der sich in seinen Eingeweiden gewunden hatte, einem tauben Gefühl Platz, besonders als er bemerkt, dass die Fahrzeuge der Fernsehsender verschwunden sind. Öffentliche Demütigung ist etwas Neues für ihn. Wenigstens ist von Jenns Vater weit und breit nichts zu sehen. Dennoch bewegt er sich vorsichtig zwischen den parkenden Autos hindurch, bereit, sofort zu reagieren, falls er mit frischen Anschuldigungen auf den Lippen oder einem Wagenheber in der Hand hinter einem der Wagen lauern sollte.

Jeremy kann jetzt nicht nach Hause. Er muss nachdenken, und wenn die Weite der Wüste ihm schon keinen Frieden bringt, dann wird er hier zumindest die benötigte Einsamkeit finden. Daher fegt er mit dem Saturn an dem See vorbei, den Ouranakis im Zentrum der Stadt angelegt hatte und der seitdem vor sich hin fault wie eine offene Kloake voller stinkender, fast schon zu Gefühlen fähiger Algenlebewesen etwa in der Größe und Form von Seeschlangen und der wöchentlich von der freiwilligen Feuerwehr nachgefüllt wird mit noch mehr Wasser, das den mexikanischen Indianern gestohlen wurde. Die große Werbetafel, auf der Elysium als Paradies dargestellt ist, steht immer noch, und der fröhlich betrunkene Grieche darauf wird jedes Jahr von den Immobilienmaklern mit Farbe aufgefrischt, die für den verstorbenen Ouranakis dieselbe Ergebenheit an den Tag legen wie die versprengten japanischen Getreuen, die noch lange nach Ende des Zweiten Weltkriegs für ihren Kaiser die Stellung hielten. Und jedes Jahr verunstaltet es dasselbe Arschloch wieder mit seiner Farbdose. Jeremy wünscht sich, er wüsste, wer es ist, denn er würde ihm nur zu gern die Hand schütteln. Eine Fontäne bläst eine grünliche Flüssigkeit gen Himmel, verteilt Wassertropfen von puddingartiger Konsistenz und versprüht abscheuliche mikroskopische Lebensformen in die Luft von Elysium. Jeremy hält die Luft an, bis er die Fontäne sicher im Rückspiegel erkennen kann.

In zielloser Verwirrung fährt er weiter durch die toten Randgebiete der Stadt, deren Häuser nie gebaut wurden. Das digitale Thermometer auf dem Armaturenbrett hat siebenunddreißig Grad erreicht. Hier hält er an, am Rande von Ouranakis' Traum. Steppenläufer werden von den Santa-Ana-Winden dort entlanggeblasen, wo einst die Straße verlief. Die Wüste hat von einem weiteren imaginären Häuserblock Besitz ergriffen, Tentakeln aus grauem Sand kriechen hinein, wabern über die leeren Betonplatten und türmen sich zu Dünen auf, während unvollendete Rohrleitungen wie Schienbeine zum Himmel aufragen. Er starrt über die weite Ebene zu der zerklüfteten Bergkette in der Ferne.

Als Junge war er häufig durch die Wüste gewandert und dabei manchmal über eigenartige Relikte gestolpert, die sich in dieser rostfreien Zone ansammelten. Nichts verrottete hier draußen; es war nicht feucht genug. Alte Klapperkisten und Schrottkarren lagen in Gräben, in die sie von jugendlichen Autodieben gefahren worden waren, die inzwischen längst in Altersheimen leben. Einmal hatte er eine echte Fliegerbombe gefunden. Al hatte erklärt, es sei eine Attrappe, die wahrscheinlich während des Zweiten Weltkriegs bei Trainingsflügen für die Vernichtung Deutschlands oder Japans abgeworfen worden war. Ein anderes Mal hatte er sogar ein ganzes Haus gefunden, das eigentlich kaum mehr war als eine graue, verwitterte, nur noch von den elektrostatischen Kräften des eigenen Zerfalls zusammengehaltene Baracke, die für sein zwölfjähriges Ich dennoch äußerst faszinierend war. Im Innern fand er ein altes metallenes Bettgestell, Bierdosen mit verblassten Etiketten, eine verbogene Gabel, ein Bügeleisen, das wirklich noch aus Eisen bestand, die Seite einer Tageszeitung von 1948 und einen vergleichsweise modernen Tampon-Applikator. Diesen letzten Gegenstand stieß er vorsichtig mit einem Zeh an und fragte sich, welche Geschichten das Ding wohl erzählen könnte. Er hatte kurz überlegt, die Baracke in Brand zu stecken, einfach wegen des Nervenkitzels, sie brennen zu sehen. Weil aber niemand dort war, der ihn anstachelte, hatte er gekniffen. Es war ihm später nie mehr geglückt, die Baracke wiederzufinden. Er nahm an, es war so was wie ein kalifornisches Brigadoon, das jedes Jahr nur einmal im Hitzeschleier auftauchte.

Die Wüste bringt ihm nicht den Frieden, den er sucht. Er

wendet das Auto und fährt zurück in Richtung Stadt. Er kommt am Kozy Kart vorbei und überlegt, hineinzugehen und eine Weile lang die Zeit totzuschlagen, weiß jedoch, dass nur der überarbeitete Kazar da ist, der ihn mit seinen tief betrübten Augen fixieren und den Wunsch äußern wird, jemand würde mit ihm Fußball spielen. Nur dass er es nicht Fußball nennt, sondern Football.

Das Telefon klingelt. Es ist Rita. Er geht ran.

Jeremy biegt in die Einfahrt des Hauses am Jacaranda Drive ein. Drinnen sitzt Al allein im Wohnzimmer und starrt missmutig auf Henrys leeren Sessel. Henrys Augenmaske liegt wie eine leblose Fledermaus auf dem Kissen, das vermutlich für alle Zeiten den Abdruck seines Hinterteils trägt. Dieses Detail bringt Jeremy auf die groteske Idee, dass die Polizei vielleicht weiß, wie man Arschabdrücke nimmt. Mit plötzlich eintretenden Notfällen kam er schon immer gut klar. Es sind diese langen, langsamen, sich endlos hinziehenden Situationen, die ihn zermürben.

»Warum bist du nicht bei der Arbeit?«, fragt Al, als er durch die Tür tritt.

»Ist was passiert«, sagt Jeremy.

»Das kannst du laut sagen. Hier ist der Teufel los«, sagt Al.

»Ich weiß. Mom hat mich angerufen.«

Jeremy durchquert das Wohnzimmer und geht dann weiter den Flur hinunter in Henrys Zimmer, um sich seiner Abwesenheit erst selbst zu vergewissern. Helen hatte Henrys Zimmer einmal am Tag aufgeräumt, aber Rita hat für sich eine klare Grenze gezogen: Henry kann lernen, sein Zimmer selbst aufzuräumen. Die Konsequenz daraus ist, dass es nun langsam zu einer Art Urzustand zurückkehrt, fast, als versuche Henry, die chthonische Brühe neu zu erschaffen, aus der einst die Menschheit hervorging.

Jeremy watet durch eine Lage schmutziger Wäsche, wobei er fast damit rechnet, von einer neuen, noch unbekannten Lebensform in den Zeh gebissen zu werden. Widerstrebend zieht er die Bettlaken zurück, in der Hoffnung, irgendeinen Hinweis zu entdecken. Irgendwer muss sich wirklich um die Wäsche des Jungen kümmern, wird ihm klar. Er öffnet den Kleiderschrank, nur für den Fall, dass das Ganze ein großer ausgetüftelter Streich ist, Henry sich darin versteckt und sich dabei ins Fäustchen lacht. Aber Henry spielt ihnen keinen Streich. Das übersteigt seine Fähigkeiten. Der Geruch von etwas Verrottendem erregt die Aufmerksamkeit von Jeremys Nase. Er wühlt herum, bis er eine leere Chipstüte findet, in der ein Apfelkerngehäuse liegt, schon ganz flauschig vor Schimmel, sowie ein paar vergammelte Krümel. Er hält das Objekt zwischen Daumen und Zeigefinger und bringt es in die Küche, wo er es in der Mülltonne entsorgt. Dann kehrt er zurück ins Wohnzimmer.

»Wo ist Mom?«, fragt er Al.

»Unterwegs mit ihrem Swami und Henry suchen«, sagt Al. »Die Cops waren auch schon da, sind aber wieder weg.«

»Welche Cops?«, fragt Jeremy.

»Die State Police. Die haben das ganze Haus abgesucht. Und jetzt suchen sie überall im County.«

»Waren sie auch im Keller?«, fragt Jeremy alarmiert.

»Warum? Hast du was zu verbergen?« Al wirft ihm einen schrägen Seitenblick zu. »Keine Sorge, ich habe deine illegalen Drogen weggeschmissen, bevor sie gekommen sind.«

»Du hast was?«

»Richtig gehört. Mein Haus, meine Regeln. Wenn du Kokain schnupfen willst oder Rauschgift spritzen oder was immer du da unten tust, dann geh lieber und mach's woanders. Es wird sowieso langsam Zeit, dass du dir eine eigene Bleibe suchst. Du bist alt genug, auf eigenen Füßen zu stehen. Als ich in deinem Alter war –«

»Mein Gott, ich fass es einfach nicht, was du manchmal redest«, sagt Jeremy und streicht mit beiden Händen durch seine Haare. Das war wirklich echt guter Shit gewesen. Aber diese Diskussion muss warten. »Du hast nicht gehört, wie er gegangen ist?«

»Ich habe gar nichts gehört«, sagt Al. »Und ich hab heute schon mit Kaliforniens Besten Frage-und-Antwort gespielt. Als ich in sein Zimmer reingeschaut habe, war er schon lange fort.«

Jeremy denkt zurück an seine Ausbildung beim Such- und Rettungsdienst. Man begann an dem Ort, an dem der Vermisste zuletzt gesehen wurde, und arbeitete sich in konzentrischen Kreisen nach außen vor. Also wirft er einen Blick in die Garage und macht sich im Geiste eine Notiz, Al zu fragen, warum Helens Herzen-Sammlung kreuz und quer auf dem Boden verstreut herumliegt, ist sich aber gleichzeitig bewusst, dass dies sowieso nur ein weiterer Post-it-Zettel an der Kühlschranktür seines Kurzzeitgedächtnisses ist, der runterrutscht und nie wieder gesehen wird. Dann geht er in den Garten und sieht im Schuppen nach. Er ist nicht dort – nicht in der einen Meter hohen Josua-Palmlilie, der einzigen Pflanze dorthinten, nicht getarnt wie ein dickes braunes Chamäleon auf dem schon ewig toten Rasen, und er hockt auch nicht auf dem Dach und verfolgt das Drama, das sich infolge seiner Abwesenheit entwickelt.

Er geht zurück ins Wohnzimmer und starrt wieder auf den Sessel. Etwas fehlt, genauer gesagt etwas außer Henry, doch er kommt nicht drauf.

»Zufrieden?«, fragt Al. »Was ist? Meinst du, wir hätten ihn hier drinnen einfach nicht bemerkt?«

»Wir müssen von Tür zu Tür gehen«, sagt Jeremy. »Alle Nachbarn fragen.«

»Das haben deine Mutter und die Polizei bereits getan. Niemand hat ihn gesehen. Alle waren viel zu sehr mit Fernsehen beschäftigt. Ein Raumschiff mit Außerirdischen hätte ihn am helllichten Tag entführen können, und keiner hätt's gemerkt.«

»Glauben die, jemand hat ihn mitgenommen?«

»Wer würde Henry schon mitnehmen?«, antwortet Al. »Im Ernst. Wer zum Teufel würde ihn haben wollen?«

»Da draußen laufen alle möglichen kranken Wichser rum«, sagt Jeremy und untersucht die Haustür auf Spuren einer gewaltsamen Öffnung. Er bemerkt etwas Verdächtiges. »Was ist mit dieser Delle hier im Rahmen?«

»Die hast du verursacht, als du vor neun Jahren den Esszimmertisch reingetragen hast. Die Cops haben mich das auch gefragt.«

»Ich gehe wieder raus«, sagt Jeremy.

»Wohin?«

»Wohin glaubst du? Ich gehe suchen.«

»Ja, aber wo?«

»Keine Ahnung, ich weiß nicht. Überall. Ich kann nicht hier rumsitzen und Däumchen drehen.«

»Warte«, sagt Al. Er steht auf und beginnt, den Raum nach seinen Schuhen abzusuchen. »Ich komme mit.«

»Ich dachte, du wolltest hierbleiben, falls er zurückkommt.«

»Ich lasse die Tür offen«, sagt Al. »Dann kann er einfach rein. In unserer Gegend muss man sich keine Sorgen wegen Kriminalität machen, weil hier jeder eine akzeptable Hautfarbe hat.«

»Ich warte im Wagen«, sagt Jeremy. »Und deine Schuhe sind wahrscheinlich da, wo sie immer sind: im verfickten Schrank.«

Er stiefelt wieder hinaus in die Einfahrt und setzt sich auf den Fahrersitz des Saturn. Die Santa-Ana-Winde brausen die Straße hinunter, fegen reinigend über den Bürgersteig. Die ganze Stadt neigt sich gen Osten. Wenn alle einfach ihre Sachen nehmen und gehen würden, wäre Elysium in hundert Jahren verschwunden, vom Sand weggeschmirgelt. Mit Sicherheit wäre Henry bei diesem Wind nicht spazieren gegangen. Er hasst Wetter jeglicher Art.

Einen Augenblick später kommt Al mit Schuhen aus dem Haus und gestikuliert, er solle hinter dem Lenkrad verschwinden. »Ich fahre«, sagt er.

»Du? Du kannst doch überhaupt nicht fahren«, sagt Jeremy.

»Ich beschlagnahme dieses Fahrzeug, wie es nach kalifornischem Gesetz mein Recht ist«, sagt Al. »Außerdem habe ich die Schlüssel.« Er hebt sie hoch und lässt sie baumeln.

Jeremy steigt aus, geht um den Wagen herum, steigt auf der Beifahrerseite wieder ein und unterdrückt dabei eine Welle von Schmerz. Al setzt sich hinter das Lenkrad und stöhnt, als er erst eines und dann das andere Bein in den Wagen hebt.

»Na, wir sind vielleicht ein Gespann«, meint Al. »Obwohl ich besser dran bin als du. Wenn du erst mal so alt bist wie ich, kommst du gar nicht mehr aus dem Bett.«

»Vielen herzlichen Dank«, murmelt Jeremy.

»Was?«

»Lässt dein Hörvermögen nach?«

»Was?«

»ICH SAGTE, LÄSST DEIN HÖRVERMÖGEN NACH?«

»Nein, mein Hörvermögen lässt nicht nach«, antwortet Al. »Du brauchst gar nicht so zu brüllen.«

»Du hast ihn beim Verlassen des Hauses noch nicht einmal gehört«, sagt Jeremy.

»Hör auf, mir die Schuld zu geben«, befiehlt Al ihm. »Das hat deine Mutter bereits versucht, und ich wollte nichts davon hören. Der Junge hat seinen eigenen Kopf, selbst wenn er nur halb funktioniert. Ich kann nicht jede Minute auf ihn aufpassen. Wenn er abgehauen ist, ist er abgehauen.«

»Henry haut nicht ab«, sagt Jeremy. Denn zum Abhauen braucht es Motivation, Entschlossenheit, ein Ziel und innere Stärke. Und Henry besitzt nichts davon.

Al startet den Motor, setzt zurück und verfehlt den Briefkasten nur um Haaresbreite mit dem Rückspiegel. Er fährt mit der Geschwindigkeit eines krabbelnden Kleinkindes zur Kreuzung an der Ecke, an der weit und breit kein anderes Fahrzeug zu sehen ist. Hier setzt er den rechten Blinker und wartet.

»Grandpa, du kannst fahren«, sagt Jeremy.

»Laut Gesetz muss man für drei Sekunden komplett zum Stehen kommen«, sagt Al. »Verkehrsregeln gibt es aus gutem Grund, weißt du.«

»Ich wäre ja sogar zu Fuß schneller.«

»Nein, wärest du nicht. Wohin fahren wir überhaupt?«

»Um den Block. Dann fährst du weiter durch den toten Stadtteil. Vielleicht ist er dort unten.«

»Und was soll er dort machen, verdammt noch mal?«

»Wer weiß?«

»Ich habe ihm eine Million Mal gesagt, er soll sich von dort fernhalten«, sagt Al. »Keiner hört zu, keiner hört auf meinen Rat. Jeder macht immer nur das, was er gerade will. Und genau das ist die Definition von Chaos.«

Sie fahren um den Block, dann um vier Blocks, dann um acht Blocks. Dann fahren sie durch die unbewohnten, unbebauten Straßen. Jeremy weiß, dass Al in ungefähr fünf Sekunden etwas Abfälliges über Ouranakis von sich geben wird. Steppenläufer werden im auffrischenden Wind fortgeblasen. Ein Staubteufel, ein kleiner Wirbelsturm, kommt die Straße herauf und zieht durch ihren Wagen wie ein Wesen aus einer anderen Realitätsebene. Weit und breit keine Menschenseele zu sehen.

»Dieser verdammte, hinterhältige kleine Grieche«, schimpft Al.

An der Grenze zur Wüste halten sie an. Jeremy steigt aus und blinzelt zu den Bergen hinüber.

»Wir brauchen einen Helikopter«, sagt er beim Einsteigen. »Jemand könnte sich ein Jahr lang dort draußen verirrt haben, und man würde ihn niemals zu Fuß finden.«

»Sie haben gesagt, sie werden morgen eine groß angelegte Suche im Gelände starten. Dafür müssen sie vierundzwanzig Stunden warten.«

»Warum, verdammte Scheiße?«

»Vorschriften«, sagt Al.

»Wissen sie denn nicht, dass er geistig zurückgeblieben ist?«

»Klar wissen die das. Aber er ist funktionstüchtig und rein rechtlich gesehen ein Erwachsener. Sie sagen, er hätte das Recht, das Haus zu verlassen, wenn er das wollte.«

»Was haben diese Arschlöcher für ein verficktes Problem?«, sagt Jeremy.

»Da musst du nicht mich fragen.«

»Lass uns zum See fahren.«

»Ein guter Plan«, stimmt Al zu. »Wenn er dort reingefallen ist, schwimmt er wie ein Seehund obenauf. Er kann weiß Gott nicht untergehen, mit all dem Speck.«

Sie fahren um den See, aber Henry ist nicht da.

»Wie viele Stunden ist es her, seit er das Haus verlassen hat?«

»Ich habe keine Ahnung«, sagt Al.

Langsam wird es Mittag. Wenn er zu Fuß unterwegs ist, denkt Jeremy, könnte er überall im Umkreis von, sagen wir, fünf Meilen sein. Aber warum sollte er das tun? Henry würde nicht einfach so irgendwo spazieren gehen. Henry geht nie irgendwo hin. Er kennt niemanden. Sein ganzes Leben hat er in diesem Haus verbracht, fest verankert bei Helen.

Als Nächstes fahren sie zum Kozy Kart, wo Jeremy aussteigt und mit Kazar spricht, doch Kazar hat Henry nicht gesehen. Er steigt wieder in den Wagen. Von hier aus kann er Ricos Haus sehen, und auf der Straße davor entdeckt er Ritas Escort. Dann sieht er Rita und Sam, die in der Einfahrt stehen und mit Elizabeta reden.

»Aha«, sagt Al. »Lass uns hier anhalten und mal hören, was es Neues gibt.« Er kurbelt die Scheibe herunter. Rita und Elizabeta kommen herüber. Sam hält vorsichtig Abstand zu Al, obwohl er Jeremy ansieht und ihm zuwinkt. Jeremy winkt zurück.

»Da bist du ja«, sagt Rita durch die Seitenscheibe zu Jeremy.

»Was machst du hier, Mom?«

»Ich habe nur Elizabeta gefragt, ob sie uns irgendetwas zu erzählen hat«, sagt Rita.

»Du meinst, ob sie irgendwas in ihrer Kristallkugel sieht«, sagt Al. »Ich hoffe nur, du hast ihr kein Geld in die Hand gedrückt.«

Elizabeta erscheint auf Jeremys Seite des Wagens. »Ich muss mit dich reden«, flüstert sie und winkt ihn heraus. Jeremy folgt ihr zum Heck des Saturn.

»Yeremy, ich noch nie so etwas gesehen. Hunderte Menschen dir folgen. Und die ganze Zeit es werden immer mehr.«

Jeremy schluckt. Ich werde gar nicht erst anfangen, diesen Scheiß zu glauben, denkt er. Aber Elizabeta glaubt es. Und es ist die Überzeugung in ihren Augen, die ihn mehr als alles andere erschreckt. Sie sieht in diesem Moment eine ganze Horde von Schatten, die sich auf der Straße hinter ihm drängen. Und jeden Moment wird ihr Kopf anfangen, auf ihrem Hals zu rotieren, und dann wird sie grünen Glibber auskotzen.

»Und? Was sagen sie?«

»Sie über Henry reden.«

»Was ist mit ihm? Wissen sie, wo er ist?«

»Natürlich wissen sie. Sie Geister.«

Jeremy wartet.

»Aber sie nicht verraten«, sagt Elizabeta.

»Klar«, meint Jeremy. »Natürlich nicht. Warum sollten sie auch?«

»Sie wollen, dass du ihm folgst.«

»Das wollen sie, ja?«

»Ja. Du glaubst nicht?«

»Elizabeta«, sagt Jeremy, »wenn man in meiner Welt möchte, dass ein Mensch einem anderen folgt, dann sagt man ihm, wohin die fragliche Person gegangen ist.«

»Die Geistwelt nicht so funktioniert.«

»Ist mir auch schon aufgefallen.«

»Yeremy, ich glaube, er okay. Er wird beschützt. Aber etwas Großes kommt. Etwas sehr Großes.«

»Für Henry?«

»Für Henry, dich, jeden in deine Familie. Henry führt dich irgendwohin. Du musst gehen.«

»Verdammte Kacke«, sagt Jeremy und streicht sich mit den Händen durchs Haar. »Gut. Ich gehe. Wohin?«

»Ich weiß nicht, cariño. Tut mir leid. Hast du deine Vater besucht, wie ich dir gesagt?«

»Ja.«

»Gut«, sagt Elizabeta. »Das wird helfen.«

»Helfen wobei? Henry zu finden? Er hat überhaupt nichts mit ihm zu tun.«

»Alles zusammengehört«, sagt Elizabeta. »Du im Augenblick nicht erkennst, aber alles zusammenhängt. Wie ein ... ein Netz, das Spinne macht.«

»Ein Spinnennetz.«

»Ja. Genau so.«

»Werden wir ihn heute finden?«

»Nicht Finden ist wichtig. Ist Suchen. Du hab Vertrauen, Yeremy. Okay? Ich weiß, du glaubst nicht. Aber trotzdem Vertrauen haben.«

»An diesem Punkt würde ich alles glauben, was funktioniert«, sagt Jeremy.

»Manchmal das schon genug«, sagt Elizabeta.

Er steigt wieder in den Wagen.

»Jeremy«, sagt Rita, beugt sich durchs Fenster und spricht an Al vorbei. »Als ich gegangen bin, ist ein anderer Cop vorbeigekommen. Er wollte mit dir reden.«

»Wer war's denn?«

»Ein Deputy Sheriff. Moon war sein Name.«

So fängt es also an, denkt Jeremy. Kein Herumgeschleiche in dunkler Nacht, um ihn im Schlaf zu überfallen, keine spontanen Verkehrskontrollen, um in seinem Auto eine untergeschobene Waffe oder eine Tüte Heroin zu finden. Nur ein Besuch bei seiner Mutter am helllichten Tag. Die Botschaft hätte nicht deutlicher sein können, wenn sie ihm von einem singenden Telegrammboten überbracht worden wäre.

»Was ist heute in der Schule passiert?«, erkundigt sich Rita.

»Ich möchte nicht drüber reden«, sagt Jeremy.

»Na, da bist du dann aber wohl der Einzige. Hab ich dir nicht gesagt, dass dir dieses Mädel nichts als Ärger einbringen wird?«

»Sie ist nicht das Problem«, sagt Jeremy. »Es ist ihr bescheuerter Vater.«

»Was redest du da?«, sagt Al.

»Ach, vergiss es. Wenn er noch mal vorbeikommt, sag ihm einfach, du wüsstest nicht, wo ich bin«, sagt Jeremy. »Ich hätte die Stadt verlassen. Verstehst du? Das sagst du ihm. Und lass ihn nicht ins Haus.«

»Was in aller Welt wird dann passieren?«, fragt Rita.

»Lass gut sein, Mom. Ich kümmere mich drum. Wir müssen weitersuchen. Er könnte immer noch in der Nähe sein. Auf geht's«, sagt er zu Al. »Wir sehen uns dann zu Hause, Mom.«

Al fährt langsam an, doch Rita bleibt im Fenster. Sie räuspert sich.

»Ich werde heute Nacht nicht zu Hause sein«, sagt sie.

Al hält abrupt an. Jeremy zuckt vor Schmerz zusammen.

»Was verdammt noch mal meinst du damit, du bist heute Nacht nicht zu Hause?«, fragt Al.

»Ich übernachte bei Sam.«

»Wozu?«

»Was meinst du mit wozu? Weil ich heute dort übernachten werde, das ist alles.«

»Da hast du dir aber einen tollen Zeitpunkt für einen Urlaub ausgesucht«, meint Al.

»Es ist kein Urlaub«, sagt Rita. »Es ist eine Befreiung. Ihr beide seid absolut in der Lage, für euch selbst zu sorgen. Und ich habe momentan mehr als genug im Kopf.«

»In einem Augenblick wie diesem denkst du an so etwas?«,

fragt Al. »Willst du mich verarschen? Dein Platz ist zu Hause bei deiner Familie, statt mit diesem Turbanträger herumzuschmusen. Deine Mutter würde sich schämen.«

»Mom ist nicht mehr da«, erwidert Rita ausdruckslos.

»Als wenn ich das nicht wüsste«, sagt Al. »Das ist heutzutage jedermanns Entschuldigung. Am Ende wirst du ihm noch seine Bademäntel waschen, weißt du.« Er deutet mit dem Kopf auf Sam. »Du weißt doch, wie diese Leute ihre Frauen behandeln. Nicht ein Quäntchen Respekt. Wenn du Befreiung willst, dann bleib bei deinen eigenen Leuten. Der wird dich nur zu so was wie einer Sklavin machen.«

»Dafür würde ich dir eine Ohrfeige geben«, sagt Rita, »aber mir tut das Handgelenk weh, weil ich den ganzen Tag die Teller anderer Leute durch die Gegend getragen habe. Jeremy, ruf mich nachher an. Wir beide müssen uns unterhalten.«

»Unterhalten worüber?«

»Ich denke, das weißt du verdammt genau«, sagt sie und tritt vom Wagen zurück.

Al fährt los und murmelt dabei frauenfeindliche Beschwörungen vor sich hin.

Sie fahren durch jede Straße der Stadt und halten die einzigen Fußgänger an, die sie sehen, ein Paar walkende Frauen mit Miniatur-Hanteln in den Fäusten, die sie rhythmisch heben und senken. Auch sie haben Henry nicht gesehen.

»Sind Sie nicht dieser Lehrer?«, sagt eine von ihnen.

»Ich habe gehört, man hätte Sie eingesperrt«, sagt die andere.

»Fahr weiter«, sagt Jeremy zu Al.

Sie fahren wieder die Nebenwege entlang, die sich durch die Wüste winden, überzogen von Quad-Reifenspuren und zugemüllt mit den Überresten von Bierpartys und Bergen aufgeschlitzter Mülltüten.

»Was zum Teufel hat sie damit gemeint, man hätte dich eingesperrt?«

»Es gab da ein Missverständnis.«

»Klingt aber nach einem verdammt großen Missverständnis. Hast du eine dieser kleinen Huren gevögelt, die quasi splitternackt durch die Stadt wackeln? Mit ihren Arschgeweihen? Und Ringen in der Nase?«

»Ich habe niemanden gevögelt.«

»Ich würde es dir noch nicht einmal übel nehmen«, meint Al. »Die Art, wie die sich heutzutage anziehen. Die betteln doch alle nur drum, mal richtig durchgevögelt zu werden.«

»Du bist ein perverser alter Sack«, sagt Jeremy.

»Ha. Ich bin ein Mann, genau wie du. Wenigstens nehme ich das mal so an. Wann hast du eigentlich das letzte Mal eine flachgelegt?« Als Jeremy nicht antwortet, nickt Al selbstgefällig. »Dacht ich's mir doch.«

Jeremy merkt, wie seine Laune mit der Sonne sinkt, die dabei ist, hinter dem Horizont zu verschwinden, und dabei die Erde und den Himmel in rotes Licht taucht. Die Schatten der Berge und der Josua-Palmlilien erinnern an Cartoons. Henry ist nie hier gewesen. Also, wo ist er? Alle möglichen Szenarien, die er sich lieber nicht vorstellen will, schießen ihm durch den Kopf. Henry, gefesselt und geknebelt im Kofferraum eines Autos. Irgendwo tot am Straßenrand liegend. Verloren und verängstigt in der Wüste, immer tiefer und tiefer in die Wildnis hinausirrend, dem sicheren Ende entgegen. Wenn er dort draußen wäre, würde er nicht bis zum nächsten Tag durchhalten. Die Sonne ist immer noch brutal zu dieser Jahreszeit, und nachdem er ein Leben lang nur drinnen gesessen und Eis am Stiel vertilgt hat, ist er in keiner besonders guten körperlichen Verfassung. Wenn er sich verirrt oder den Knöchel gebrochen hätte oder so ähnlich, dann würde er einfach da draußen liegen bleiben, bis die Sonne ihn austrocknete oder Kojoten ihn fänden und auseinanderrissen wie ein Stofftier. Jeremy sucht den Horizont nach den spiralförmig kreisenden Flugbahnen von Bussarden und Geiern ab, die ihm sagen könnten, dass etwas von Henrys Größe in die Wüste hinausgegangen und dort gestorben war. Er sieht nichts außer Kondensstreifen: Passagierflugzeuge, Kampfjets, Testraketen. In der Welt da oben ist erheblich mehr los als in der Welt hier unten.

»Die Kiste war übrigens vollgetankt, bevor du gestern damit weggefahren bist«, sagt Al, dessen Interesse immer dem gilt, was sich gerade direkt vor seiner Nase befindet. »Habe ich dir nicht gesagt, du sollst tanken? Wo in aller Welt bist du überhaupt gewesen?«

»Ich war in Bakersfield.«

»Bakersfield? Wozu, verdammt noch mal?«

»Um Wilkins zu besuchen.«

»Wilkins? Meinst du das im Ernst? Warum?«

»Mir war danach«, erwidert Jeremy und freut sich über Als geschockten Gesichtsausdruck. Als Kind hatte er immer mächtig Angst vor Als Gereiztheit. Jetzt amüsiert sie ihn bloß noch.

»Dir war einfach danach, den Verrückten zu besuchen, der dich und deine Mutter sitzen gelassen hat?«

»Er ist nicht verrückt«, sagt Jeremy. »Vielleicht war er's mal, heute jedenfalls ist er's nicht mehr.«

»Ich vermute, wir beide definieren das Wort verrückt sehr unterschiedlich.«

»Ich vermute, wir beide definieren eine ganze Menge Sachen sehr unterschiedlich«, entgegnet Jeremy.

In diesen Moment schießt ein merkwürdiger Blitz aus seinem Kurzzeitgedächtnis, eine Idee, die ihre Hand hebt und auf- und abhüpft. Oh, genau. Er greift in seine Brieftasche und nimmt das Blatt Papier heraus, auf das Wilkins die mysteriösen Worte geschrieben hat. Er faltet es auseinander und zeigt es Al.

»Sagt dir das irgendwas?«, fragt er.

Sie befinden sich auf einer Schotterstraße, unter der umgedrehten Schüssel des endlosen Himmels. Al wirft einen Blick auf das Blatt. Dann steigt er voll auf die Bremse. Der Wagen kommt schlingernd zum Stehen und wirbelt vor ihnen eine große Staubwolke auf. Im Sonnenuntergang verfärbt sich der Staub in apokalyptischen Rottönen, bevor er vom Wind fortgewischt wird.

»Scheiße, woher hast du das denn?«, fragt Al.

»Wilkins hat's mir gegeben. Er sagt, du wüsstest, was es bedeutet. Er sagt, es sei ein Dorf in Vietnam.«

»Verdammt, ich weiß, was das ist«, sagt Al. Er reißt Jeremy das Papier aus der Hand, zerknüllt es und wirft es aus dem Fenster.

»Hey«, sagt Jeremy. »Was ist denn damit?«

»Nichts ist damit.«

»Und? Was bedeutet es?«

»Geht dich nichts an, vergiss es«, sagt Al.

»Nein, ich will's wissen. Es hat etwas zu bedeuten.«

Al bedenkt ihn mit einem langen, bohrenden Blick, der so vollkommen anders ist als jeder Blick, mit dem er Jeremy je zuvor angesehen hat. Plötzlich ist er nicht mehr sein Großvater, sondern wird zu einem hakennasigen alten Mann mit kalten, wässrigen Augen und dünnen, zusammengekniffenen Lippen, die aussehen, als wären sie zu allem fähig. Jeremy kennt dieses Gesicht. In seinen schlimmsten Augenblicken hat er es im Spiegel gesehen, abzüglich des Verfalls der zusätzlichen Lebensjahre. Wie an dem Tag, als er den Fehler machte, während eines Zweiundsiebzig-Stunden-Ausgangs in Abu Dhabi eine LSD-Tablette zu schlucken. Jemand hatte ihm erzählt, es würde seinen Geist neu programmieren, und er war dumm genug, das zu glauben, da er dringend eine Neuprogrammierung benötigte. Sie hatten ihm nicht gesagt, dass es ebenfalls die Türen des Universums öffnete und jeden sabbernden Dämon und flügelschlagenden Albtraum hereinließ, die auf der anderen Seite seines Bewusstseins gelauert hatten. Nach dieser Erfahrung erschien ihm die Rückkehr in den Krieg fast wie eine Erlösung.

»Es ist nichts, was ich mit dir erörtern möchte«, sagt Al.

»Gut«, sagt Jeremy. »Dann schaue ich nach.«

Er nimmt sein Smartphone aus der Tasche und ruft ein Browser-Fenster auf. Mit den Daumen gibt er die Worte ein.

»Was machst du da?«, fragt Al.

»My Lai«, liest Jeremy laut vor. »Schauplatz eines Massakers an dreihundert bis fünfhundert Dorfbewohnern in Viet–‹«

Al schnappt sich das Handy und wirft es ebenfalls aus dem Fenster.

»Hey!«, ruft Jeremy. »Das Teil ist teuer!« Er fummelt am Türgriff rum, doch Al tritt aufs Gaspedal, und der Wagen schießt vorwärts. »Halt an!«, brüllt er. »Fahr sofort zurück! Ich brauche mein Telefon!«

Al fährt weiter.

»Halt an, habe ich gesagt!«, sagt Jeremy. »Halt an, oder ich schwöre bei Gott, ich schlag dir die Fresse ein!«

Al tritt wieder voll auf die Bremse. Der Wagen schlingert zur Seite und rutscht fast von der Straße.

»Du bedrohst deinen eigenen Großvater«, sagt er mit zitternder Stimme. »Du konsumierst in meinem Haus Drogen, du redest respektlos mit mir, und jetzt drohst du mir Prügel an. Du hast keinen Funken Anstand mehr im Leib, falls du überhaupt jemals Anstand besessen hast.«

»Warum hast du mein Scheißhandy aus dem Fenster geworfen?«

»Geh doch, wenn du's so dringend brauchst«, sagt Al. »Geh zurück und hol's dir.«

»Scheiße, was ist in dich gefahren?«, fragt Jeremy. »Du benimmst dich vollkommen irre.«

»Wenn es irre ist, sein Land zu lieben, dann bin ich genauso bekloppt wie dein verfluchter Vater«, sagt Al. »Schließ mich ein und wirf den Schlüssel weg. Na los, mach schon. Geh's holen.«

Jeremy starrt ihn noch eine Weile an. Dann steigt er aus und beginnt die Straße zurückzumarschieren. Nach fünfzig Metern hört er das Zuschlagen einer Autotür.

»Ich habe dafür schon geradegestanden!«, brüllt Al ihm nach, und seine Stimme kommt kaum gegen den Wind an. »Ich hab vor den Offizieren Rechenschaft abgelegt, ich habe vor dem Kongress Rechenschaft abgelegt, und ich werde mich vor demjenigen verantworten, der auf der anderen Seite auf mich wartet, wenn meine Zeit gekommen ist. Aber vor dir muss ich mich nicht rechtfertigen! Vor dir schon gar nicht, Jeremy!«

Jeremy dreht sich um und sieht ihn an. Al steht neben dem Auto – die Arme in die Hüften gestemmt, als würde er sich auf eine Schießerei vorbereiten.

»Vor mir schon gar nicht?«, brüllt Jeremy zurück. »Was soll das denn heißen, verdammt noch mal?«

»Du warst auch Soldat!«, ruft Al. »Du müsstest das verstehen!«

Jeremy versteht gar nichts. Er dreht sich wieder um und setzt seinen Weg entlang der Straße fort. Er entdeckt das Telefon nach weiteren Hundert Metern, die sich für seine Wirbelsäule anfühlen, als würden sie von der Summe der Meter abgezogen, die er in seinem ganzen Leben noch laufen dürfte. Er bückt sich und hebt es auf, ein Bewegungsablauf, den er in ein halbes Dutzend Zwischenschritte unterteilen muss, wobei er vor jedem einzelnen tief durchatmet. Es ist verstaubt, aber unbeschädigt. Titangehäuse. Jeden zusätzlichen Cent wert.

Der Bildschirm leuchtet noch. Er liest weiter. Es ist ein langer Artikel, doch er ist ein schneller Leser. Er hört nicht, wie der Wagen sich hinter ihm heranschleicht, bis er da ist, die Stoßstange nur noch Zentimeter von seinen Beinen entfernt.

Al lehnt sich aus dem Fenster. »Und?«, ruft er. »Zufrieden?«

»Du warst hier?«, fragt Jeremy und hält das Telefon hoch. Der Bildschirm zeigt die Aufnahme einer Reihe toter Dorfbewohner. Ausnahmslos Frauen und Kinder, auf deren Gesichtern sich die letzten Gefühlsregungen von Fassungslosigkeit und panischem Entsetzen eingebrannt haben. »Du hast das getan?«

»Ich habe dich gefragt, ob du nun zufrieden bist«, sagt Al.

»Und ich habe dich gefragt, ob du dort gewesen bist«, erwidert Jeremy.

»Ja, ich war da. Sonst noch Fragen?«

»Fünfhundert Menschen?«

»Das ist nur eine Schätzung. Ich hab mir nicht die Mühe gemacht nachzuzählen.«

»Hast du ... auch geschossen?«

»Ob ich auch geschossen habe? Ich war Soldat in der Armee der Vereinigten Staaten, genau wie du«, sagt Al.

»Du warst nicht die gleiche Art Soldat wie ich«, entgegnet Jeremy.

»Ach nein? Ich schätze, da hast du recht. Wir waren damals anders. Doppelt so lange im Einsatz wie ihr. Keine Handys. Keine E-Mails nach Hause. Und unsere Verlustrate war zehn Mal höher als alles, was du kennst.«

»Das meine ich nicht«, sagt Jeremy. Er sieht erneut aufs Handy. »Hier steht: Frauen und Kinder.«

»Und alte Leute«, sagt Al. »Du hast die alten Leute ausgelassen.«

»Grandpa ... was ist dort drüben passiert?«

»Ausgerechnet du«, sagt Al. »Du müsstest das verstehen.«

»Warum sagst du das dauernd? Was gibt's hier zu verstehen?«

»Du willst mir sagen, dass du es wirklich nicht weißt.«

»Ich verstehe nicht, wie du mich das überhaupt fragen kannst«, sagt Jeremy. »Glaubst du, das ist es, was ich dort drüben gemacht habe? So etwas? Allen Ernstes? Einfach in Dörfer einmarschieren und jeden niedermachen, der sich bewegt?«

»So ist ein Krieg eben manchmal«, sagt Al. »Muss ich dir das wirklich erklären?«

»Vielleicht solltest du das.«

»Sie waren der Feind«, beginnt Al. »Du weißt genauso gut wie ich, dass der Feind heute keine Uniform mehr trägt. Er gibt sich auch nicht mit einer Flagge zu erkennen. Er trägt ganz normale Zivilkleidung. Versteckt sich unter ganz normalen Leuten. Manchmal ist es noch nicht mal ein Er. Manchmal ist es noch nicht mal ein Erwachsener. Es gab haufenweise Kinder. Später haben wir bei ihnen Waffen und Bomben gefunden. Vielleicht bist du der Meinung, wie hätten uns einfach von denen töten lassen sollen. Wäre das das Richtige gewesen?«

»Ja, aber Kinder, die gerade beim Frühstück waren?«, sagt Jeremy. »Frauen? Alte Leute? Babys?«

»Es war ein Vietcong-Dorf. Frauen und alte Leute haben den Feind unterstützt«, sagt Al. »Und Babys wachsen auf und werden zu Soldaten.«

»Oh, mein Gott. Ich glaube, mir wird schlecht.«

»Klar, nur zu, kotz dein Mittagessen aus«, spottet Al. »Das macht ihr Liberalen doch immer, wenn ihr mal mit der Realität konfrontiert werdet.«

Jeremy möchte sagen, was Smarty sagen würde: Es gibt nicht nur eine Realität. Jede Realität ist subjektiv. Stattdessen beugt er sich vor und würgt. Nichts kommt hoch außer einem langen Speichelfaden, der für den Moment, in dem er dort hängt, das Einzige zu sein scheint, das ihn noch mit diesem Ort und dieser Zeit verbindet. Es ist von sich selbst überrascht. Ihm war nie schlecht geworden, wenn er im wirklichen Leben mit solchen Dingen konfrontiert wurde. Vielleicht lag es daran, dass selbst die schlimmsten Dinge, die Zivilisten – Menschen, korrigiert er sich, denn der Ausdruck Zivilisten war oft auf dieselbe Weise ausgesprochen worden, wie man vielleicht sagte: dieser nutzlose und nervige Gegenstand – angetan worden waren und deren Augenzeuge er geworden war, unbeabsichtigt geschehen waren. Diese Sache hier jedoch war absichtlich und mit Vorsatz durchgeführt worden. Und ohne Entschuldigung. Von seinem eigenen Großvater, unter anderem.

Sein aufgewühlter Magen beruhigt sich. Jeremy richtet sich auf und beginnt in Richtung Hauptstraße zu laufen.

»Willst du den ganzen Weg zurück nach Hause laufen?«, ruft Al ihm nach.

Jeremy gibt ihm keine Antwort. Al holt zu ihm auf, fährt neben ihm her.

»Das schaffst du nie«, sagt er durch das Fenster. »Sieh dich doch an. Bei dem Tempo kannst du froh sein, wenn du vor Mitternacht zu Hause bist. Steig ein.«

»Leck mich, Al«, sagt Jeremy. »Ich will mit dir nichts mehr zu tun haben.«

»Was war das? Was hast du gerade zu deinem eigenen Großvater gesagt?«

Jeremy bleibt stehen. Al auch.

»Leck«, sagt er, »mich. Ich geh nicht nach Hause. Ich hab kein Zuhause mehr. Ich wohne nicht mehr bei dir.«

»Jetzt mach hier mal nicht auf hysterische Tusse, Jeremy. Lass mich dir eines sagen: Wenn du drüben gewesen wärest, hättest du genau dasselbe getan.«

»Ich war drüben, und ich habe nicht genau dasselbe getan.«

»Ach ja, tatsächlich? Du warst in Vietnam? Das ist ja witzig, denn ich meine mich erinnern zu können, dass du damals noch gar nicht geboren warst.«

»Du weißt, was ich meine«, sagt Jeremy. »Ich meine, ich war in derselben Situation. Und was du getan hast, wäre das Letzte gewesen, was ich gemacht hätte. Nein, noch nicht mal das Letzte. Es stand überhaupt noch nicht mal auf der Liste der Dinge, die ich tun würde.«

»Es musste getan werden. Ich sage nicht, dass ich stolz drauf bin. Aber ich hab den Krieg nicht angefangen. Ich wurde nur hingeschickt, um in ihm zu kämpfen. Hast du irgendeine Vorstellung davon, wie dieser Teil der Welt heute aussehen würde, wenn wir nicht einmarschiert wären?«

»Ich vermute, ziemlich genau so, wie's heute aussieht, seit wir Vietnam verloren haben«, sagt Jeremy. »Die Kommunisten haben gewonnen. Hast du die Mitteilung nicht bekommen?«

»Gar nichts haben wir verloren!«, brüllt Al. »Eine Million

Mann. So viele Vietcong haben wir erwischt. Also ich würde das einen durchschlagenden Erfolg nennen.«

»Eine Million Tote ist kein Erfolg.«

»Doch, wenn sie zur Gegenseite gehören«, sagt Al.

»Geh weg, Al.« Jeremy setzt sich wieder in Bewegung. »Geh weit, weit weg von mir. Wilkins hatte recht, was dich betrifft.«

Wieder schließt Al mit dem Wagen zu ihm auf und passt sich seinem Tempo an. »Dieser kleine Schwanzlutscher? Was hat er gesagt?«

»Er hat vieles gesagt«, erwidert Jeremy.

»Zum Beispiel?«

»Zum Beispiel, dass du ... Vergiss es. Was kümmert's dich, was er denkt?«

»Ich will wissen, was er gesagt hat.«

»Er hat gesagt, er hätte versucht, mich vor dir zu retten, und das Einzige, was er zutiefst bedauert, wäre, dass ihm das nicht gelungen ist. Und jetzt weiß ich, was er meinte.«

»Dich retten? Ich habe dich großgezogen. Wenn deine Großmutter und ich nicht gewesen wären, hättet ihr auf der Straße gestanden, du und Rita. Ich habe dich gerettet, Jeremy. Nicht er.«

»Vielleicht hätt ich's ja auf der Straße besser gehabt. Es wär besser für mich gewesen, wenn ich mich nie zu dieser verschissenen Army gemeldet hätte, das ist mal sicher.«

»Ich tue jetzt einfach mal so, als hättest du das nicht gesagt.«

»Ja, mach dir weiter was vor.«

»Du hast also selbst niemanden töten müssen, ja?«, fragt Al. »Du bist nur rüber, hast Süßigkeiten verteilt und Werbebroschüren für Demokratie, hast ein paar Brunnen gebuddelt und so Sachen? Und das ist alles?«

»Ich habe nie jemanden getötet, der nicht auf mich geschossen hat«, sagt Jeremy. »Ich hätte niemals einen Nichtkombattanten getötet. Ich habe noch nicht mal drüber nachgedacht. Nur ein verfluchter Geisteskranker würde so etwas tun.«

»Blödsinn. Es gibt Leute, die verdienen es einfach, getötet zu werden. Die Welt ist ohne sie besser dran.«

»Und du nennst Wilkins verrückt«, sagt Jeremy.

Er bleibt wieder stehen. Genau wie Al.

»Wie konntest du nur? Wie konntest du so etwas tun? Was für ein Mensch bist du eigentlich? Wie konntest du nur denken, das wäre richtig? Kleiner Tipp, Al, okay? In dem Moment, in dem du eine Waffe auf Frauen und Kinder richtest, weißt du, dass du auf der falschen Seite stehst.«

Al schweigt. Er sieht Jeremy einen Augenblick lang an, dann blickt er über das Lenkrad nach vorn, das er fest umklammert hält.

»Tut's dir wenigstens leid?«, fragt Jeremy.

»Was?«

»Ich sagte, tut es dir leid? Das möchte ich gern von dir wissen.«

»Das ist eine verdammt schwere Frage.«

»Es ist die einzige Frage.«

»Warum sollte es mir leidtun, wenn ich etwas unternehme, um meine Brüder zu beschützen? Das ist alles, was wir getan haben, Jeremy. Großer Gott. Seit Anbeginn der Zeit hat jede Armee genau dasselbe getan. Es steht ja sogar in der Bibel. Wie kannst du das nicht verstehen?«

»Du glaubst doch gar nicht an die Bibel.«

»Ich glaube nicht an das mit Gott, aber ich glaube die Teile, in denen etwas passiert ist. Die Israeliten bringen die Feinde Gottes um, alle einschließlich der erstgeborenen Söhne. Solche Sachen passieren. So etwas tun Menschen.«

»Hau einfach ab und lass mich in Ruhe.«

»Steig jetzt ein«, sagt Al.

»Nein.«

»Du hast kein Recht, über mich zu urteilen. Das hat niemand.«

Jeremy beugt sich dicht zu ihm, sammelt einen Mundvoll Speichel und spuckt ihn dann in Als Gesicht.

Al zuckt zurück, als wäre er angeschossen worden. Er starrt Jeremy an, lange und eiskalt. Aber er sagt nichts. Er greift nur ins Handschuhfach und nimmt eine Packung Taschentücher heraus. Er wischt sich das Gesicht ab.

Dann fährt er los, die Autoreifen knallen über die Straße.

Jeremy steht eine ganze Weile da und stemmt sich gegen den Wind. Er beobachtet, wie die von Al aufgewirbelte Staubwolke weggeweht und durch eine andere Staubwolke ersetzt wird. Inzwischen ist überall Staub. Er wurde in den Staub hineingeboren, er ging fort, um im Staub zu kämpfen, und bei seiner Rückkehr erwartete der Staub ihn bereits. Nur einmal, denkt er, möchte ich irgendwo leben, wo es keinen verfluchten Staub gibt.

Er geht in Richtung Hauptstraße. Und beim Gehen fällt ihm wie aus dem Nichts ein weiteres Mal das kleine Mädchen in dem gelben Salwar Kamiz ein.

Die Kinder waren das Beste an Afghanistan. Als sie das erste Mal ihre Basis in Helmand erreichten, war es nur ein verlassenes Dorf. Alle waren geflüchtet, um den Taliban zu entkommen, und durch den Ort zu gehen war, wie durch die toten Straßen in seinem eigenen Stadtteil zu laufen. Nur dass es schlimmer war, denn man konnte Spuren von Leben sehen. Man konnte sehen, dass hier einst Menschen glücklich waren, und dann war ihnen ihr Glück geraubt worden. Alle waren einfach aufgestanden und gegangen – wie die Anasazi, hatte

Smarty ihm mal erklärt. Und das lieferte den Vorwand für eine weitere Geschichtsstunde des klügsten Kopfes ihres Platoons.

Ein paar Dutzend Feuergefechte später war die Gegend gesäubert, und die Menschen kehrten zurück. Man sah sie, wenn man auf Patrouille ging, und die größeren Kids sowie die Mutigsten der Kleinen kamen angerannt und riefen das einzige englische Wort, das sie kannten: Chocolate! Chocolate! Salaam, antwortete man, kramte in seinen Taschen und packte alle Süßigkeiten aus, die man in der Messe hatte abstauben können. Man zerbrach die Schokolade in Stücke, sodass jedes Kind ein Stückchen abbekam. Dann rasten die Kinder wie von Sinnen in ihrem importierten amerikanischen Zuckerrausch umher, Demokratie zum Anfassen, zukünftige Konsumenten in der Ausbildung. Man sollte Bic Macs werfen, hatte Smarty eines Tages gemeint. Denn kein Land, in dem es McDonald's gab, hätte je die Vereinigten Staaten angegriffen. Ihre Eltern hatten von den Türen aus zugesehen, wachsam und müde, aber auch erleichtert, einen zu sehen, denn sie mochten die Taliban genauso wenig wie man selbst. Sie mochten auch keine Amerikaner, und zur Hälfte waren sie wahrscheinlich selbst Taliban oder leisteten zumindest gelegentlich einen Beitrag für die Sache. Aber wenigstens hatten sie einen Teil ihres alten Lebens wieder.

Jeremy mochte die Menschen in Afghanistan, aber die Kinder hatte er am liebsten, und am meisten fühlte er sich zu den ängstlichen hingezogen, die sich mit großen Augen und aus Furcht vor ihm zurückhielten. Dann kniete er sich hin und schwang sein Gewehr nach hinten auf den Rücken. Er nahm den Helm ab und legte ihn auf den Boden, damit sie sahen, dass er auch ein Mensch war, dass er ein Gesicht und Augen besaß, genau wie jeder andere. Die Kinder probierten seinen

Helm auf und rannten damit herum, rempelten sich an und lachten. Das war gegen die Vorschrift. Aber scheiß auf die Vorschriften.

Nur an eins von all den Kindern muss er immer wieder denken: das Mädchen in dem gelben Salwar Kamiz. Er hatte gesehen, wie sie vor einer Wand kauerte und ihn ansah. Sie konnte nicht älter als zwei Jahre gewesen sein. Sie war so klein, dass drei von ihrer Größe in seinen Rucksack gepasst hätten. Sie schien nur aus Kulleraugen zu bestehen. Sie lutschte an zwei Fingern und blickte ihn unentwegt an. Er hatte sie nur einmal gesehen, doch dieser Anblick ging ihm nicht mehr aus dem Kopf. Wann immer sie durch den Ort kamen, hatte er nach ihr Ausschau gehalten, doch er hatte sie nie wieder gesehen.

Dann war das Dorf ein weiteres Mal überrannt worden, und als sie das nächste Mal dort durchkamen, waren die Menschen wieder verschwunden. Kugeln pfiffen den Soldaten über die Köpfe, und Granatwerfer dröhnten in den Bergen. Das war der Tag, an dem sie Collins verloren hatten, dessen Weste ihn nicht vor der Kugel hatte schützen können, die irgendwie unter seinem Arm eingedrungen war und seine Brust in etwas verwandelt hatte, das einem Hamburger so ähnlich war, dass Jeremy nie wieder in seinem Leben Hamburger essen konnte. Als er das nächste Mal an der Stelle vorbeikam, an der er das kleine Mädchen gesehen hatte, rannte er, umklammerte sein M16 und hielt sich an das Ausweichmuster, das ihm in der Ausbildung eingebläut worden war: hoch, rennen, er hat mich gesehen, abtauchen. Immer fünf Meter am Stück. Es gab Momente, in denen er meinte, es sei sein Schicksal, auf diese Weise ganz Afghanistan durchqueren zu müssen. Und mittendrin fiel ihm wieder das kleine Mädchen in dem gelben Salwar Kamiz ein, und er fragte sich, was wohl aus ihr geworden war. Die Taliban töteten alle Menschen, die mit den Amerikanern sprachen. Ganz egal wen. Sie brachten Kinder genauso um wie einen erwachsenen Mann. Er war froh, dass sie seinen lockenden Finger ignoriert hatte. Er hatte sich das viele Male gefragt: Was für ein Mensch würde ein Kind töten? Wer so etwas tat, der verdiente die schlimmste Strafe, die man sich vorstellen konnte. Nicht den Tod. Der Tod war ein Geschenk. Es gab eine ganze Menge, das erheblich schlimmer war als der Tod, und manches davon hatte er selbst durchlebt.

Es war genau auf derselben Straße, auf der die Sprengfalle explodiert war, nicht weit von dieser Stelle. Vielleicht sogar genau vor ihrem Haus. Am 7. April 2007. Dem Tag, an den er sich nicht mehr erinnern konnte.

In My Lai wurden viele Kinder getötet, denkt er. Bei dem kurzen Blick auf das Foto auf seinem Handy hatte er gesehen, wie ihre Gliedmaßen mit denen ihrer Eltern und Großeltern verschlungen waren, wie sie dort in dem Graben lagen. Er wünscht sich, er hätte Wilkins nie besucht. Er wünscht sich, er wüsste diese Dinge über Al nicht. Doch jetzt weiß er sie und kann es nicht mehr ungeschehen machen.

Das kleine Mädchen aus dem Dorf wäre jetzt sieben oder acht Jahre alt, falls sie immer noch lebt. Sie wäre im Krieg aufgewachsen, genau wie ihre Eltern und ihre Vorfahren bis zurück zur ersten britischen Invasion – sieben oder acht Generationen lang Krieg, fest verwoben mit ihrer DNA. Drei Kriege gegen die Briten, dann ein Bürgerkrieg, und anschließend waren die Sowjets gekommen und gegangen. Sie hatten kaum Zeit, einmal frei aufzuatmen, als die Taliban sich erhoben, und dann waren die Amerikaner gekommen, begleitet von den Briten zu einer weiteren Zugabe. Die Geschichte dieses Landes war die Geschichte eines einzigen großen und blutigen Durcheinanders. Es war kein Ort für kleine Mädchen. Für sie war er daher nicht mehr als nur ein weiterer Soldat. Nur ein weiterer Mann mit einer Waffe. Sie würde sich niemals an ihn erinnern. Und vielleicht würde sie noch nicht mal einen Unterschied machen zwischen ihm und den Bösen. Vielleicht war er Teil ihrer Albträume. Vielleicht war er der Böse.

Wenn da drüben alles vorbei ist, sagt er sich, werde ich zurückgehen.

Das kommt überraschend. Er weiß nicht, woher dieser Gedanke kommt, aber er ist sich so sicher, wie man nur sein kann.

Wenn sich dort drüben endgültig alles beruhigt hat, werde ich zurück in dieses Dorf gehen und das kleine Mädchen finden. Ich werde nichts zu ihr sagen. Sie wird mich nicht kennen. Aber das macht nichts. Und falls ich sie nicht finde, vielleicht finde ich dann wenigstens ein paar der anderen Kinder, denen ich immer Süßigkeiten gegeben habe. Sie werden dann schon erwachsen sein und vielleicht selbst Kinder haben. Man wurde dort drüben schnell erwachsen. Man war verheiratet und hatte Kinder, noch bevor man aus dem Jugendalter heraus war. Möglicherweise sage ich zu keinem von ihnen ein Wort. Ich werde keinen fragen, ob sie sich an mich erinnern, denn sie werden sich an nichts erinnern wollen, was mit dem Krieg zu tun hat. Und ich auch nicht. Vielleicht wird es mir genügen, einfach zu sehen, dass sie ihr Leben leben. Damit ich weiß, dass diese ganze Scheiße letzten Endes doch zu was gut war. Und damit ich weiß, dass irgendwo auf der Welt etwas Gutes geschehen ist und ich ein Teil davon war.

Aber dann entdeckt er plötzlich, dass er sich nicht mehr an den Namen des Dorfes erinnert. Wie kann das sein? Er hat ihn ja in seinem Leben nur mindestens Tausend Mal laut ausgesprochen. Letzte Woche wusste er ihn noch. Und jetzt ist es, als hätte er ihn nie gewusst. Irgendwas Komisches. Fing mit einem N an. Oder vielleicht mit einem W. Scheiße. Wie konnte er etwas so Einfaches vergessen?

Als er wieder auf der Straße ist, die zurück in die Stadt führt, bleibt er stehen, atmet tief durch und denkt nach. Es wird allmählich dunkel. Von hier kann er den Highway 58 sehen. Der Verkehr rast vorbei und wirbelt noch mehr Staub auf. Er findet eine kleine Anhöhe, setzt sich, verschränkt die Arme und beobachtet die Straße. Die Nachtluft wird frischer. Tagsüber kann man austrocknen wie ein Schwamm im Ofen, und nachts kann man an Unterkühlung sterben. Das Wüstenplateau ist nicht nur ein Ort extremer Temperaturen, sondern auch extremer Ironie. Er zittert, während er den Verkehr beobachtet. Irgendwie wird er nach Hause kommen müssen, doch für den Augenblick sitzt er einfach nur da.

Es fahren viele Lastwagen vorbei, ein paar Autos und dann ein Konvoi nicht weiter gekennzeichneter Tieflader, die unter schwarzen Planen große, geheimnisvolle Frachten transportieren, wobei sie sich langsam und Unheil verkündend vorwärtsbewegen, eskortiert von Truppentransportern davor und dahinter. Wahrscheinlich Raketenteile. Auf dem Weg nach Edwards. In den Lastwagen hocken wahrscheinlich Männer mit Automatikwaffen, die auf einen Angriff warten, der nie kommen wird. Zumindest nicht hier. Die Kinder Afghanistans waren im Krieg aufgewachsen, und die Kinder Elysiums inmitten der Vorbereitungen dafür. Sie befanden sich an entgegengesetzten Enden derselben Fertigungsstraße.

Der Himmel wird von einer Flugzeugstaffel gesichert, drei Maschinen. An ihren stumpfen Nasen erkennt er, dass es

Warthogs sind. Keine Kampfflugzeuge. Panzerjäger. Es gab in der Vergangenheit viele Momente, in denen er verdammt froh war, sie zu sehen. Er wartet, rechnet fast schon damit, das dumpfen Dröhnen ihrer Raketen zu hören oder das Furzen ihrer Kanonen, doch ihr Krawall zieht vorüber, ohne dass etwas geschieht, denn das hier ist ein Land des Friedens.

»Henry!«, brüllt er. Er rechnet nicht mit einer Antwort von Henry. Trotzdem ruft er mehrere Male seinen Namen. Seine Stimme verliert sich im Wind und dem Verkehrslärm auf der Straße.

Er denkt zurück an Henrys leeren Sessel. Irgendetwas schien ihm vorhin gefehlt zu haben. Es hat in einem Winkel seines Kopfes genagt, aber er hat bis jetzt gebraucht, um den Zusammenhang herzustellen.

Smitty. Henry ließ Smitty immer auf dem Sessel liegen, außer wenn er ihn ins Bett brachte. Aber Smitty war nicht da. Und auch nicht in seinem Bett. Wo immer Henry jetzt sein mochte, er hat Smitty mitgenommen.

Also war Henry nicht entführt worden. Er war ganz bewusst und mit einem Vorsatz gegangen. Henry hatte ein Ziel.

Jeremy nimmt wieder sein Telefon heraus und ruft Rico an.

11

An diesem Morgen hatte sich Henry um 6:54 Uhr auf den Weg zum Kozy Kart gemacht, nachdem er die ganze Nacht aufgeblieben war, sein Ninja-Turtle-Rucksack war vollgepackt mit all den Dingen, die ihm für einen Trip nach New York, New York unerlässlich schienen: seine magischen Steine, seine Zahnbürste, die Bilder-Bibel und Smitty, sein einäugiger Teddybär. Er hatte kurz überlegt, die Urne mitzunehmen, in der sich Helens Asche befand, weil er den vagen Verdacht hatte, dass sie immer noch von ihrem Geist bewohnt war, und annahm, sie könne an den Anblicken und Geräuschen einer langen Busfahrt interessiert sein – obwohl er keine Ahnung hatte, wie lang sie wirklich war. Außerdem befürchtete er, Nanny würde es langweilen, die ganze Zeit nur auf der Anrichte zu stehen und ihrer Familie beim Tagesgeschehen zuzusehen. Aber am Ende ließ er sie dann doch stehen, denn das Verschwinden eines so verehrten Objekts würde mit Sicherheit ziemlich viel Ärger verursachen, das wusste er. Es kam ihm nicht in den Sinn, dass sein eigenes Verschwinden einen weitaus größeren Effekt haben könnte.

Henry wusste, von wo er den Bus nehmen konnte, weil er schon oft gesehen hatte, wie an dieser Stelle Passagiere ein- oder ausstiegen. Er wusste nicht, dass er nach New York fuhr; er nahm es lediglich an. Auf dem Weg zum Kozy Kart hielt er wachsam Ausschau nach roten Autos, die für ihn ein untrügliches Zeichen für nahenden Ärger darstellten. Irgendwann einmal, als Jeremy in Afghanistan war und Rita auf dem Sofa schlief, hatte Henry es gewagt, das Haus zu verlassen und in das tote Stadtviertel hinauszugehen, und eine Bande Jungs in einem roten Auto hatte ihn verfolgt, bis er weinte. Heute Morgen sah er keine roten Autos. Das bedeutete, es würde ein guter Tag werden.

In seiner Tasche war ein fetter Batzen Bargeld, den er sich aus Als Kommode genommen hatte. Er wusste, wo Al es aufbewahrte, weil er sich oft in Als Kleiderschrank versteckte, wenn schlimme Gefühle ihn überwältigten, und er hatte gesehen, wie er es dort bunkerte. Für seine Größe war Henry bemerkenswert schwer zu erkennen, sobald er beschloss zu verschwinden. Genau genommen glaubte er, sich Kraft seines Willens komplett unsichtbar machen zu können; denn in seiner eigenen Vorstellung war Henry sehr klein, kaum größer als ein Baby.

Im Kozy Kart war eine erschöpft wirkende Frau mit einem Kopftuch auf einen Ellenbogen gestützt in sich zusammengesackt. Als die Klingel Henrys Kommen ankündigte, raffte sie sich auf, doch als sie sah, wer es war, verdoppelte sich ihre Erschöpfung. Ihre vorangegangenen Gespräche mit Henry waren nicht sonderlich gut gelaufen. Keines ihrer Gespräche in Amerika war besonders gut verlaufen. Englisch bedeutete ein stetes Mühen und Plagen für diese Frau, die vor sechzig Jahren in einen Teil der Welt hineingeboren worden war, der sich die letzten tausend Jahre über kaum verändert zu haben schien, und die sich infolge verschiedener ehelicher sowie politischer Pannen in einem Paralleluniversum namens Amerika wiederfand. Für sie war Amerika fast unmöglich zu beschreiben. In ihrer Jugend gab es Ziegenherden, Feigen- und Olivenhaine und große Familienzusammenkünfte, an die sie sich immer noch liebevoll erinnerte; die Menschen waren miteinander über Saiten in ihren Herzen verbunden, die man quasi mit einem Fingerschnippen zum Klingen bringen konnte. Hier jedoch gab es Satellitentelefone und Handys und Computer, alles wundersame Dinge, die sich ihre Vorfahren nie hätten vorstellen können, aber die Menschen waren zu sehr damit beschäftigt, auf Tasten zu drücken und auf Bildschirme zu starren, um sich miteinander zu unterhalten. Es war eine seltsame Zeit, um am Leben zu sein.

Die vorangegangen Interaktionen zwischen Henry und der Frau gehörten zu den verwirrendsten ihrer gesamten amerikanischen Existenz von ganzen zwölf Jahren. Sie wappnete sich innerlich für ein weiteres völlig unsinniges Zusammentreffen. Offensichtlich war er nicht ganz richtig im Kopf, doch trotzdem war es meistens sie selbst, die sich hinterher wie die Doofe vorkam.

»Ich will nach New York New York«, verkündete Henry. Er nahm das Bündel Geldscheine aus der Tasche und schob es zu ihr hinüber.

Die Frau mit dem Kopftuch betrachtete nachdenklich das Geld. Sie nahm es und zählte. Über tausend Dollar, das meiste davon in gebrauchten Zwanzigern. Sie seufzte wieder. Diebstahl kam ihr gar nicht in den Sinn; ihre Religion verbat es, genau wie sie das Übervorteilen von Geistesschwachen verbot. Sie hoffte inständig, diese letzte Episode mit Henry mit einem Minimum an Kopfschmerzen zu überstehen. Und ihre größte Furcht war, dass der langsame Große irgendwie das Geld gestohlen haben könnte und nun versuchte, sie in die Sache mit hineinzuziehen. Wenn ihr Enkel, Kazar, jetzt hier wäre, könnte er sich mit ihm herumschlagen. Aber Kazar hatte die ganze Nacht gearbeitet und schlief nun oben.

»Was?«, sagte sie.

»New York New York«, antwortete Henry. »Meine Mutter besuchen.«

»Mutter?«

»Ich will meine Mutter besuchen«, sagte Henry. »Ihr Name ist Jeanie Rae.«

»Keine Mutter«, sagte die Frau. »Mutter nicht hier.«

»Sie ist in New York New York. Ich will sie besuchen. Mit dem Bus. Jeremy sagt, man kann mit dem Bus nach New York fahren.«

»Ah«, sagte die Frau. »Du willst Ticket.«

»Ich will Ticket«, sagte Henry. »Wie viel kostet es?«

»Du willst nur einfache Fahrt?«

»Häh?«

»Du kommst zurück?«, fragte sie.

»Vielleicht«, sagte Henry. »Vielleicht bleibe ich für immer dort. Daboo und Jeremy können mich besuchen kommen. Meine Mutter lebt in einem großen Haus mit Bäumen auf dem Dach.«

Die Frau seufzte. »Ja? Du kommst zurück? Oder nicht kommst zurück?« Innig betete sie, Letzteres wäre der Fall.

»Weiß nicht«, sagte Henry.

In solchen Momenten vertraute die Frau mit dem Kopftuch auf ihren Glauben an die unendliche Gnade Gottes. Wenn sie solche Angelegenheiten dem Herrn überließ, dann wusste sie, dass Er ihre Hand führen würde, damit sie die richtige Entscheidung traf. Also eine einfache Fahrt.

Sie zog eine Handvoll Zwanziger aus dem Bündel und schob den Rest zu ihm zurück. Dann druckte sie ein Ticket aus und gab ihm auch das.

»Für Fahrer«, sagte sie. »Du geben.«

»Lady«, sagte Henry, »werden Sie von unserem Herrn geliebt?«

»Was?«

»Dem Herrn. Wie in der Bilder-Bibel. Drückt er Sie liebevoll an seine heilige Brust?«

Die Frau seufzte. »Weiß nicht«, sagte sie. »Vielleicht morgen.«

»Der Herr begleitet mich auf dieser Busreise. Er hat es mir selbst gesagt. Er sagte, Henry, wir gehen hier auf eine lange Busreise, bei der du dir den Hintern plattsitzt, und du musst da durch. Du bist jetzt achtzehn, und du bist ein Mann. Das heißt, kein Geheule mehr und kein Babysein.«

»Ist gut«, sagte die Frau mit dem Kopftuch und nickte.

»Okay«, sagte Henry, bediente sich dann beim Stieleis mit Traubengeschmack, nahm Geld und Fahrkarte, stopfte beides in seine Tasche und ging.

Na also, dachte die Frau mit dem Kopftuch. Das war gar nicht so schlimm. Sie war dermaßen erleichtert, ihn gehen zu sehen, dass sie nicht einmal den Diebstahl des Stieleises reklamierte.

Als der Bus kam und Henry einstieg, stellte er fest, dass bereits einige Passagiere an Bord waren, von denen er allerdings niemanden kannte. Das machte ihn nervös. Eine Erinnerung aus seiner kurzen Schulzeit kam ihm wieder in den Sinn: Der sicherste Platz im Bus war vorne. Also setzte er sich hinter den Fahrer, neben einen winzigen, betagten farbigen Herren mit krausen grauen Haaren. Henry hatte noch nie neben einem Farbigen gesessen. Geistesabwesend starrte er auf den Arm des Mannes, der locker auf der Armlehne ruhte. Es faszinierte ihn, dass Menschen unterschiedliche Hautfarben haben konnten, aber genau wie jemand, der zum ersten Mal einen Star in Fleisch und Blut sieht, zweifelte er an der Echtheit des Mannes.

Der ältere Herr warf einen Blick auf Henry und sagte: »Sohn, reist du ganz allein?«

Henry antwortete nicht, denn er durfte nicht mit Fremden sprechen. Diese Regel war ihm wiederholt von sämtlichen Familienmitgliedern eingebläut worden. Fremde waren böse. Sie könnten ihn stehlen, und man würde ihn nie wiedersehen.

Aber diese Anweisung stand im Widerspruch zu Henrys fester Überzeugung, alle alten Menschen wären gut. Die einzigen alten Menschen, die er kannte, Al und Helen, waren immer nett zu ihm gewesen, und er konnte sich nicht vorstellen, dass alte Leute etwas anderes wären als einfach nur nett. Der ältere Mann wiederholte seine Frage, also nickte Henry.

»Wohin fährst du?«, fragte er Henry.

»Negermann, ich fahre nach New York New York, um da meine Mutter Jeanie Rae zu besuchen. Da lebt sie nämlich.«

Der ältere Herr tätschelte seinen Arm. »Das ist schön. Du und ich, wir beide haben ein echtes Abenteuer vor uns. Der Bus fährt durch die Wüste, über die Berge und durch die Prärie, und dann sind wir in New York. Jawollja. Ich werde meine Tochter wiedersehen, die ich seit drei Jahren nicht gesehen habe. Gelobet sei der Herr.«

Bei diesem Stoßgebet horchte Henry auf. »Gelobet sei der Herr«, sagte auch er.

Der Bus hatte sich bereits in Bewegung gesetzt. Der ältere Herr lehnte den Kopf gegen die Scheibe. Henry staunte darüber, wie die krausen Haare den Mann offenkundig mit einem natürlichen Kopfkissen ausstatteten; ein echter Vorzug, dachte er. Er war immer noch nervös wegen all der fremden Menschen im Bus und konzentrierte sich darauf, sich so klein wie möglich zu machen.

Er schaute aus dem Fenster, wo bekannte Orientierungspunkte vorbeizogen. Dort war die Schule, die er mal besucht hatte und an der Jeremy jetzt Lehrer war, da war das Steine-

Museum mit seinen Schaukästen voller glitzernder Geoden, dort der Baumarkt und das Restaurant, in dem seine Tante Rita arbeitete, und schließlich die Borax-Mühle. Doch schon sehr bald hatte der Bus Henrys bekannte Welt hinter sich gelassen, und ihn beschlich das Gefühl, im Weltraum zu schweben, fern von allem, was er kannte. Heimweh ergriff ihn, und noch etwas anderes. Er musste auf die Toilette.

Henrys Bildungslaufbahn war kurz und knapp gewesen, doch eine Sache, die er verinnerlicht hatte, war, dass man die Hand heben musste, wenn man auf die Toilette wollte. Seitdem verband er diese Regel mit allen offiziellen Orten, einschließlich Kirchen, Postämtern und nun auch Bussen. Es erschien ihm vollkommen logisch, dass, wenn er die Hand hob, der Busfahrer ihn aufrufen würde, er sein Bedürfnis zum Ausdruck brachte und daraufhin der Fahrer irgendwo anhielt.

Dennoch zögerte er, denn er hatte schlechte Erinnerungen an andere Kinder, die sich über die Art, wie er sprach, lustig machten. Henry hegte die heimliche Hoffnung, es zurückhalten zu können, bis sie in New York waren. Es konnte ja jetzt nicht mehr viel weiter sein, nahm er an, schließlich waren sie ja bereits weit über die Dimensionen seiner Existenz hinausgereist, und es war kaum vorstellbar, dass das Land einfach immer noch weiterging.

Das Bedürfnis jedoch wurde schon bald sehr dringend, also hob er die Hand. Er wartete und wartete, dass der Fahrer ihn bemerkte, doch das tat er nicht. Was nicht weiter überraschend war, denn Henry hatte schon festgestellt, dass Menschen in offiziellen Funktionen gern dazu neigten, ihn zu übersehen. Das war schon in Ordnung. Er war ja ein geduldiger Mensch. Der ältere Herr neben ihm schlief immer noch.

Schließlich konnte Henry es nicht mehr aushalten. Er hatte

gedacht, dies hier würde ein guter Tag werden, doch nun stellte er fest, dass er sich da wohl was vorgemacht hatte. Die Welt war ein kalter, ungemütlicher Ort und stand im Begriff, jeden Moment noch ungemütlicher zu werden. Deutlich hörbar plätscherte sein Urin auf den Boden.

An diesem Punkt wachte sein Sitznachbar auf.

»Sohn«, sagte er, »bist du gerade in deinen Hosen auf Toilette gegangen? Weil es sich hier nämlich irgendwie nass anfühlt.«

»Ja, Negermann«, sagte Henry. »Ich habe darauf gewartet, dass der Busfahrer mich aufruft, um ihn zu bitten, dass er anhält und mich auf Toilette gehen lässt, aber das hat er nicht gemacht. Tut mir sehr leid.«

»Fahrer«, sagte der ältere Herr, »wann kommt die nächste Haltestelle?«

»In ein paar Minuten«, sagte der Busfahrer.

»Nun, dieser junge Mann hier reist ganz allein und wusste nichts von den Toiletten an Bord. Es ist ihm gerade ein kleines Missgeschick passiert. Er ist ein besonderer Fall, wenn Sie wissen, was ich meine.«

»Davon wusste ich ja nichts«, sagte der Busfahrer. Er schaute Henry im Rückspiegel an. »Niemand hat mir was davon gesagt, dass ein Sonderfall ohne Begleitung im Bus mitreist. Ich kann nicht auf jeden Sonderfall aufpassen, der hier an Bord kommt. Das gehört nicht zu meinen Aufgaben.«

»Nein«, sagte der ältere Herr, »aber ein wenig christliches Mitgefühl wäre in einem Fall wie diesem schon eine große Hilfe. Dieser junge Bursche ist ganz auf sich allein gestellt, und er fährt den ganzen Weg bis nach New York.«

Der Fahrer warf erneut im Rückspiegel einen Blick auf Henry. Henry schaute fort. Er hatte das scheußliche Gefühl, jeden Moment bestraft zu werden. Vielleicht warf man ihn ganz aus dem Bus. Vielleicht würde man ihm nie erlauben, nach New York zu fahren und seine Mutter zu besuchen.

Kurz darauf hielt der Bus an einem Einkaufszentrum und alle stiegen aus, bis nur noch Henry, der ältere Mann und der Busfahrer übrig waren. Der Fahrer stand auf und sagte: »Komm mit mir nach hinten, mein Sohn, ich möchte dir etwas zeigen.«

Er nahm Henry mit zum Heck des Busses und zeigte ihm eine kleine Tür, die sich öffnen ließ. Drinnen war eine Toilette. Henry traute seinen Augen kaum.

»Du warst noch nie in einem Bus, oder, Junge?«, fragte der Busfahrer.

»Nein, Sir«, antwortete Henry.

»Also, wenn du das nächste Mal zur Toilette musst, brauchst du nicht zu warten, dass ich es dir erlaube. Du stehst einfach auf und gehst hier hinten rein, wann immer du willst. Es ist wie eine normale Toilette, nur kleiner. Kannst du mir folgen?«

»Ja, Sir«, sagte Henry.

»Denk daran, dich hinzusetzen, auch wenn du nur Pipi machen musst, denn falls der Bus über ein Schlagloch fährt, fällst du sonst kopfüber auf die Nase. Hast du irgendwelche anderen Klamotten mitgebracht?«

»Nein, Sir.«

»Du hast keine anderen Klamotten in dem Rucksack, den du da bei dir trägst?«

»Nein, Sir«, sagte Henry. »Nur Smitty und die magischen Steine.«

»Hör mal zu«, sagte der Busfahrer, »wie wolltest du denn den ganzen Weg nach New York fahren, ohne irgendwelche Sachen zum Wechseln dabeizuhaben? Das ist eine Drei-Tages-Fahrt. Du wirst bei der Ankunft nicht besonders gut riechen. Du musst dir ein paar neue Klamotten kaufen. Hast du Geld dabei, oder hattest du geplant, im Lotto zu gewinnen?«

Henry zeigte ihm das Geld, inzwischen leicht feucht, doch der Fahrer sagte ihm, er solle es wieder einstecken.

»Geh nicht rum und zeig jedem dein Geld, der danach fragt. Du musst vorsichtiger sein. Die Leute werden dich bestehlen, weil du leichtgläubig bist. Es gibt da draußen ein paar Typen, die warten nur auf so einfach gestrickte Burschen wie dich, und wenn sie dich finden, bist du für sie ein gefundenes Fressen. Himmel Herrgott, Junge. Wie heißt du?«

»Henry Eustace Merkin der Erste«, antwortete Henry ihm.

»Nun, Henry Eustace Merkin der Erste, das hier ist ein Einkaufszentrum, und da drinnen verkaufen sie Kleidung. Ich denke, es ist das Beste, du ziehst kurz los und kaufst dir ein Paar neue Hosen und Hemden. Und auch Unterhosen. Vielleicht kann dein Freund hier dir dabei helfen. Verstehst du?«

»Ich darf keine Sachen kaufen. Das machen immer Nanny oder Daboo. Oder Jermy.«

»Sohn, du hast an diesem Punkt gar keine andere Wahl. Jetzt geh mit deinem Freund und sieh zu, dass du dich irgendwo etwas waschen kannst«, sagte der Busfahrer.

Henry kehrte zu dem älteren Herren zurück und sagte: »Negermann, würden Sie mit mir in dieses Einkaufszentrum kommen und mir helfen, etwas zum Anziehen zu kaufen?«

»Hör mal, mein Junge«, sagte der ältere Herr, »ich weiß, du meinst das nicht so, aber du hörst am besten auf, mich Negermann zu nennen. Mein Name ist Jenkins.«

»In Ordnung, Mr. Jenkins«, sagte Henry. »Mein Name ist Henry und ich brauche ein Paar neue Hosen.«

Mr. Jenkins Schultern begannen auf- und abzuwippen, und Tränen begannen ihm über das Gesicht zu laufen.
»Mr. Jenkins, weinen Sie?«, fragte Henry.
»Nein, Sohn, ich weine nicht, ich lache.«
»Oh, Freudentränen.«
»Gott beschütze dich, Junge«, sagte Mr. Jenkins, »du bist wirklich speziell.«

Sie fahren den ganzen Tag und die ganze Nacht durch. Als Henry aufwacht, geht gerade die Sonne auf, und sie sind an einem Ort, der vollkommen anders aussieht als Kalifornien.
Auch Mr. Jenkins wacht auf. »Sieht aus wie Colorado«, sagt er. »Wir müssten inzwischen direkt in der Mitte davon sein. Danach kommen wir nach Nebraska.«
»Aha«, sagt Henry.
»Henry, bist du jemals in Nebraska gewesen?«
»Nein, Mr. Jenkins. Ich bin so ziemlich überhaupt noch nirgendwo gewesen.«
»Nun«, sagt Mr. Jenkins, »ich war schon dort und auch noch an vielen anderen Orten. In meiner Sturm- und Drangzeit war ich überall in Nordamerika. Ich wurde im Süden geboren. Das war vor siebzig Jahren. Ich vermute, du warst noch nie im Süden, stimmt's, Henry?«
»Nein, Sir.«
»Nun, ich wurde in Georgia geboren, neunzehneinunfizzich. Und wenn du ein bisschen was von Geschichte verstehst, dann weißt du auch, dass Georgia im Jahr neunzehneinunfizzich kein Ort war für einen schwarzen Mann. Kennst du dich ein bisschen damit aus, Henry?«
»Womit?«
»Ach, du weißt schon. Jim Crow und all das.«

»Ich kenne keinen, der Jim heißt.«

»Gott schütze dich, Henry, Jim Crow ist keine richtige Person. So nannte man damals die Gesetze, nach denen Farbige nicht dieselbe Toilette benutzen durften wie Weiße oder aus derselben Trinkfontaine trinken, und man durfte auch nur hinten im Bus sitzen. Siehst du, wie wir beide hier vorne im Bus nebeneinandersitzen?«

»Ja, das sehe ich«, antwortet Henry.

»Tja, zu jener Zeit, das war, bis ich dreiundzwanzig wurde, da war das nicht möglich. Ich wäre für das, was wir hier gerade tun, ins Gefängnis gekommen.«

»Gütiger Gott«, sagt Henry.

»Und dann, später, bin ich nach Vietnam gegangen, und als ich wiederkam, da war Jim Crow Geschichte. Aber den Hass, den sind sie nicht losgeworden. Weißt du Bescheid über Vietnam?«

Und hier ist nun ein Thema im Anmarsch, von dem Henry echt Ahnung hat. »Vietnam ist nichts als ein großes heißes Loch voll Ess-zeh-ha-ee-ie-ess-ess-ee, in der alle Nutten Tripper haben und das Bier nach Pisse schmeckt.«

Mr. Jenkins sieht Henry verblüfft an. »Tja, das ist nicht so falsch, aber ich frage mich, woher du das weißt. Und ich frage mich, ob du weißt, was ein Tripper ist.«

»Daboo war dort«, erzählt Henry. »Er hat Tattoos. Er hat eines mit einem Drachen und ein anderes mit einer Schlange und einem Messer.«

»Wer ist dieser Daboo-Bursche, von dem du sprichst?«

»Daboo. Daboo und Nanny.«

»Ist er dein Vater?«

»Er ist mein Großvater«, sagt Henry.

»Und er hat dir beigebracht, das über Vietnam zu sagen?«

»Na ja, ich habe ihn das oft sagen hören.«

»Verstehe. Nun, was hältst du davon, wenn wir das Thema wechseln, da das vielleicht nicht ganz passend für eine Unterhaltung ist? Lass mich dir von meiner Tochter erzählen. Sie lebt in New York und ist dort, seit sie mit dem College fertig ist. Inzwischen ist sie achtunddreißig, verheiratet und hat zwei kleine Kinder.«

»Das ist schön«, sagt Henry.

»Ja, das ist es wirklich, Henry. Aber ich wünschte, ich würde aus einem positiveren Anlass hinfahren. Meine Tochter ist sehr krank.«

»Oh, oh.«

»Genau genommen ist es vielleicht das letzte Mal, dass ich sie lebend sehe. Sie hat überall Krebs. Sie haben sie vor zwei Wochen aufgemacht, um ihr den Blinddarm rauszunehmen, und haben dabei festgestellt, dass sie voll davon ist. Überall. Es hat keinen Sinn. Jede Hilfe kommt zu spät, sagen sie. Also haben sie sie wieder zugenäht, und jetzt komme ich, um sie zu sehen. Ich habe mein Haus verkauft und meinen 2003er Cadillac, habe meine Konten geleert, und hier komme ich nun. Es ist mir egal. Ich brauche nichts davon für mich selbst. Es war sowieso alles für mein kleines Mädchen. Ich wollte es ihr alles geben, wenn ich sterbe. Ich habe gesehen, wie meine Tochter auf die Welt gekommen ist, und nun sieht es so aus, als würde ich dabei zusehen, wie sie wieder geht. Gottes Wille geschehe. Es ist verdammt schwer für Eltern, Henry, das eigene Kind sterben zu sehen. Es ist eine wirklich schreckliche, grausame Sache. Es ist gegen die Ordnung der Natur.«

»Was bedeutet das?«, fragt Henry.

»Es bedeutet, dass alte Leute sterben sollen, um Platz für die jungen zu machen. Weißt du. Und dass Eltern ihren Kindern dabei zusehen sollten, wie sie aufwachsen und sich ihren Platz in der Welt erobern.«

»Vielleicht wird der Herr auf sie aufpassen«, sagt Henry.

Mr. Jenkins Gesicht hellt sich auf. »Ja, natürlich, das wird Er. Denn der Herr heilt alle Wunden und erlöset uns von dem Schmerz. Und ich weiß, ich werde meine Tochter auf der anderen Seite wiedersehen.«

»Mr. Jenkins, wissen Sie, ich rede oft mit dem Herrn. Ich kann Ihn für Sie bitten, Ihrer Tochter zu helfen.«

Mr. Jenkins tupft sich mit einem Taschentuch die Augen ab. »Gott schütze dich, du hast so ein einfaches, gutes Herz. Ich wünschte, es gäbe mehr Menschen wie dich auf der Welt.«

»Mr. Jenkins«, sagt Henry, »es ist sehr nett von Ihnen, das zu sagen. Aber so einen wie mich gibt's nicht noch mal auf der Welt. Ich habe keine Kumpels, die so sind wie ich. Ich bin was Besonderes.«

12

Der Morgen beschert Jeremy ein schlechtes Erwachen. Er wird von einem Traumbild aus dem Schlaf geschubst, etwas Amorphes senkt sich auf ihn nieder, eine dunkle, giftige Wolke, die Luft, Licht und Geräusche abstellt. Anders als alles, was er je erlebt hat, und doch ist es ihm gleichzeitig aus früheren Träumen bekannt. Beziehungsweise Albträumen.

Als er jünger war, hat er gern Berichte über frühere Kriege gelesen, über die alten Zeiten, in denen Soldat zu sein noch mit Ruhm und Ehre verbunden war, und man sich die Schulter hielt, wenn man fiel, das Gesicht zu einer Grimasse verzerrt, auf dem Spielplatz, und man die Kumpels drängte, sich ohne einen weiter zur Basis unter der Dschungel-Gymnastikhalle vorzukämpfen, während man selbst den Feind in Schach hielt, der sich von der Schaukel aus näherte. Später, mitten im echten Krieg, hatte er über diese Kinderspiele nachgedacht, und ihm war klar geworden, dass sie sich als Jungs genauso auf den Krieg vorbereitet hatten, wie balgende Kätzchen sich auf die Jagd vorbereiten. Doch ihre Spiele hatten nichts mit der Wirklichkeit zu tun, denn im Spiel kennt man keine Angst. Man kann auch nicht üben, ängstlich zu sein; doch wenn man erst einmal Angst genug hat, schüttelt man sie nie wieder ab. Sie gräbt sich einem in die Knochen, und da bleibt sie dann.

Als Kind wusste er alles über Schützenlöcher und Stukas, Laufgräben und Gas; und von allen vorstellbaren Arten, getötet zu werden, jagte ihm Gas die schlimmste Angst ein. Er war dankbar dafür, dass die Taliban anscheinend kein Gas besaßen, obwohl die Amerikaner sicherheitshalber dafür trainiert hatten und lernten, wie sie diese unbequemen Masken über ihre Gesichter zogen, die es unmöglich machten, etwas zu sehen oder zu atmen. Und von Gas hat er heute Nacht geträumt. Als er aufwacht, ringt er nach Luft, seine Augen und die Kehle schwellen an, die Lungen brennen wie zwei Hindenburg Zeppeline, und einen irrsinnigen Moment lang glaubt er, es wäre das Jahr 1917 und er befände sich in Frankreich. Die Wahrheit dämmert ihm jeden Morgen immer als Letztes. Er hyperventiliert sich in den Wachzustand und tastet rundum alles nach seiner beruhigenden Waffe ab, wie er es seit Längerem nicht mehr getan hat.

Dann hört er Rico schnarchen, auf seinem zerwühlten Bettenberg, und das beruhigende Tröpfeln des Springbrunnens, in dem Columbine, der Kampffisch, lebt. Ihm fällt ein, dass er nicht länger für eine Waffe verantwortlich ist. Vom ersten Tag an, an dem ihm eine Waffe ausgehändigt worden war, bläute man ihm ein, es sei das mit Abstand Schlimmste, seine Waffe zu verlieren. Und wieder einmal kommt es ihm schlicht unfair vor, dass ihm die Army nie beigebracht hat loszulassen, emotional gesehen, nachdem sie ihm die Waffe wieder weggenommen haben. Was sollte er tun, sie einfach vergessen? Man hätte ihnen eine Trauerzeit zugestehen sollen, für den Verlust der Waffe. Einmal, im Krankenhaus in Deutschland, hatte er gefragt, ob sie ihm eine geben könnten – keine geladene, vielleicht auch nur einen Trainingsdummy –, damit er die bekannten Umrisse umklammern konnte und zumindest die Illusion hatte, sich verteidigen zu können, wenn die Hadschis durchs Fenster gestürmt kamen. Selbst ein Holzgewehr wäre besser gewesen als nichts. Sie sagten ihm, er hätte Wahnvorstellungen, und versuchten, ihm Psychopharmaka zu verschreiben.

Doch er hatte keine Wahnvorstellungen. Er war einfach nur der Ansicht, dass es nicht in Ordnung war, ihm die Waffe abzunehmen. Niemand brauchte die Liebe einer Waffe mehr als ein verwundeter Mann, der hilflos im Bett lag.

Er richtet sich mühsam auf und versucht sich zu erinnern, warum er hier ist. Das Gespräch mit Al kommt ihm wieder in den Sinn wie die miese Erinnerung an eine schlechte Party, als wär's nur ein weiterer diffuser Streit beim Bier gewesen. Wieder denkt er an das Bild der toten Dorfbewohner im Graben. Er hätte es besser wissen müssen, als dieses Foto aufzurufen. Bilder sind für ihn nicht nur Bilder; es sind Momente, in die er sich so lebendig hineinversetzen kann, als wäre er dort. Lola Linker hatte behauptet, er leide an der Unfähigkeit, Reize auszublenden. Niedrige latente Inhibition, hatte sie es genannt. Damit er sie der Liste seiner Leiden hinzufügen konnte. Durch dieses eine Bild kann er den schweren Geruch von Blut in der Hitze riechen, das Fleisch, das bereits zu verwesen begann, den schwelenden Geruch von Kordit, die brennenden Dächer der einfachen Unterkünfte, die sein Großvater geholfen hatte abzufackeln. Gestern war ein Tag der Katastrophen. Es gibt keinen Grund zu glauben, dass es heute anders sein wird.

In seinem Mund spürt er eine Mischung aus dem klebrigen Geschmack abgestandenen Marihuanarauchs und morgendlichem schlechtem Atem. Er schaltet sein Handy ein und checkt den Bildschirm. Es ist halb sieben Uhr morgens. Rita hat noch drei weitere Male angerufen. Sie hat keine Nachricht hinterlassen. Dann sieht er, dass er eine weitere SMS erhalten hat.

DU PREWERSER DU!!! BIS TOD ICH WEIS DU LIST DAS

Er zieht in Betracht, Folgendes zu antworten: Lieber Mr.

Moon, ich denke, es gab da ein Missverständnis. Ich bin nicht sicher, wo die Ursache dafür liegt, warum treffen wir uns also nicht einfach auf einen Kaffee und unterhalten uns? Ich bin sicher, wir können alles aufklären. Mit freundlichen Grüßen, Jeremy Merkin.

Doch stattdessen löscht er sie nur.

Dann geht er nach oben. Elizabeta ist wach und sitzt in der Küche vor ihrem leuchtenden Laptop.

»Schon lange her, seit du bei uns übernachtet hast«, sagt sie.

»Stimmt.«

»Erinnert mich an alte Zeit. Ihr die ganze Nacht wach gewesen und immerzu diese schrecklichen Ballerspiele gespielt.«

Jeremy erinnert sich auch an diese Zeiten. Während der Highschool hat er zwei oder drei Nächte pro Woche in Ricos Keller zugebracht. Rita hat das nicht gefallen. Sie hat ihn immer gefragt, was stimmt denn nicht mit unserem Haus? Als wüsste sie das nicht. Nun, vielleicht wusste sie's wirklich nicht. Aber er konnte ihr noch nicht einmal Teile der Wahrheit erzählen: Zum einen war Elizabeta eine viel bessere Köchin. Rita ließ ihm alles durchgehen, weil er gute Noten hatte. Sie nahm an, Rico hätte einen guten Einfluss. Sie gingen nach der Schule zu ihm nach Hause und machten Hausaufgaben, das stimmte, doch Rita ahnte nichts davon, dass sie hinterher Shit rauchten und Call of Duty spielten, bis sie umfielen, morgens gerade rechtzeitig aufwachten, um sich noch eine Dröhnung reinzuziehen, und dann in die Schule hasteten. Was sie anging, war der Ausdruck »High School« durchaus wörtlich zu verstehen. Selbst als er einen Job bei Freezie Squeeze annahm und sich darauf freute, nach Schichtende nach Hause zu gehen, dachte er dabei an Ricos Haus, nicht an sein eigenes. Elizabeta ließ immer die Tür für ihn offen und auf dem Herd oder im Kühlschrank stand stets etwas zu essen. Es gab keine Tiraden von Al, die man über sich ergehen lassen musste, keine Belehrungen über die Morgenstunde, die Gold im Munde hatte. Und kein Henry, der einem wie ein Geist durch das ganze Haus folgte, immer wissen wollte, was man gerade tat, ob er das auch tun konnte, der einem immer auf die Pelle rückte, immer über der Rückenlehne seines Stuhls hing, während sein heißer, feuchter Atem auf Jeremys Hals kondensierte. Ein großer Schwamm voller Bedürfnisse. Und sie durften bei den Merkins nicht Call of Duty spielen, weil die Soundeffekte zu realistisch waren. Alle fürchteten sich davor, dass Al ein Flashback bekäme und anfing, im Haus mit Granaten zu werfen.

Eine Sorge, die Jeremy inzwischen gut versteht. Er hat über ein Jahr gebraucht, um sich wieder an die Überschallknalls zu gewöhnen.

»Stimmt, aber die spiele ich nicht mehr«, sagt Jeremy.

»Du bist zu erwachsen«, sagt Elizabeta.

Aber das ist es nicht. Seinen Kindern, wenn er je welche hat, wird er auch nicht erlauben, diese Spiele zu spielen. Denn die Angst sitzt ihm in den Knochen und wird niemals weggehen.

Elizabeta macht ihm einen Kaffee, mexikanisch, gewürzt mit Zimt. Er ist sich darüber bewusst, sie bei einer Art Morgenritual gestört zu haben, und außerdem trägt sie ihren Bademantel. Also geht er ins Wohnzimmer und stellt sich ans Fenster. Rico war vermutlich wieder die ganze Nacht wach, hat mit seinen unsichtbaren Cyber-Beschützern kommuniziert und die Brutalität korrupter Regime rund um den Globus ans Licht der Öffentlichkeit gebracht. Jeremy trinkt seinen Kaffee und fragt sich, wie dieser Tag weitergehen wird. In diesem Moment müsste er sich für die Schule fertig machen, eine Tasse Tee runterkippen und sich dann unter die Dusche stellen. Ganz automatisch überlegt er, wie sein Stundenplan für den Tag aussieht. Dann fällt ihm ein, dass er sich keinen auszudenken braucht. Was ein ausgesprochen angenehmes Gefühl ist. An irgendeinem Punkt hätte er sich mit einem Leben als Lehrer abgefunden. Irgendwann, weit in der Zukunft. Doch nun weiß er nicht, was die Zukunft bringt, und ist auch dafür dankbar, denn im Laufe von drei kurzen Wochen hatte er festgestellt, dass es nichts Niederschmetterndes gab, als zu wissen, wo man jeden Morgen für den Rest seiner Laufbahn sein würde.

Dann fällt ihm Henry ein. Er fragt sich, wo er wohl die Nacht verbracht hat. Es möchte Elizabeta fragen, ob die Geisterwelt ihr irgendetwas Neues erzählt hat. Doch das ist nur seine eigene Verzweiflung, die ihn nach Strohhalmen greifen lässt. Es gibt keine Geisterwelt. Zumindest nicht für ihn.

Während er dort steht, fährt ein grauer Greyhoundbus vorbei. Quietschend und zischend kommt er an der Ecke zum Stehen, wo er seinen üblichen Halt bei Kazar's Gemischtwarenladen einlegt.

Jeremy schaut ihn an und denkt nach. Er stellt den Kaffee ab und geht hinaus. Er sieht, wie der Busfahrer aussteigt und mit ein paar Paketen unter dem Arm im Laden verschwindet. Er ist ungefähr zwei Minuten dort drinnen. Als er wieder herauskommt, wird er von einem Mann begleitet, der einen Koffer trägt. Der Fahrer öffnet den Gepäckraum und stellt den Koffer hinein. Dann steigen beide ein, der Bus dreht und fährt wieder an Jeremy vorbei. Auf dem Schild vorne steht BARSTOW AND EAST.

Jeremy steht dort und denkt immer noch nach. Dann geht

er zur Ecke hinunter und betritt den Laden. Kazars Großmutter sitzt am Tresen, ihr Kinn auf den Händen abgestützt. Um ihrem Kopf trägt sie einen seidenen Schal.

»Salaam«, sagt Jeremy.

»Salaam aleikum«, sagt die alte Frau und strahlt angesichts des einzigen Arabisch sprechenden Nicht-Arabers in Elysium. »Kaifa haloka?«

»Jayed«, antwortet Jeremy. »Sie arbeiten morgens?« Er muss sich einfach ausdrücken. Ihr Englisch ist auf das Vokabular eines Gemischtwarenladens begrenzt. Sein Arabisch beschränkt sich auf Fragen über Waffenverstecke und gesichtete Taliban. Steh auf. Bleib unten. Nicht bewegen. Hände hoch. Keine dieser Phrasen erscheint hier besonders passend.

»Ja, morgens«, stimmt die alte Frau zu. »Und nachts.«

»Kazar arbeitet morgens?«

»Nein, nein. Kazar schlafen morgens. Ich schlafen Tag.«

»Um wie viel Uhr schlafen Sie?«

»Ich schlafe zehn Uhr.«

»Sie arbeiten gestern?«

»Ja, ja«, antwortet sie.

»Sie verkaufen Ticket?« Er zeigt auf den schäbigen Greyhoundaufkleber an dem Tresen. »Ticket«, sagt er. »Großer Junge kommt, kauft Ticket.« Er hält die Hand hoch, um zu zeigen, wie groß der Mensch war. Dann hält er die Arme nach vorn, um einen Bauch anzudeuten.

»Ah«, sagt die Frau. »Ja. Der Große, Langsame.«

»Er kommt her, kauft Ticket?«

»Ja, ja.«

»Welches Ticket?«

Sie breitet die Arme aus, achselzuckend, die Handflächen nach oben gedreht. Sie versteht nicht.

»Wo fährt hin?«

»Ah, wo fährt hin«, sagt die Frau. »New York.«
»Shokran jaleezan«, bedankt sich Jeremy.
»Ma'a salaam, sadiqi«, erwidert die alte Dame.
Er dreht sich um und geht. Die alte Dame hatte geschlafen, als er und Al gestern hier vorbeigekommen waren. Sie wusste nicht, dass sie Henry suchten. Wahrscheinlich ist sie nach oben gegangen und hat ihren arabischen Satellitenkanal geschaut, bis es Zeit für sie war zu arbeiten, zu kochen oder schlafen zu gehen. Ihr Leben ist nicht anders als das der anderen in dieser Stadt, abgesehen davon, dass sie nichts von dem versteht, was man ihr sagt, außer man will eine Packung Zigaretten oder ein Lotterielos. Oder ein Busticket. Das war ihm gestern nicht eingefallen. Er könnte sich selbst dafür ohrfeigen. Damit hat er einen ganzen Tag verschenkt.

Er geht zurück zu Ricos Haus. Elizabeta steht im Wohnzimmer.

»Wo bist du gewesen?«, fragt sie. »Ich dachte, du bist gegangen.«

»Ich gehe jetzt. Elizabeta, du musst mir einen großen Gefallen tun.«

»Was denn?«

»Ich brauche Ricos Auto.«

Ihre Augen weiten sich. »Du willst Ricos Wagen fahren? Ha. Ich habe ihn neun Monate in meine Bauch getragen, und er erlaubt mir nicht, seine Auto zu nehmen.«

»Er wird es verstehen, wenn ich es ihm erklärt habe«, sagt Jeremy. »Sag ihm einfach, ich musste ganz schnell weg. Ich rufe ihn später an.«

»Wohin wirst du fahren?«

»Henry suchen. Er hat den Bus genommen. Und hat einen ganzen Tag Vorsprung.«

»Wohin er fährt?«

»Nach New York, um seine Mutter zu besuchen.«

»Du fährst einfach so los? Was ist mit deine Yob?«

»Elizabeta«, sagt Jeremy, »du wirst schon bald Sachen über mich hören. Nichts davon ist wahr. Und ein mieser Cop ist hinter mir her. Er hat den falschen Eindruck von mir und er wird mich finden. Und wenn er das tut, wird es schlimm. Also muss ich die Stadt wirklich für eine Weile verlassen. Verstehst du?«

Elizabeta weiß alles, was es über miese Cops zu wissen gibt. Miese Cops sind der Grund, warum sie Witwe ist. Sie stellt keine weiteren Fragen. Sie nickt.

»Willst du keine Frühstück?«

»Dafür ist keine Zeit. Ich muss direkt los. Weißt du, wo die Schlüssel sind?«

Einen langen Moment schaut sie ihn an. Dann geht sie in die Küche und kommt mit einem Schlüsselring in der Hand zurück. Sie gibt ihn Jeremy.

»Yeremy«, sagt Elizabeta.

Sie kommt zu ihm und legt ihm die Hand aufs Herz. Das warme Gefühl durchdringt ihn und breitet sich von der Brust her aus. Sie sagt nichts, berührt ihn nur, und er sieht, wie sie weint.

»Loslassen ist sehr schwer«, sagt sie, und er weiß, dass sie nicht über den Wagen redet. Sie sieht etwas.

Aber er hat es nicht mehr nötig, an den Kram zu glauben. Jetzt steht fest: Henry sitzt im Bus Richtung Osten. Fakten schlagen Geister jederzeit. Ein Tropfen Fakt in einem Swimmingpool voller Geister löst sie alle auf, wie Spülmittel in einem Waschbecken voll fettigem Wasser.

Jeremy geht zurück zu dem Laden und kauft bei der Frau mit dem Kopftuch eine Flasche Wasser, mehrere Tüten Beef Jerky und ein paar Schokoriegel. Proviant für die Fahrt. Nachträglich ersteht er noch eine große Plastikflasche Ibuprofentabletten und eine kleine mit Koffeintabletten. Er setzt sich in Ricos Wagen und steigt dann, einer weiteren Eingebung folgend, wieder aus, um den Kofferraum zu öffnen. Rico ist ein zwanghafter Sammler; der Kofferraum beherbergt eine willkürliche Ansammlung von Objekten, und er hofft, darunter eine Mütze zu finden. Er wühlt in Comic-Heften, Überbrückungskabeln, überflüssigen Kleidungsstücken und einem alten Paar Turnschuhen, bis er eine Baseballkappe findet. Er setzt sich wieder hinters Steuer und zieht sich die Kappe tief ins Gesicht.

Dann fährt er zum Fortress of America Motel. Er parkt vor der Rezeption und geht hinein. Sam steht hinter dem Tresen.

»Guten Morgen, Sir«, sagt Sam. »Womit kann ich Ihnen behilflich sein?«

»Hi, Sam, ich bin's«, sagt Jeremy und hebt den Schirm seiner Kappe.

Sam erstarrt. »Jeremy. Ich habe dich mit der Kopfbedeckung nicht erkannt.«

»Ich muss zu meiner Mutter.«

»Sie schläft«, entgegnet Sam. »Sie war die ganze Nacht wach.«

»Kannst du sie nicht aufwecken?«

Sam zieht eine Augenbraue hoch. »Darf ich fragen, was du möchtest?«

»Ich will nur mit ihr reden, Sam«, erklärt Jeremy.

»Ich hänge zu sehr an meiner Männlichkeit, als das zu riskieren. Du bist nicht hier, um ihr zu sagen, sie soll zurückkommen?«

»Du meinst, zurück nach Hause?«

»Ja.«

»Warum sollte ich das tun? Sie hat hier nur übernachtet. Das ist kein Geheimnis«, sagt Jeremy.

»Das meine ich nicht, Jeremy«, sagt Sam.

Jeremy lehnt sich gegen den Tresen. »Okay, Sam, was meinst du denn?«

»Ich meine, dass deine Mutter von jetzt an hier leben wird. Darauf beziehe ich mich. Und sie war auf eine gewisse Meinungsverschiedenheit diesbezüglich mit dir gefasst. Also habe ich mich auf eine Auseinandersetzung vorbereitet. Ich war im Debattierteam von Oxford.«

»Du meinst ... sie ist für immer ausgezogen?«

»Ja, Jeremy, für immer. Damit es ihr für immer besser geht. Und ich schlage vor, du lässt sie das tun. Deine Mutter ist müde. Sehr müde. Sie hat sich zu lange um zu viele Menschen gekümmert. Sie braucht jetzt jemanden, der sich eine Weile um sie kümmert. Und dieser Jemand werde ich sein.«

»Oh«, sagt Jeremy.

»Sie ist vor einer Stunde eingeschlafen, Jeremy. Sie hat sich gestern Abend heftig mit deinem Großvater gestritten. Er hat schreckliche Sachen zu ihr gesagt. Wenn ich du wäre, würde ich sie einfach in Ruhe lassen. Sie hat seit Mitternacht geweint. Sie war untröstlich.«

Dieser verdammte Al, denkt Jeremy. Hat er sich in den Kopf gesetzt, alles zu zerstören, was mit seinem Leben in Berührung kommt?

»Hör zu, Sam. Sag ihr, ich weiß, wo Henry ist, und ich fahre jetzt los, um ihn zu holen. Sie soll sich keine Sorgen machen. Aber sie soll sofort meine Tante Jeanie anrufen. Dieser Punkt ist ganz wichtig. Okay? Sag ihr, Henry ist auf dem Weg zu ihr. Jeanie muss dort sein, um ihn abzuholen. Er hat gestern Morgen den Sieben-Uhr-Bus genommen. Sag ihr, sie soll auf den Fahrplan schauen und herausfinden, wann er ankommt. In Ordnung?«

Sam nimmt sich einen Schreibblock und notiert alles. Jeremy betrachtet seine schlanken braunen Hände, die ordentliche Linie seines ergrauenden Bartes und das makellose braune Tuch seines Turbans. Er fragt sich, ob Sam sie eines Tages mit zurück nach Indien nehmen wird. Er versucht sich Rita in einem Sari vorzustellen, mit einem dieser roten Punkte auf der Stirn. Nein, warte mal, das sind Hindus. Was ist noch mal der Unterschied? Er hat keine Ahnung. Müsste sie eine Sikh werden, um mit Sam zusammen zu sein? Oder müsste er für sie aufhören, ein Sikh zu sein?

»Noch etwas, Jeremy?«, fragt Sam.

»Mach meine Mom glücklich, Sam«, sagt Jeremy.

»Ich werde mir große Mühe geben, das zu tun. Ich bin sehr erleichtert, dass wir uns nicht gestritten haben. Ich muss zugeben, dass ich etwas nervös geworden bin, als ich gesehen habe, wie du durch die Tür hereingekommen bist. Ich habe angenommen, du wärest hier, um ihr zu sagen, sie soll nach Hause kommen und wieder ihren Platz am Herd einnehmen, den sie meiner Meinung nach schon viel zu lange innehatte.«

»Sam, niemand hat ihr eine Pistole an den Kopf gehalten«, erwidert Jeremy. »Aber ich will mich nicht mit dir streiten. Ich bin froh. Sag ihr einfach, dass ich das gesagt habe. Okay? Ich bin froh.«

»Darf ich dir ein kontinentales Frühstück auf Kosten des Hauses anbieten, Jeremy?« Mit einer ausholenden Armbewegung zeigt Sam auf einen Tisch an der Wand mit Gebäck und einem Kaffeespender.

»Ich nehme mir was mit, Sam. Pass auf dich auf, Bro.«

»Du auch, Alter«, sagt Sam strahlend. »Ich hoffe, du findest ihn.«

Als er aus der Stadt fährt, sieht er einen Streifenwagen des Sheriffs an einer Autobahnauffahrt parken. Er zieht die Kappe tiefer ins Gesicht und duckt sich. Er blinkt und behält das Tachometer im Auge. Im Rückspiegel sieht er einen Deputy im Wagen sitzen und warten. Vielleicht ist es Lincoln. Schwer zu sagen. Aber Lincoln wird nicht nach einem knallgrünen Honda Civic Ausschau halten. Er sucht einen weißen Saturn. Er achtet nicht auf den vorbeifahrenden Jeremy. Nur ein weiterer Lowrider.

Seine Schüler dürften jetzt gerade dabei sein, sich das Maul zu zerreißen:

Alter! Hast du das von Mr. Merkin gehört? Ey, der hat Jenn in einem Motelzimmer durchgevögelt. Die haben voll was am Laufen. Er is voll der Perverse, ey. Kacke, Alter, war der nicht so 'ne Art Kriegsheld oder so? Yo, Mann, aber du steckst ja in keinem drin. Wahrscheinlich ist er auch nur so 'n mieser Wichser. Scheiße, Mann, voll die krasse Schlampe, hab ja schon immer gewusst, dass sie 'ne Nutte ist, hätt ich sie mal besser genagelt, als ich die Chance dazu hatte, ha, ha, jetzt isses zu spät. Jetzt weiß ihr Dad Bescheid, Alter, hab gehört, der is neulich in der Schule voll ausgerastet, hat was von wegen Kinderficker und so gebrüllt, voll die krasse Nummer, ey. Und jetzt hat sich Mr. Merkin abgesetzt, und Jenn auch. Also müssen die zusammen sein. Genau, ich hab gehört, die sind zusammen durchgebrannt. Ey, hab gehört, die haben in Vegas geheiratet. Ja, und ich hab gehört, sie haben in Mexiko geheiratet. Nee, weißt du was, ey? Er hat sie umgelegt, und jetzt ist er voll auf der Flucht, die Cops suchen ihn. Ey, Leute! Ihr glaubt nicht, was ich grad gehört hab. Mr. Merkin wurde bei 'ner Schießerei mit dem FBI abgeknallt.

Egal, wie sich das entwickelt, die Desillusionierung der Kinder von Elysium wird noch mal einen Tacken größer. Sie werden an nichts mehr glauben. Nicht, dass sie überhaupt an irgendwas glauben würden. Sie glauben an Fastfood und Raubkopien von Filmen, an teure Turnschuhe und daran, sich am Wochenende die Kante zu geben. Die Football-Spiele am Freitagabend und samstags abends die Schlägereien aus purer Langeweile. Wer hat wen flachgelegt, und wer ist eine Nutte und wer ein Hengst. Wer ist eine Schwuchtel und wer eine Lesbe. Wer ist ein Kiffer und wer ein Säufer. Die vorübergehende Herrlichkeit des Abschlussjahrgangs. Da kann er mitreden: Vor nicht allzu langer Zeit war genau das auch sein Leben.

Aber das ist nur die eine Seite der Medaille. Auf der anderen gibt es die Fundamentalisten-Clans, die die Wüste bevölkern, die Mormonen, die ihre Kinder zwingen, jeden Morgen um fünf Uhr aufzustehen und zwei Stunden lang die Bibel zu lesen, bevor sie frühstücken dürfen, oder die verschiedenen Sekten von Wiedergeborenen, die Jeremy kaum auseinanderhalten kann und die zornig werden, wenn man Xmas schreibt statt Christmas, weil man sonst nämlich Christus durchstreicht, und die komplett ausrasten, wenn man die Evolution auch nur beiläufig erwähnt. Es gibt in Elysium anscheinend kein Mittelfeld; niemand ist einfach nur irgendetwas. Man muss zu hundert Prozent entweder das eine oder das andere sein.

Wie Al: Er ist nicht einfach nur ein Vietnamveteran, nein, er muss gleich ein verschissener Kriegsverbrecher sein.

Eines jedoch muss man diesen Mormonen wirklich lassen: Ihre Kinder sind wahnsinnig höflich. Und sie haben immer ihre Hausaufgaben gemacht.

Er behält den Wagen des Sheriffs im Rückspiegel im Auge, bis er außer Sichtweite ist. Selbst als Elysium schon lange hinter ihm verschwunden ist, schaut er immer wieder mal auf und rechnet jeden Augenblick damit, hinter sich das wirbelnde Blaulicht einer Streife zu sehen. Er weiß, wie so etwas laufen kann. Rico hat's geschafft, ihm eine Scheißangst einzujagen. Krass, hast du das von Mr. Merkin gehört? Er ist verhaftet worden und hat Selbstmord begangen, indem er sich selbst siebenundzwanzig Mal in die Brust gestochen hat. Und das, obwohl er in Handschellen war. Nein, ich habe gehört, er hat seinen Kopf immer wieder gegen die Wand gerammt, selbst als er schon bewusstlos war. Hat sich seinen eigenen Schädel gebrochen und sein Hirn überall auf dem Boden verteilt. Mann. Irre. Zumindest sagen das die Cops. Und wir alle wissen ja, die würden nicht lügen. Die sind dazu da, uns zu beschützen. Wenn Jeremy Merkin etwas passiert ist, dann deshalb, weil er es verdient hat. Ich hatte schon immer den Eindruck, dass mit ihm was nicht stimmt. Ich wusste schon immer, dass er nicht ganz richtig im Kopf ist.

Rico wird nicht sauer sein wegen des Wagens, wird Jeremy klar. Er wird froh sein, dass Jeremy rechtzeitig abgehauen ist.

Er fährt weiter. Gegen Mittag überquert er die Grenze nach Arizona. Er atmet ein wenig leichter, aber nicht viel.

Rita lebt jetzt bei Sam, denkt er. Das ist eine schräge Vorstellung. Innerhalb eines Monats ist alles auf den Kopf gestellt worden. Wie geht es jetzt weiter? Sagen wir, er brächte Henry zurück nach Elysium. Wer wird auf ihn aufpassen? Al ganz bestimmt nicht, soviel ist mal sicher. Der kann ja noch nicht einmal ein Hühnchen auftauen. Rita würde Henry nicht mit zu Sam nehmen. Und Henry kann nicht auf sich selbst aufpassen.

Was bedeutet, dass er derjenige welcher sein wird, dämmert es ihm. Er wird auf Henry aufpassen müssen.

Er hält am Straßenrand und denkt eine Weile darüber nach.

Vielleicht sollte er einfach wieder umkehren, denkt er. Der Natur ihren Lauf lassen. So wie man ein Vogelkind auf dem Boden liegen lässt, wenn es aus dem Nest gefallen ist. So wie er akzeptiert hat, dass sein Hund hinaus in die Wüste gegangen ist, um dort allein zu sterben, denn letztendlich, selbst nach all den Ballspielen und Belohnungen und nachdem er ihm beigebracht hat, zu sitzen, aufzustehen und zu ihm zu kommen, die weichen Ohren, die sich in seiner Hand gefaltet haben und seine nervige, aber irgendwie auch schmeichelhafte nasse Zunge im Gesicht – am Ende war er letztlich nicht mehr als ein Kojote, ein wildes Tier, und sein Kojotesein hat alles andere in ihm überwältigt. So wie Henrys Henrysein alles andere in Henry überwältigt hat.

Aber zu Hause ist jetzt ein gefährlicher Ort. Sein Großvater ein Kriegsverbrecher. Lincoln auf der Suche nach ihm. Sein Ruf ruiniert.

Er spürt, wie das Telefon in seiner Tasche vibriert. Er nimmt es heraus und schaut auf den Bildschirm.

DU ASCHLOCH, steht da.

Er schaltet das Telefon aus, kehrt wieder auf den Highway zurück und fährt weiter.

Die Schmerzen im Rücken fühlen sich an, als wäre noch jemand im Wagen, ein böswilliger Schatten, der ihn wach hält, während er Arizona durchquert und New Mexico erreicht, jede Meile eine Studie in einem anderen Rotton. Er drängt weiter vorwärts, durch den Kranz an Schwärze an der Grenze zu Texas, bis er nach sechzehn Stunden Fahrt schließlich der Erschöpfung nachgibt. Kurz vor Amarillo nimmt er sich ein Motelzimmer und lässt sich aufs Bett fallen.

Vielleicht noch weitere dreißig oder fünfunddreißig Stunden Fahrt wie bisher, und er kann in New York sein. Er könnte dort gleichzeitig mit dem Bus ankommen, wenn er keine allzu langen Pausen einlegt. Zwischen Amarillo und New York liegt eine lange Durststrecke, in der er laut mit seinen Schmerzen reden wird, als wären sie Geiselnehmer, die beschwichtigt werden müssen. Er meint, er spürt jetzt einen, der sich von hinten anschleicht, obwohl er sich hingelegt hat, also schluckt er eine weitere Hand voll Ibuprofen. Er wünschte, er hätte nicht so viele Koffeinpillen genommen. Er wünschte, er hätte etwas Gras. Er wird bestimmt nie einschlafen. Er fühlt sich, als würde er sich immer noch vorwärtsbewegen, in das innere Universum, das sich ihm öffnet, wann immer er die Augen schließt. Seine Gedanken sind so widerspenstig wie ein Stadion voller Besoffener. Er ist so müde, dass es wehtut.

Er hätte sofort wissen müssen, wohin Henry abgehauen war. Jetzt ist ihm ihre Unterhaltung über die grüne Hexe, die Green Witch, wieder eingefallen und darüber, wie weit es bis nach New York war. Jeanie lebte in Greenwich Village. Er sollte wirklich etwas gegen sein schlechtes Kurzzeitgedächtnis tun.

Wie lange hatte Henry gebraucht, um das auszutüfteln? Er hatte grübelnd am Esstisch über Ritas Adressbuch gesessen, Worte buchstabiert und Zahlen entziffert. Jeremy hatte vergessen, dass Henry tatsächlich lesen konnte. Als er die Schule verließ, konnte er so gut lesen wie ein langsamer Erstklässler.

Damals war er vierzehn. Sie hätten ihn eigentlich zu Hause weiter unterrichten müssen. Doch das war nicht passiert. Henry konnte Geschichten aus der Bilder-Bibel auswendig aufsagen. Jeremy hatte immer gedacht, es käme daher, dass Helen sie ihm ständig vorgelesen hatte. Aber nun war er sich nicht mehr so sicher. Vielleicht hat Henry Gottes Worte die ganze Zeit allein gelesen, in Form eines Comic-Buches. Welchen besseren Weg gab es, ein solches Buch zu lesen?, denkt Jeremy. Er hatte die Bilder-Bibel auch geliebt, damals, als er klein war, bis er begriff, dass es dort draußen Leute gab, die ihn dafür umbringen würden, wenn er nicht jedes Wort davon glaubte.

Irgendwie schläft er ein. Er wacht früh auf, allerdings später, als er vorhatte. Er verzichtet aufs Duschen und sogar aufs Zähneputzen. An der Tankstelle holt er sich einen Becher Kaffee, mit dem er weitere Koffeinpillen hinunterspült.

Dann entdeckt er einen Drugstore in einer kleinen Ladenzeile auf der anderen Straßenseite. Er geht hinein, kauft eine Packung Kondome, einen dünnen Plastikschlauch, etwas Klebeband und eine Wärmflasche. Er kehrt zur Tankstelle zurück und holt sich den Toilettenschlüssel vom Tankwart. Auf der Toilette reißt er ein Loch in die Spitze eines Kondoms. Er steckt den Schlauch hindurch und befestigt ihn mit Klebeband. Das andere Ende steckt er in die Wärmflasche und klebt ihn auch dort fest, damit nichts herausspritzt. Er zieht sich die Hose aus und streift das Kondom über seinen Willi. Er versucht, nicht darüber nachzudenken, dass er zum ersten Mal im Leben ein Kondom benutzt. Natürlich klappt das nicht, denn wenn man sich vornimmt, nicht über etwas nachzudenken, ist das eine Garantie dafür, dass es die Gedanken beherrscht. Als Samantha Bayle bei Freezie Squeeze ihm gezeigt hatte, was sie mit dem zweifachen Eintunken seines

Zuckerhuts tatsächlich meinte, hatten sie nicht verhütet, was, wie er später einsah, etwas bescheuert war. Na ja, extrem bescheuert. Die Sache war sozusagen sehr spontan.

Und jetzt war auch nicht die Zeit, darüber nachzudenken, dass er seitdem keinen Sex mehr gehabt hatte. Es hatte ein paar Treffen mit Frauen gegeben, während er bei der Army war, aber die zählten nicht wirklich, denn dabei war Geld geflossen. Darüber hinaus waren sie schief gelaufen, ziemlich schief, schon fast comedyreif. Wie er feststellt, fällt es ihm nicht schwer, diese Zwischenfälle auszublenden. Er hatte sie bis zu diesem Augenblick komplett vergessen. Was für eine merkwürdige Sache das doch ist, denkt er, eine Frau anzuheuern, damit sie Dinge mit einem macht und auch Dinge mit sich machen lässt. Fast so eigenartig wie Männer, die sich durch lange Röhren mit kleinen Metallstücken beschießen.

Als er noch ein Junge war, dachte er immer, die Dinge würden anfangen, einen Sinn zu ergeben, wenn er älter wäre, doch so war es nicht. Wenn überhaupt, dann ergab heute alles nur noch weniger Sinn. Es gab Tage, an denen ihm die gesamte Erfahrung, am Leben zu sein, wie ein bizarrer, fast schon versehentlich zustande gekommener Zustand erschien. Seine Seele, falls es so etwas gab, bewohnte einen Körper aus einer Substanz, die letztendlich nicht widerstandsfähiger war als ein Käsesandwich, das man draußen im Regen vergessen hatte. Im Inneren dieses Käsesandwiches fanden Prozesse statt, die bedeuteten, dass er am Leben war und die Fähigkeit besaß, darüber nachzudenken, dass er am Leben war. Aber wenn genügend von diesen Prozessen zum Erliegen kamen, wenn zum Beispiel sein Herz zu schlagen aufhörte oder ihm das Blut ausging oder seine Wirbelsäule durchtrennt wurde, was alles beinahe schon einmal passiert war, dann war er nicht länger am Leben und bewohnte daher auch das Käsesandwich nicht mehr. Wie konnte das überhaupt sein? Von all den Dingen, die in einem Universum dieser Größe möglicherweise passieren konnten: warum ausgerechnet diese Dinge und auf diese Weise?

Inzwischen erkennt er dieses Denkmuster. Es ist ein bekannter Kreislauf. Wenn er in diesen Bahnen denkt, hat er manchmal das Gefühl, er stünde unmittelbar vor einem großen Erkenntnissprung. Doch zu diesem Sprung kommt es nie. Stattdessen geht er in einem Strudel verwirrender Gedanken unter. Und schließlich vergisst er es wieder, denn ein Käsesandwich zu sein ist zeitaufwendig und lenkt ab. Wie jetzt wieder. Hier steht er also in der Herrentoilette einer texanischen Tankstelle, und der dreckige Fliesenfußboden fühlt sich durch seine Socken an den Füßen kühl an. Das ist die Realität eines Käsesandwichs. Alle Gedanken über Seelen und die Existenz und darüber, was es bedeutet, dass er in diesem fast vollständig ruinierten Körper wohnt, und was passieren wird, wenn er ihn nicht länger bewohnt, verschwinden schließlich immer zugunsten der kühlen Bodenfliesen oder des eigenartig puderigen Gefühls von Latex auf seinem Schwanz oder was immer er in diesem Augenblick gerade fühlt. Ein wirklich brillanter und hellwacher Mensch könnte diese Dinge vielleicht mühelos ausblenden und die ganze Zeit am Rande der Erkenntnis verweilen, sich dabei Stück für Stück weiter vorarbeiten. Smarty war so ein Mensch gewesen. Und doch hatte er sein Käsesandwich-Dasein mit offenen Armen begrüßt, anscheinend ohne dabei einen Widerspruch zu empfinden. Das war das wahre Rätsel an Smarty: Er hatte kein Problem damit, auf beiden Ebenen gleichzeitig zu existieren, er konnte sich mühelos von der einen zur anderen bewegen, wann immer ihm danach war. Oder hatte es jedenfalls gekonnt, bevor seine Zeit als Käsesandwich durch die abrupte Einstellung der biologischen Funktionen, die in ihm stattfanden, beendet wurde.

Es war alles sehr eigenartig.

Er klebt sich die Wärmflasche ans Bein und vergewissert sich, dass sie an seinen Socken haftet und nicht an seiner Beinbehaarung. Dann zieht er die Hose wieder an, über die Pinkelflaschen-Konstruktion.

Plötzlich fällt ihm ein, dass sein Telefon die ganze Zeit über ausgeschaltet war. Er schaltet es ein und sieht, dass Rico nicht weniger als zwei Dutzend Mal angerufen hat. Er steckt es wieder in die Tasche und denkt, er wird sich später damit befassen, als das Telefon erneut klingelt. Wieder Rico. Er kann es nicht hinausschieben, denkt er. Er muss sich der Sache stellen.

»Hallo?«

»Oh, hey, wie geht's?«

»Gut«, sagt Jeremy vorsichtig.

»Das ist klasse, Mann. Wollte nur mal nachfragen, weil du ja mein Scheißauto gestohlen hast und so.«

»Alter.«

»Alter.«

»Hör zu. Ich hatte keine Zeit für Erklärungen.«

»Hast du jetzt Zeit, es zu erklären?« Ricos Stimme ist schrill vor Wut. »Kannst du es jetzt in deinen Zeitplan einbauen?«

»Bro, ehrlich. Hör einfach zu.«

»Bro mich nicht, Bro. Ich werd dir so was von die Fresse polieren, dass du deine Zähne wieder ausscheißen kannst. Okay, Bro?«

»Rico«, sagt Jeremy, »halt einfach mal eine Minute die Klappe. Es war ein Notfall, okay?«

»Wo, verdammt noch mal, bist du? Sag mir das auf der

Stelle. Ich habe Freunde im Pentagon. Ich werde dir einen Drohnenangriff auf den Hals hetzen.«

»Alter. Komm. Würde ich das tun, nur um dich zu verarschen? Würde ich es tun, wenn ich nicht einen wirklich guten Grund hätte?«

Rico seufzt. »Nein.«

»Gut. Also.«

»Okay«, meint Rico, »erzähl mir, was los ist.«

»Hat deine Mutter dir nichts gesagt?«

»Sie hat gesagt, ich soll es von dir selbst hören.«

»Das ist so typisch deine Mutter.«

»Mexikaner sind sehr noble Menschen«, sagt Rico. »Wir glauben an ein gewisses Maß an persönlicher Ehrlichkeit, die euch weißhäutigen Wichsern unbekannt ist. Zum Beispiel würde sich kein Mexikaner auf eine solche Art und Weise das Auto eines anderen Mexikaners nehmen. Das würde einfach nicht passieren. Das ist völlig undenkbar.«

»Ich versuche ja, dir zu erklären, wieso.«

»Dann schieß los.«

Also erklärt Jeremy. Rico hört zu und atmet dabei schwer ins Telefon.

»Alles klar«, meint Rico, als er fertig ist. »Ich sag dir jetzt mal, was du zu tun hast. Du behandelst diesen Wagen, als wäre er ein rohes Ei. Du behandelst ihn wie das letzte Baby, das jemals geboren wurde. Wenn er auch nur eine Delle abbekommt – einen winzigen Kratzer, einen Flecken Staub, irgendwas –, dann kommst du für die Reparatur auf. Und selbst wenn er nicht beschädigt ist, wird er überprüft. Du wirst ihn zur Inspektion bringen. Einschließlich Ölwechsel, Filter, überhaupt alles. Die Matten shampoonieren. Du wirst die Reifen mit der Zunge sauber lecken. M'entiendes?«

»Yo te entiendo«, bestätigt Jeremy.

»Sprich kein Spanisch mit mir, du blöder Wichser. Spanisch ist meine Sprache. Dein Akzent ist voll kacke. Es ist eine Beleidigung meiner Vorfahren, wenn du Spanisch sprichst.«

»Esto muy feliz que tu entiendes«, sagt Jeremy.

»Hör auf. Es tut mir in den Ohren weh.«

»Bist du sauer, Bro?«

»Pass auf«, sagt Rico, »das fragst du mich jetzt nicht. Ich bin gerade dabei, mich zu beruhigen. Aber du kannst mich problemlos wieder auf die Palme bringen.«

»Bekomm keinen Herzinfarkt.«

»Ich bekomme keinen Herzinfarkt.«

»Tut mir leid.«

»Das waren die Worte, auf die ich gewartet habe«, sagt Rico. »Es ist erstaunlich, wie lange du gebraucht hast, um dich zu entschuldigen. Es wäre einfacher gewesen, wenn du es zuerst gesagt hättest.«

»Tut mir leid. Hier ist der Tut-mir-so-leid-Song. Willst du mitsingen?«

»Es gibt wahrscheinlich einfachere Wege für dich, die Sache anzugehen. Aber vermutlich wärest du nicht Jeremy, wenn du den einfacheren Weg genommen hättest.«

»Wir sind noch Freunde?«

»Inspektion. Wartung. Shampooniert. Jede einzelne Scheißsache.«

»Ich versprech's.«

»Du bist ein verdammtes Arschloch, und ich hasse deinen Mut«, sagt Rico.

Jeremy legt auf, ziemlich erleichtert, dass zwischen ihnen alles okay ist.

Er verlässt Texas, und die noch vor ihm liegende Reise lastet wie ein schweres Gewicht auf seinen Schultern. Den ganzen Tag über begnügt er sich jede Stunde mit ein paar Happen Beef Jerky und alle zwei Stunden mit zwei Koffeinpillen. Immer wenn ihm danach ist, nimmt er Ibuprofen. Er uriniert in seine selbst gebastelte Pinkelflasche. Was gewöhnungsbedürftig ist. Zuerst fühlt es sich so an, als mache er sich in die Hose. Aber dann entwickelt er eine kindische Freude daran, wie der warme Strahl sein Bein hinunterrinnt. Vielleicht wird er so ein Ding für den Rest seines Lebens tragen, denkt er.

Es gibt müde, es gibt todmüde, und dann gibt es noch einen Erschöpfungszustand, der die Psychologie überwindet und einen vergessen lässt, wer man ist. Er erinnert sich gut an dieses Gefühl. Er hatte es die ganze Zeit während der Grundausbildung. So machten sie einen zum Soldaten. In diesem Zustand befindet er sich, als er nach weiteren zwanzig Stunden in Columbus ankommt. Er erinnert sich noch nicht einmal mehr daran, in das Motel eingecheckt zu haben.

Nur einen Augenblick, nachdem er eingeschlafen ist, wird er vom Klingeln seines Handys geweckt. Die Vorhänge vor dem Fenster sind dicht zugezogen. Es ist komplett dunkel. Er hat sich schlafen gelegt, ohne seine Umgebung wahrzunehmen, und es gibt noch nicht einmal eine Nachttischlampe. Er könnte genauso gut in Kathmandu sein. Es klingelt eine Ewigkeit, bevor er das Handy versteckt in einer seiner Hosentaschen findet.

»Hallo?«
»Jeremy?«, flüstert eine Stimme.
»Wer ist da?«
»Ich bin's. Jenn.«

Jeremy stöhnt.

»Bitte, leg nicht auf.«

»Warum nicht?«

»Jeremy, es tut mir so leid.«

»Jenn. Weißt du, was dein Vater mir angetan hat? Vor der versammelten Schule?«

»Ich weiß. Ich hab's gehört.«

»Ich habe meinen Job verloren«, sagt Jeremy. »Deinetwegen. Jemand hat mir diese kranken Nachrichten geschickt.«

»Das wird mein Dad gewesen sein«, sagt Jenn. »Er hat mir das Telefon weggenommen. Aber jetzt hab ich's zurück.«

»Und dein Bruder ist zu mir nach Hause gekommen. Er hat mich gesucht. Ich musste die Stadt verlassen, Jenn.«

»Jeremy, ich fühle mich echt total scheiße. Ich wollte nicht, dass das alles passiert.«

»Warum hast du all die Sachen über mich erzählt? Was genau hast du ihm eigentlich erzählt?«

»Ich habe ihm gar nichts erzählt. Ich schwöre. Ich – ich musste lügen.«

»Du musstest Lügen über mich verbreiten, um deinen eigenen Arsch zu retten. Ist das dein Ernst?«

»Ich habe keine Lügen über dich verbreitet, Jeremy. Er hat es nur angenommen. Er hat mir nachspioniert. Er hat dich aus dem Motelzimmer kommen sehen. Und außerdem wegen einer anderen Sache, die ich gesagt habe.«

»Und was hast du gesagt?«

»Ich habe ihm gesagt, ich bin schwanger.«

»Warum zu Teufel erzählst du ihm denn so was?«

»Er wollte mich schlagen. Es war der einzige Weg, um ihn zu stoppen.«

»Okay, aber warum sagst du ihm so was? Ausgerechnet so etwas?«

»Weil ich's bin.«

Sie gibt ihm Zeit, das zu verdauen.

»Du bist wirklich schwanger?«, fragt Jeremy.

»Ja. Upps.«

»Oh, mein Gott.«

»Ich hätte ihn einfach zuschlagen lassen sollen. Danach ist er voll ausgeflippt. Hat angefangen, davon zu reden, er wird denjenigen umbringen, der mir das angetan hat. Er muss wohl gedacht haben, dass ich vergewaltigt wurde, weil das die einzige Möglichkeit ist, die er sich vorstellen kann, wie ich flachgelegt worden bin. Nicht sein kleines Mädchen! Verstehst du, was ich meine?«

»Also hast du ihm gesagt, ich war's.«

»Nein, nein. Das habe ich nicht gesagt. Ich habe nicht gesagt, dass du es warst.«

»Hm, was hast du denn gesagt, wer's war? Wer war es?« Ihm schwant Fürchterliches. »War es ... dein Bruder?«

»Mein Bruder? Was zum Teufel redest du?«

Jeremy tastet in der Dunkelheit nach der Matratze unter sich, obwohl er darauf liegt, nur um sicherzugehen, dass sie noch da ist. Denn wenn die Matratze noch da ist, dann ist auch der Fußboden noch da, deshalb auch das Motelzimmer und die Erde, die sich darunter befindet.

»Was meinst du damit, wovon ich rede?«, fragt er. »All diese Sachen, die du mir in diesem Motelzimmer erzählt hast.«

»Oh«, sagt Jenn, »ja. Die Sachen. Die hab ich mir irgendwie ausgedacht.«

»Du hast was?«

»Tut mir leid, Jeremy. Manchmal weiß ich nicht, was ich rede.« Sie kichert. »Ich sage diese bekloppten Sachen, und dann hinterher denk ich so, boah, hab ich das echt gesagt?«

»Du bist verrückt«, flüstert Jeremy.

»Jeremy! Das ist aber nicht sehr nett. Und außerdem hab ich das alles nie direkt gesagt, oder?«

»Also hätte eigentlich gar nichts von all dem passieren müssen«, sagt Jeremy.

»Nichts wovon?«

Hätte sie ihm nicht die Nachricht geschickt, dann wäre er nicht in dieses Motelzimmer gegangen. Wenn er nicht in dieses Motelzimmer gegangen wäre, dann hätte ihr Vater ihn dort nicht gesehen. Wenn ihr Vater ihn dort nicht gesehen hätte, hätte er ihn nicht auf der Feier gedemütigt. Jeremy hätte immer noch seinen Job. Fremde, die auf der Straße Nordic Walking machten, würden seinen Namen nicht kennen. Kein durchgedrehter Polizist wäre hinter ihm her. Abgesehen davon, dass er jetzt erkennt, dass Lincoln gar nicht der Durchgeknallte ist. Sie ist durchgeknallt. Er hätte draufkommen müssen, denkt er. Nach allem, was er durchgemacht hat, ist er immer noch ein naiver Idiot.

»Ich muss jetzt auflegen«, sagt er.

»Nein, warte. Bitte. Wenn ich mit dir rede, Jeremy, fühle ich mich gleich so viel besser.«

»Ich kann dir nicht helfen«, sagt Jeremy. »Ruf mich nie wieder an.«

»Jeremy, ich schwöre bei Gott, wenn du mich jetzt im Stich lässt, wirst du es bereuen.«

»Wie könnte ich es mehr bereuen, als ich es jetzt schon tue?«

»Ich versuche, die Sache hier gradezubiegen, Jeremy! Bitte!«

»Dafür ist es zu spät«, sagt Jeremy und legt auf.

Er braucht dringend Schlaf, aber wieder wird er kurz nach dem Einschlafen geweckt, diesmal von dem Messer in seinem Kopf. Er rollt sich vom Bett, schlägt um sich und stolpert durchs Zimmer. Doch der Messerstecher will ihn anscheinend auf den Knien sehen, also gehorcht er. Als das nicht genug ist, kracht er mit dem Gesicht voran auf den Boden, fühlt sich wie aufgespießt, wie ein Schmetterling in einer Sammlung. Noch tiefer sinken kann ich nicht, denkt er. Ich kann mich nicht weiter demütigen. Dies ist die tiefste Verbeugung, zu der ich fähig bin. Ich verneige mich vor deiner Größe, oh, Kopfschmerz. Alles beginnt und endet mit dir. Du gibst und du nimmst – außer, dass du nie wirklich irgendwas gibst. Du nimmst mir meinen Schlaf, meinen Verstand und mein Seelenheil, und jetzt hast du mir auch noch den letzten Funken Hoffnung darauf geraubt, dass ich überlebt haben könnte. Denn deinetwegen erkenne ich, dass ich diesen Krieg noch nicht wirklich überstanden habe. Es ist immer noch in der Schwebe, wie es weitergehen wird.

Er liegt dort und steht es leidend durch, zwingt sich, keinen Laut von sich zu geben. Aber es wäre auch egal, wenn er es täte; es ist niemand da, der ihn hören könnte. Aber sie hatten das trainiert. Ausdauertraining. Wie viel Schmerz kann man aushalten, bevor man weinen muss? Es war für sie eine Frage des Stolzes; sie verehrten diejenigen, die die größten Strapazen oder sogar Qualen ertragen konnten, ohne auch nur einen Mucks von sich zu geben. Der Trupp hatte ehrfurchtsvoll von Jorgensen gesprochen, dessen Bein eines Tages von einer Panzerfaust weggerissen worden war, und der mit einer stoischen Ruhe dort gelegen hatte, bis das Feuergefecht vorbei war, und dann seelenruhig sagte: »Wie wär's mit etwas Hilfe, Jungs?« Was die Untertreibung des Jahres war. Natürlich war das der einsetzende Schock und genau genommen ziemlich dumm von ihm. Was durch die Tatsache bestätigt wurde, dass er später gestorben war.

Doch eine lange Zeit über lag Jorgensen dort im Matsch, der aus seinem eigenen Blut und Staub bestand, ohne einen Mucks von sich zu geben, denn der Feind war so nahe, dass man regelrecht die Schafscheiße an ihren Schwänzen riechen konnte, und er wollte auf keinen Fall ihre Position verraten. Es war schon komisch, das Bein eines Menschen einfach so rumliegen zu sehen. Nicht komisch wie in einem Witz. Komisch, weil es eine weitere Stütze der Wände deines Verstandes entfernte, Wände, die man immer als gegeben angenommen hatte und von denen man nun feststellen musste, dass sie leichter einstürzen konnten, als man dachte. Sein Bein war ein Stück Fleisch. Sie waren alle nur Fleisch. Nichts anderes als die bleichen, in Plastikfolie abgepackten Stücke Fleisch, die man im Supermarkt kauft und sich zum Abendessen in die Pfanne haut. Und obwohl sie nicht darüber redeten, wusste Jeremy, dass ihr ganzer Trupp den Horror von Rindern im Schlachthof empfunden hatte.

Hinterher stellten sie sich gegenseitig dieselbe Frage: Wie konnte er solche Schmerzen haben und nicht schreien? Andere Typen heulten wie Babys, die von der Brustwarze ihrer Mutter gerissen werden, wenn sie sich einen Finger brachen, einen Zahn verloren oder irgendwo einen Schuss abbekamen. Nicht so Jorgensen. Er war eine Spitting Cobra unter Spitting Cobras.

Er kann heulen, wenn er will. Niemand hört ihn. Aber er tut es nicht, denn auch er war eine Spitting Cobra, und bei den Spitting Cobras wird nicht geheult, man steckt es einfach weg.

»Hoaah«, flüstert er.

Er liegt dort, denkt an Jorgensen und flüstert Hoaah vor

sich hin wie ein Irrsinniger und wartet darauf, dass es aufhört. Was bis zum späten Vormittag nicht passiert. Es muss an diesen verdammten Koffeinpillen liegen, denkt er. Als er wieder aufstehen kann, wirft er sie in den Mülleimer im Bad.

Er ist versucht weiterzufahren, doch er ist zu schwach auf den Beinen. Er hat wahrscheinlich nur drei oder vier Stunden geschlafen. Also geht er ins Büro des Motels und bezahlt für einen weiteren Tag, kehrt auf sein Zimmer zurück und lässt sich aufs Bett fallen. Es hat keinen Sinn. Er wäre wertlos für Henry, wenn er wie ein zermatschtes Insekt an einem Betonpfeiler klebt.

Er schläft bis zum frühen Abend. Als er aufwacht, wartet er einen Moment, um zu sehen, ob das Messer zurückkehrt, doch nichts passiert. Er rappelt sich auf und denkt, er kann jetzt eigentlich auch duschen, wo schon so viel von dem Tag vorbei ist. Das heiße Wasser fühlt sich auf seinen Rückenmuskeln an wie flüssiges Kokain.

Als er rosa wie ein Kochschinken aus der Dusche tritt, schaltet er sein Telefon an und sieht eine Nachricht von Rita: MEINE SCHWESTER GEHT EINFACH NICHT ANS TELEFON!!!

Er zieht sich an und setzt sich wieder ins Auto. Er fährt durch die Nacht, singt laut, um sich wach zu halten, pinkelt in seine Wärmflasche und behält den Tacho im Auge. Je schneller er von dem Irrsinn wegkommt, desto besser. Er durchquert Ohio und Pennsylvania, wo er einen schwarzen Bären über den Highway tapsen und eine Reihe von Amish-Kutschen vor einer Kirche parken sieht. Die Welt hier ist unglaublich grün.

Als er das nächste Mal den Sonnenaufgang sieht, ist das hinter einer Reihe von Hochhäusern, die glitzern wie der nasse Unterkiefer eines geifernden Ungeheuers.

13

Der Bus soll um 11:05 Uhr ankommen. Um 10:30 Uhr parkt er im vierten Stock eines Parkhauses, quetscht Ricos Wagen in eine Lücke, die so eng ist, dass es einfacher wäre, aus dem Fenster zu klettern, wenn der Körper nur dazu in der Lage wäre. Wenn Rico sein Parkmanöver sehen könnte, würde er sich wahrscheinlich in die Hosen scheißen. Das Risiko eingedellter Türen und zerkratztem Lack ist jenseits von Gut und Böse. Aber das ist Jeremy egal. Sein Arsch ist wütend auf ihn, sein Rücken droht mit Streik. Er kann vielleicht nie wieder gerade stehen.

Auf dem Bürgersteig stellt er fest, dass die Welt immer noch an ihm vorbeigleitet, weil über einen so langen Zeitraum gelbe Linien an seinem peripheren Sehfeld vorbeigeschossen sind. Er schließt die Augen und wartet, bis das Gefühl von Bewegung abebbt. Menschen wirbeln um ihn herum. Die Menschheit ist ein Fluss, denkt er, und ich bin ein Fels. Wenn ich hier lange genug stehe, tragen sie mich einfach ab und ich werde verschwinden.

Er geht in die Penn Station, eine Ameise, die in eine Kathedrale kriecht, und sucht die Herrentoilette. Er steht in einer Kabine und trennt sich zögernd von der Pinkelflasche. Er wirft sie in den Müll und lauscht dabei dem letzten traurigen Schwappen. Dann wäscht er sich die Hände und betrachtet sich im Spiegel: Seine Augen sehen aus wie in Blut pochierte Eier, die sich aus Kängurubeuteln erheben. Dann findet er das richtige Gate und wartet.

Bis zu diesem Zeitpunkt hat er sich nicht erlaubt, darüber nachzudenken, was auf dieser Busreise alles hätte schiefgehen können. Jetzt begreift er, dass, sollte Henry nicht in dem Bus sein, er jeden seiner Schritte zurückverfolgen und das ganze Land auf den Kopf stellen müsste, bis er ihn findet. Und wenn ihm etwas zugestoßen wäre, würde er herausfinden, wer es war, und demjenigen ziemliche Schmerzen zufügen. Schmerzen, die allen anderen Schmerzen ein Ende bereiten. Er weiß noch, wie man sich auf eine Schlacht vorbereitet. Das Schlimmste war das Warten. Wenn es dann schließlich losging, kam er immer gut klar. Er musste nichts weiter tun, als zu vergessen, dass er je wieder nach Hause kommen wird.

Das, versteht er heute, ist das eigentliche Geheimnis, wie man einen Krieg überleben kann. Die Gedanken an zu Hause brauchen eine Weile, bis sie sterben. Man muss vergessen, dass man ein Mensch ist, dass man eine Mutter hat, ein Haus, einen Hund und noch viele andere Dinge. All das muss man hinter sich lassen. Muss sich davon lösen. Akzeptieren, dass man nie wieder nach Hause zurückkehren wird. Einige konnten das nicht, waren zu diesem mentalen Sprung nicht in der Lage. Andere schafften es und stellten dann zu ihrem großen Erstaunen fest, dass sie trotzdem überlebt hatten. Das waren diejenigen, die so richtig im Arsch waren. Wie kehrte man in eine Welt zurück, die man längst hinter sich gelassen hatte? Wie kehrte man nach Hause zurück und tat Dinge, wie sich einen Job suchen, heiraten und Kinder bekommen, wenn man eine Handvoll Monate zuvor in einem staubigen kleinen Dorf Türen eingetreten und in die Gesichter entsetzter Familien gebrüllt und ihnen gedroht hatte, alle umzubringen, wenn sie nicht sagten, wo die Waffen waren? Diese beiden Welten existierten nicht auf derselben Ebene. Es gab keinen Punkt, an dem sie sich überschnitten. Die Kluft zwischen ihnen war so groß, dass noch nicht einmal der Funke einer Erinnerung sie überqueren konnte.

Hatte er es wirklich geschafft, sein Leben aufzugeben? Vielleicht, manchmal. Wenn er je aufhörte, über irgendwas nachzudenken, bekam er eine furchtbare Angst. Doch wenn er aufhörte nachzudenken und sich nur auf die vor ihm liegende Aufgabe konzentrierte, dann war er, wie er feststellte, in der Lage, ungeheuerliche Dinge tun. Er konnte im dichtesten Kugelhagel durch ungeschütztes Gelände hasten und dabei keinerlei Angst empfinden, sondern nur eine große Erregung, denn solange er nicht getroffen wurde, war es der ultimative Spielplatz, und seine Eier prickelten dabei vor Erregung. Er konnte stundenlang in einem Versteck darauf warten, dass ein Hadschi wie ein Reh in seinem Sichtfeld auftauchte, damit er die unglaubliche Befriedigung erleben konnte, ihm eine Kugel in die Stirn zu jagen und dann dabei zuzusehen, wie sein Gehirn hinten rausflog. Er warf gern Handgranaten und sah auch gern dabei zu, wie sie geworfen wurden. Er brüllte gern höhnische Bemerkungen über ein freies Feldstück und mochte es, wenn sie zurückbrüllten.

Doch hinterher brach er völlig zusammen. Er zitterte so heftig, dass er nicht mehr geradeaus sehen konnte. Und mit jedem Mal, wenn es passierte, wurde es schwerer, sich anschließend voll reinzuhängen. Bis schließlich nichts mehr da war und er wusste, dass ihm keine andere Wahl mehr blieb als zu sterben.

Er hatte keine Angst vor dem Tod. Wovor er sich wirklich fürchtete, und das hätte er nie jemandem gegenüber zugegeben, nicht einmal Smarty gegenüber, das war verwundet zu werden. Und genau das war passiert. Also gab es keinen Gott, der einem zuhörte. Es gab nichts auf der Welt, das nicht so zerbrechlich und leicht zu vernichten war wie ein Ei, auf das man trat. Und es waren einfach keine Erfahrungen mehr übrig, die man noch machen konnte.

Es ist ermüdend, über all das nachzudenken. Er möchte sich hinlegen. Er braucht einen magischen Tee.

Der Bus hat nur eine Stunde Verspätung. Henry steigt als Erster aus, Smitty in der Armbeuge an sich gedrückt. Er guckt vollkommen entgeistert, mit offenem Mund, seine Augen erkennen nichts. Er ist ein Goldfisch an der Luft, ein Neugeborenes, das an den Füßen gehalten wird. Jeremy kennt diesen Gesichtsausdruck. Epilepsie-Gebiet. Denselben Ausdruck hatte er an dem Morgen, an dem Al Helen im Bett fand.

»Jermy?«, sagt Henry und glotzt ihn an. »Du bist hier?«

»Hi, Champ«, sagt Jeremy. Henry umarmt ihn auf seine plumpe, leicht vornübergebeugte Weise. Jeremy rümpft die Nase. Der Junge riecht nicht sonderlich gut.

»Wie bist du hergekommen?«, will Henry wissen.

»Ich bin gefahren, Henry.«

»In einem Auto?«

»Ja, in einem Auto.«

Und dann kann er nicht mehr an sich halten. Die letzten drei oder vier Tage haben eine Spannung in ihm aufgebaut, die jetzt eine Kontaktstelle erkennt und versucht, sich in einem Schwall zu entladen. Er bedeckt die Augen mit den Händen und versucht dagegen anzugehen, aber es ist, als wollte man Elektrizität zurückzuhalten. Henry streichelt ihm mit einer fleischigen Pranke über den Kopf.

»Warum weinst du? Hast du dir den Zeh gestoßen?«, fragt er freundlich.

Jeremy wischt sich das Gesicht mit den Händen ab. »Nein, du Idiot, ich habe mir nicht den Zeh gestoßen.«

»Bist du wegen irgendwas traurig?«

»Ich bin nicht traurig.«

»Oh«, sagt Henry. »Freudentränen. Wirst du bei mir und meiner Mom wohnen?«

»Henry, darüber müssen wir reden«, sagt Jeremy. »Was du getan hast, war ganz böse. Du hättest niemals das Haus verlassen dürfen, ohne zuvor jemandem Bescheid zu geben. Du hast uns eine Mordsangst eingejagt. Alle haben nach dir gesucht. Und du – du weißt noch nicht einmal, wovon zum Teufel ich überhaupt rede, stimmt's? Du denkst, du kannst einfach so in einen Bus einsteigen und fahren, wohin auch immer dir der Sinn steht, und irgendwie wird schon alles gut gehen, stimmt's?«

Er bremst sich. Es hat absolut keinen Sinn, auf Henry sauer zu sein. Man kann ihn anbrüllen, so viel und so lange man will, und er steht trotzdem einfach nur da und hat nicht den leisesten Schimmer, was das alles soll. Und was einen nur noch wütender macht, ist, dass es gut gegangen ist. Sein Plan ist aufgegangen, weil er keinen Plan hatte. Er hat es einfach getan. Und hier steht er nun.

»Ich bin achtzehn Jahre alt«, sagt Henry.

»Wen interessiert das? Was zum Teufel hat das damit zu tun? Alle haben sich entsetzliche Sorgen gemacht. Sogar die Polizei hat nach dir gesucht.«

»Die Polizei?«

»Ja, Henry. Die Polizei. Die sind auch total sauer auf dich.«

»Muss ich jetzt ins Gefängnis?«

Jeremy seufzt. Was hätte man wohl zu anderen Zeiten und in anderen Gesellschaften mit Henry gemacht? Vielleicht hätte man ihn zum Schamanen gemacht. Oder vielleicht hätte man ihn in einer besonderen Hütte gehalten, hätte ihn nach seinen Wünschen gefüttert, ihn verehrt und ihn die Gesetze machen lassen, bis die Zeichen verheißungsvoll wurden, und man ihn in einem heiligen See ertränkt hätte. Oder vielleicht hätte er auch eine niedrige Tätigkeit übernommen, zum Beispiel als Scheißeträger. Aber in dieser Welt besitzt er keinen Status. Er ist nichts. Er ist einfach nur Henry.

»Nein, Henry«, sagt er, »du kommst nicht ins Gefängnis.«
»Ich will zu meiner Mom«, sagt Henry.
»Hm, na ja, sie ist nicht hier.«
»Wo ist sie denn?«
»Woher zum Teufel soll ich das wissen? Sie sollte hier sein, und das ist sie nicht. Ich muss sie anrufen.«
»Ist das hier New York New York?«, fragt Henry und schaut sich um.
»Ja, Henry. Das ist New York.«
»Eine eitsch ieeee dabbl hockey sticks von einer Stadt«, singt Henry tonlos.
»Genau«, sagt Jeremy.
»Und wo sind die hohen hohen Häuser? Ich habe sie durchs Fenster gesehen.«
»Sie sind draußen, Henry. Das hier ist der Busbahnhof.«
»Ich will die Häuser sehen.«
»Werden wir. Aber ich muss vorher noch eine Sache erledigen.«

Henry besteht darauf, seine Hand zu halten. Jeremy nimmt ihn mit zu einem Restaurant im Terminal und setzt ihn hin. Dann ruft er Rita an.

»Ich hab ihn«, sagt er.
»Gott sei Dank«, atmet Rita auf. »Ist Jeanie da?«
»Nein.«

»Verdammt. Ich habe ihr wie verrückt Nachrichten aufs Band gesprochen. Sie meldet sich nicht.«

»Gib mir ihre Adresse«, bittet Jeremy. »Entweder sie öffnet die Tür oder ich steige durchs Fenster.«

»Warte kurz«, sagt Rita und legt den Hörer zur Seite, während er wartet. Dann nimmt sie ihn wieder auf und liest sie ihm vor.

»Okay«, sagt Jeremy, »ich muss jetzt los.«

Aber sie ist noch nicht bereit, ihn vom Telefon zu lassen. »Ich vermute, du hast mit Sam gesprochen«, sagt sie.

»Jepp.«

»Und er hat es dir gesagt.«

»Jepp.«

»Ich wollte es dir selbst sagen. Ich wusste nur nicht, wie.«

»Macht nichts, Mom«, sagt Jeremy. »Alles in bester Ordnung.«

»Bist du sicher?«

»Spielt das irgendeine Rolle, ob ich sicher bin?«

»Wie meinst du das?«

»Ich meine –« Angenommen er würde ihr sagen, dass es nicht in Ordnung wäre? Dass sie Sam verlassen und nach Hause zurückkehren sollte? Auch er konnte zu ihr grausam sein. Es wäre ganz leicht. Das war es immer.

»Ist egal«, sagt er. »Ich möchte nur, dass du glücklich bist.«

»Weißt du was?«

»Was?«

»Das hat noch nie jemand zu mir gesagt«, sagt Rita.

Henry und er nehmen ein Taxi zu Jeanies Wohnung in Greenwich Village. Es ist ein siebenstöckiges Gebäude mit vielen

Wohnungen. Vielleicht leben in diesem einen Häuserblock so viele Menschen wie in ganz Elysium. Er findet ihren Namen und drückt auf die Klingel. Wenn sie nicht ans Telefon geht, ist sie vielleicht gar nicht da. Vielleicht ist sie außer Landes, in Rom, London oder Mailand auf einer ihrer verdammten Model-Reisen und hält ihren glamourösen Arsch in die Kamera. Aber er hört ein Knacken, und dann kommt ihre körperlose Stimme über ihn wie einer von Elizabetas Geistern, die durch den Äther kommunizieren.

»Ja?«

»Jeanie? Bist du das?«

»Wer ist da?«

»Hier ist Jeremy«, sagt er. »Und Henry.«

»Und Smitty«, sagt Henry.

Es entsteht eine lange Pause. Er drückt wieder auf die Klingel.

»Wer zum Teufel ist da?«

»Jeanie«, sagt Jeremy, »öffne endlich diese Scheißtür.«

Er hatte es nicht so sagen wollen. Es ist ihm rausgerutscht. Er ist sehr müde.

»Du hast ein böses Wort gesagt, Jermy«, sagt Henry. »Jetzt musst du 'tschuldigung sagen.«

»Entschuldigung«, presst Jeremy durch zusammengebissene Zähne heraus.

Nach einer ganzen Weile hören sie den Summer. Sie steigen drei Etagen hinauf, und dann steht sie vor ihnen im Türrahmen. Sie ist angezogen, als wolle sie ausgehen: schwarze Hose, schwarze Bluse, eine schwarze Handtasche über der Schulter.

»Oh, mein Gott«, sagt sie. »Ihr seid es wirklich. Ich dachte, jemand spielt mir einen Streich.«

»Das ist kein Streich«, meint Jeremy, »obwohl es sich definitiv wie einer anfühlt.«

»Mom«, sagt Henry. »Mom. Ich habe dich echt gefunden, Mom.« Er umarmt sie. Nach einer ganzen Weile umarmt auch Jeanie ihn.

»Henry ... was machst du hier?«

»Mom, ich habe ein paar echt, echt gute Nachrichten«, sagt Henry. »Ich bin gekommen, um bei dir zu wohnen! Ich werde hierbleiben und dein Henry sein. Wir müssen nicht mehr voneinander getrennt sein.«

»Er ist weggelaufen«, erklärt Jeremy. »Ich bin ihm gefolgt. Und da sind wir nun. Das ist die Kurzfassung des Ganzen. Es gibt eine längere Version, aber die ist nicht viel aufregender.«

»Okay«, sagt Jeanie. »Ich brauche ein paar Minuten, um das zu verdauen.«

»Kein Problem. Kann das Verdauen vielleicht auch drinnen stattfinden? Ich muss mich einen Moment hinsetzen.«

Jeanie seufzt. »Klar. Kommt rein.«

Henry braucht dringend ein Bad. Jeremy lässt das Wasser ein und überwacht Henry beim Einsteigen in die Wanne, was tendenziell mit viel Gespritze vonstattengeht. Die Wohnung ist klein, nicht viel größer als Jeremys Keller, wenn man es genau nimmt, und nicht in Räume unterteilt, sondern in Bereiche. Während Henry in der Badewanne planscht, sitzen Jeremy und Jeanie im Sofabereich. Er starrt ihr Gesicht im Halbdunkel an und denkt, meine Güte, sie ist so verdammt schön. Sie ist die schönste Frau, die ich kenne oder mit der ich je gesprochen habe. Wie durch ein Wunder oder die gnädige Ausrichtung ihrer Bauteile ist sie ein Käsesandwich, das zufällig sehr unseren Vorstellungen davon ähnelt, wie ein Käsesandwich aussehen sollte. Weswegen alle anderen Käsesandwiches ganz verrückt nach ihr sind. Wäre sie nicht meine Tante, wäre ich wahrscheinlich in sie verliebt. Und doch hat sie etwas, das einfach nicht da ist.

»Also, ich hab da ein paar Fragen«, sagt sie.

»Ich habe auch ein paar Fragen. Warum bist du nicht ans Telefon gegangen?«, fragt Jeremy.

»Ich habe zwei Telefone. Bei einem gehe ich ran, bei dem anderen nicht.«

»Lass mich raten«, sagt Jeremy. »Wir haben nicht die Nummer von dem, bei dem du rangehst. Die Nummer für wichtige Leute vielleicht?«

»Lass es, Jer«, sagt Jeanie. »Sei nicht so hart zu mir.«

»Oh, tut mir leid. Wir verschwinden einfach, bis du deinen Kram erledigt hast.«

»Hör auf. Was meint Henry damit, er kommt, um bei mir zu leben?«

»Ich denke, er meint, er kommt, um bei dir zu leben.«

»Aber, Jeremy – er kann nicht bei mir leben. Ich bin dazu noch nicht bereit. Ich bin noch nicht einmal bereit für einen Besuch. Es ist der schlechteste Zeitpunkt überhaupt. Ich brauche eine Art Vorwarnung. Eine Nachricht. Verstehst du?«

»In Ordnung«, sagt Jeremy. »Wir kommen in achtzehn Jahren wieder. Dann ist Henry sechsunddreißig. Es wird dann nicht einfacher sein, auf ihn aufzupassen, damit du das gleich weißt. Es ist egal, wie alt er ist. Er wird wahrscheinlich immer ungefähr fünf Jahre alt bleiben.«

»Jeremy, das ist absolut unfair. Absolut.«

»Diese Diskussion willst du wirklich führen? Du willst dich darüber beschweren, was alles nicht fair ist? Unfair ist, dass du allen anderen deine Verantwortung aufhalst, während du selbst was zum Teufel auch immer hier gerade tust.«

»Was ich hier tue, ist, dass ich versuche klarzukommen«,

sagt Jeanie. »Und ich habe niemandem irgendetwas aufgehalst.«

»Du bist gegangen, ohne dich auch nur zu verabschieden«, stellt Jeremy fest. »Das war hinterhältig.«

»Das Verhältnis von Rita und mir war angespannt. Und auch mit Dad war es schwierig. Er hat kaum noch mit mir gesprochen. Ich habe es keine Minute länger mehr in dem Haus ausgehalten. Und davon abgesehen hasse ich Abschiede. Immer dieses Drama.«

»Also hast du uns sitzen gelassen«, meint Jeremy.

»Ja, okay, ich habe euch sitzen gelassen. Ich geb's zu. Tut mir leid, Jeremy.«

»Rita wollte mit dir über Henry reden. Das wusstest du, oder? Das ist der wahre Grund, warum du gegangen bist. Damit du dich damit nicht auseinanderzusetzen brauchst. Damit du zu diesem gemütlichen, aufregenden Leben hier zurückkehren kannst.«

»Mein Leben ist weder gemütlich noch aufregend. Und was Henry angeht, hatte ich einen Deal mit Mom.«

»Nanny ist nicht länger bei uns«, erklärt Jeremy ihr wie einem Kind. »Was du eigentlich wissen solltest angesichts der Tatsache, dass du bei ihrer Beerdigung warst.«

»Ich hasse es, wenn du so mit mir redest.«

»Das ist mir egal«, sagt Jeremy. »Ich habe die Schnauze voll. Genau wie alle anderen.«

Sie sollte jetzt langsam wütend auf ihn werden, denkt er. Wenn sie ein normaler Mensch wäre, der normale Dinge fühlt, würde sie das jetzt sein. Doch sie ist nicht wütend. Stattdessen starrt Jeanie nur Löcher in die Luft. So als wäre sie gar nicht anwesend. Sie wartet darauf, dass ihre Schönheit sie beschützt, wird ihm klar. Sie wartet darauf, dass er sagt, egal, kein Problem, du bist so ein heißer Feger, dass die normalen

Regeln für dich nicht gelten. Aber er ist ihr Neffe und dagegen immun. Was, wie ihm klar wird, eine riesige Erleichterung ist. Wenn du keinen Sex mit einer Frau haben willst, hat sie keine Macht über dich.

»Wie soll das gehen?«, fragt sie schließlich. »Ich bin nie zu Hause. Ich kann mir noch nicht einmal eine Katze halten, Jeremy. Ich habe keine Zeit.«

»Ich weiß nicht, wie das gehen soll«, entgegnet Jeremy. »Das ist nicht mein Problem.«

»Du willst ihn einfach hierlassen?«

»Hast du eine bessere Idee?«

»Ja. Nimm ihn mit nach Hause.«

»Es gibt kein Zuhause mehr«, antwortet Jeremy.

»Was meinst du damit?«

»Ich meine, alles ist vorbei. Neues Spiel. Neue Regeln. Jemand hat auf den Neustart-Knopf gedrückt und vergessen, es allen anderen zu sagen.«

»Du benimmst dich ziemlich seltsam, Jeremy.«

»Tut mir leid«, sagt er. »Ich habe drei Tage lang im Auto gesessen. Was ich meine, ist: Rita ist ausgezogen. Sie lebt jetzt bei Sam. Und Al ist ... na ja, Al ist eben Al.«

»Und was ist mit dir?«

»Was mit mir ist?«, fragt Jeremy. »Ich gehe nicht nach Elysium zurück.«

Er hat nicht geplant, das zu sagen, noch hat er überhaupt darüber nachgedacht. Doch während ihm die Worte über die Lippen kommen, weiß er, dass es stimmt. Er wird einen Weg finden, wie Rico sein Auto zurückbekommt. Es irgendwie nach Hause verfrachten. Tatsache ist, ein Zuhause existierte eigentlich nie. Nicht so, wie er es sich vorgestellt und sich daran erinnert hatte. Er hat fünf Jahre gebraucht, um das zu begreifen. Und jetzt wird sich die ganze Stadt über ihn und

Jenn das Maul zerreißen. Er könnte zurückgehen und alles in Ordnung bringen. Doch wozu?

»Wohin willst du denn?«

»Ich ... weiß es noch nicht«, sagt Jeremy. »Ich schätze, man könnte sagen, ich befinde mich in einer Übergangsphase.«

»Du meinst, du ziehst auch aus?«

»Jepp. Das meine ich.«

»Und wohin gehst du?«

»Ich habe ein paar Ideen«, sagt Jeremy, obwohl er eigentlich gar keine hat. »Im Moment will ich noch nicht darüber reden.«

»Ich dachte, du hättest einen Job.«

»Ich hatte. Jetzt nicht mehr. Lange Geschichte.«

»Mein Gott«, sagt Jeanie, »ich glaub's noch nicht, dass das alles wirklich passiert.«

»Er ist dein Sohn, Jeanie.«

»So einfach ist das nicht, Jeremy.«

»Doch, es ist so einfach. Wenn die Frauen unserer Spezies ein Junges gebären, werden sie das, was man landläufig Mutter nennt.«

»Ich war nie Henrys Mutter.«

»Hast du ihn nicht geboren?«

»Natürlich habe ich das! Aber ich wollte nicht.«

»Es ist trotzdem passiert. Ich weiß, Henry war ein Fehler. Aber mit Fehlern muss man leben.«

»Er war mehr als ein Fehler«, sagt Jeanie.

»Was meinst du damit?«

Jeanie starrt ihn an. »Jeremy, lass mich dir nur so viel sagen. Ich bin genauso um seinetwillen gegangen wie um meinetwillen. Henry war in Gefahr.«

»Wieso war er in Gefahr?«

»Das ist schwer zu erklären.«

»Versuch's«, sagt Jeremy.

»Ich war eine Gefahr für ihn. Als er ein Baby war, meine ich. Mom hat mich eines Nachts gefunden, als ich mit ihm auf dem Arm die Straße hinunterging. Ich habe geschlafen. Aber ich war auf dem Weg zum See. Zu dem Zeitpunkt haben wir beschlossen, dass es besser wäre, wenn ich nicht mehr in seiner Nähe bin. Also haben wir eine Vereinbarung getroffen: Ich schickte ihr Geld, und sie passt für mich auf Henry auf. Es war nicht fair, was mit mir passiert ist.«

»Nichts ist fair«, sagt Jeremy.

»Also ist es dir aufgefallen«, sagt Jeanie Rae. Sie nimmt ihre Handtasche und beginnt darin zu kramen. »Ich bin vergewaltigt worden, Jeremy. Von jemandem, dem ich vertraut habe. Er hat mir gesagt, es sei Gottes Wille. Er sagte, ich würde schwanger werden und das Kind würde ein Kind Gottes sein. Gut, habe ich gesagt. Dann kann Gott ihn ja auch großziehen.«

»Wer war es?«

»Ein Priester«, sagt Jeanie. Sie hört auf, in ihrer Tasche herumzuwühlen. »Ein Pastor. Ein blinder Mann.«

»Hast du es Nanny und Al erzählt?«

»Mom wusste es. Sie sagte, Dad dürfte es nie erfahren. Oder es endet damit, dass er zwanzig Jahre absitzen muss.«

»Tut mir leid, das zu hören«, sagt Jeremy.

»Danke. Es ist –«

»Es ist achtzehn Jahre her«, sagt Jeremy.

Jeanie Rae starrt ihn an. »Ich weiß«, flüstert sie.

»Ich will jetzt wieder raus«, ruft Henry aus dem Bad.

»Hol ihn raus«, sagt Jeremy.

Bei diesem Vorschlag guckt Jeanie ihn entsetzt an. »Meinst du das im Ernst?«, flüstert sie. »Er ist ... ein erwachsener Mann.«

»Ja, ich weiß«, sagt Jeremy. »Ich habe ihn selbst schon viele Male aus der Badewanne geholt.«

»Hast du nichts von dem gehört, was ich gerade gesagt habe?«

»Doch, klar, ich habe dich gehört. Etwas Beschissenes ist passiert, und Henry war das Ergebnis. Dumm gelaufen. Das Leben ist nicht fair. Tut mir leid. Hol deinen Sohn aus der Wanne.«

»Kann ich nicht.«

»Warum nicht?«

»Weil ich ... hab's nicht so mit Penissen«, sagt sie.

»Was meinst du damit, du hast es nicht so mit Penissen?«

»Ich finde, sie sind ... eigenartig. Ich kann nicht mit ihnen umgehen.«

Da ist was dran, denkt Jeremy. Penisse sind tatsächlich schon irgendwie eigenartig. Aber er gibt keinen Zentimeter nach. Er sagt: »Ist das deine Art, mir zu sagen, dass du eine Lesbe bist?«

»Ich bin keine Lesbe«, erwidert Jeanie. »Ich bin gar nichts.«

»Wie kannst du nichts sein? Jeder ist etwas.«

»Ja, also, ich jedenfalls nicht. Ich habe mich schon vor langer Zeit aus dieser ganzen Sexsache ausgeklinkt.«

»Mir war gar nicht bewusst, dass man das kann.«

»Diese Unterhaltung führe ich nicht mit meinem kleinen Neffen. Ich sage dir einfach, ich kann's nicht.«

»Du musst gar nichts zu tun. Du hilfst ihm nur raus und gibst ihm ein Handtuch.«

»Ich kann es heute nicht, und ich werde auch niemals in der Lage sein, Henry nackt zu sehen«, entgegnet Jeanie.

»Ich schätze mal, dann verschrumpelt er jetzt wie eine Backpflaume. Oder vielleicht ertrinkt er auch. Ich hole ihn da jedenfalls nicht raus.«

»Bitte, Jeremy. Wir müssen die Sache gründlich bereden. Du kannst mir das nicht einfach so antun. Nicht so. Das ist nicht fair.«

»Nichts ist fair«, sagt Jeremy.

Sie hören noch mehr Geplansche. Einen Augenblick später erscheint Henry in der Couchecke, nackt.

»Ich hab gerufen und gerufen und gerufen«, sagt er, »und keiner ist gekommen.«

»Oh, mein Gott«, stöhnt Jeanie und vergräbt ihr Gesicht in den Händen.

»Na, sieh mal an«, sagt Jeremy. »Er hat sich selbst rausgeholt.«

»Gelobt sei der Herr«, sagt Henry.

Jeremy und Henry, inzwischen bekleidet und mit trocken gerubbeltem Kopf, sitzen am kleinen Tisch in einer Ecke, die in dieser Stadt offensichtlich als Esszimmer durchgeht. Smitty sitzt auf Henrys Schoß und betrachtet sie mit zyklopenartiger Ruhe. Jeanie Rae macht vier Sandwiches und stellt sie ihnen hin. Dann nimmt sie Platz und zündet sich eine Zigarette an, während sie essen.

»Würdest du die bitte ausmachen?«, sagt Jeremy. »Es ist ein bisschen eklig, während wir essen.«

»Das hier ist meine Wohnung«, sagt Jeanie. »Ich rauche.«

»Dann musst du aufhören. Henry ist allergisch.«

»Seit wann?«

»Seit jetzt«, sagt Jeremy.

Sie guckt ihn giftig an. Dann drückt sie die Zigarette aus.

Henry verschlingt drei der Sandwiches in der Zeit, die Jeremy braucht, um eines zu essen. Dann beginnt er zu reden. Er erzählt eine langatmige Geschichte, in der Toiletten vorkommen und Restaurants und ein Negermann namens Mr. Jenkins.

»Afroamerikaner, Henry«, sagt Jeremy.

»Was? Was hast du gesagt, Jermy?«

»Wir sagen nicht Negermann. Wir sagen Afroamerikaner.«

»Wir sagen Afrika?«

»Ja.«

Henry denkt gründlich über die Sache nach. »Mr. Jenkins war aus Georgia. Er wurde neunzehneinunvizzich in Georgia geboren. Und das war kein Ort für einen schwarzen Mann.« Er kaut sein Essen und sinniert über den nächsten Punkt. »Er war mit Jim Crow verfeindet.«

»Wovon redet er?«, fragt Jeanie.

»Das werden wir nie erfahren«, sagt Jeremy.

Jeremy beobachtet Jeanie, während Henry weiterplappert. Ihre Augen sind ausdruckslos. Sie ist in Gedanken woanders. Hört nicht mal zu. Versunken in ihre eigenen Gedanken, ihre eigenen Probleme. Zweifellos denkt sie darüber nach, wie sie sich aus dieser Sache wieder herauswindet. So sieht sie immer aus, denkt er. Diese Fassade hat sie immer. Er dachte immer, es läge nur daran, weil sie so schön ist, und schöne Frauen sind eben undurchdringlich. Selbst wenn es die eigene Tante ist. Aber es geht tiefer als das. Etwas stimmt nicht mit ihr. Etwas, das so tief sitzt, dass niemand herankommt.

Jeremy begreift, dass er Henry nicht bei ihr lassen kann. Das klappt nicht. Dann passiert etwas Schreckliches. Sie vergisst ihn in einem Laden oder setzt ihn in einem Park aus oder so. Seine Füße mit Klebeband zusammengeklebt wie bei einem Welpen, damit er ihr nicht nachlaufen kann. Oder sie sperrt ihn in einen Einbauschrank und füttert ihn nur einmal pro Woche. Sofern es in dieser Wohnung überhaupt einen Einbauschrank gibt.

»Der Herr hat mich in einer Toilette erleuchtet«, sagt Henry um sein Sandwich herum.

»Man spricht nicht mit vollem Mund«, mahnt Jeremy.

Henry kaut und schluckt. »Ich mag das Essen in New York.« Er schnüffelt. »Ich mag auch die Luft in New York. Wie schmecken die New Yorker Eisamstiel?«

»Wie Eis am Stiel überall, vermute ich«, sagt Jeanie.

»Ich will 'n Eisamstiel«, sagt Henry.

»Iss dein Sandwich«, sagt Jeremy.

»Der Herr hat mich ausgetrickst und sich in den Teufel verwandelt«, sagt er.

»Henry«, fragt Jeremy, »hast du deine Medizin mitgebracht?«

»Welche Medizin?«

»Die gelben Pillen, die du morgens zum Frühstück nimmst.«

»Nö.«

An Jeanie gewandt, erklärt Jeremy: »Er wird sein Rezept brauchen. Sie können es vom Drugstore in Lancaster faxen. Er braucht Nachschub. Je früher, desto besser.«

»Großartig«, sagt Jeanie mit matter Stimme. »Ich kümmere mich gleich darum.«

»Hör zu, Jeanie«, sagt Jeremy und ist im Begriff, eine weitere Predigt loszulassen, als sein Rücken plötzlich zu krampfen beginnt. Er kippt vornüber auf den Tisch, hämmert mit der Handfläche darauf.

»Was ist los?«, fragt Jeanie beunruhigt.

»Mein Rücken.« Unter allergrößter Selbstbeherrschung gelingt es ihm, diese Worte herauszubringen, ohne zu schreien. Das Schreien übernimmt dafür Henry.

»Der Herr gibt Jermy einen Herzinfarkt!«, kreischt er.

»Nein, nein«, sagt Jeremy in den Tisch. »Henry, mir geht's gut.«

»Herr, hör auf damit!«, brüllt Henry. Er steht auf und wirft dabei seinen Stuhl um. »Hör auf, hör auf, hör auf!«

»Sei leise, Henry«, sagt Jeanie. »Sei leise. Es ist okay. Er hat keinen Herzinfarkt.«

Henry beginnt zu weinen. Er schnappt nach Luft und hat Schluckauf. Jeanie nimmt ihn in die Arme. Ihre Fingerspitzen berühren sich nicht einmal. Er lehnt sich an sie und wirft sie dabei fast um.

»Oh, das ist wirklich traurig«, schluchzt Henry.

»Entspann dich, Henry«, sagt Jeanie. »Ich muss jetzt Jeremy helfen. Okay?«

»Okay«, sagt Henry und hört auf zu weinen.

»Hey, schau her«, keucht Jeremy. »Du hast ihn beruhigt.«

»In Ordnung, Jeremy, lass uns aufstehen«, sagt Jeanie.

»Ich kann mich nicht bewegen«, sagt Jeremy. Sein Kopf liegt auf dem Teller, in die Überreste seines Sandwiches gepresst. Wer hat noch gleich dem König den Kopf von Johannes dem Täufer auf einem Tablett serviert? Genau, erinnert er sich, Salome. Ein weiterer Bilderbibel-Klassiker. Was für ein wunderbar familienorientiertes Buch.

»Komm. Ich werde dir helfen.«

»Wenn ich mich bewege, sterbe ich.«

»Du wirst nicht sterben. Komm. Geh einfach vornübergebeugt. Kriech, wenn's sein muss. Jedenfalls musst du von dem Stuhl da hoch.«

Sie hilft ihm und bringt ihn in die Sitzecke. Dort schiebt sie den Sofatisch beiseite und senkt ihn auf den Boden ab. Er liegt auf der Seite, fühlt sich, als wäre er angeschossen.

»Kannst du dich auf den Bauch rollen?«, fragt sie.

»Nein«, sagt Jeremy.

»Versuch's.« Also versucht er es, allerdings vergeblich.

»Noch mal«, befiehlt sie.

»Uhhh«, stößt Jeremy aus, und dann schafft er es. Sie zupft an seinem Hemd. »Was tust du da?«

»Ich ziehe dir dein Hemd aus.«

»Nein«, sagt er, »lass das.«

»Warum nicht?«

»Ich mag's nicht, wenn Leute mich ohne Hemd sehen.«

»Um Himmels willen, das ist völlig in Ordnung. Ich bin deine Tante.«

»Ich weiß, wer du bist. Lass es.«

»Ich bin ausgebildete Heilmasseurin. Sieh mich einfach als Profi.«

»Seit wann bist du denn Heilmasseurin?«

»Ich hatte schon ungefähr eine Million Jobs, seit ich hierhergezogen bin«, antwortet sie.

»Ich dachte, du bist ein Model.«

»War ich auch. Früher. Schon lange her.«

»Was ist passiert?«

»Nichts ist passiert. Wie sich herausstellte, gab's in dieser Stadt eine ganze Menge hübscher Mädchen, die alle noch viel mehr auf Erfolg aus waren als ich.«

Irgendwo beginnt ein Handy zu klingeln.

»Bleib liegen«, sagt Jeanie. »Beweg dich nicht.«

»Da besteht keine Gefahr«, sagt Jeremy. »Ist das das wichtige Telefon oder der Familienapparat?«

»Halt den Mund«, sagt Jeanie und nimmt ihr Handy aus der Handtasche. »Hallo? Ja, ich weiß, ich bin spät. Es ist etwas dazwischengekommen ... Ich denke, ihr fangt besser ohne mich an ... Woher soll ich das wissen? Etwas ist dazwischengekommen, habe ich doch schon gesagt. Ich komme, wann ich komme. Ja. Tschüss.« Sie schaltet ihr Handy aus und steckt es zurück in die Tasche. Dann nimmt sie wieder ihren Platz neben ihm auf dem Boden ein. »Du brauchst eine Massage«, sagt sie. »Los jetzt!«

Also lässt er sich das T-Shirt hochziehen, denn er kann sie sowieso nicht daran hindern. Er hört, wie sie scharf die Luft einsaugt.

»Oh, mein Gott«, sagt sie. Dann fährt sie mit einem Finger seine Wirbelsäule entlang. Er spürt ihre Berührung nur an den Stellen, an denen das Fleisch nicht mit Narben übersät ist.

»Ja, siehst du? Darum mag ich es nicht, mein T-Shirt auszuziehen. Es ist abstoßend.« Er spürt, wie eine heiße Träne auf seinen Rücken platscht. »Hör auf«, sagt er.

»Jermy, ist das davon, als dich die Windelköppe in die Luft gejagt haben?«, fragt Henry feierlich.

»Himmel, was haben dir diese Tiere nur angetan?«, sagt Jeanie.

»Glücklicherweise erinnere ich mich nicht daran«, sagt Jeremy.

Ihre Hand ruht auf seinem Rücken. »Jeremy«, sagt sie mit gebrochener Stimme.

»Jeanie, wenn du jetzt auch nur ein einziges nettes Wort zu mir sagst, dann schwöre ich bei Gott, ich werd…«

Es ist nicht nötig, den Satz zu beenden. Sie gewinnt ihre Fassung wieder und beginnt, seine Muskeln zu bearbeiten. Ihre Finger sind heiß und scharf, ihre Hände stark, und sie knetet ihn durch wie Teig. Sie gräbt sich in sein Fleisch und findet tief unten etwas, und dann bearbeitet sie es, als gäbe es kein Morgen. Der Schmerz ist ein Tier, das mit rasiermesserscharfen Zähnen an ihm nagt.

»Was zum Teufel machst du da?«, ächzt er.

»Du hast hier hinten einen mörderischen Knoten. Alle möglichen Arten von Stress. So als würdest du schon lange eine schwere Last mit dir herumtragen.«

»Schon mal was von Henry gehört?«

»Die Probleme stecken im Gewebe«, sagt Jeanie. »Der Körper ist der Spiegel unserer Seele.«

»Es fühlt sich an, als würdest du mir die Leber rausreißen«, sagt Jeremy.

»Gut. Das bedeutet, es funktioniert. Haben sie dir in der Therapie keine Übungen beigebracht?«

»Doch.«

»Und? Machst du sie?«

»Jaa, irgendwie«, antwortet er. »Wenn ich daran denke.«

»Du musst sie machen. Sie sind sehr wichtig.« Sie berührt seine rechte Schulter, auf der diverse Worte geschrieben stehen. »Jorgensen«, liest sie. »Cowbell. Squiddy. Rocks. Was ist das?«

»Namen«, antwortet Jeremy.

»Freunde?«

»Früher.« Als ich noch Freunde hatte, ergänzt er stumm. Er hatte nie darüber nachgedacht, auch Smartys Namen auf die Liste zu setzen. Als er endlich aus dem Krankenhaus kam, konnte er die Vorstellung nicht mehr ertragen, dass sich etwas in sein Fleisch bohrt.

»Ach, Jeremy«, sagt sie, als es ihr langsam dämmert, wer das ist. »Es tut mir so leid.«

»Warum? Hast du sie umgebracht?«

»Darf man dir denn nicht mal etwas Nettes sagen?«

»Nein«, sagt er.

Sie berührt seine linke Schulter, wo sich eine weitere feinere Narbe befindet. »Was war da? Auf dieser Schulter?«

»Noch ein Tattoo.«

»Das sehe ich. Was für ein Tattoo?«

»Nichts. Vergiss es.«

»Sieht aus wie eine Strichliste. Fünf von etwas. Fünf was? Fünf Jahre?« Sie schnipst sein Ohrläppchen mit dem Finger. »Fünf Freundinnen?«

Sie versucht, einen Witz zu machen, um ihn aufzuheitern. Er fragt sich, ob er ihr die Wahrheit erzählen soll. Fünf war seine offizielle Zahl. Inoffiziell könnten es sogar mehr gewesen sein. Man wusste es nie genau. Sie hatten die Leichen immer direkt abtransportiert, wenn sie fielen. Sie wussten, wie stolz die Amerikaner auf Zahlen waren. Verblüffend, wie sie mit den Hügeln verschmelzen konnten.

»Lass gut sein, Jeanie«, sagt Jeremy. »Ich hab's wegbrennen lassen. Also muss ich nicht mehr darüber reden.« Das ist eine weitere Lüge, denn es hat sich für alle Ewigkeit in sein Hirn eingebrannt.

»Wenn das so einfach wäre«, sagt Jeanie. Also weiß sie, dass er lügt.

Doch sie stellt ihm keine weiteren Fragen.

Jeremy bleibt am Boden. Sie bestellen Essen beim Chinesen. Henry bekommt Panik bei der Suppe, liebt jedoch die Frühlingsrollen. Jeanie Rae ist still. Jeremy ist zu müde, um sich darüber Gedanken zu machen. Bald ist es Zeit, schlafen zu gehen. Henry bekommt das Sofa. Jeanie schläft auf dem Boden. Sie besteht darauf, dass Jeremy im Bett liegt. Es duftet nach ihrem Haar und irgendeiner Lotion. Er liegt dort und kriegt trotz seiner extremen Müdigkeit kein Auge zu. Am Morgen, bevor einer von ihnen wach ist, zieht Jeremy sich an und schlüpft durch die Haustür.

14

Fast hat Jeremy vergessen, dass er früher schon einmal in New York war, damals, als er in Fort Drum stationiert war. Sie waren zu dritt mit dem Auto in die Stadt gefahren, die Taschen voller Geld, um es den Barkeepern in den Rachen zu werfen oder es in Stringtangas zu stecken. Auf dieser speziellen Fahrt hat Smarty sie begleitet. Doch während Jeremy und die anderen, deren Namen ihm gerade nicht einfallen, ihr Geld in der ganzen Stadt auf Bars und Strip-Clubs verteilten und mit ihren Uniformen und ihren gefälschten Ausweisen protzten – sie waren damals erst neunzehn oder zwanzig, noch viel zu jung, um von Rechts wegen trinken zu dürfen, als würde Alkohol ihnen die Unschuld nehmen, nachdem Ausbilder und Handgranatentraining das nicht geschafft hatten –, war Smarty nach Hause gefahren, um seine Eltern in Queens zu besuchen. Smarty hatte darüber gelacht, was für Landeier sie waren. Warum für einen Blick auf nackte Frauen Geld bezahlen, wenn man sie im Internet gratis ansehen konnte? Er schien nicht zu verstehen, dass sie das Pulsieren und Vibrieren der Stadt selbst erleben wollten, das für sie so seltsam und wunderbar zugleich war. Dass sie mit Mais gefütterte Kleinstadtjungs waren, denen der Anblick einer schönen Frau, die eine Straße entlangging, schon Gesprächsstoff für Tage lieferte. Manhattan besaß für Smarty keinen Reiz. Es war sein Spielplatz hinter dem Haus. Was ihn nach Hause zog, war die Matzeknödelsuppe seiner Mutter. Es gab zwei Lehrmeinungen, was in einen perfekten Matzeknödel gehörte. Es gab diejenigen, die sie dick und fest mochten, sodass sie auf den Boden der Schüssel absanken, und dann gab es diejenigen, die sie leicht und luftig mochten, sodass sie oben schwammen. Smarty und seine Familie gehörten letzterem Lager an, sie waren eingefleischte Flottierer. Man brauchte echtes kulinarisches Talent, um einen Matzeknödel herzustellen, der oben schwamm. Einen Sinker konnte jeder. Es handelte sich um eine ernste Angelegenheit. Es wurden schon Kriege wegen weit weniger ausgefochten.

»Wie in diesem Essay von Jonathan Swift über Eier«, hatte Smarty erklärt. »Weißt du, welchen ich meine? Das über den Krieg zwischen Leuten, die ihr weich gekochtes Ei gern am breiten Ende aufklopften und den Leuten, die es lieber am schmalen Ende aufklopften?«

»Deswegen gab es einen Krieg?«, hatte Jeremy gefragt.

»Nicht wirklich«, sagte Smarty. »Es war eine Satire. Eigentlich ging es darum, aus was für blödsinnigen Gründen Kriege entstehen.«

»Oh«, machte Jeremy, und zum hundertsten Mal dachte er darüber nach, dass er niemals, auch wenn er zehn Leben in einer Bibliothek verbringen würde, so viel wissen würde wie Smarty.

Smarty hatte versucht, Jeremy zu überreden, mit zu ihm nach Hause zu kommen, damit er die oben schwimmenden Matzeknödel probieren könnte, doch Jeremy hatte abgelehnt. Ein Besuch bei Smartys Eltern erschien wie der schmerzliche Verlust kostbarer Saufzeit. Jetzt bedauert er es. Man wird nie auf seinem Totenbett liegen und sich wünschen, noch ein Mal besoffen gewesen zu sein. Doch man wird die Tatsache bereuen, nicht über einer Schale Hühnersuppe gesessen zu haben, auf der Matzeknödel treiben.

Eher werden Wet-T-Shirt-Contests in der Innenstadt von Dubai stattfinden, als dass Jeremy in Ricos Auto noch einmal irgendwohin fährt. Er nimmt die U-Bahn nach Queens, zu einer Adresse, die er auswendig kennt, und fragt zwei, drei Mal nach dem Weg, bevor er vor einem zweistöckigen Sandsteinhaus steht, das sich nicht von den vielen Hundert anderen Häuser unterscheidet, aus denen Queens zu bestehen scheint.

Im Inneren ist es ein Museum, das dem Andenken an Ari P. Garfunkel, gefallen am 7. April 2007, gewidmet ist, kuratiert von seinen Eltern, Amichai und Leila, die klein und hutzelig sind und Jeremy sehr an ein Pärchen wohlmeinender, aber leicht gestörter Elben erinnert. Jeremy wünscht sich, er hätte vorher angerufen. Sein Kommen wird begrüßt wie ein biblisches Ereignis. Es ist, als hätten sie die ganze Zeit nur darauf gewartet, dass er endlich auftaucht.

Smarty hat mal behauptet, seine Eltern wären bei seiner Geburt bereits neunzig Jahre alt gewesen. Er war ihr einziges Kind, von Geburt an dazu bestimmt, Buchhalter – wenn es nach seinem Vater ging – oder Zahnarzt – wenn es nach seiner Mutter ging – zu werden. Smarty hatte die Pläne von beiden durchkreuzt; er wurde ein professioneller Killer. Er wollte entweder das oder etwas ganz Verrücktes tun, hatte er mit unbewegter Miene erklärt. Häufig las er aus den E-Mails seiner Mutter vor – endlose Listen von Dingen, die schiefgehen konnten, während er sich nicht in ihrer schützenden Obhut befand – und imitierte dabei ihre Stimme. Die Nachrichten seines Vaters waren ähnlich paranoid; er warnte vor möglichen Gefahren wie Geschlechtskrankheiten und Fußbrand und riet Smarty, zur Aufrechterhaltung seiner Moral die Veranstaltungen der USO zu besuchen.

»Er denkt, ich kämpfe im Zweiten Weltkrieg«, hatte

Smarty erklärt. »Demnächst schickt er mir noch ein Pin-up-Bild von den Andrew Sisters.«

»Wer sind die Andrew Sisters?«, hatte Jeremy gefragt, »Und was ist ein Pin-up?«

»Die Andrew Sisters waren ganz heiße Bräute in den Vierzigern«, erzählte Smarty. »Und Pin-ups waren vor der Erfindung des Internets Wichsvorlagen für Jungs.«

»Ich hatte irgendwie gedacht, die Leute hätten sich früher keinen runtergeholt«, meinte Jeremy.

»Doch, klar«, hatte Smarty gesagt. »Wichsen ist älter als alle Religionen. Gott hat es sogar im Alten Testament erwähnt.«

»Hat er das? Was hat der Herr denn gesagt?«

»Er sagte: Holt Euch keinen runter. Wir brauchen mehr Juden.«

»Also ist es für Nichtjuden okay, sich einen runterzuholen?«

»Hau rein«, sagte Smarty. »Benutz einfach eine Socke. Und keine von meinen, Rotarsch.«

Jetzt sitzen sie alle drei im Wohnzimmer, Amichai und Leila auf dem Sofa, Jeremy im Ohrensessel. Jeremy balanciert eine Teetasse auf den Knien. Er glaubt, es ist das erste Mal überhaupt, dass er Tee trinkt, und mit Sicherheit die erste Gelegenheit, bei der er ein solch edles Gefäß benutzt. Er hat nicht weniger als zwanzig Fotos ihres Sohnes in dem Zimmer gezählt. Auf einem davon haben Jeremy und Smarty sich die Arme um die Schultern gelegt. Sie tragen olivfarbene, trostlose Muskelshirts. Ihre Köpfe sind bis auf einen Haarstreifen in der Mitte rasiert. Sie stehen vor eine Gruppe niedriger Bäume, hinter ihnen glitzert der Helmand River.

Er erinnert sich an den Tag, als das Bild aufgenommen

wurde. Sie waren erst ungefähr eine Woche im Land. Smarty wirkte überwältigt von der Hitze und der Ödnis des Landes. Ich bin aus New York, hatte er gesagt. Ich habe vorher eigentlich noch nie Staub und Erde gesehen.

An jenem Morgen hatten sie einen Drohnenangriff auf ein Haus angefordert. Hinterher besichtigten sie den Schauplatz. Eine ganze Familie war ausgelöscht worden: eine Mutter und ihre drei Töchter. Nur der Vater überlebte. Er war kein Taliban. Er war nur ein ganz normaler Mann. Sie hatten das falsche Haus angegriffen. Woot hatte den ganzen Trupp als Zeugen mitgebracht, als er dem Mann siebentausend Dollar Cash anbot. Das war die übliche Summe für Kollateralschäden dieser Größenordnung: jeweils zwei Riesen für die Frau und die beiden älteren Mädels und einen Riesen für das Baby. Im Namen der Vereinigten Staaten von Amerika, ließ Woot seinen Dolmetscher sagen, möchte ich mich für Ihren Verlust entschuldigen. Wir wissen, dass Ihnen das Geld Ihre Frau und die Töchter nicht wieder zurückbringt. Aber wir hoffen, dass es Ihnen bei einem Neuanfang hilft.

Zusammengesunken saß der Mann da, mit dem Beutel voller Scheinen auf dem Schoß. Er starrte ihn an, als wäre er ein toter Fisch. Nach einer Weile nickte er. Woot wiederholte noch einmal, es täte ihm leid. Dann standen alle auf und gingen.

Der Mann sagte etwas. Die anderen Männer, die um ihn herumsaßen und seine Trauer teilten, nickten zustimmend.

Was war das?, sagte Woot zu dem Dolmetscher.

Der Dolmetscher zuckte die Achseln.

Was hat er gerade gesagt?, wollte Woot wissen. Los, sag's mir.

Er sagte: Afghanistan wird Ihr Grab sein, antwortete der Dolmetscher.

Woot und die anderen schauten den Mann an. Sein Gesicht war ausdruckslos, unbewegt. Das Geld lag immer noch auf seinem Schoß. Er sah sie nicht an. Er starrte einfach ins Leere. Es war keine Drohung. Es war nur eine Feststellung.

Tja, also, drauf geschissen, sagte Woot.

Soviel dazu.

Ihr müsst es so sehen, sagte Woot später zu ihnen, sieben Riesen ist für diesen Kerl ein Vermögen. Die Mädchen waren eine Belastung für ihn. So denken die Leute hier. Ihr müsst euch in ihre Lage versetzen. So viel muss er allein als Mitgift bezahlen, um die drei unter die Haube zu bringen.

Was für ein Schnäppchen, hatte Smarty Jeremy zugemurmelt.

Danach waren sie weitergefahren, hatten dann angehalten, um zu essen und waren von dem Fluss angezogen worden, der sie mit seiner Kühle und dem Versprechen auf ein bisschen Entspannung angelockt hatte. Einen Moment lang hatte Jeremy sich gefühlt, als wären sie kleine Jungs, als wäre es natürlicher für sie, Flusskrebse zu fangen und eine kleine Kampfarena aus Steinen zu bauen und zuzusehen, wie die Flusskrebse sich zu Tode kämpften. Oder Kaulquappen zu fangen. Oder sich vielleicht bis auf die Boxershorts auszuziehen und schwimmen zu gehen. Damals lehnte er ihre Uniformen, ihre Gewehre und überhaupt den ganzen Krieg ab, und es war der Moment, in dem ihm plötzlich klar wurde, was für einen furchtbaren Fehler er begangen hatte, einer Organisation beizutreten, die das Leben von Müttern und Kindern aus ihrer Kaffeekasse bezahlte. In diesem Augenblick mit Smarty am Fluss wollte er kein Soldat mehr sein; er wollte nur noch Jeremy sein. Kurze Zeit später begann die ganze Sache für ihn den Bach runterzugehen. Und Smarty hatte verstanden. Auch er wollte kein Soldat mehr sein. Es ist alles nichts als ein einziger großer Haufen gequirlte Scheiße, hatte er gesagt. Der Krieg, die Politik dahinter, die Lügen, die Manipulation der Soldatenseelen durch ihren Kommandanten. Der Patriotismus. Alles ein Haufen Schwachsinn. Siebentausend Dollar für eine tote Frau und drei tote kleine Mädchen.

Die meisten Bilder im Wohnzimmer der Garfunkels hatte Smarty selbst geschossen. Er hatte immer seine Kamera parat. Damit ich mich an den Trip durch die Hölle erinnere. Er machte Aufnahmen von allem, was sich bewegte, allem, was brannte, allem, was floh. Und von Leichen. Vielen Leichen. Jeremy fragte sich, was aus denen geworden war. Seine Trophäen hatte er sie genannt. Jeremy sagte, es wäre krank, Fotos von toten Menschen zu machen. Und Smarty hatte einen Vortrag über die Skalpier-Gewohnheiten der Flachlandindianer vom Stapel gelassen, als ob das irgendetwas mit allem zu tun gehabt hätte.

Irgendwann, hatte er gesagt, werden wir alte Männer sein, und dann werden wir uns an das hier erinnern wollen. An alles.

Ich nicht, sagte Jeremy. Nicht an alles. Eigentlich an gar nichts.

Also, ich schon, meinte Smarty. Ich werde darüber schreiben, wenn ich nach Hause komme. Ich werde ein Buch schreiben, das die ganze Sache mit einem Riesenknall platzen lässt. Das Catch-22 unserer Generation.

Was ist Catch-22?, hatte Jeremy gefragt.

Das ist ein Buch, sagte Smarty. Ein brillantes Buch. Und es ist ein Konzept. Du und ich, Rotarsch, wir stecken gerade in einem Catch-22, also einem echten Dilemma. Wir waren verrückt genug, zur Army zu gehen, und jetzt sind wir vernünftig genug, wieder rauszuwollen. Aber wenn du vernünftig genug bist, dass dir klar wird, wie verrückt diese ganze Scheiße ist, dann bist du mental auch gesund genug, um zu kämpfen. Und fit genug, um zu sterben. Genauso wie ein Gefangener in der Todeszelle untersucht wird, ob er fit genug ist, um hingerichtet zu werden.

Das machen die?, hatte Jeremy gefragt.

Aber Smarty hatte ihm nicht direkt geantwortet. Er starrte nur niedergeschlagen auf den Fluss und sagte: Wir sind am Arsch.

»Schmeckt Ihnen der Tee nicht?«, fragt Leila. »Ich mache Ihnen etwas anderes.« Smartys Imitation ihrer Stimme war perfekt gewesen. Wenn sie redet, hört Jeremy ihn, wie er sie nachmacht. Sehr verwirrend.

»Es ist Lavendel, natürlich mag er ihn nicht«, sagt Amichai. »Er schmeckt wie Seife. Ein junger Mann sollte Bier trinken. Ich habe ein Sixpack im Kühlschrank, Jeremy.«

»Nein, Tee ist in Ordnung«, sagt Jeremy. Um es zu beweisen, trinkt er einen weiteren Schluck. Es schmeckt überhaupt nicht wie Seife; es schmeckt wie der Hals einer alten Lady.

»Er mag ihn, siehst du?«, sagt Leila. »Möchten Sie etwas mehr Honig?«

»Nein danke«, sagt Jeremy.

»Warum nicht? Was ist denn damit?«

»Lei«, sagt Amichai im Tonfall absoluten Überdrusses, »Himmelherrgottnochmal.«

Amichai ist Mitte sechzig und eine ältere, glatzköpfigere Ausgabe von Smarty. Leila ist ein paar Jahre jünger. Sie trägt ein schulterfreies Oberteil und Shorts, so als wollte sie jedem trotzen, dem es in den Sinn käme, sie darauf hinzuweisen, dass sie so etwas in ihrem Alter nicht mehr tragen sollte. Die Unterseiten ihrer Oberarme wackeln wie der Hals eines Truthahns, als sie ein weiteres Mal die Kekse herumreicht.

»Ari hat Sie oft erwähnt«, erzählt sie Jeremy. »Er hat immer von Ihnen geredet. Wie schön, dass er einen so guten Freund gefunden hat. Hat er je die spezielle Zahnpasta benutzt, die ich ihm geschickt habe?«

»Hör auf mit der Zahnpasta«, sagt Amichai. »Das ist peinlich.«

»Ich frage ja nur«, sagt Leila. »Eine Mutter möchte solche Sachen wissen.«

»Er ist nicht hergekommen, um mit uns über Zahnpasta zu reden. Er wollte über Ari sprechen.«

»Wir sind so froh, Sie hier zu haben«, sagt Leila. »Sie sind der erste Mensch, der unseren Sohn kannte und uns besuchen kommt. Hatte er viele Freunde?«

»Er war sehr beliebt, Ma'am«, sagt Jeremy. »Er hatte viel Humor.«

»Den hatte er von mir«, sagt Amichai. »Juden sind sehr humorvolle Leute. Ich erzähle Ihnen einen Witz.«

»Oh nein. Das schon wieder«, sagt Leila.

»Ein jüdischer Junge kommt nach Hause und erzählt seiner Mutter, er würde heiraten. Wer ist es?, fragt sie. Kenne ich sie? Er sagt: Ich werde drei Mädchen mit nach Hause bringen und du musst raten, welche es ist. Also bringt er drei Mädchen mit und stellt sie in einer Reihe auf. Seine Mutter sagt: Du heiratest die auf der rechten Seite. Er sagt: Mutter, woher weißt du das? Und sie sagt: weil ich sie nicht mag.«

»Das ist nicht der richtige Zeitpunkt für solche Witze«, sagt Leila.

»Es ist immer Zeit für Witze«, sagt Amichai. »Es gab nie einen besseren Zeitpunkt für Witze als diesen.«

»Du könntest wenigstens die erzählen, die ich nicht schon zehntausend Mal gehört habe«, sagt Leila.

»Ich erzähle Witze, damit ich nicht weine«, sagt Amichai

zu Jeremy. »Man kann weinen oder man kann lachen. Ich tue viel von beidem. Also. Sie waren an jenem Tag dort.«

»Jeremy nickt. »Ja, Sir.«

»Erzählen Sie uns davon.«

»Nein, nein, tun Sie's nicht. Ich kann das nicht«, sagt Leila. »Ich kann das nicht hören.«

»Um ehrlich zu sein, sind meine Erinnerungen recht verschwommen«, sagt Jeremy. »Ich bin mir nicht sicher, ob ich Ihnen mehr erzählen kann als das, was Sie bereits wissen.«

»Es gab eine Explosion?«, fragt Amichai. »Eine Sprengfalle? Das hat uns die Army jedenfalls erzählt.«

»Oh, mein Gott«, sagt Leila, als höre sie es jetzt zum ersten Mal.

»Sie möchte es hören«, erklärt Amichai Jeremy. »Aber sie ist immer noch sehr mitgenommen. Wir haben einen Monat lang Schiwa gesessen. Das bedeutet trauern. Wir würden es immer noch tun, doch dann wären wir bereits verhungert, und was hätte das für einen Sinn? Wir haben unserem Sohn gegenüber die Pflicht, am Leben zu bleiben.«

»Er war unser einziges Kind. Er ist erst spät in unser Leben getreten, ich war damals bereits achtunddreißig. Ein kleines Wunder«, erzählt Leila. »Bei seiner Geburt war er überhaupt nicht gesund.«

»Es ging ihm gut«, entgegnete Amichai. »Nur ein bisschen dünn vielleicht.«

»Als kleiner Junge war er oft krank«, sagt Leila.

»Er war in seinem ganzen Leben keinen einzigen Tag krank«, korrigiert Amichai sie. »Wissen Sie etwas über jüdische Mütter, Jeremy? Ich erzähle Ihnen noch einen Witz. Was ist der Unterschied zwischen einer jüdischen Mutter und einem Rottweiler? Der Rottweiler lässt irgendwann los.«

»Du bist schrecklich«, sagt Leila. »Hören Sie nicht auf ihn, Jeremy.«

»Erzählen Sie uns von dem Tag«, bittet Amichai.

»Es ging schnell«, sagt Jeremy. »Alles ging dort immer schnell. Für Ari war es schnell vorbei«, fügt er hinzu, obwohl er keine Ahnung hat, ob das stimmt. »Ich hoffe, Sie fühlen sich dadurch ein bisschen besser. Er hat überhaupt nichts gespürt.«

»Das wussten wir nicht«, sagt Leila. »Wir haben uns das gefragt, oh Gott, wie oft haben wir uns das gefragt.«

»Gott sei Dank«, sagt Amichai. »Danke, dass Sie uns das gesagt haben, Jeremy. Es bringt uns ein wenig Frieden.« Er schnaubt sich die Nase. »Das tut uns gut. Gut, Sie hier zu haben. Wir fühlen uns dadurch Ari wieder ein bisschen näher. Sagen Sie mir: War mein Sohn ein guter Soldat?«

Was ist schon ein guter Soldat? Wissen sie es selbst? Sie denken wahrscheinlich, ein guter Soldat sei jemand, der aufrecht steht und seine Uniform sauber und ordentlich hält und furchtlos in die feindlichen Linien vorstürmt. In Wirklichkeit sind es die Als dieser Welt, die in den Augen der Army gute Soldaten sind. Sie befolgen Anweisungen, ohne Fragen zu stellen. Wenn man diesen Maßstab ansetzt, war Smarty der miesste Soldat der Army. Er hinterfragte alles. Er hinterfragte sogar die Existenz des Bodens unter seinen Füßen.

»Er war der beste Soldat, den ich je kennengelernt habe«, sagt Jeremy. »Wahrscheinlich der beste im ganzen Platoon.«

Leila nickt zufrieden. »Er wollte seinen Teil dazu beitragen, den Menschen dort drüben zu helfen«, erzählt sie Jeremy. »Als die Zwillingstürme eingestürzt sind, hat er uns erklärt, er würde sich freiwillig melden. Damals war er noch zu jung. Aber er hat gewartet. Irgendwie hatte ich gehofft, er würde es vergessen. Aber er war stolz, wissen Sie, er liebte sein Land.

Und er liebte es, ein Jude zu sein. Meine Familie wurde vom Holocaust ausradiert. Er wurde immer so wütend, wenn er diese Geschichten hörte. Er ist beinahe nach Israel gegangen, um dort in die Army einzutreten. Aber in Israel gibt es keine guten Baseballteams.«

»Wir fanden, es sei für ihn nicht angeraten, zur Army zu gehen«, erklärt Amichai. »Aus nahe liegenden Gründen.«

»Aber er sagte, es müsse es tun«, sagt Leila. Sie nimmt ein Taschentuch aus einer Schachtel und wischt sich über die Augen. »Er war niemand, der herumsitzt und den anderen das Kämpfen überlässt.«

Sie sprechen über eine Version von Smarty, die er nie kennengelernt hat, wird Jeremy klar. Ein Smarty noch vor der Grundausbildung, ein Smarty, der naiv genug war zu glauben, seine guten Absichten würden einen Unterschied machen.

»Eine vollkommene Verschwendung seiner intellektuellen Fähigkeiten. Er gehörte in der Schule zu den Besten«, sagt Amichai. »Sein Onkel ist Rabbi. Er hat drei Cousins in Israel, allesamt Talmudschüler.«

»Und einen weiteren, der Arzt ist«, ergänzt Leila.

»Mein Bruder ist in den Siebzigern dorthingezogen. Für mich war das nichts. Mir hätten die Yankees zu sehr gefehlt. Hat Ari je über Baseball gesprochen?«

»Ständig.«

»Wir sind immer zu den Spielen gegangen, er und ich. Zu jedem Eröffnungsspiel am Anfang der Saison und danach zu so vielen, wie wir konnten. Er konnte selbst gut werfen. Was noch?«

Jeremy denkt nach. »Ich weiß nicht. Wir haben immer viel gequatscht. Es wirkte so, als wüsste er einfach alles über alle Dinge.«

»Er hat sehr gern gelesen«, sagt Leila. »Er war ein richtiger Bücherwurm.«

»Er wäre ein großartiger Schriftsteller geworden«, sagt Amichai und unterstreicht seine Worte mit einem erhobenen Zeigefinger. »Da bin ich mir sicher. Er hat andauernd darüber gesprochen. Er hat all die großen jüdischen Schriftsteller geliebt. Roth, Bellow, Singer, Shmollus. Er hat immer Kurzgeschichten geschrieben. Er hat versucht, sie zu imitieren, und hat sie dann an diese wie-nennt-man-die-noch-mal geschickt.«

»Zine«, sagt Leila. »So nennt man Online-Magazine«, erklärt sie Jeremy, der nickt, als hätte er diesen Ausdruck noch nie zuvor gehört. »Er war ein großer Internetfan. Er wusste alles darüber. Immer am Computer. Erzählen Sie uns noch etwas, Jeremy.«

»Das tut er doch. Drängele nicht so, Lei«, sagt Amichai. »Er ist ein stiller Junge. Das sieht man doch.«

»Er hat viel von Ihnen beiden gesprochen«, sagt Jeremy. »Sie haben ihm sehr viel bedeutet.«

Amichai nickt. Tränen laufen hinter den Brillengläsern seine Wangen hinunter. Leila hält sich die Hände vor das Gesicht.

»Möchten Sie ein Sandwich?«, fragt sie. »Ein bisschen Schmalz? So nennen wir das Hühnerfett.«

»Im Zweifelsfall biete etwas zu essen an«, merkt Amichai trocken an. »Ich bin mit dem Zeug aufgewachsen. Jetzt kann ich es nicht mehr riechen, ohne zu würgen.«

»Nein danke«, sagt Jeremy.

»Wenn Sie lange genug hierbleiben, sprechen Sie Yiddish. Sagen Sie mir noch mal: War Ari ein guter Soldat?«, fragt Amichai.

»Er war zäh«, sagt Jeremy und fragt sich, wie oft er das noch gefragt wird.

Amichai nickt. »Das habe ich ihm beigebracht. Als Jude muss man zäh sein.« Er breitet die Arme aus und zuckt die Achseln. »Und nicht nur wegen des Antisemitismus. Wissen Sie, bei uns kommt's immer dicke. Wie dicke? Ich sag's Ihnen. Zwei alte jüdische Damen gehen in ein Restaurant. Der Kellner kommt und fragt: ›Ist irgendwas in Ordnung?‹ Er lehnt sich auf seinem Stuhl zurück. »Genauso sieht es aus«, sagt er nickend und muss sich dann wieder die Augen abwischen.

Amichai nimmt Jeremy mit nach oben. Sie gehen in Smartys Zimmer. Es ist klein, ordentlich, das Bett ist gemacht. Noch mehr Bilder. Ein überquellendes Bücherregal. Ein Computer aus der Steinzeit steht auf dem Schreibtisch, so picobello wie am ersten Tag.

»Wir lassen es so«, sagt er. »Wir könnten keine Veränderung ertragen. Gehen Sie rein, gehen Sie rein. Ich möchte Ihnen etwas zeigen.« Er schaltet den Computer an. »Bilder«, sagt er und navigiert unbeholfen im Internet umher, ein alter Mann in einer seltsamen neuen Welt, bis er zu einer Fotoseite kommt. »Setzen Sie sich«, sagt er.

Jeremy setzt sich. Er linst auf den Monitor und sieht Ordner mit Fotos.

Amichai zeigt auf einen. »Die sind alle von Ari. Viele davon stammen aus Afghanistan. Möchten Sie die sehen?«

»Klar, okay«, sagt Jeremy, obwohl er es eigentlich lieber nicht will. Das Letzte, was er jetzt sehen möchte, ist eines von Smartys blutrünstigen Schlachtfeldfotos. Seine Eltern denken, er war ein enthusiastischer Patriot. Gut. Sollen sie das denken. Jeremy kennt die Wahrheit: Smarty wurde mit jedem weiteren Foto immer wütender. Es gab Zeiten, da war er so angewidert, dass er stundenlang schwieg und nur noch vor sich hin starrte.

Misstrauisch öffnet er den Ordner und ist erleichtert, als er nur harmlose Schnappschüsse sieht von Landschaften, Militärfahrzeugen und lächelnd in Gruppen herumstehenden Männern. Viele der Gesichter erkennt er wieder. Einige der Namen sind in seine Schulter eintätowiert. Es gibt massenweise Fotos von Sonnenuntergängen. Der Staub in der Luft erzeugte manchmal spektakuläre Farben. Ari hatte Hunderte von Fotos gemacht und sie immer dann hochgeladen, wenn sich ihm eine Möglichkeit dazu bot. Es gibt vielleicht ein Dutzend weiterer Ordner. Er will sich nicht durch alle hindurchklicken. Er hofft, Amichai hat nicht vor, ihn Bild für Bild durch Smartys kompletten Auslandseinsatz zu schleifen. Das wäre die reinste Folter.

»Dieser hier«, sagt Amichai und tippt mit einem seiner Stummelfinger auf den Monitor, »den kann ich nicht öffnen. Versuchen Sie's mal.«

Jeremy betrachtet den fraglichen Ordner. Er ist mit Persönlich gekennzeichnet. Er klickt ihn an und ein leeres Fenster öffnet sich. Der Cursor blinkt und erwartet die Antwort auf seine geheime Eingabeaufforderung. Smarty hat ihn geschützt.

»Man braucht ein Passwort, sehen Sie?«, sagt Amichai. »Ich habe alles ausprobiert, was mir einfiel. Keine Chance.«

»Ich habe keinen Schimmer, was das sein könnte«, meint Jeremy, obwohl er ganz genau weiß, was es ist.

»Was ist da wohl drin? Pornografie? Er mochte diese schwarzen Mädels mit den großen Titten. So viel weiß ich. Ich wäre nicht schockiert. Ein Vater ist neugierig, das ist alles.«

»Entschuldigen Sie, aber da kann ich nicht weiterhelfen«, sagt Jeremy.

»Ach, na ja gut«, seufzt Amichai und schaltet den Computer wieder aus. »Hier, ich möchte, dass Sie etwas von ihm mitnehmen. Zur Erinnerung.«

»Sie müssen mir nichts geben«, sagt Jeremy und quält sich aus dem Stuhl hoch.

»Ich weiß, ich weiß. Nehmen Sie ein Buch. Hier, sehen Sie sich das hier an.« Amichai nimmt ein bekannt aussehendes, zentimeterdickes Taschenbuch aus dem Regal. »Er hat immer über dieses Buch geredet. Hatte es dort drüben dabei.« Er gibt es Jeremy. »Endloser Befehl. Shmollus war einer seiner Favoriten. Ich kann das nicht lesen. Meine Augen lassen nach. Die Schrift ist mir zu klein. Alt zu werden ist für 'n tokhes. Das heißt Arsch.« Er drückt Jeremy das Buch in die Hand. »Es gehört Ihnen. Etwas, das Sie an ihn erinnert.«

»Danke«, sagt Jeremy.

»Also, Jeremy, jetzt sagen Sie mir mal was. Vor seiner Mutter wollte ich das nicht fragen. Aber ich muss es wissen, aus meinen eigenen, ganz persönlichen Gründen. Hat mein Sohn jemanden getötet?«

Jeremy blickt auf das Buch in seiner Hand. Er erinnert sich, wie Smarty darin gelesen hat. Der Einband ist staubverschmiert – afghanischer Staub, wie ihm klar wird. Er öffnet das Buch und sieht Smartys Handschrift am Rand. Er hatte sich Notizen gemacht. Es analysiert, so wie er alles andere analysierte. Was will Amichai hören? Die Wahrheit, begreift er.

»Ja«, sagt er.

Amichai nickt. »Gut. Ich bin froh, dass er seine Schuldigkeit getan hat. Sagen Sie's nicht Leila. Sie braucht solche Dinge nicht zu wissen. Frauen verstehen das nicht. Und ich will auch nicht wissen, wie viele. Das brauche ich nicht zu hören. Ich möchte nur wissen, dass er seinen Freunden geholfen hat.«

»Man wusste immer, dass Smarty einem den Rücken freihielt«, sagt Jeremy.

Amichai nickt. »Wie Leila gesagt hat, wir haben ihn mit Geschichten vom Holocaust großgezogen. Jahrelang war er davon besessen. Er wurde so wütend. Immer hat er gesagt: Warum haben wir nicht gekämpft? Ich hatte darauf keine Antwort. Zu kompliziert, um es einem Kind zu erklären. Ich verstehe es selbst nicht. Er sagte, wenn er groß wäre, würde er kämpfen. Ich war kein Kämpfer. Ich war ein Büchernarr. Ich weiß nicht, woher er das hatte. Vielleicht haben wir ihm zu viele Geschichten erzählt. Aber ein Jude muss diese Dinge wissen. Und ich war stolz darauf, dass er kämpfen wollte. Diese Leute da drüben, die töten uns alle, wenn sie können. Nicht nur Juden. Uns alle. Schneiden uns die Köpfe ab. Tiere. Wenn er seine Pflicht getan hat, dann ist die Welt wirklich ein Stück besser geworden.« Amichai klopft auf das Buch, zufrieden. »Möchten Sie noch etwas von ihm? Sehen Sie sich um.«

»Nein, nein«, sagt Jeremy.

»Einen Baseball? Eine seiner Kappen? Sie sind größer als er. Seine Mutter wäscht immer noch einmal pro Woche seine Sachen. Damit sie nicht muffig werden. Das ist vermutlich nicht gesund. Aber sie kennen ja die Frauen. Ein T-Shirt?«

»Das hier ist genug. Danke.«

»Es macht mich sehr glücklich, dass wir uns kennengelernt haben«, sagt Amichai. »Und was Sie gesagt haben – das macht mich auch glücklich. Vielleicht sollte es das nicht, aber das tut es.« Er klopft wieder auf das Buch. »Ich habe das Buch aus einem bestimmten Grund für Sie ausgewählt. Es stehen viele Dinge darin. Aris Gedanken. Er hat viel darüber gesprochen, wie sehr er diesen Schriftsteller bewunderte. Vielleicht hilft es Ihnen, sich ihm wieder näher zu fühlen. Sie können an ihn denken, wenn Sie es lesen. Die Sachen zu sehen, über die er nachgedacht hat, hat mir geholfen, ihn besser zu verstehen.

Wir sind froh, dass Sie hergekommen sind, Jeremy. Wissen Sie, was Ihr Name auf Hebräisch bedeutet?«

»Nein«, sagt Jeremy.

»Es bedeutet: ›Gott wird dich erhöhen und frei geben‹. Wussten Sie nicht, dass Sie einen hebräischen Namen haben?«

»Ich hatte keine Ahnung.«

»Sehen Sie? Heute haben Sie etwas Neues gelernt. Alle unsere Namen haben eine Bedeutung. Mein Name bedeutet ›Unser Volk ist am Leben‹. Meine Eltern haben mich so genannt wegen dem, was in Europa geschehen ist. Es war ein fetter, erhobener Mittelfinger Richtung Nazis. Ich habe immer zu Dad gesagt: Vielleicht hättest du mich ›Fick dich, Hitler‹ nennen sollen. Na, das wäre mal ein Name gewesen.« Er berührt Jeremy an der Schulter, rückt seine Brille zurecht. »Aris Namen haben wir ausgewählt, weil er ›Löwe‹ bedeutet. Ich habe geträumt, er würde ein Krieger sein, wissen Sie, als Leila schwanger wurde. Kein moderner Soldat. In meinem Traum sah er aus wie ein alter Israelit. Ein Schwert-und-Schild-Typ. Erschlug die Feinde Gottes. Dafür habe ich ihn gehalten. Doch ich dachte nie, dass er ein richtiger Soldat werden würde. Dann wurde er es. Und sehen Sie, was passiert ist.« Er schüttelt den Kopf. »Sehen Sie, was meinem wunderbaren Jungen zugestoßen ist«, sagt er und schließt die Schlafzimmertür.

In der Bahn zurück nach Manhattan rollt eine neue Kopfschmerzwelle heran. Zuerst denkt er, jemand hätte ihm von hinten auf den Kopf geschlagen. Er dreht sich halb um, bereit, sich zu wehren, doch hinter ihm ist niemand außer seinem eigenen Spiegelbild, das er seitlich aus dem Augenwinkel erhascht und das ihn mit leerem Blick ansieht wie ein Geist.

Dann kommt das Messer aus der Tiefe wieder, taucht mit der Schneide voran aus einem Teil von ihm auf, für den er nie einen Namen hatte. Er stürzt nach vorn auf die Knie.

»Hör auf«, flüstert Jeremy. Doch niemand hört ihn über den Lärm der Räder auf den Gleisen hinweg.

15

Er wacht in einer Art Wartezimmer auf.

Aufwachen ist vielleicht nicht das richtige Wort. Er hat nie geschlafen. Er fällt nur nach und nach wieder in seinen Körper zurück. Er schaut sich um und sieht Leute, die in Reihen von Plastikstühlen sitzen, die auf lange Metallträger geschraubt sind. Ein mehrfach unterteilter Tresen an der Stirnseite des Raumes ist mit Krankenschwestern besetzt.

Also ist er in einem Krankenhaus. Amerika oder Afghanistan?

Weder noch. New York.

Er tastet nach seiner Gesäßtasche. Sein Portemonnaie ist noch da. Die Kuriertasche hängt noch über seiner Schulter. Jeremy schaut hinein. Das Buch von Amichai befindet sich noch darin. Also wurde er nicht ausgeraubt.

Der Nachmittag kehrt langsam zu ihm zurück, fügt sich wieder zusammen wie rieselnde Tetrissteine. Aber viele Teile fehlen noch.

Zu seiner Rechten sitzt ein Mann mit Dreadlocks, der einen blutigen Gazetupfer auf seinen Handballen drückt. Zur Linken sitzt eine junge Mutter, auf deren Schoß ein teilnahmsloses Kind hustet. Der Raum wirkt wie eine Krankenstation in der Dritten Welt.

»Hey«, sagt Jeremy zu dem Typen mit den Dreadlocks, »wie bin ich hier gelandet?«

Der Typ zuckt die Achseln. »Weiß nich, Mann. Einfach Pech gehabt, schätz ich mal.«

Nach einer Weile wird sein Name aufgerufen. Er folgt einer Krankenschwester in ein Sprechzimmer, und sie nimmt seine Daten auf. Dann geht sie. Nach einer weiteren Wartezeit kommt eine hübsche junge Asiatin in weißem Kittel herein.

»Sind Sie die Ärztin?«, fragt er.

»Arzthelferin«, korrigiert sie. »Der Doktor kommt gleich. Mir wurde gesagt, Sie erinnern sich nicht, wie Sie hergekommen sind?«

»Nein.«

»Möchten Sie mir erzählen, was passiert ist?«

»Ich weiß nicht so recht. Ich bekomme diese Kopfschmerzen«, sagt Jeremy. »Sie werden von Mal zu Mal schlimmer.«

»Wie lange geht das schon so?«

»Ein paar Jahre.«

»Wie haben sie angefangen?«

»Ich war praktisch mitten in einer Explosion. Vermutlich kommen sie daher. Aber im Veteranen-Krankenhaus in Kalifornien haben sie ein MRT gemacht. Die haben nichts gefunden.«

»Sie sind Veteran?«

»Genau.« Es ist das erste Mal seit Jahren, dass er allein mit einem hübschen Mädchen ist – Jeanie mal nicht mitgerechnet. Es ist fast wie bei einem Date. Er kann nicht anders, als sich im Kopf eine Geschichte auszudenken, wie nett es wäre, mit ihr nach Hause zu gehen und eine Weile Vater-Mutter-Kind zu spielen. Sie klemmt sich eine lose Haarsträhne hinters Ohr, und er betrachtet das Ohr näher, vermisst das Gelände, als wäre es ein Stück Land und er müsste herausfinden, wie er es am besten erobert. Es ist der Querschnitt einer Nautilusmuschel, ein Labyrinth in einem Maisfeld, eine bildliche Darstellung der Fibonacci-Folge, angewendet auf die perfekte Geometrie des weiblichen Körpers. Er fragt sich, welche Geheimnisse in dieses Ohr geflüstert wurden, wie viele Sprachen es versteht, und bewundert die Tatsache, dass es in diesem Augenblick ihm zugewandt ist, die Vibrationen in der Luft absorbiert, die durch das Anschlagen seiner Stimmbänder entstehen, wobei ihr eigenes Trommelfell im Gleichklang schwingt und diese Nachricht an ihr zauberhaftes Gehirn weitertransportiert. Noch nie war er von einem Ohr so angetan.

»Irak?«

»Afghanistan.«

Sie nickt. »Wie groß war die Bombe?«

»Groß. Über zwanzig Kilogramm.«

»Gab es Tote?«

»Warum ... warum fragen Sie das?«

Sie errötet. Wie ungewöhnlich, denkt Jeremy. Es ist ihr unangenehm.

»Entschuldigung«, sagt sie. »Wir fragen immer. So können wir herausfinden, wie dicht die Explosion war. Wie ernst es war.«

»Oh, es war ernst. Es war eine sehr ernste Bombe. Die Leute, die sie gebastelt haben, haben's verdammt ernst gemeint.«

»Also ...«

»Drei«, sagt er. »Ari Garfunkel, Zachary Smith und Thomas Jefferson. Nicht verwandt mit dem Präsidenten.« Er lächelt, um anzudeuten, dass es ein Witz war. Aber sie versteht ihn nicht. Wie sollte sie? Sie weiß nicht, dass Jefferson farbig war und trotzdem behauptete, ein direkter Nachfahre von Jefferson zu sein. Das war Smartys Schuld. Er hatte Jefferson erzählt, wie man mittels DNA nachgewiesen hatte, dass der berühmte Jefferson lebende farbige Nachfahren hatte, ein Ergebnis seiner Affäre mit einer seiner Sklavinnen.

Jefferson hatte nie mehr davon abgelassen. Seitdem hatte er darauf bestanden, dass sie ihn Mr. President nannten.

Die Arzthelferin zieht eine Stiftlampe aus der Brusttasche ihres Kittels und hält sie hoch. »Bitte einmal folgen«, sagt sie. Er folgt dem Lichtstrahl mit den Augen. »Sehen Sie geradeaus«, sagt sie und blickt tief in ihn hinein. Sie schaltet das Licht aus. »Haben Sie jetzt gerade Schmerzen?«

»Nicht im Kopf.«

»Wo?«

»An meinem Rücken«, sagt er. »Aber da fängt's immer an.«

»Hatten Sie noch weitere Kopfverletzungen?«

»Ich hatte noch nie eine Kopfverletzung.«

»Eine, von der Sie wissen, meine ich. Nehmen Sie irgendwelche Drogen? Trinken Sie viel?«

»Nein«, sagt Jeremy. Man kann mich guten Gewissens mit nach Hause nehmen und seinen Eltern vorstellen.

»Wie kommen Sie dann damit klar?«, fragt sie, sieht ihn an und wartet.

Ich werde dich nie anlügen, denkt er. Unsere Ehe wird auf Ehrlichkeit gegründet sein. Ich werde jeden Abend um halb sechs aus dem Büro kommen, und du wirst mich an der Tür unseres perfekten kleinen Hauses erwarten, mit einem Drink in deiner perfekten kleinen Hand. Nein, Moment mal, du bist Ärztin. Ich werde derjenige sein, der auf dich wartet. Ich werde Hausmann sein. Ein Glas Wein auf dem Tresen mit deinem Namen darauf, ein Topf auf dem Herd, in dem irgendwas blubbert. Ich werde derjenige sein, der die Schürze trägt. Für dich lerne ich kochen. Ich wechsle die Windeln. Nach einem langen Tag im OP massiere ich dir die Füße.

»Ich rauche viel Gras«, sagt er. »Ich meine, ich trinke viel Gras. Ich mache mir Tee daraus. Ich rauche Gras nicht besonders gern.«

»Haben Sie nicht gerade gesagt, Sie nähmen keine Drogen?«

»Gras ist keine Droge. Es ist eine Blume.« Ich bringe dir jeden Tag Blumen, denkt er. Ich pflanze einen Blumengarten an, nur für dich.

»Sie sollten damit aufhören«, sagt sie sanft.

»Es ist das Einzige, was gegen die Schmerzen hilft. Mit Pillen verderbe ich mir den Magen. Zu viele Nebenwirkungen.«

Sie schreibt etwas auf ihr Klemmbrett. Dann hängt sie den Kugelschreiber ein und sieht ihn an, die Hände sittsam auf den Schoß gelegt. Sie hat ein gutes Arztgesicht. Ein Gesicht, das ihn wissen lässt, er würde ihr absolut alles glauben, was sie ihm gleich erzählen wird.

»Basierend auf dem, was wir wissen, kann ich Ihnen ein paar Dinge sagen. Nur weil man mit den bildgebenden Verfahren nichts gefunden hat, heißt es nicht, dass keine Schäden vorhanden sind. Es könnte eine Art unsichtbare Verletzung sein. Druckwellen können Folgen für den menschlichen Körper haben, die wir noch nicht registrieren können. Wir wissen nicht, wie wir sie sichtbar machen können. Wir erkennen sie nur an den Symptomen.«

»Unsichtbare Verletzungen?«

»Wenn Sie eine schwere Gehirnerschütterung erlitten haben, ja. Und es klingt so, als wäre das bei Ihnen so gewesen. Die jüngsten wissenschaftlichen Studien belegen, dass Druckwellen das Gehirn auf Dauer verändern können.« Er liebt es, wie sie »wissenschaftliche Studien« sagt. Englisch ist nicht ihre Muttersprache. Er stellt sich ihre Kindheit vor, in einer drückend heißen Stadt, weit weg, auf wuseligen, verkehrsüberfüllten Straßen. Männer düsen auf Mopeds umher, Scharen von Frauen kommen mit lebenden Hühnern unter dem Arm vom Markt oder balancieren Körbe voller noch zappelnder Fische auf dem Kopf.

»Was meinen Sie mit verändern?«

»Nun, es kann zu schwächenden neurologischen Beeinträchtigungen kommen. Der Verlust motorischer Funktionen, Gleichgewichtsstörungen, Beeinträchtigungen des Bewusstseins. All das kann die Fähigkeit beeinträchtigen, Maschinen zu bedienen, zum Beispiel Auto zu fahren. Dann Kopfschmerzen, so wie Sie sie jetzt kennen. Im schlimmsten Falle sterben einige Männer an den Verletzungen, Jahre nachdem sie sich diese zugezogen haben.«

»Ist das Ihr Ernst? Sie sterben?«

»Das wäre der schlimmste Fall, ja«, erklärt die Frau.

»Aber wie?«

»Wenn es dazu kommt, dann ist es in der Regel auf ein Aneurysma zurückzuführen. Aber ich möchte Sie nicht unnötig beunruhigen. Das kommt äußerst selten vor. Wenn Sie spüren, dass Sie angespannt oder erschöpft sind, sollten Sie sich eine Pause gönnen. Aber ehrlich gesagt, unsere größere Sorge bei Veteranen gilt dem Suizid. Hatten Sie schon einmal solche Gedanken? Als wenn Sie ...«

»Mich umbringen? Nein«, sagt Jeremy. Er beschließt, ihr nicht zu erzählen, dass er sich am liebsten jedes Mal die Birne wegpusten möchte, wenn wieder Kopfschmerzen im Anmarsch sind.

»Leiden Sie unter Stimmungsschwankungen?«

»Manchmal werde ich wütend. Ich meine, so richtig, richtig wütend. Maßlos wütend. Und ich habe auch diese Panikattacken.«

Sie nickt. »Sie sollten sich schnellstmöglich wieder an das VA wenden, an die Gesundheitseinrichtungen des Kriegsveteranenministeriums. Falls Ihre Kopfschmerzen schlimmer werden, könnte eine größere Sache im Anmarsch sein. Wir hier sind nur eine Notfallklinik.«

»Was könnte das VA denn für mich tun?«

»Ganz ehrlich, ich weiß es nicht. Sie werden warten müssen, dass die Medizintechnik in Ihrem Bereich Fortschritte macht. Es gibt viele Männer, die in Ihrer Lage sind.«

»Sie meinen, andere Männer haben auch Kopfschmerzen? Andere Veteranen?«

»Ja.«

»Wie viele?«

»Tausende. Vielleicht Zehntausende.«

»Oh«, macht Jeremy. »So viele?«

»Es ist eine Epidemie«, sagt sie, als sie wieder steht. »Wenn Sie hier warten mögen, kommt der Doktor gleich zu Ihnen und untersucht Sie. Er kann Ihnen mehr dazu sagen. Ich muss jetzt gehen. Ich wünsche Ihnen alles Gute.«

»Warten Sie«, sagt er, und sie setzt sich wieder auf den Hocker. »Wie heißen Sie?«

»Ich bin Arzthelferin Zhang«, sagt sie.

»Nein, ich meine mit Vornamen.«

»Warum möchten Sie meinen Vornamen wissen?«

»Damit ich weiß, wie ich an Sie denken kann«, sagt Jeremy.

Sie möchte es ihm nicht sagen, das sieht er. Aber für einen Augenblick gibt sie ihre Deckung auf. Sie vertraut ihm. Vielleicht stellt er keine Gefahr dar, weil sie weiß, wie fertig er ist.

»Evelyn«, sagt sie.

»Evelyn. Sie sind die hübscheste Ärztin, die ich je gesehen habe.«

Sie sieht ihn scharf an. »Ich bin Arzthelferin«, sagt sie.

»Wo ist der Unterschied?«

»Der Unterschied ist, dass ich keine Ärztin bin.«

»Hätten Sie irgendwann Lust auf einen Kaffee?«

»Bitten Sie mich um ein Date?«

»Ja. Nein. Warten Sie. Nichts so Dramatisches. Nur um ein bisschen zu reden. Ich unterhalte mich gern mit Ihnen.«

»Ich darf mich nicht mit Patienten verabreden.«

»Dann nennen Sie's medizinische Beratung«, schlägt Jeremy vor. »Sie könnten mir mehr darüber erzählen, was in meinem Kopf los ist. Sie scheinen mehr darüber zu wissen als ich.«

»Ich habe sehr viel zu tun«, sagt Evelyn. »Ich muss jetzt gehen. Bitte vergessen Sie nicht, was ich Ihnen gesagt habe. Wenden Sie sich so schnell es geht an eine Einrichtung des VA.« Beinahe spielt ein Lächeln um ihren Mund, als ihr Blick noch einen Moment auf seinem Gesicht verweilt. Doch dann steht sie abrupt auf und geht, bricht ihm das Herz wie ein gefrorenes Glas, das auf dem Fliesenboden zersplittert.

Als sie fort ist, geht auch Jeremy. Was immer ich in diesem Krankenhaus jetzt noch erleben könnte, kann danach nur eine Enttäuschung werden, denkt er. Besser abhauen, solange ich noch einen Schritt voraus bin.

Wie er draußen feststellt, befindet er sich auf der 14th Street. Es ist ein warmer Tag, und nach ein paar Blocks beginnt er zu schwitzen. Er hat keine Ahnung, wohin er geht. Hier im Osten verdunstet der Schweiß nicht, er bleibt wie ein Film auf einem kleben. Es verspürt das Bedürfnis, sich mit einem Gummiabzieher über die Haut zu wischen.

Plötzlich hört er Smartys Stimme, als würde er direkt neben ihm oder in seinem Kopf stehen: Die Römer haben sich in den öffentlichen Bädern mit einer Strigilis abgeschabt. Das ist eine Art Körperschaber. Sie haben den ganzen Schweiß und Staub abgeschabt und ihn zu Boden tropfen lassen. Und dann haben sie alles aufgesammelt und zu Medizin weiterverarbeitet. In mancher Hinsicht waren die Römer recht clever, aber in anderer Hinsicht auch ziemliche Schwachköpfe.

So war Smarty. Nur er kam damit durch, die Römer Schwachköpfe zu nennen.

Er läuft noch eine Weile weiter. Vor sich sieht er einen Park. Dort gibt es einen großen, flachen Springbrunnen, um den herum Leute sitzen. Andere Menschen flanieren auf dem Fußweg, fahren Rollschuh oder Inliner und genießen den Sonnenschein.

Er setzt sich auf den Rand des Springbrunnens, spürt die Kühle des Spritzwassers auf dem Rücken und beobachtet all die Leute. Er fragt sich, ob er sich je an so viele Menschen gewöhnen kann. Innerhalb weniger Minuten hört er mindestens fünf verschiedene Sprachen, die von Passanten gesprochen werden, Französisch und Deutsch, Spanisch und eine andere romanische Sprache, vielleicht Italienisch, plus etwas Asiatisches, das er nicht identifizieren kann. Das Herz wird ihm mindestens noch drei Mal gebrochen, und alle drei sind perfekt in ihren Shorts und Trägerhemden, knackig, straff und verschwitzt, und sie nehmen überhaupt keine Notiz von ihm.

Ein Mann mittleren Alters mit strubbeligem Haar und dreckigen Klamotten geht vorbei und murmelt vor sich hin. Als er Jeremy bemerkt, nähert er sich und sagt:

»Sie kommen.«

Jeremy schaut sich um. Natürlich beachtet sie niemand. »Wer?«, fragt er.

»Die, die dir folgen«, antwortet der zerzauste Mann. »Sie kommen näher.«

»Okay«, sagt Jeremy. »Danke.«

»Es sind Hunderte«, sagt der zerzauste Mann. »Sie versuchen, dir was zu sagen.«

»Vielen Dank. Und einen schönen Tag noch.«

»Pass auf dich auf«, sagt der Mann. Dann schlurft er vor sich hin murmelnd weiter.

Kurz darauf setzt sich ein adretter Typ im Trainingsanzug neben ihn. Er sagt irgendetwas Unverständliches. Jeremy beobachtet ihn aus den Augenwinkeln. Offensichtlich ist er heute ein Magnet für Bekloppte.

»Was haben Sie gesagt?«, fragt Jeremy.

»Ich sagte, grüne Blüten«, meint der Typ und klopft auf seine Tasche. »Direkt hier.«

Er ist ein Götterbote. Jeremy sieht sich um. Auch dieser Begegnung schenkt niemand Beachtung. Man könnte mit einem Lampenschirm auf dem Kopf herumtanzen, und niemand würde einen bemerken. Er ist so ein Hinterwäldler. Wie packt man so etwas an? Er hat noch nie Pot von jemand anderem als Rico gekauft. Er weiß nicht einmal, was Pot eigentlich kosten darf.

»Ich habe ungefähr fünfzig Mäuse«, sagt er. »Wie viel bekomme ich dafür?«

Der Typ lächelt. »Für fünfzig Mäuse kann ich dir schön was anbieten. Das ist echt guter Stoff, aus Hydrokulturen.« Er sieht sich um, öffnet dann die Tasche. Jeremy kann es riechen von da, wo er sitzt. Plötzlich erinnert er sich an etwas aus dem Fernsehen. Man muss vorher etwas fragen.

»Bist du ein Cop?«

»Was? Scheiße, nein, ich bin kein Cop.« Der Typ schließt die Tasche und will aufstehen. »Vergiss es«, sagt er.

»Okay, okay. Warte. Tut mir leid. Wie machen wir's?«, fragt Jeremy.

»Schieb mir einfach die Kohle rüber«, sagt der Typ. »Aber diskret, wenn's geht, ja?«

Jeremy nimmt sein Geld aus dem Portemonnaie, zerknüllt

es in der Faust und schiebt es am Rand des Springbrunnens zur wartenden Hand des Typen hinüber, in der sich bereits ein praller Beutel befindet, den Jeremy an sich nimmt und in die Tasche stopft.

»Einen schönen Tag noch«, sagt der Typ, steht auf und geht.

»Ihnen auch einen schönen Tag, Sir«, sagt Jeremy.

Jetzt muss er zurück zu Jeanies Wohnung. Er wird sich eine schöne Kanne Tee aufsetzen und sich für ein paar Stunden auf ihrem Sofa ausstrecken. Sie können abhängen und quatschen. Über alles außer Penisse reden. Sollte ihm nur recht sein; ist sowieso keines seiner Lieblingsthemen.

Er steht auf und kommt ungefähr zwanzig Schritte weit, bis er eine Hand auf der Schulter spürt und sich etwas Hartes in seinen Rücken bohrt. Automatisch beginnt er sich zu wehren, und sofort bewegt sich die Hand von der Schulter weg und legt sich um seinen Hals.

»Das hier ist eine Neun-Millimeter, also nur zu, wehr dich«, sagt eine Stimme. »Na los, du Arsch. Warte ab, was dann mit dir passiert.«

Jeremy erstarrt. »Lassen Sie mich los«, krächzt er.

»Die Hände auf den Rücken.«

Jeremy gehorcht. Die Hand lässt seine Kehle los. Wie aus dem Nichts tauchen vor ihm zwei Polizisten auf. Es ist, als wären sie aus dem Gehweg hochgeschwebt. Seine Tasche wird ihm von der Schulter genommen. Er spürt, wie sich etwas um seine Handgelenke schließt und seinen Rücken in eine unerwünschte Verrenkung zwingt.

Der Typ im Trainingsanzug erscheint. Sein Auftreten ist jetzt völlig anders: Er ist zackig, wippt auf den Zehen, ist total geschäftig.

»Ja, das ist er«, sagt er.

»Gute Arbeit, Officer«, sagt einer der Polizisten. Zu dem Typen im Trainingsanzug.

»Du hast gesagt, du bist kein Cop!«, sagt Jeremy durch seinen schmerzenden Kehlkopf.

»Ich hab gelogen«, sagt der Typ im Trainingsanzug, und dann ist er verschwunden.

Ein Polizist greift in Jeremys Tasche und zieht das Päckchen Gras heraus.

»Dafür habe ich ein Rezept«, sagt Jeremy.

»Wie schön für dich«, sagt der Polizist. »Mein Schwanz ist dreißig Zentimeter lang.«

Der andere Polizist grinst breit. »Sie sind verhaftet«, sagt er.

»Das ist krank«, sagt Jeremy. »Ich bin ein Veteran mit militärischen Auszeichnungen.«

»Wehren Sie sich?«, fragt einer der Polizisten. »Denn wenn Sie sich wehren, werde ich Ihnen die Scheiße aus dem Leib prügeln.«

»Ich bin nicht –«

»Halt's Maul«, rät ihm der andere Polizist freundlich. »Halt einfach dein Maul.«

Der erste Polizist durchsucht seine Taschen, nimmt Handy und Portemonnaie heraus. Der andere durchwühlt die Kuriertasche. Einen Schreckmoment lang überlegt Jeremy, ob sich in eine der Reißverschlusstaschen ein oder zwei Gramm von Ricos Gras verirrt haben. Sie könnten ihn für einen Dealer halten. Doch es ist nichts drin außer dem Buch, das Amichai ihm gegeben hat. Sie stecken sein Portemonnaie in eine Plastiktüte und verschließen sie.

»Zeichnest du irgendwas hiervon auf?«, fragt der eine Polizist und hält das Handy hoch.

»Nein«, sagt Jeremy.

Der Polizist sieht das Mobiltelefon an. Er fummelt am Bildschirm herum, doch der ist gesperrt. »Wie ist dein Passwort?«

»Ich sage Ihnen mein Passwort nicht«, entgegnet Jeremy.

»Gut«, sagt der Polizist, schleudert das Handy auf den Boden und tritt mit dem Absatz drauf. Es zersplittert in tausend Teile.

»Hey!«, ruft Jeremy. »Was soll der Scheiß?«

»Das passiert, wenn man Cops aufzeichnet«, sagt der Polizist.

Er kennt diese Typen. Diskutieren ist sinnlos. Als spräche man mit zwei von Als Sorte. Sie führen ihn im Polizeigriff Richtung Straße ab. Ein Gefängniswagen nähert sich und hält mit kreischenden Reifen. Ein weiterer Polizist steigt aus und schließt die Hecktüren auf. Drinnen sieht Jeremy drei weitere Leute, die jetzt ins grelle Licht blinzeln. Alle wie er mit Handschellen gefesselt. Halb eskortieren sie ihn, halb stoßen sie ihn im Wagen ganz bis nach hinten, wo er sich schwer auf die Bank fallen lässt. Seine Wirbelsäule schießt nach oben und prallt an seiner Schädeldecke ab. Er wird fast ohnmächtig vor Schmerz. Der Mann auf der einen Seite macht ihm schnell Platz. Die Tür wird zugeschlagen.

Als sein Kopf wieder klarer wird, sieht Jeremy seine neuen Freunde an. Eine sieht aus wie eine Sekretärin, eine plumpe Frau mit maskulinem Haarschnitt, vielleicht vierzig Jahre alt. Sie weint leise, hält das Gesicht gesenkt. Die anderen beiden sind Farbige, einer in Khakihemd und Khakihose, der andere in sackartigen Shorts und mit einer umgedrehten Baseballkappe auf dem Kopf. Sie starren vor sich ins Leere, zwei Stoiker. Sie wirken, als würden sie das Prozedere kennen.

»Was für ein Scheiß«, sagt Jeremy.

»Echt, was für ein Scheiß«, sagt der Mann in der Khakihose.

»Ich dachte, alle Cops müssten einem sagen, dass sie Cops sind.«

»Nur in Hollywood, mein Freund«, sagt der Khaki-Mann. »Das hier ist das echte Leben. Herzlich willkommen im Unterschied.«

Der andere Mann sagt gar nichts. Er strahlt eine dumpfe Wut aus, die den Wagen aus genietetem Metallblech ausfüllt. Es ist eines dieser Fahrzeuge, in denen man Schwerverbrecher transportiert. Er hatte nach einer erfolgreichen Razzia selbst schon Gefangene in ähnliche Fahrzeuge verladen. Also in den Ausnahmefällen, wenn sie Gefangene machten.

Sie sitzen ziemlich lange so da. Dann fährt der Wagen los. Der Fahrer scheint sich einen Spaß daraus zu machen herauszufinden, wie schnell er die Kurven nehmen kann. Die vier im hinteren Teil stützen sich am Boden ab, können aber nicht verhindern, dass sie immer wieder gegeneinanderprallen. Sie scheinen nur wenige Blocks weit zu fahren, dann hält der Wagen mit kreischenden Reifen an. Sie sitzen einfach da.

Zeit verstreicht, ziemlich viel Zeit. Es ist sehr heiß. Nur durch zwei winzige vergitterte Schlitze in den beiden Türflügeln kommt etwas Frischluft herein. Sie sitzen so lange da, dass Jeremy irgendwann überzeugt ist, dass sie hier drinnen vermodern sollen.

»Ich will einen Scheißanwalt!«, brüllt er. »Ich will einen Telefonanruf!«

»Hey, Mann, sei still«, sagt der Khaki-Mann, »sonst prügeln sie dir hundertpro die Scheiße aus dem Leib.«

»Die dürfen mich nicht einfach schlagen«, sagt Jeremy. »Das ist illegal.«

Darüber lachen die beiden Männer.

»Mann«, sagt der Große, Zornige, »du hast echt keine Peilung, oder?«

»Nein«, sagt Jeremy. »Ich vermute mal, die habe ich wohl nicht.«

Die Sekretärin hat mit dem Heulen aufgehört und sackt nun niedergeschlagen nach vorn. Entweder das oder sie wird gerade ohnmächtig.

»Hey, Lady, alles in Ordnung?«, fragt Jeremy.

»Nein«, antwortet sie.

Nach gefühlt endloser Zeit gehen die Türen auf und sie bekommen einen neuen Freund, einen jungen Mann, der wie ein Latino aussieht und dessen Hände ebenfalls mit dicken Kabelbindern gefesselt sind. Sie sitzen sich gegenüber und wechseln Blicke.

»Mann, was für 'n Scheiß«, sagt der Latino-Typ.

»Allerdings, was für 'n Scheiß«, sagt Jeremy.

»Ich hab überhaupt nix getan! Die haben mich einfach gegriffen, die Wichser, und meinen Scheiß durchwühlt!«

»Hattest du Gras dabei?«, fragt der Khaki-Mann.

»Ich sach nix«, antwortet der Latino-Mann.

»Ja, klar«, sagt der Khaki-Mann.

»Die Stadt säubern«, sagt der größere Farbige. »Permanente Personenkontrolle und Durchsuchungen. Damit die Welt ein besserer Ort wird.« Er schüttelt den Kopf. »Eines Tages leg ich die Wichser alle um.«

»Sag so was nicht«, meint der Khaki-Mann und schüttelt den Kopf. »Wenn sie dich hören, können sie dich verklagen.«

»Mann, bissun Anwalt oder so was?«, fragt der größere Mann.

»Ja«, antwortet der Khaki-Mann. »Genau. Ich bin Rechtsanwalt.«

»Die haben einen verdammten Rechtsanwalt verhaftet?«, sagt Jeremy. »Haben Sie denen nicht gesagt, wer Sie sind?«

»Nein«, sagt der Khaki-Mann.

»Warum nicht?«

»Weil die keinen Rechtsanwalt verhaftet haben. Die haben einen Nigger verhaftet.«

»Kein Scheiß«, sagt der größere Mann. »Wir sind jetzt alle Nigger.«

»Hört auf zu quatschen!«, brüllt ein Polizist durch die offene Tür.

Dann schlägt er die Türen wieder zu. Weiteres wildes Gerase mit heulenden Sirenen durch die Straßen. Diesmal dauert die Fahrt länger und ist noch schneller. Dann halten sie an, die Türen öffnen sich wieder, und die Polizisten erwarten sie draußen.

16

Wenn man zwanzig ist, dann ist ein Kater eine Sache. Nur eine Mücke, die man verscheucht, ohne groß drüber nachzudenken. Mit siebzig jedoch ist ein Kater etwas völlig anderes. Aus der Mücke wird ein Drache, und man muss sich ganz vorsichtig bewegen, damit er nicht aufwacht und anfängt, Feuer zu spucken.

Al erwacht auf dem Sofa, ohne die leiseste Ahnung, wo er ist oder auch nur, wer er ist. Als er jung war, in seinen besten Jahren, da konnte er in einer Nacht eine ganze Kiste Bier wegzischen, am nächsten Morgen bei Tagesanbruch aufwachen, vielleicht sogar das Schlafen gleich ganz ausfallen lassen und dann einen vollen Arbeitstag ohne ersichtliche Nebenwirkungen hinlegen. Jetzt fühlt er sich wie eine Dose Farbe in einem dieser Farbmischer, wie sie in Baumärkten stehen: einmal durchgeschüttelt, bis in ihm kein Atom mehr an seinem angestammten Platz ist. Vielleicht, denkt er, fühlt Henry sich so bei seinen Anfällen. Völlig aus der Bahn geworfen. Als wäre er am Nacken angehoben worden und die Welt wäre fünfzehn Zentimeter weiter nach links gerückt. Unsicher, ob alles andere vibriert oder nur er, tastet er nach etwas, irgendetwas, dem ersten Besten, das ihm in die Finger kommt. Was zufälligerweise seine Genitalien sind. Wodurch er feststellt, dass er sich eingenässt hat.

Er gleitet auf den Boden. Ist auch gemütlicher dort. Muss sich daran erinnern, die Sofakissen rauszulegen und sie ein paar Stunden in der Sonne braten zu lassen. Er hofft, Rita kommt nicht vorher nach Hause. Sonst weiß sie, dass er wieder angefangen hat zu saufen. Dann fällt ihm ein: Rita sagte doch, sie käme nicht mehr nach Hause. Sie ist ausgezogen. Wie es die Frauen in dieser Familie gern tun. Wie es offensichtlich jeder macht.

Dann fällt ihm noch etwas ein. Die Sache, an die er sich die letzten drei Tage über immer wieder erinnert: Jeremy weiß, was dort drüben vorgefallen ist. Sein bestgehütetes Geheimnis ist gelüftet, ein Tiger, der aus dem Käfig ausgebrochen ist und seitdem durchs Haus streunt. Das war es, was ihn zu seinem ersten Bier seit ungefähr fünfundzwanzig Jahren veranlasst hat. Vielleicht auch länger. Ab irgendeinem Punkt hat er aufgehört zu zählen. Er war keiner dieser klassischen AA-Typen – er hatte keinen Bock auf diesen ganzen Gottesscheiß, auch nicht auf die zwölf Schritte, das aufwendige Zählen der Tage oder das ständige um-Verzeihung-bitten bei den Menschen, denen man während der Zeit als Trinker unrecht getan hatte. Ja, vielleicht hatte er einigen Leuten wehgetan, vor allem Helen – das weiß er und streitet es auch nicht ab –, aber alles, was er in betrunkenem Zustand gemacht hatte, war nichts verglichen mit den Dingen, die er nüchtern getan hatte.

Dass Jeremy sein Geheimnis herausgefunden hatte, überraschte ihn weniger, als es vielleicht hätte tun sollen. Jahrelang hatte er geglaubt, es wüsste ohnehin jeder, jeder, dem er auf der Straße begegnete, jeder Kollege und Untergebene auf der Arbeit, jeder Polizist, der ihn misstrauisch ansah. Seine Sünden standen ihm auf der Stirn geschrieben, damit die ganze Welt es sehen konnte. Es war nur eine Frage der Zeit, bis diese Dinge aus seinem Kopf entkamen und sichtbar würden. Er hatte gehofft, es bis an sein Lebensende zu schaffen, ohne dass jemand dahinterkam. Und fast wäre es ihm auch gelungen.

Aber die alte Abwehrhaltung zeigt wieder ihre Fratze. Es

gibt nichts, weswegen er ein schlechtes Gewissen haben müsste. Zumindest auch nicht mehr als jeder andere, der dort war. Kein Grund für ihn, die ganze Sache auf seine Kappe zu nehmen. Er war ja sowieso kein Offizier gewesen. Er war Soldat, und noch dazu ein guter. Was bedeutete, dass er nur Befehle ausgeführt hatte.

Er braucht ein paar Minuten, um weitere zusammenhängende Gedanken auf die Reihe zu bekommen. Als er aufstehen kann, geht er zum Kühlschrank, nimmt ein Bier heraus und kippt es gierig in sich hinein. So. Jetzt kann ein Mann auch wieder klar denken.

Er schält sich aus der Unterwäsche und wirft sie grob in Richtung Waschmaschine die Kellertreppe hinunter. Nackt sitzt er am Esszimmertisch, sein blanker Hintern klebt auf dem Sitzbezug aus PVC. Er trinkt in Ruhe ein zweites Bier und versucht zusammenzukriegen, was letzte Nacht passiert sein könnte. Er hatte mit Rita telefoniert. Das stimmt. Er hatte verlangt, dass sie nach Hause kommt und ihm das Abendessen macht. Er weiß nicht mehr, was sie genau gesagt haben, weder er noch sie. Sie musste gemerkt haben, dass er betrunken war. Sie wusste es. Wusste es schon immer, selbst als sie klein war. In Anbetracht des Zustands der Küche und seines Magens hatte es also kein Abendessen gegeben. Auf dem Tresen liegt eine Packung Steaks. Er hat keine Ahnung, wie lange die schon dort liegt. In diesem Klima dauert es nicht lange, bis Fleisch schlecht wird. Es fühlt sich warm an. Er öffnet das Paket, riecht daran und würgt. Schmeißt es in den Müll. War er wirklich drei Tage lang betrunken? Erstaunlich, wie mühelos er direkt wieder reingerutscht ist, so, als hätte er nie aufgehört. Ist wohl so wie mit dem Fahrradfahren.

Er muss etwas essen. Eine hektische Suche fördert eine Dose Nudelsuppe und ein Paket getrocknete Nudeln zutage. Er schüttet beides in einen Topf und wärmt das Ganze auf. Er schafft drei Bissen, bis er sich in die Küchenspüle erbricht. Nun gut. Soll doch das alte Gift raus, um Platz für Neues zu schaffen. Wenigstens ist er jetzt nicht mehr hungrig. Zum Essen geht es ihm viel zu schlecht. Aber nicht zu schlecht zum Trinken.

Beim dritten Bier kocht eine Wut in Al hoch, ein Zorn, den er seit vielen Jahren nicht mehr geschmeckt hat.

Kein Mensch hat verstanden, was dort drüben passiert war, niemand. Der Rest der Welt hatte sie ungerecht beurteilt. Der Feind nahm viele Gestalten an; er sah nicht nur so aus wie ein Mann im schwarzen Schlafanzug mit einer AK-47 im Arm. Das dachten doch nur Idioten. Eine sichere Methode, um draufzugehen. Manchmal sah der Feind aus wie eine Frau. Manchmal sah er aus wie ein alter Mann mit einem dieser Strohhüte, die sie immer trugen, so ein Hut, der sie vor der Sonne schützte, den Regen abhielt oder dazu benutzt werden konnte, Reis darin zu transportieren. Sie waren praktisch veranlagte kleine Bastarde, das musste man ihnen lassen. Konnte auch sein, dass der Feind als zwölf Jahre altes Mädchen daherkam. Einfach jeder, der einen Abzug betätigen konnte. Alles, was man dazu brauchte, war ein funktionierender Finger.

Als sie das Dorf einnahmen, hatte Al aufgehört zu zählen, bei wie vielen Freunden inzwischen die Erkennungsmarken abgerissen worden waren.

Und was die Kinder betraf, tja. Kinder wuchsen zu Soldaten heran. Man tötete sie nicht, man erlöste sie. So wie man Unkraut herausriss, bevor es die Chance hatte, Samen zu streuen. Man musste das Böse austreten, bevor es eine Chance hatte, Wurzeln zu schlagen. So einfach war das. Es war besser für ein Kind, tot zu sein, als zum Kommunisten heranzuwachsen. Spaß machte es ihm weiß Gott keinen. Bei manchen der anderen Jungs schien es anders zu sein. Die führten sich auf, als wäre die ganze Sache nur eine Art Videospiel. Das hatte ihn damals angewidert, aber nach einer Weile wurde es für ihn zur Erinnerung und es legte sich. Was nicht dasselbe war wie zu vergessen.

Und war er nicht sowieso freigesprochen worden? Es gab keine Kriegsverbrecher. Selbst der verschissene Jimmy Carter hatte das gesagt. Er stand ganz oben auf der Liste derjenigen, von denen man nicht erwartet hätte, sie auf seiner Seite zu haben. Doch irgendwie verstand Carter sie besser als jeder andere. Carter, dieser froschfressende Erdnussfarmer mit dem Pferdegebiss, derselbe Clown, der sogar noch die Drückeberger entschuldigte, die sich nach Kanada verpissten, um dort Eishockey zu spielen und Biber zu fangen, während die wackeren, echten Amerikaner zu Hause blieben. Als Einstellung zu Carter war kompliziert. Es wäre ihm lieber gewesen, von einem Republikaner verstanden zu werden. Aber er kam damit klar. Weil Carter nämlich wusste, wie es im Krieg zuging. Entweder waren sie alle Verbrecher oder eben keiner. Man bildete Typen nicht zum Töten aus und klagte sie dann des Mordes an. Man ließ sie einfach töten. Alles andere ergab doch keinen Sinn.

Trotzdem wusste er, dass der Tag der Abrechnung noch kommen würde. Weil es nämlich falsch war, was da passiert war. Und weil Jeremy recht hatte. Sobald du merkst, dass du deine Waffe auf Frauen und Kinder richtest, zack, schon bist du einer von den Bösen geworden.

Nein. Nein. Man konnte sich nicht nur einen einzigen Schnappschuss ansehen und danach urteilen. Man musste die ganze Sache betrachten. Man musste sich den ganzen Film ansehen, von Anfang bis Ende.

Aber das wird er nicht noch mal tun. Er hat es bereits tausende Male getan. Und gelernt hatte er dabei nur, dass die Suche nach den Anfängen, die schließlich zu so einem Ereignis führten, genau so kompliziert war wie der Versuch, ein verheddertes Wollknäuel zu entwirren. Es fing nicht einfach mit dem Treffen mit Calley an jenem Morgen an, dem Lieutenant, der später durch die Nachrichten weltberühmt geworden war. Oder vielleicht besser, berühmt-berüchtigt. Es begann noch nicht einmal an dem Tag, an dem er das Transportflugzeug verließ und zum ersten Mal den Boden dieses Landes betrat. Es ging viel weiter zurück als das. Es begann mit dem Krieg selbst; und wer wusste schon, wo das wirklich angefangen hatte?

Es wäre besser gewesen, denkt Al, wenn er aus Vietnam nicht mehr zurückgekehrt wäre. Krieg ist wie Alkohol: Wenn er dich einmal in den Klauen hat, lässt er dich nie wieder los.

Er lauscht, als der Verdunstungskühler anspringt. Sein feuchter Atem weht durchs leere Haus, das sich so hohl anhört wie ein Kind, das pfeifen lernt. Alle haben ihn verlassen. Das ist dann jetzt also die Belohnung für ein Leben voller Opfer und Verzicht. Dafür hat er gekämpft – für das Recht, nackt an seinem Tisch zu sitzen und sich ganz allein zu besaufen. Scheint sich nicht wirklich gelohnt zu haben. Also muss er wohl etwas übersehen haben. Es muss einen Aspekt seiner Freiheit geben, den er bislang übersehen hat.

Ach, na ja. Vielleicht fällt ihm das ja später noch ein.

Nach dem sechsten Bier, das der Uhr auf der Mikrowelle zufolge um zehn Uhr morgens ausgetrunken ist, weiß er nur eines: Heute ist der Tag. Der richtige Tag. Tag X. Keine Ausflüchte mehr. Er hat an alles gedacht, sämtliche Papiere ausgefüllt, vom Anwalt alles doppelt und dreifach prüfen und notariell beglaubigen lassen. Die Sache ist rund, absolut wasserdicht. Nichts ist mehr unerledigt. Rita bekommt das Haus. Jeremy bekommt, was von seiner Pension noch übrig ist, trotz all der Sachen, die er gesagt hat. Trotz des Spuckeregens in seinem Gesicht. Zu spät, um das jetzt wieder rückgängig zu machen. Es gibt eine Klausel im Testament, dass er sich um Henry kümmern muss. Aber er wusste, das war unnötig. Denn auch wenn man sich nicht drauf verlassen konnte, dass er den verdammten Müll rausstellte, letzten Endes wusste man, dass Jeremy das Richtige tun würde.

Er wünschte, er könnte sich noch ein letztes Mal mit dem Jungen unterhalten. Wünschte, er müsste diese Sache nicht so zwischen ihnen stehen lassen. Aber Jeremy wird es verstehen. Diese andere Sache wird er nie verstehen, doch das macht Jeremy eben zu Jeremy.

Ich werde zuletzt lachen, denkt Al. Ich werde ihm zeigen, was für ein Mensch sein Großvater wirklich ist.

Er überlegt, vorher noch das Haus zu putzen und die Spuren seines letzten Rückfalls zu vertuschen und die mit Pisse durchtränkten Sofakissen zu verstecken, aber dann begreift er, dass das ist nicht länger sein Problem ist. Nichts ist mehr sein Problem. Er hat keine Probleme mehr.

Oder, Moment mal. Bis auf die Herzen.

Verdammt. Er weiß immer noch nicht, was er mit ihnen machen soll.

Die Kiste steht immer noch in der Garage. Der Müll ist nun schon seit zwei Wochen nicht mehr geleert worden, und der Gestank ist so entsetzlich, dass er einen Augenblick lang denkt, jemand wäre da drinnen gestorben. Schön und gut, aber auch das ist nicht mehr sein Problem. Er muss sich um nichts mehr von dieser Scheiße kümmern. Zeit, die Fackel weiterzureichen. Er hält die Luft an, schnappt sich die Kiste mit Herzen und geht zurück ins Haus.

Er zieht kurz in Betracht zu duschen, verwirft diesen Gedanken dann jedoch wieder, weil es völlig sinnlos ist. Er überlegt weiterhin, sich nett anzuziehen, doch dann müsste er vorher duschen. Also entscheidet er sich für Shorts und Flip-Flops. Je weniger er versucht, sich vorzubereiten, desto besser. Es muss ungeplant wirken. Es muss aussehen, als ob er geistig verwirrt geworden und dann herumgeirrt wäre. Er ist alt genug, dass das glaubhaft erscheint, obwohl er nicht ganz sicher ist, wie er an diesen Punkt gelangt ist. Es kommt ihm wie gestern vor, dass er und Helen geheiratet haben. Rita rennt in Windeln durch das alte Haus in Lancaster. Jeanie verliert ihre Milchzähne. Alles nur einen Lidschlag entfernt. Man blinzelt noch einmal, und aus den Babys sind Frauen mit eigenen Kindern geworden. Wie konnte das passieren?

Er geht über die Straße zum Haus von Mr. Richard Belton. Er klingelt an der Haustür. Nach einer Ewigkeit klingelt er erneut. Schließlich kommt eines der Belton-Kinder an die Tür. Der Junge ist vielleicht zehn, eine plumpe Made von einem Kind, so schrecklich bleich, als hätte er sein ganzes bisheriges Leben in der Kanalisation verbracht. Al erinnert sich nicht, ihn schon einmal gesehen zu haben. Gut möglich, dass Belton Tausende von denen da drinnen hat. Man würde es sowieso nie erfahren. Die Kids verlassen ja heutzutage nicht mehr das Haus.

»Hi, Kleiner, wie heißt du?«, fragt Al.

Der Junge glotzt ihn nur an.

»Ist dein Dad zu Hause? Oder deine Mom?«

Keine Antwort. Nur ein Kopfschütteln.

»Hier«, sagt Al. »Das ist für dich.« Er nimmt ein Herz aus der Kiste und gibt es ihm.

Der Junge öffnet das Fliegengitter einen Spaltbreit und nimmt es entgegen. Dann schließt er die Gittertür wieder. Sieht ihn einfach nur an.

»Haben deine Eltern dir keine Scheißmanieren beigebracht?«, faucht Al. »Sprichst du Englisch, Junge? Sprechen Sie Deutsch? Parlez-vous français? Có ai dây biet nói tieng Anh không?«

»Hä? Was soll denn das heißen?«, fragt der Junge.

»Siehst du, ich wusste, dass du Amerikaner bist. Wie viele Brüder und Schwesterchen hast du denn?« Al kramt in der Kiste. »Zwei? Drei? Elf? Und deine Eltern. Hier, nimm noch ein paar. Mein Frau hat sie gemacht. Ich verschenke sie, gratis. Okay. Nimm eine ganze Handvoll. Sag deinen Leuten, es ist ein Geschenk zum Andenken an Helen Merkin. Handgemacht. Alles Unikate. Kosten sonst drei-fuffzig das Stück. Ein ganz schöner Batzen Geld für einen Jungen wie dich. Ich wette, du hast noch nie im Leben drei-fuffzig besessen.«

»Ich krieg die Woche zehn Dollar Taschengeld«, sagt der Junge.

»Oho. Zehn Mäuse pro Woche. Hör zu, du Zampano. Weißt du, was der Mindestlohn war, als ich angefangen habe zu arbeiten? Ein Dollar die Stunde. Ich musste einen ganzen Tag schuften, um zehn Mäuse zu verdienen. Und das war vor Abzug der Scheißsteuern.«

»Wow«, meint der Junge gelangweilt.

»Du sagst es, wow!«, sagt Al. Mein Gott, die lernen heutzutage verdammt früh, sarkastisch zu sein. »Ich hab da mal 'ne Frage. Was willst 'n werden, wenn du groß bist, Kleiner? Arzt? Versicherungsvertreter? Pantomime?«

Der Junge zuckt die Achseln.

»Genau, das ist die richtige Einstellung«, sagt Al. »Hör zu, falls es dir noch niemand erklärt hat: Weißt du, was die Fahne da drüben bedeutet?«

Er dreht sich um und zeigt auf die Old-Glory-Flagge, die an einem Mast im Vorgarten der Beltons flattert, genau wie in praktisch jedem Vorgarten der Straße – alle zusammen ergeben sie einen Flickenteppich an vorstädtischem Patriotismus, und zweifellos sind sie alle ausnahmslos Made in China. Doch der Mast der Beltons steht schief, und die Fahne streift über den vertrockneten Rasen, was sich anhört wie das Aneinanderreiben zweier Handflächen.

»Sie steht für Freiheit«, sagt Al. »Sie ist ein kostbares Geschenk. Also, versau, ich meine, vermassle es nicht. Freiheit ist etwas, an dem man festhalten sollte. Freiheit ist keine Sache, weißt du? Es ist eine Einstellung, eine Lebensart. Und sag deinem Dad, er soll den Mast richten. Er sollte gerade sein, stimmt's? Wenn die Fahne den Boden berührt, muss man sie verbrennen. Wusstest du das?«

»Nein«, antwortet der Junge. »Ich darf nicht mit Fremden sprechen.«

»Mit Fremden? Hey, ich bin euer Nachbar«, sagt Al. »Ich lebe seit dreiundzwanzig Jahren in diesem Haus. So fremd bin ich. Ich heiße Al Merkin. War nett, dich kennenzulernen, Junge. Hab ein gutes Leben. Und sag deinem Vater, er muss sich eine neue Fahne besorgen. Diese hier ist entweiht. Sie muss verbrannt werden.«

Er geht die Straße hinunter. Er macht sich nicht mehr die Mühe, an Haustüren zu klingeln. Noch mehr Gespräche dieser Art erträgt er nicht. Zu deprimierend. Wie wird Amerika aussehen, wenn dieses Gör sein Alter erreicht hat? Wer weiß.

Nicht mehr sein Problem. Er öffnet Briefkästen und schaufelt in jeden eine Handvoll Herzen.

»Mit den besten Wünschen von der Familie Merkin«, sagt er, knallt die kleinen Metalltüren zu und schiebt die kleinen Flaggen hoch. »Da. Sagt nicht, wir hätten nie was für euch getan.«

So macht er weiter, bis die Kiste bis auf ein letztes Herz leer ist. Es ist ein Herz, das Helen zu einer Brosche verarbeitet hat, mit einer Art Clip hintendran. Als würde jemals irgendwer eines von den Teilen tragen. Er lässt die Kiste an der Straßenecke fallen und versucht mehrfach, sich die Brosche ans T-Shirt zu heften. Schließlich gelingt es ihm.

»Na bitte«, sagt er. »Das ist die letzte Medaille, die mir je an die Brust geheftet wurde. Aaach-tung!«

Er steht stramm und salutiert. Dann schaut er sich um, ob vielleicht jemand den verrückten alten Mann beobachtet, der Selbstgespräche führt, doch die Straße ist leer und verlassen. Die Leute müssten jetzt draußen in ihren Gärten stehen, ihn anstarrten, mit Fingern auf ihn zeigen, die Männlein in den weißen Kitteln rufen und ihre Kinder schleunigst in Sicherheit bringen. Er könnte mit offenem Hosenstall und heraushängendem Schwanz durch die Gegend laufen, und keiner würde es bemerken. Es fühlt sich an wie zwölf Uhr mittags. Verdammt heiß für September. Was für ein Tag ist heute? Samstag. Verdammt, wo stecken die nur alle?

Ach, egal.

Er wünscht, er hätte sich ein letztes Bier mit auf den Weg genommen. Aber auch das ist jetzt egal.

An der Ecke biegt er links ab und gelangt in die Stadtviertel, die nie über das Planungsstadium hinauskamen.

»Ouranakis, du Genie«, sagt er. »Du hattest nie die verdammte Absicht, hier eine Stadt zu bauen. Du warst ein meisterhafter Hochstapler. Aber ich habe dich auch reingelegt, du kleiner griechischer Scheißer. Denn ich war hier nämlich tatsächlich glücklich. Ich hab dich aufs Kreuz gelegt. Ich habe gewettet, du würdest verlieren, und ich hab gewonnen. Also, fick dich, du Ouzo-saufender Wichser.«

Er kommt zu der Stelle, an der die Straße aufhört und die Wüste beginnt. Er geht ein paar Schritte über den Sand, doch er ist zu weich und seine Flip-Flops behindern ihn. Der Sand ist schmerzlich heiß, als er sie auszieht. Doch auch das ist jetzt egal. Er freut sich darauf, an einen Ort zu kommen, wo nichts mehr eine Rolle spielt, überhaupt nichts mehr – keine verschwundenen Pensionsfonds, keine angepissten Enkelsöhne, keine undankbaren Töchter, noch nicht einmal nasse Sofakissen oder überquellende Mülltonnen.

Sie werden niemals etwas von seinem letzten Opfer erfahren. Dass er das jetzt für sie macht. Dass es kein Unfall war. Doch sie können es nicht wissen. Keiner kann das. Ein echter Soldat prahlt nicht damit, was alles er für die Sache aufgibt. Er tut es einfach.

Er geht sehr lange. Als er sich umdreht, ist die Stadt bereits nur noch eine ferne Erinnerung, kaum noch sichtbar. Er sieht wieder nach vorn und schirmt die Augen mit der Hand ab. Mein Gott, ist es heiß. Viel zu heiß. Oder ist das normal? So wie die heute über das Wetter reden, weiß man das gar nicht mehr. Sie sind an einem Punkt angekommen, an dem selbst die Temperatur einen Grund zur Hysterie darstellt. Das Land ist voller händeringender alter Waschweiber. Lasst uns doch wegen allem und jedem die Krise kriegen. Warum denn nicht? Wir können, wenn wir wollen. Das ist es doch, was frei zu sein bedeutet.

Inzwischen liegen die Berge vor ihm. Er bleibt stehen, um sie in Ruhe zu betrachten. Etwas da draußen bewegt sich. Im grellen Licht blinzelnd erkennt er, was es ist: ein Hund. Er schaut ihn direkt an.

»Proton«, sagt Al. »Heilige Scheiße. Komm her, Hund.«

Der Hund, wenn es denn Proton ist, scheint ihn gehört zu haben. Mit wedelndem Schwanz und heraushängender Zunge macht er ein paar Schritte in seine Richtung. Dann läuft er dorthin zurück, woher er gekommen ist, bleibt stehen, dreht sich um und sieht ihn an.

»In Ordnung«, sagt Al. »Wenn du spielen willst, dann spielen wir. Ich dachte, du wärst tot, Hund. Ich dachte, du hättest es hinter dir.« Er lacht, dann lacht er wieder, diesmal darüber, wie sein Lachen klingt, das keuchende Gackern eines alten Mannes. Wie lächerlich ist es doch, so alt zu sein.

»Du bist Proton, oder? Kein Kojote? Oder ein Wolf? Oder ein Monster? Frisst du mich? Mhm? Frisst du mich, Junge? Aber mach's schnell. Das ist meine einzige Bitte. Kein ewiges, tagelanges Hinauszögern. Ich knicke vielleicht ein, wenn's so läuft. Dafür bin ich ein zu großes Weichei. Ich bin nie gefoltert worden oder so. Ich habe mich immer gefragt, wie ich damit umgehen würde, wenn sie mich je in die Finger bekämen. Haben Sie aber nicht. Ich war zu schnell für sie. Zu schnell für jeden.«

Der Hund kommt näher. Er legt den Kopf schief, genau so wie Proton es immer gemacht hat. Er ist es, ganz sicher.

Dann dreht er sich um, läuft in Richtung Berge und sieht sich noch ein Mal um.

»In Ordnung«, sagt Al. »Ich hab's begriffen. Ich komme. Ich werde dir folgen, Proton. Mach nur nicht zu schnell. Hab ein bisschen Mitleid mit einem alten Mann, Proton. Hab einfach nur ein bisschen Mitleid.«

17

Zuerst ist Jeremy in einer Zelle, die so gerammelt voll ist, dass niemand dort genug Platz hat, um etwas anderes zu verspüren als extreme Gereiztheit. Es gibt eine Toilette, die der Öffentlichkeit ausgesetzt ist und nach allem Möglichen stinkt, nach jeder Körpersubstanz, jedem Exkrement, jedem letzten bisschen Verzweiflung, das jemals ausgeschieden wurde. Nach einer Weile arbeitet sich Jeremy in eine Ecke vor, wo er sich oben an den Stangen festhält und seinen Rücken einrenkt. Zumindest haben sie ihm diese verfluchten Plastikfesseln abgenommen. Den Gesprächen nach zu urteilen, die er mitbekommt, war jeder gerade mit etwas anderem beschäftigt, als er plötzlich hierherkatapultiert wurde. Verhaftet zu werden kommt immer ziemlich unpassend.

Hin und wieder tauchen zwei Wachen auf und rufen einen Namen aus. Dann wird die betreffende Person weggebracht und in der Zelle ist ein wenig mehr Platz. Es scheint ein besonderer Tag zu sein. Die verhaften massenweise Leute. Räumen die ganze Stadt auf. Auf der anderen Seite des Flurs befindet sich ein weiterer Käfig, voller Frauen von Anfang, Mitte zwanzig. Sie kommen von irgendeiner Art Demonstration. Sie skandieren irgendetwas über die Wall Street. Wie protestiert man gegen eine Straße?, rätselt Jeremy. Wenn Smarty hier wäre, würde er es ihm erklären. Mehrere Frauen scheinen Pfefferspray abbekommen zu haben und bitten nun um Wasser, damit sie sich die Augen auswaschen können. Aber es wird kein Wasser gebracht.

Er hat keine Vorstellung, wie lange er schon hier drinnen ist, doch es ist lange. Irgendwann sind die meisten Leute abgeführt worden. Dann bleiben nur noch er selbst und zwei andere Typen. Der eine davon ist der Khaki-Anwalt. Der andere ist ein alter Penner, die Quelle des eigentlichen Geruchs, der sie alle wahnsinnig gemacht hat. Er bekommt eine Ecke ganz für sich allein. Jeremy und der Khaki-Anwalt drängen sich so weit wie möglich von ihm entfernt in die andere Ecke und atmen hinter vorgehaltener Hand. Jeremy würde sich gern mit ihm unterhalten, aus reiner Neugier, doch die Frauen gegenüber singen wieder, und das Echo ihrer Stimmen an den Wänden ist derart laut, dass ihm die Ohren klingeln. Ein Polizist kommt und befiehlt ihnen, den Mund zu halten, doch sie ignorieren ihn, also kommt er mit einer Dose Pfefferspray zurück und droht damit. Eines der Mädchen beginnt zu weinen. Die anderen verstummen. Der Polizist geht wieder und murmelt dabei etwas vor sich hin.

Kurz darauf wird der Khaki-Anwalt abgeführt. Auf dem Weg hinaus verpasst er Jeremy einen Knuff mit der Faust.

»Gibt's jemanden, der dich gegen Kaution rausholt?«, fragt er.

»Meine Tante vielleicht«, sagt Jeremy. »Aber ich durfte sie ja noch nicht einmal anrufen.«

»Dem Mann hier wurde der ihm zustehende Telefonanruf noch nicht gewährt«, sagt der Khaki-Anwalt zu dem Wärter.

»Heul doch«, sagt der Wärter. »Wir haben verdammt viel zu tun, falls dir das noch nicht aufgefallen ist.«

»Viel Glück, mein Sohn«, sagt der Khaki-Anwalt zu Jeremy. »Mein Rat: Sag niemandem irgendwas über was auch immer.«

»Danke«, sagt Jeremy.

Dann sind nur noch Jeremy und der Penner übrig. Der

Penner führt Selbstgespräche, bewegt fast lautlos die Lippen. Jeremy verliert das Gefühl dafür, wie lange er schon hier sitzt. Es muss inzwischen Nacht sein. Jeanie wird sich fragen, wo er steckt, und versuchen, ihn auf seinem zerstörten Handy zu erreichen. Henry wird Angst haben und denken, Jeremy hätte ihn verlassen.

Na ja, vielleicht wird das auch eine gute Übung für ihn sein.

Schließlich tauchen zwei Wärter auf.

»Merkin?«, fragt der eine. »Mitkommen.«

Er steht auf.

»Dreh dich um und streck die Hände durchs Gitter«, sagt einer der Wärter.

Jeremy tut, was man ihm sagt. Sie legen ihm Handschellen an.

»Ich durfte noch niemanden anrufen«, sagt Jeremy.

»Du darfst, wenn du darfst«, sagt der andere Wärter.

Sie führen ihn aus dem Trakt mit den Arrestzellen einen Flur hinunter zu einem Fahrstuhl.

»Wohin bringen Sie mich?«, fragt er.

»An einen besonderen Ort«, sagt ein Wärter. »Du musst wohl wichtig sein.«

»Ich bin nicht wichtig«, sagt Jeremy. »Ich bin nur sehr verwirrt.«

Das entlockt ihnen keine Antwort. Sie steigen in den Fahrstuhl und fahren nach oben. Dann noch einen weiteren langen Flur hinunter, bis sie zu einer verstärkten Tür mit einem kleinen Plexiglasfenster kommen. Inzwischen rast Jeremys Herz. Er spürt, wie sich ein Anfall nähert, doch mit einer ihm bislang unbekannten Kraft ringt er ihn nieder. Etwas sagt ihm, dass diese Typen wohl kaum Verständnis für seine speziellen Bedürfnisse haben würden.

Einer der Wärter schließt die Tür auf, und sie führen ihn in den Raum. Er weiß sofort, dass es sich um eine Verhörzelle handelt. Es gibt nichts weiter außer einem Tisch mit einem daran geschweißten stählernen Ring und ein, zwei Stühle. Sie drücken ihn auf einen Stuhl nieder und ketten ihn an den Tischring. Dann gehen sie. Auf der gegenüberliegenden Seite der Tür ist ein vergittertes Fenster, und dadurch sieht Jeremy das schwache Licht der Morgendämmerung.

In dieser Stadt nehmen sie Marihuana wirklich verdammt ernst, denkt er. Sogar noch ernster als ihre Matzeknödel.

Nach einer weiteren, schier endlosen Wartezeit öffnet sich die Tür. Ein schlanker Mann mit Brille, Nadelstreifenhemd und ordentlich gebügelter Hose kommt herein. In der Hand hält er einen Ordner.

»Ach, du liebe Zeit«, sagt er. Seine Stimme ist freundlich näselnd. »Officer, nehmen Sie ihm bitte sofort diese Handschellen ab? Man hätte Sie niemals so anketten dürfen.«

Der Polizist tritt einige Schritte vor und nimmt Jeremy die Handschellen ab. Dann zieht er sich in eine Ecke zurück.

»Danke«, sagt Jeremy und reibt sich die Handgelenke, »die sind nicht gerade angenehm.«

»Ich bin natürlich nicht sicher, aber vermutlich waren sie nur vorsichtig«, sagt der Mann. »Also, Jeremy. Jeremy Merkin.«

»Ja, Sir«, sagt Jeremy. »Ich hätte an dieser Stelle gern ein paar Antworten, bitte.«

Der nadelgestreifte Mann öffnet den Ordner. Jeremy erkennt Dokumente mit dem Briefkopf der U. S. Army.

»Hören Sie, wegen des Pots«, sagt er. »Dafür habe ich ein Rezept. Ich leide unter chronischen Rückenschmerzen. Es ist das Einzige, was hilft. Ich bin wirklich kein Krimineller.«

»Das weiß ich doch«, sagt der Mann. »Sie wurden in einer breit angelegten Razzia erwischt. Bei einem Undercovereinsatz des NYPD. Doch als sie Ihren Namen durch die Datenbank gejagt haben, sind ein paar Hinweise hochgepoppt und ich wurde angerufen. Wir müssen Ihnen einige Fragen stellen, das ist alles.«

»Okay. Wer ist wir?«

»Habe ich vergessen, mich vorzustellen?«, sagt der Mann und klingt überrascht über seine eigene Gedankenlosigkeit. »Ich arbeite für den Heimatschutz, die Homeland Security. Mein Name ist Terrence Moppus.«

Die Zeit beginnt wieder, diese komischen Sachen zu machen, sie verlangsamt sich, bis jeder Moment sich zieht wie ein Gummiband.

»Homeland Security?«, krächzt Jeremy.

»Genau«, sagt der Mann.

»Was will denn die Homeland Security von mir?«

»Vielleicht können Sie mir verraten, was die Homeland Security von Ihnen will?«

»Nein, Sir«, sagt Jeremy. »Ich habe nicht die geringste Ahnung, Sir. Stehe ich immer noch unter Arrest, Sir? Denn wenn nicht, würde ich jetzt gerne gehen. Mir wurde kein Telefonanruf gewährt, noch sonst etwas. Und ich werde erwartet.« All das fällt ihm ein, als er sich an Ricos Rat erinnert, was er tun soll, falls er je verhaftet werden sollte. Nichts zugeben. Bestehe auf deinen Rechten. Und vor allen Dingen: Sei kein Arschloch. Bleib höflich. »Sir«, fügt er hinzu.

»Schön, die Sache ist folgende«, sagt Moppus. »Nach den Bestimmungen des Patriot Act kann ich Sie hier auf unbestimmte Zeit festhalten.« Jetzt klingt er beinahe entschuldigend. »Was ich natürlich lieber nicht täte.«

»Ich dachte, der Patriot Act wäre für Terroristen?«, fragt Jeremy.

»Der Patriot Act ist dazu da, die Sicherheit Amerikas zu gewährleisten. Im Ausland wie im Inland. Wir können festhalten, wen wir wollen, so lange wir wollen. Das ist natürlich keine Drohung. Ich sage Ihnen nur, wie es ist. Also, vor diesem Hintergrund würden wir Ihre Hilfe sehr zu schätzen wissen.«

»Sicher«, sagt Jeremy. »Ganz wie Sie meinen, Sir.«

»Exzellent. Hier steht, Sie haben mit Auszeichnung im Third Brigade Combat Team, Tenth Mountain Division, gedient«, sagt der Mann.

»Jawohl, Sir.«

»Sehr beeindruckend. Sie waren von Oktober 2006 bis April 2007 in Afghanistan.«

»Das ist richtig.«

»Verwundet am 7. April. Tut mir leid, das zu hören. Ich hoffe, Sie haben sich gut erholt.«

»Na ja, irgendwie«, sagt Jeremy.

»Nun, Mr. Merkin, komme ich zum Punkt. Da sind einige Fragen, die wir Ihnen gern über einen Ihrer Freunde stellen möchten.«

»Welchen Freund? Sind nicht mehr viele übrig.«

»Sein Name ist Enrico Estevez«, sagt der Mann.

Jeremy starrt ihn ungläubig an. »Rico? Hier geht's um Rico?«

»Sie geben also zu, ihn zu kennen?«

»Ja, natürlich kenne ich ihn, seit ungefähr fünfzehn Jahren. Er ist mein bester Freund.«

»Ich verstehe.« Terrence Moppus nimmt einen Stift und einen Block und schreibt das auf. »Das ist sehr hilfreich, danke. Genau genommen geht es um bestimmte Aktivitäten, in die Ihr Freund Rico verwickelt ist. Um noch genauer zu sein, geht es um die Internetseite Ihres besten Freundes Rico.«

»Ich ... ich verstehe nicht.«

»Lassen Sie uns damit anfangen, wie Sie sich kennengelernt haben.«

»Das war in der fünften Klasse«, sagt Jeremy.

»Ich verstehe«, sagt Moppus. Er nimmt den Stift wieder zur Hand. »Fahren Sie bitte fort.«

Er ist für eine weitere sehr lange Zeit in diesem Raum. Es fühlt sich an wie ein unbeholfenes erstes Date. Gelegentlich sagt minutenlang niemand etwas. Manchmal lässt sich Jeremy vornüber auf den Tisch fallen und Worte sprudeln aus ihm heraus, obwohl er sich kaum bewusst ist, was sie bedeuten. Manchmal weint er, obwohl er nicht weiß, warum. Moppus scheint nicht überrascht. Er muss an Leute gewöhnt sein, die in seiner Gegenwart weinen. Oder vielleicht steht das ja bereits in seinen Akten: Heult viel. Totales Weichei.

Es wird etwas zu essen hereingebracht, doch er kann es nicht anrühren. Ihm wird eine Packung Zigaretten angeboten, obwohl er nicht darum gebeten hat. Er raucht eine halbe Zigarette und wird von einem heftigen Hustenanfall geschüttelt. Die zweite geht schon besser. Bald ist die halbe Packung leer.

Es gibt viele Fragen. Auf manche weiß er die Antworten, obwohl er nicht sagen könnte, welche mögliche Bedeutung sie haben könnten. Im Grunde sind es Bagatellfragen über Rico. Was isst er? Wie kleidet er sich? Wo fährt er hin? Womit verdient er seinen Lebensunterhalt? Aber Jeremy hat den Eindruck, dass die Antworten auf diese Fragen bereits bekannt sind.

Irgendwann kommt Moppus zur Sache.

»Und jetzt brauchen wir wirklich Ihre Hilfe, Mr. Merkin. Sie müssen nur zustimmen, und schon sind Sie frei und können gehen.«

»Okay«, sagt Jeremy.

»Ich möchte Sie um Folgendes bitten: Wenn Sie nach Elysium zurückkehren, werden Sie viel Zeit mit Ihrem Freund Rico verbringen. Sie werden in Erfahrung bringen, wer ihm schreibt. Insbesondere bin ich daran interessiert zu erfahren, wer ihm die Fotos schickt, die er ständig postet. Sie wissen, welche ich meine?«

»Ich denke schon«, antwortet Jeremy. »Aber ich versuche, sie mir nicht anzusehen. Manche sind ziemlich blutig. Ich bekomme immer diese Panikattacken, wissen Sie. Meine Therapeutin hat mir geraten, mir solche Sachen nicht anzusehen, da sie ein Auslöser sein könnten.«

»Ich würde vorschlagen, Sie fangen damit an, sie sich anzuschauen«, sagt der Nadelstreifen-Mann. »Sie werden Namen und E-Mail-Adressen erfahren, und diese Informationen werden Sie mir dann schicken. Haben Sie das verstanden?«

»Ja. Sie wollen, dass ich Rico ausspioniere.«

»Sehen Sie es nicht als Spionieren«, sagt Moppus. »Sehen Sie es als Hilfe für unser Land. Sie haben uns schon einmal geholfen, als Sie die Taliban bekämpft haben. Sie können uns noch einmal helfen, und zwar diesmal, indem Sie uns vor dem beschützen, was wir inländischen Terrorismus nennen.«

»Rico ist kein Terrorist«, entgegnet Jeremy.

»Nein, das ist er nicht«, stimmt Moppus zu. »Doch die Leute, die ihm diese Bilder schicken, über die müssen wir Bescheid wissen. Sie verstoßen gegen eine ganze Menge Gesetze. Einige dieser Fotos wurden als geheim klassifiziert, was bedeutet, dass jemand seine Schweigepflicht bricht. Und das gefällt uns gar nicht. Wenn Leute keine Geheimnisse für sich behalten können, ist das schlecht für jedermann. Stimmen Sie mir nicht zu?«

Ungefähr eine Nanosekunde lang überlegt Jeremy, ob er

mit ihm darüber diskutieren sollte. Denn eigentlich ist er fest davon überzeugt, dass es gerade das Geheimhalten von viel zu vielen Dingen ist, was in der Welt ziemlich verkehrt läuft. Oder zumindest innerhalb seiner Familie. Doch zu seinem Entsetzen muss er feststellen, dass er absolut willens ist, seine moralische Entrüstung für das über Bord zu werfen, was ihn am schnellsten aus diesem Raum bringt. Seine Angst hat nicht nur einen Geruch, ihr Gestank füllt den ganzen Raum aus, und er ist so stark, als wäre ein Stinktier überfahren und dann unter den Tisch gelegt worden.

»Natürlich stimme ich Ihnen zu«, sagt Jeremy. »Absolut.«

»Also schön«, sagt Moppus, »Ich denke, dann sind wir hier wohl fertig.« Er zieht eine Visitenkarte aus der Tasche und schiebt sie ihm über den Tisch zu. »Wir bleiben in Verbindung, Jeremy. Ich warte darauf, von Ihnen zu hören.«

Er packt seine Papiere zusammen und geht. Jeremy nimmt die Visitenkarte und betrachtet sie. Es erscheint ihm völlig absurd, dass diese ganze Begegnung mit dem Überreichen einer Visitenkarte endet. Als wären sie nur zwei Kerle, die Networking betreiben. Er lässt sie in seine Tasche gleiten.

Der Polizist in der Ecke führt Jeremy den Flur hinunter, eine Hand fest auf seinen Arm gelegt.

»Gib mir keinen Vorwand, dir wieder Handschellen anzulegen«, knurrt der Polizist.

»Nein, Sir«, antwortet Jeremy.

»Andernfalls schlage ich dir deinen verfickten Schädel ein«, fügt der Polizist hinzu.

»Jawohl, Sir«, sagt Jeremy.

Er wird zurück durch den Zellentrakt zu einem Schreibtisch geführt. Dort erhält er Kuriertasche und Portemonnaie zurück. Dann begleitet der Polizist ihn hinaus auf den Parkplatz, wo er aus dem Transporter gestiegen war. Dem Stand der Sonne nach zu urteilen, ist seit seiner Verhaftung fast ein ganzer Tag vergangen. Ein weiterer Polizist verstaut ihn im Fond eines wartenden Streifenwagens. Er wird zu dem Park zurückgefahren, in dem er festgenommen wurde. Der Polizist lässt ihn aussteigen.

»So, und das ist jetzt der Punkt, an dem ich dir noch einen Vortrag darüber halte, dass nichts von alledem jemals stattgefunden hat«, sagt der Polizist.

»Irgendwie wusste ich, dass Sie das sagen würden«, meint Jeremy.

18

»Verzeihen Sie, junge Dame. Hätten Sie vielleicht Lust, Teil eines Konzeptkunstwerks zu werden?«

Der Mann, der hier spricht, ist mittleren Alters und trägt einen Veloursbademantel mit ausgebeulten Taschen. In der einen Hand hält er eine Digitalkamera, in der anderen einen Notizblock. Sein Gesichtsausdruck ist freundlich und beflissen, mit einem Hauch von Gelassenheit. Seine Haut ist so bleich, dass sie beinahe durchscheinend wirkt. Er scheint schon sehr lange nicht mehr im Freien gewesen zu sein.

Jenn sieht verwundert zu ihm auf. Sie ist erst seit wenigen Stunden im Krankenhaus und überhaupt nicht sicher, was sie von alledem halten soll. Seit ihrer Ankunft sitzt sie stumm auf ihrem Stuhl neben dem Empfang und wartet darauf, dass ihr jemand sagt, was sie tun soll. Eigentlich sollte ein Zimmer für sie bereit sein. Hier soll sie die nächsten dreißig Tage verbringen. Aber das Zimmer ist noch nicht fertig, und während es sauber gemacht wird, scheint man sie völlig vergessen zu haben. Egal. So wie sie sich fühlt, könnte sie den ganzen nächsten Monat über hier sitzen, ohne einen Muskel zu bewegen.

»Sind Sie ein Arzt?«, fragt sie. Er besitzt diese Ausstrahlung. Entweder ist er Arzt oder eine Art Priester, nimmt sie an, nur dass er wie keiner von beiden gekleidet ist.

Der Mann lächelt. »Ganz im Gegenteil. Ich bin hier Dauergast. Werden Sie uns Gesellschaft leisten?«

Jenn antwortet nicht. Sie will nicht unhöflich sein, aber ihr fehlt dazu einfach die Energie.

»Darf ich?« Ohne eine Antwort abzuwarten, setzt sich der Mann neben sie. Zu ihrer Erleichterung steckt er die Kamera wieder in eine seiner Taschen. »Alles in Ordnung?«

»Nein«, sagt Jenn. »Nichts ist in Ordnung.«

Der Mann nickt und seufzt. Sie spürt seinen Blick auf den frischen Verbänden um ihre Handgelenke. Diesmal ist sie weiter gegangen, als sie sich je zuvor getraut hat. Ihr letzter Schnitt war alles andere als dekorativ. Offensichtlich hatte sie es diesmal ernst gemeint. Allerdings erinnert sie sich weder daran, es getan zu haben, noch erinnert sie sich an ihre Entscheidung, es zu tun. Das ist das Erschreckendste an dem Ganzen. Sie war in einem normalen Krankenhaus aufgewacht, wo man sie über Nacht dabehalten hatte, und nun ist sie hier. Wahrscheinlich ist sie hier besser aufgehoben, denkt sie. Diesmal hat sie großen Schaden angerichtet, und zwar nicht nur in ihrem eigenen Leben, sondern auch in dem vieler anderer Menschen. Aber auch daran kann sie sich kaum erinnern. Die ganze letzte Woche lässt sich nur wie durch eine blutverschmierte Windschutzscheibe betrachten. Sie weiß, dass sie einige Dinge gesagt hat, die nicht richtig waren. Hat wieder reichlich Ärger gemacht, so wie sie es während ihrer Stimmungstiefs immer macht. Sie hofft jetzt nur, dass man beschließt, sie für immer hierzubehalten. Sie kann sich kaum vorstellen, je wieder jemandem in die Augen sehen zu können.

»Ich weiß, wahrscheinlich sieht es im Moment so aus«, sagt der Mann. »Aber am Ende wirst du begreifen, dass alles wieder gut werden kann. Du bist noch sehr jung. Du hast die Zeit auf deiner Seite.«

»Nichts und niemand ist auf meiner Seite«, entgegnet Jenn.

»Als ich hier angekommen bin, habe ich mich ganz genauso gefühlt«, fährt der Mann fort. »Jetzt fühle ich mich allerdings besser. Du wirst dich auch eines Tages besser fühlen.«

»Nein, werde ich nicht.«

Der Mann nickt. Er ist völlig harmlos und scheint überhaupt kein Interesse zu haben, sie von irgendetwas zu überzeugen. Das findet Jenn beruhigend.

»Verstehe«, sagt er.

»Ich wurde so geboren«, erklärt Jenn ihm. »Ich war schon immer so.«

Er lächelt. »Natürlich. Wir werden alle so geboren, wie wir sind. Unsere Persönlichkeiten sind bereits angelegt, wenn wir Babys sind, genau wie die Samen eines Apfelbaumes. Mit einem Apfelbaum kannst du machen, was du willst, weiß du. Du kannst ihn zurechtschneiden oder verunstalten. Du kannst ihn kurz halten oder ihn schön hochwachsen lassen. Egal, was die Welt damit macht, er bleibt immer der Apfelbaum, als der er geboren wurde.«

»Ich wurde geboren, um zu sterben«, sagt Jenn.

»Wir wurden alle geboren, um zu sterben«, sagt der Mann.

»Wozu ist das Ganze dann überhaupt gut?«

Der Mann verlagert das Gewicht auf seinem Stuhl, damit er sie direkt ansehen kann. Sie erwidert seinen Blick und sieht, dass er wie ein Vater wirkt oder wie ein Großvater. Außerdem kommt er ihr irgendwie vertraut vor, aber sie kann nicht genau sagen, wieso.

»Wozu ist welches Ganze dann überhaupt gut?«

»Das ganze Geborenwerden. Wenn wir sowieso nur sterben.«

»Es gibt keinen Zweck«, sagt er. »Der Zweck des Geborenwerdens ist, geboren zu werden. Der Zweck des Am-Leben-Seins ist zu leben. Der Zweck des Sterbens ist zu sterben.«

»Man hat mir erzählt, ich wäre bei meiner Geburt fast gestorben«, sagt Jenn. »Ich war eine Frühgeburt. Ich war nie ganz richtig. In meinem ganzen Leben nicht. Ich mache all diese schrecklichen Sachen, und dann erinnere ich mich an nichts mehr. Deswegen hat meine Mutter uns verlassen.«

»Vielleicht hatte sie dafür ihre Gründe«, sagt der Mann.

»Sicher«, sagt Jenn. »Sicher hatte sie die. Golfkriegssyndrom. Wissen Sie, was das ist?«

»Ich habe davon gehört.«

»Deswegen ist mein Vater verrückt geworden. Und deswegen wurde ich so geboren, wie ich bin. Die Regierung gibt es nicht zu, aber es stimmt.«

»Ich verstehe«, sagt der Mann.

»Mom hat es nicht mehr ausgehalten. Mein Bruder hat Glück gehabt. Er wurde vor dem Krieg geboren. Ich wurde geboren, nachdem mein Dad zurückgekommen ist. Also habe ich seine verhunzten Gene abbekommen. Das kommt vom Plutonium, sagt er. Überall lagen leere Hülsen der Plutoniummunition herum. Oder von den experimentellen Impfstoffen, die sie nehmen mussten. Oder von den Nervengasen. Oder von allem zusammen. Also hab ich die ersten drei Monate meines Lebens in einem Inkubator verbracht und habe heute alle möglichen Probleme. Ich bin manisch-depressiv. Ich bin eine pathologische Lügnerin. Ich bin suizidgefährdet. Ich fand's schon immer unfair, dass ich das ganze Zeugs abbekommen habe, während mein Bruder überhaupt nichts hat. Vielleicht habe ich deshalb diese Sachen über ihn gesagt. Weil ich wütend auf ihn bin.« Sie hat den Eindruck, sie sollte ihre Argumente an dieser Stelle mit ein paar Tränen untermauern, doch sie hat keine Emotionen mehr übrig. Sie ist nicht einmal sicher, ob ihr überhaupt nach Heulen zumute ist oder ob sie nur meint, dass sie weinen sollte. Allerdings sagt ihr irgendetwas, dass es diesen Mann überhaupt nicht interessiert. Nicht auf eine kalte, unfreundliche Art. Sie könnte weinen oder nicht weinen, und für ihn wär's ein und dasselbe.

»Ich habe ein paar sehr böse Dinge getan«, fährt sie fort. »Ich wünschte, ich könnte sie ungeschehen machen, aber das geht leider nicht.«

»Du bist ein weiteres Opfer des Krieges, das ist alles«, sagt der Mann. »Es ist nicht deine Schuld.«

»Wie kann ich ein Kriegsopfer sein? Ich war doch gar nicht bei der Army.«

»Nein, aber dein Vater. Und er hat ihn mit nach Hause gebracht. Es ist auch nicht seine Schuld. Das ist es, was der Krieg macht. Er bringt Unheil. Und noch lange, nachdem die Kämpfe längst vorbei sind, setzt sich das Unheil weiter fort.«

»Na toll«, sagt Jenn. »Und wer ist dann schuld?«

Der Mann zuckt die Achseln. »Jeder einzelne. Wir alle.«

»Aber wie kann das angehen?«

»Eine gute Frage«, sagt er. »Welche Rolle spielen Menschen wie wir in all diesen Kriegen? Das frage ich mich die ganze Zeit. Vielleicht finde ich die Antwort nie. Aber ich stelle die Frage trotzdem. Es sind die Kinder, die mir wirklich leidtun. Nichts davon ist ihre Schuld, und an sie werden alle Fehler weitergereicht, die ihre Eltern gemacht haben. Aber«, sagt er, »wir waren alle mal Kinder.«

Eine Weile lang sitzen sie einfach da. Ein Sonnenstrahl bahnt sich seinen Weg durchs Fenster und scheint auf das Linoleum. Jenn starrt darauf.

Der Mann tätschelt die Kamera in seiner Tasche. »Die Konzeptkunst darf heute mal Pause machen«, sagt er und steht auf. »Du hast Wichtigeres, worüber du nachdenken musst. Es war nett, mit dir zu plaudern, junge Dame. Ich denke, man sieht sich. Wenn ich irgendwas für dich tun kann, dann lass es mich wissen. Ich kenne diesen Ort hier in- und auswendig. Einer der Vorteile, wenn man Dauergast ist.« Er streckt die Hand aus. »Ich heiße übrigens Wilkins.«

Einen langen Augenblick später streckt sie ihre Hand aus und ergreift seine. »Jenn«, sagt sie.

»Jenn«, sagt Wilkins, »die Tatsache, dass du mir die Hand geschüttelt hast, sagt mir, dass du immer noch da drinnen bist. Also nur keine Angst. Alles ist immer noch möglich. Sieh mich an. Ich habe alles in meinem Leben zerstört, was gut und schön war. Ich erwarte keine Vergebung, außer vielleicht irgendwann von mir selbst. Ich arbeite noch dran. Aber ich bin immer noch hier. Und das bist du auch. Und das ist das Einzige, was für uns eine Rolle spielt.« Er lächelt und macht eine lustige kleine Verbeugung. »Viel Glück bei allem«, sagt er, dreht sich um und geht.

Jenn schaut ihm nach, wie er den Flur hinunterschlurft. Nach einer Weile kehrt ihr Blick zu dem Sonnenstrahl zurück.

19

Jeremy hat nur ein Ziel: zu Jeanie zurückzukehren. Aber zuerst ist er sehr, sehr durstig und muss sich eine Weile hinsetzen. Also läuft er, bis er zu einem Café kommt, einem kleinen Lokal von der Größe eines Schiffscontainers.

Alle Lokale in dieser Stadt sind entweder unglaublich riesig oder so klein, dass man Platzangst kriegt. Dieser hier sieht aus wie ein Internetcafé. An einer Wand steht eine Reihe von Computern. Er bestellt ein Glas Wasser, doch als ihm das Mädchen hinter der Theke einen Das-ist-jetzt-aber-nicht-dein-Ernst-Blick zuwirft, fügt er schnell ein Sandwich hinzu, das er gar nicht will. Diese Art von Blick muss er auch üben, denkt er. Ein großartiger Blick. Sehr ausdrucksstark. Kein einziges Wort erforderlich.

Ich bin gerade verhaftet worden, denkt er. Verhaftet und verhört, mit einer Mission beauftragt und dann freigelassen.

Die ganze Situation ist so schräg, dass sie sich jeder weiteren Betrachtung widersetzt. Er schaut sich um. Jeder hier tippt entweder auf einem der Computer rum oder ist in eine Hipsterunterhaltung vertieft, wobei die Hände tiefschürfende Formen in die Luft meißeln.

Er setzt sich an einen Tisch und nimmt dann, weil er nicht das Geringste mit sich anzufangen weiß und er sich wieder den Tränen gefährlich nahe fühlt, Smartys Buch heraus. Seine Finger gleiten über den Einband, spüren den Sand, der sich damals in alles hineingeschlichen hat, in jeden Teil des Körpers und in jeden Ausrüstungsgegenstand, für den er verantwortlich war, einschließlich der Falten an seinem Hodensack. Er hatte mal gehofft, nie wieder afghanischen Boden berühren zu müssen. Tja, und hier ist er jetzt, in einem New Yorker Café, und macht genau das. Er zerreibt ihn zwischen seinen Fingern, berührt mit dem Finger die Zungenspitze. Jepp. Genau wie in alten Zeiten.

Er versucht die erste Seite zu lesen, aber aus irgendeinem Grund sind die Buchstaben verschwommen. Er legt das Buch auf den Tisch, beugt sich darüber und versucht, die Notizen zu entziffern, die Smarty an den Rand geschrieben hat. Dann entdeckt er, dass auf dem Vorsatzblatt noch mehr geschrieben steht. Smartys Name, also sein richtiger Name, und diverse andere kryptische Notizen in einer Art Code. Computerzeugs. Und eine URL. Nach einer Weile erkennt Jeremy sie wieder. Sie gehört zu der Webseite mit Fotos, die Amichai ihm gezeigt hat.

Er geht zu einem der Computer hinüber und tippt sie ein. Erneut sieht er die Reihen voller Ordner, jeder einzelne prall gefüllt mit Dutzenden von Fotos. Sie sind mit einzelnen Worten gekennzeichnet. ARUBA. CONEY. ALLGEMEIN. PLATOON. Er klickt auf diesen letzten und findet ungefähr ein Dutzend bekannte Gesichter, Leute, die lässig herumstehen. Auf einigen ist Jeremy selbst zu sehen. Automatisch ordnet er die übrigen Gesichter nach ihrem Status: Tot. Verwundet. Tot. Okay. Okay. Okay. Keine Beine. Tot.

Er schließt den Ordner. Dann klickt er auf den mit der Aufschrift CONEY. Es sind alte, eingescannte Schnappschüsse aus den alten Tagen der Analogfotografie. Smarty mit seinen Eltern auf Coney Island. Er sah als Kind ulkig aus mit seiner großen Nase und den abstehenden Ohren. Leila trug schon damals Tops mit Nackenträgern. Amichai hatte deutlich mehr Haare.

Dann entdeckt er am unteren Rand des Bildschirms den Ordner, nach dem Amichai ihn gefragt hat:
PERSÖNLICH.
Oh ja. Das.

Er hat Amichai nicht gesagt, wie man ihn öffnet, weil er genau weiß, was darin ist. Noch vor einem Tag wollte er keine dieser Aufnahmen sehen. Jetzt aber möchte er sie sehr wohl sehen, weil er nämlich genau weiß, was er damit machen wird. Er wird sie Rico schicken. Ein fetter Mittelfinger an Terrence Moppus.

Das Passwort, weiß er, wird shibboleth sein. Denn mit diesem Passwort hatten sie sich immer bei der Wache abgelöst. Sie sollten es eigentlich jeden Tag ändern, doch das taten sie nie. Das Wort shibboleth bedeutet quasi Passwort. Ein altes Ding unter Israeliten. Smarty hatte ihm eine Geschichte darüber erzählt, an die Jeremy sich jedoch nicht mehr erinnern kann. Aber das spielt jetzt auch keine Rolle. Er muss nur wissen, wie man es buchstabiert.

Es funktioniert.

Er findet darin weitere Unterordner. Sie sind nur mit Daten gekennzeichnet. Er öffnet den ersten, 06–DEZEMBER, und sieht ein einziges Foto. Ein ausgebranntes Auto mit einer verkohlten Leiche darin. Auch das Foto ist datiert, ein digitaler Aufdruck in der unteren rechten Ecke. 25. Dezember. Fröhliche Weihnachten, Krossi. So haben sie die Verbrannten genannt: Krossis. Schnell schließt er es wieder.

Er schaut sich den Rest der Unterordner an. Alle sind datiert. Alle enthalten Fotos von Leichen. Smartys Bemühungen, den Preis des Krieges zu dokumentieren, damit er nach Hause kommen, sie angucken und sich erinnern könnte, wie sie aussahen und wie sie rochen, um dann sein großes Antikriegsbuch zu schreiben.

Dann entdeckt er einen Ordner mit der Aufschrift APRIL. Der Ordner enthält viele Fotos.

Er klickt aufs erste. Erkennt sich und Smarty. Und Woot. Und Jefferson. Auf dem Boden vor ihnen sitzt ein Farbiger mit einem Turban und einem Salwar Kamiz. Seine Hände sind vor dem Körper gefesselt. Ein Auge ist zugeschwollen.

Unten rechts in der Ecke des Fotos steht ein Datum: 6. April 2007. Der Tag vor seiner Verwundung, der Tag, bevor die Bombe hochging.

Der fehlende Tag.

Das nächste Bild zeigt den Mann, wie er gerade zu Boden fällt, die gefesselten Hände zum Schutz erhoben. Smarty lacht. Sein Fuß schwebt immer noch in der Luft, nachdem er ihm in den Rücken getreten hat.

Der dritte Ordner enthält keine Fotos, stellt Jeremy fest, sondern einen Film. Die Bilder sind unscharf und haben eine schlechte Auflösung. Aber da ist noch der Ton. Der Mann ist wieder aufgerichtet, kniet. Spricht.

»... Verräter«, sagt, wer auch immer die Kamera hält. »Sag uns deinen Namen, Verräter.«

»Faisal ben Mohammed al-Haj«, antwortet der Mann mit amerikanischem Akzent.

»Nein, deinen richtigen Namen, nicht den Windelkopp-Namen.« Jeremy erkennt seine eigene Stimme. Jetzt hält er die Kamera. »Sag's uns, und wir gehen schonend mit dir um.«

»Ja, echt schonend«, sagt Woot und zwinkert in die Kamera.

»Charlie Cooper«, murmelt Jeremy vor sich hin.

»Charlie Cooper«, sagt der kniende Mann.

»Woher kommst du, Charlie?«, fragt Smarty.

»Detroit«, flüstert Jeremy.

»Detroit«, sagt Charlie Cooper.

»Wie bist du in Afghanistan gelandet, Mann?«, fragt Jefferson.

»Ich bin gekommen, um für den Islam zu kämpfen«, sagt Charlie Cooper.

»Und wie ist's so für dich gelaufen?«, fragt Woot.

»Nicht so besonders«, antwortet Charlie Cooper. Er sieht sich verzweifelt um und keucht praktisch vor Angst. Er weiß, was mit ihm passieren wird.

»Was wir hier haben«, sagt Woot in die Kamera, »ist ein amerikanischer Taliban.«

Der Film kommt wackelnd zum Ende. Es gibt weitere Bilder. Er öffnete sie alle mit einem Klick.

Charlie Cooper wird der Wasserfolter unterzogen. Jeremy assistiert hämisch dabei.

Charlie Cooper, auf den Knien, Jeremy hinter ihm, hält ihm eine Pistole an den Hinterkopf.

Charlie Cooper tot am Boden. Aus Jeremys Waffe steigt Rauch auf. Aus dem Loch in Charlie Coopers Stirn quillt Gehirnmasse.

Jeremy, der Charlie Cooper an seinem Turban hochzerrt, als wäre er ein erlegter Hirsch. Den erhobenen Daumen ins Bild gereckt. Die anderen Typen stehen hinter ihm und lachen über ihre Trophäe. Alle mit erhobenem Daumen. A-OK. Ein guter Fang.

Charlie Cooper hatte etwas Schreckliches getan. Was noch gleich? Er hatte jemanden erschossen, erinnert sich Jeremy. Er hatte sich in irgendeinem Loch verkrochen. Hat mit anderen Taliban gewartet. Ihrer Patrouille aufgelauert. Er hatte Lance Corporal Dickens erschossen. Das war es. Der, was für eine Ironie, aus Detroit stammte. Jeremy war derjenige, der ihn aus seinem Loch geholt hatte. Er war sein Gefangener. Er konnte laut uraltem Kriegsrecht mit seinem Leben machen, was immer er wollte. Hatte Woot gesagt. Was es gewissermaßen zu einem Befehl machte.

Erinnert er sich an all das? Nein. Ja.

Es spielt keine Rolle. Es ist passiert. Bilder lügen nicht.

Am Tag nach diesem Zwischenfall waren sie in ihrem Hummer durch das Dorf gefahren, und dort explodierte dann die Bombe. Jetzt erinnert er sich wieder. Oder meint es zumindest.

Wie hatte er so etwas tun können?

Oh, genau. Weil er zu dem Zeitpunkt alle Hoffnungen aufgegeben hatte, jemals wieder nach Hause zurückzukehren. Und er hatte nur an eines geglaubt: dass nichts je wieder eine Rolle spielen würde.

Lola Linker hatte immer und immer wieder zu ihm gesagt: wenn du dich an das erinnern kannst, was auch immer du vergessen hast, dann besitzt du den Schlüssel zur Bewältigung deiner Panikattacken. Aber vielleicht hätte sie das nicht gesagt, wenn sie gewusst hätte, was er vergessen hatte. Es war ein Verbrechen. Er hatte einen unbewaffneten Gefangenen gefoltert und hingerichtet.

Zu Als Zeiten war das kein Verbrechen gewesen. Es war an der Tagesordnung. In jedem einzelnen Krieg der Geschichte wurde es genau so gemacht. Aber heutzutage stecken sie einen dafür ins Gefängnis. Die Zeiten haben sich geändert. Warum?

Er weiß, was Al dazu sagen würde. Er kann seine Stimme so deutlich hören, als stünde er direkt neben ihm. Er würde sagen, das liegt daran, dass die Welt immer verweichlichter und tuntiger wird. Es liegt daran, dass die Feministinnen und die Liberalen und die Gutmenschen alles so dermaßen verkackt haben, dass ein Mann nicht einmal mehr ein Mann sein darf. Man kann das in allen Gesellschaftsschichten beobachten. Ein Kind wird fertiggemacht, weil es schwul ist oder fett oder ein Chinese, und ehe man sich versieht, werden der Vertrauenslehrer und die Anwälte und die Medien eingeschaltet. Zwei Kerle prügeln sich in einer Bar, und einer verliert dabei einen Zahn, aber statt einfach zuzugeben, dass er einen Tritt in den Arsch bekommen hat, beginnt er einen Rechtsstreit. Ein Soldat tut genau das, wofür er ausgebildet wurde, und auf einmal ist er ein Kriegsverbrecher.

Al hat einen ganzen Haufen Theorien, warum die Dinge so sind, wie sie sind. Seine Lieblingstheorie lautet, das Leben in Amerika sei einfach viel zu mühelos. Keiner weiß mehr, was es wirklich heißt, sich abzurackern. Niemand weiß mehr, wie man um sein Überleben kämpft. Zu Zeiten seines Vaters wusste noch jeder Mann, wie man einen Fisch fängt, Wild ausweidet, Getreide anbaut und Sachen mit seinen Händen anfertigt. Frauen konnten Babys gebären, buttern, ein Huhn töten, einen gebrochenen Knochen richten. Menschen, die genau wussten, wie man überlebt, haben nicht innegehalten und sich gefragt, ob es richtig ist, was sie da taten – sie haben es einfach gemacht. Heute wissen alle bestenfalls noch, wie man auf einen Knopf drückt und sich den Arsch platt sitzt und den lieben langen Tag auf irgendwelche Bildschirme glotzt. Keiner weiß mehr irgendwas, das sich wirklich zu wissen lohnt.

Jetzt sieht er wie von ganz weit oben den Konflikt in all seinen Dimensionen, der in ihm getobt hat. Er sitzt in einem Helikopter und überfliegt das Gelände seiner Psyche. Noch nie zuvor hat er sich so klar gefühlt. Er sieht sein ganzes Leben in einem einzigen Augenblick – die Rolle, die er darin gespielt, die Dinge, die er getan hat, sein kleiner Part im größeren Ganzen.

Er muss nachdenken. Nachdenken, nachdenken, nachdenken.

Diese Bilder müssen gelöscht werden. Das steht völlig

außer Frage. Am Ende wird sie doch jemand finden, irgendwann. Die technologischen Tentakel von Terrence Moppus reichen weit und sind mächtig. Als Jeremy den Verhörraum verließ, wusste er, dass Moppus noch nicht mit ihm fertig war. Er wird ihn ewig beobachten. Irgendwann, früher oder später, wird er von Smartys Bildern erfahren. Und ein einfaches Passwort wird für ihn kein ernsthaftes Hindernis darstellen.

Was wird Moppus mit den Aufnahmen machen?

Es gibt zwei Möglichkeiten. Entweder findet er eine Möglichkeit, sie gegen Jeremy zu verwenden, oder er wird sie einfach löschen. Im ersten Fall wird Jeremy Moppus noch mehr verpflichtet sein. Im zweiten Fall wäre es, als hätte der ganze Zwischenfall nie stattgefunden.

Letzteres wäre für Jeremy das weitaus günstigere Szenario. Er lebt ja ohnehin schon so, als wäre alles nie passiert. Und bis jetzt gab es dafür einen guten Grund. Aber nachdem er sich jetzt wieder an alles erinnert, was wird er da tun? Den Rest seines Lebens mit dem Versuch verbringen, es zu vergessen? Sich irgendwo einen blöden Job suchen, vielleicht heiraten und Kinder haben, jeden Abend um sechs Uhr einen Cocktail trinken, samstags den Rasen mähen und arbeiten, bis er in Rente geht oder tot umfällt? Seine Kinder oder Enkelkinder mit denselben Händen halten, die einst den Abzug gedrückt haben, der Charlie Cooper tötete?

Mit anderen Worten, ein zweiter Al werden?

Es ist genau so, wie Wilkins gesagt hat. Hin und wieder kommt ein Mensch vorbei, der die Dinge glasklar sieht, der die Vision eines besseren Weges hat. Dieser Mensch wird niedergeschrien und verfolgt, aber auf lange Sicht werden andere Leute erkennen, dass er einer Sache auf der Spur ist. Man wird – sicherlich zähneknirschend – zugeben, dass er recht hat. Und die menschliche Rasse wird einen ganz kleinen Schritt nach vorn gemacht haben.

Angenommen, diese Bilder bleiben nicht privat. Angenommen, sie dringen irgendwie an die Öffentlichkeit. Was würde passieren? Es hätte Konsequenzen. Er wäre leicht zu identifizieren. Die Menschen würden ihn sehen und wären empört. Sie würden Gerechtigkeit verlangen. Er würde angeklagt werden. Es gäbe ein Verfahren. Er würde schuldig gesprochen. Er käme ins Gefängnis.

Das würde zumindest er so wollen, wenn er jemand anderen die Dinge tun sähe, die er getan hat. Er hat seinem eigenen Großvater ins Gesicht gespuckt, als er erfuhr, dass er ein Mörder war. Wenn er Gerechtigkeit für diese armen Leute in My Lai verlangte, müsste er das Gleiche dann nicht auch auch für Charlie Cooper aus Detroit verlangen, egal, auf welcher Seite er stand?

Der Jeremy, der an jenem Tag den Abzug gedrückt hat, würde die Sache allerdings ganz anders sehen. Aber diesen Jeremy gibt es nicht mehr. Er ist vor fünf Jahren gestorben, einen Tag, nachdem dieses Video aufgenommen wurde. Und die Welt ist ohne ihn besser dran.

Und dann, vom Aussichtspunkt seines mentalen Helikopters, erspäht er die Lösung – nicht nur für diese Situation, sondern für das Problem, was er mit dem Rest seines Lebens anstellen soll. Er kann woandershin gehen. Zum Beispiel nach Mexiko. Sich einen falschen Namen zulegen, eine neue Sprache lernen, Teil einer neuen Kultur werden. Das hört sich doch viel besser an, als ins Gefängnis zu gehen. Er besitzt gerade genug Geld dafür. Er kann sich eine Wohnung oder ein kleines Haus mieten. Er kann Kinder unterrichten, die nichts haben, die lernen möchten, die ihm dankbar sind, anstatt genervt. Vielleicht lernt er eine Frau kennen, gründet eine

Familie. Lebt an einem wirklichen Ort statt an einem imaginären. Lebt ein echtes Leben anstelle eines falschen.

Je länger er über den Plan nachdenkt, desto reizvoller erscheint er ihm. Zum ersten Mal seit sehr langer Zeit ist er aufgeregt, wenn er an seine Zukunft denkt. Es ist das Einzige, was einen Sinn ergibt. »Love it or leave it«, lautet Als Mantra in Bezug auf Amerika. Aber das Amerika, das er einmal geliebt hat, gibt es nicht mehr. Hat es eigentlich nie gegeben.

Also wird er es verlassen. Und nie wieder zurückkehren.

Aber zuerst hat er noch etwas anderes zu erledigen.

Jeremy loggt sich in seinen E-Mail-Account ein. Er will das hier schnell hinter sich bringen, bevor er noch länger darüber nachdenkt. Er findet Ricos Adresse in seinem Adressbuch. Er klickt sie an, und sie erscheint in seiner An:-Zeile. Er hängt die Foto-Dateien an, allerdings nur die, auf denen allein er und der tote Charlie Cooper zu sehen sind. Es gibt keinen Grund, die Familien der anderen leiden zu lassen. Woot ist ihm egal, aber die Jefferson- und Garfunkel-Familien können gut darauf verzichten.

Rico, schreibt er, du wolltest immer von mir wissen, wie's dort drüben war. Ich finde, du solltest die Wahrheit erfahren. Stell die hier auf deine Seite. Bis heute hab ich mich wegen der Explosion nich mehr dran erinnert. Aber jetzt erinner ich mich wieder. Versuch nich, mich zu schützen. Verpixel mein Gesicht nicht. Und du solltest wissen, dass Homeland Sercurtity mich über dich ausgequetscht hat. Lange Geschichte. Erzähl ich dir wannanders. Musste denen sagen, ich werd dich bespitzeln. Vielleicht solltest du und deine Mom umziehen. Gracias para todo. J

Tja, denkt er, das sollte Ricos Paranoia auf Hochtouren bringen. Dann fällt ihm Ricos Wagen ein. Ups. Schnell fügt er noch die Adresse des Parkhauses hinzu, zusammen mit einer

Art Versprechen, all die fahrzeugtechnischen Elemente dieses Lebensabschnitts wieder in Ordnung zu bringen – irgendwann, irgendwie. Dann klickt er auf Senden. Er wartet, bis der Fortschrittsbalken nicht mehr über den Bildschirm kriecht.
Ihre E-Mail wurde versandt.

So, das war's, denkt er. Zumindest werde ich mein Leben nicht so verbringen wie Al. Mich ewig vor den Geistern verstecken, die mir ständig folgen und verlangen, dass ihre Geschichte endlich erzählt wird. Während ich durch die Seichtigkeit der wie auch immer verkorksten Version des Amerikanischen Traums wate, an die ich glauben muss, um die Tage zu überstehen. So tun, als spielte nichts von dem eine Rolle, was ich dort drüben getan habe, weil ich ja nur Befehlen gefolgt bin.

Aber es spielt eine Rolle. Alles spielt eine Rolle.

Ich werde nach Mexiko gehen, denkt er. Ich werde in einer kleinen Schule unterrichten und eine Frau heiraten, die ihre Tortillas selbst macht, und ich werde Kinder mit ihr haben.

Als Nächstes löscht er den Ordner PERSÖNLICH aus Smartys Archiven. Sind Sie sicher?, fragt das Programm. Ja, klickt er. Amichai wird bemerken, dass er verschwunden ist. Und er wird sich wundern. Aber es ist weitaus besser für ihn, wenn er sich wundert, statt Bescheid zu wissen.

Meine Kinder werden zweisprachig aufwachsen, sie sollen sowohl Spanisch als auch Englisch sprechen, und sie werden mich nach meinem Leben in Amerika fragen. Und ich werde ihnen sagen, dass sie es in Mexiko besser haben. Egal, wie arm wir sind, wir werden ein gutes Leben führen. Denn es wird echt sein.

Seine Hände zittern, sein Atem geht schnell. Er muss hier raus. Er kann fühlen, wie die Wände auf ihn zugekrochen kommen. Er steht auf und wirft einen Zwanziger auf den Tisch, neben das Sandwich, das er nicht angerührt hat.

Draußen nimmt er sich ein Taxi. Plötzlich will er nicht mehr zurück zu Jeanies Wohnung. Er kann nicht zulassen, dass sie und Henry ihn so sehen. Er muss sich eine Weile entspannen. Muss einen kühlen Ort im Freien finden, wo er sich ausruhen kann. Vielleicht der Central Park. Er möchte Gras unter sich spüren. Jeanie wird er später anrufen. Jetzt gerade braucht er dringend eine Dröhnung.

»Hey«, sagt er zu dem Fahrer. »Sie haben nicht zufällig einen Joint bei sich, den Sie mir verkaufen könnten?«

Der Fahrer ist ein alter Chinese. Er sieht ihn im Rückspiegel an. Er antwortet nicht. Er denkt, Jeremy macht sich über ihn lustig. Seine Worte ergeben keinen Sinn, merkt Jeremy, noch nicht einmal für ihn selbst. Sie klingen in seinen Ohren wie Wortsalat. Irgendetwas passiert gerade mit seiner Fähigkeit zu sprechen.

Das Taxi setzt ihn am Eingang zum Park ab. Er braucht ewig, um das Geld aus dem Portemonnaie zu ziehen. Seine Finger sind dick und ungelenk. Seine Hände fühlen sich an, als wären sie abgetrennt und falsch herum wieder angenäht worden. Schließlich schiebt er eine Handvoll Geld durch den Schlitz im Plexiglas. Er weiß nicht wie viel. Es ist nur blödes Geld.

Er steigt aus dem Taxi.

Ein weiterer wundervoller Tag. Ein Tag, den man auf Fotos festhalten möchte, damit man sich für immer an ihn erinnern kann. Überall sind Menschen. Sie liegen im Gras, spielen Frisbee, gehen mit ihren Hunden spazieren. Seine Beine scheinen ihm Schwierigkeiten zu bereiten. Er muss sie mühsam heben und ziehen, einen nach dem anderen. Er geht wie Frankenstein. Niemand schenkt ihm einen zweiten Blick. Diese Stadt muss voller sonderbar aussehender Typen sein, die komisch herumlaufen. Genauso wie sie voller Typen sein muss, die unsichtbare Kopfverletzungen haben. Typen, die seltsame Kopfschmerzen bekommen, die plötzlich wie aus dem Nichts auftauchen.

Bei diesem kann er deutlich spüren, wie er sich von hinten anschleicht, er kann förmlich seine Schritte hören, als wäre er ein Tier. Ein Pferd. Aber er kann sich nicht schnell genug bewegen, um auszuweichen, und dieses Mal fühlt es sich nicht an wie ein Messer oder ein Schlag auf den Hinterkopf. Es fühlt sich an, als würde das Pferd ihm den Schädel eintreten. Aber er weiß, da ist nichts.

Er schafft es bis zum Fuß eines Baumes. Er möchte sich nur kurz ausruhen und diesen Anfall überstehen. Er ist schlimm. Als wäre gerade etwas in seinem Kopf geplatzt.

Er muss sich hier nur eine Weile ausruhen. Er will sich setzen, doch stattdessen stürzt er.

Er kommt nicht mehr hoch.

Er kann sich nicht einmal mehr umdrehen.

Er funktioniert nicht mehr.

Das Pferd tritt ihn wieder mit voller Wucht. Etwas in seinem Hinterkopf zersplittert. Es ist ein gewaltiges Geräusch, aber es tut nicht weh. Zuerst spürt er überall Wärme. Dann spürt er nichts mehr.

Er lauscht seinem Herzschlag, während dieser sanft im kühlen Gras verklingt.

Epilog:
Das Dorf

Eine der vielen Lügen, die man mir zu Lebzeiten erzählte, war, dass das Leben an einem vorbeizieht, wenn man stirbt. Aber ich habe mein Leben bereits vergessen. Ich könnte mich daran erinnern, wenn ich wollte, doch das will ich nicht. Weil ich nicht mehr dort bin und hier nichts davon mehr eine Rolle spielt. Das Einzige, was eine Rolle spielt, ist das Jetzt. Selbst wenn ich nicht weiß, wann dieses Jetzt überhaupt ist.

Ich bin wieder in dem Dorf. Ich kann mich immer noch nicht an den Namen erinnern. Doch das ist auch nicht mehr wichtig. Ich weiß, wo ich bin. Ich stehe vor dem Haus, wo alles passiert ist, nur ist es so, als sei es nie passiert. Die Straße hat keinen Krater. Es pfeifen keine Kugeln und donnern keine Granaten. Die Angst ist aus den Augen der Menschen gewichen. Es ist, als sei der Krieg nie hier gewesen. Dann ist das hier also eine andere Zeit. Vielleicht weit in der Zukunft. Vielleicht sind alle Amerikaner nach Hause gefahren. Außer mir.

Das Dorf ist voller Menschen. Kinder spielen auf der Straße, doch sie bitten mich nicht um Süßigkeiten. Vielleicht können sie mich nicht sehen. Natürlich können sie mich nicht sehen. Ich bin ein Geist.

Als sie aus ihrem Haus kommt, sehe ich sie: das kleine Mädchen in dem gelben Salwar Kamiz, das dort mit den Fingern im Mund gesessen hat und mich anschaute. Ich würde sie überall wiedererkennen, obwohl ich sie nur dieses eine Mal gesehen habe. Seitdem ist sie mir nicht mehr aus dem Kopf gegangen, und jetzt weiß ich, dass mein Anblick auch für sie wichtig war an jenem Tag, als ich mit ihren Brüdern auf der Straße spielte. Weil sie sich an mich erinnert. Sie ist jetzt älter, kein Kind mehr, sondern eine junge Frau. Es sind Jahre vergangen. Ich bin nicht sicher, wie das kam. Egal. Sie ist aus dem gelben Salwar Kamiz herausgewachsen. Jetzt trägt sie einen anderen in Grün-Weiß, der glitzert, als wäre er aus Wasserstreifen gewebt. Die Säume sind bestickt. Aber sie hat immer noch dieselben großen, dunklen Augen.

Sie sieht mich an. Sie lächelt. Sie kann mich sehen.

Sie muss auch tot sein.

Ich winke.

Sie weist die Straße hinunter. Dorthin soll ich gehen. Also marschiere ich los. Auf der Straße steht eine Menschenmenge. Es ist Markttag oder etwas derartiges. Meine Sinne funktionieren. Ich kann gewürztes Lamm riechen, das über einem Feuer brutzelt. Ich kann selbst die Leute fühlen, spüre im Vorbeigehen jeden von ihnen als einen Hauch von Wärme, Bewegung und Energie, während ich den Markt passiere und ihn auf der anderen Seite wieder verlasse.

Weiter vorn, im Flimmern der Hitze, sehe ich einige Männer stehen. Sie warten darauf, dass ich sie einhole. Ich kenne diese Typen. Ich würde sie überall wiedererkennen. Ich kenne sie so, wie ich meinen Bruder kennen würde, wenn ich einen hätte. Jorgensen, Cowbell, Squiddy, Ape, Rocks, Bean... Sie sind meine Brüder. Sie haben auf mich gewartet, damit ich diesen Weg nicht allein gehen muss. Sie wussten die ganze Zeit, dass ich komme.

Ich gehe neben Smarty. Unsere Schultern berühren sich. Wir reden nicht. Das ist nicht nötig. Auf der anderen Seite fließt der Helmand River durch das Land, das uns alle in Besitz genommen hat. Wir werden uns Zeit lassen, dorthin zu gelangen. Wir haben es nicht eilig. Am Fluss angekommen, werden wir unsere Kleidung ablegen und eintauchen. Wir werden uns gegenseitig mit Wasser bespritzen, uns auf dem Rücken treiben lassen, Kaulquappen fangen und rumgammeln, bis die Sonne untergeht. Und was danach kommt ... ich habe nicht die geringste Ahnung.

Danksagungen

Ich danke meinen Eltern Kathleen Siepel und William Kowalski Jr., meiner Schwiegermutter Geraldine Nedergaard, meiner brillanten Lektorin Janice Zawerbny, meinem engagierten Agenten Shaun Bradley und meinen Freunden Aaron Garza, Keir Lowther, Don Sedgwick, Philip Slayton sowie Cynthia Wine für ihre Hilfe und den Zuspruch. Für alles, was diese Menschen und viele weitere für mich getan haben, bin ich zutiefst dankbar.

Das Zitat aus der Odyssee stammt aus der Übersetzung von Samuel Butler aus dem Jahr 1900 (in der deutschen Version aus der Übersetzung von Johann Heinrich Voss, Anm. d. R.).

Außerdem möchte ich dem Nova Scotia Department of Communities, Culture and Heritage Grants to Individuals Program für die Unterstützung danken.